고소설의 모색

전용오

제이앤씨
Publishing Company

책을
내면서...

　배우고 가르치는 길에 접어든 지 꽤 오래 되었지만 그간 허울 좋은 공저 몇 권외에는 변변한 저서도 없이 지내왔다. 저술에 대한 욕심도 재주도 없었기 때문이다. 그러나 언제부턴가 날로 계량화되어가는 환경에 나의 안일함이 점점 불편함을 느끼기 시작했고, 늦었지만 이쯤에서 중간정리를 하고 새로운 기분으로 다시 시작해 보자는 마음도 한쪽에서 생기기 시작했다. 그리하여 흩어져 있는 글들 중에서 우선 전공인 고소설과 관계있는 것들을 추려 한 권의 책을 만들되 책명을 고소설의 실체를 더듬어 찾는다는 뜻으로 「고소설의 모색」으로 하기로 한 것이다.

　책을 만들며 고심했던 것은 먼저 원고의 수정 보완문제였다. 기간이 경과한 원고의 경우 어느 정도나 손질을 해야 하나 하는 문제가 그 첫째였다. 그러나 검토 결과 논지를 바꾸거나 크게 보완할 필요성은 발견하지 못하였다. 최근의 업적들까지 아우르는 것은 필자 능력 밖의 일이고 또 다른 작업이기에 문장을 다듬는 정도에서 그칠 수밖에 없었음은 아쉽지만 어쩔 수 없는 선택이었다.

　다음으로 봉착한 문제는 한자사용에 관한 문제였다. 과거와 달리 신문 잡지를 비롯한 모든 인쇄매체가 한글전용으로 이행해 가고 있고, 독자들도 이에 익숙해 있는 상황에서 비록 고전작품을 다루는 학술서적이라 하더라

도 과도한 한자사용은 시대에 역행하는 것이라는 생각이 들어서이다. 따라서 한자사용을 줄일 수 있는 방안을 여러모로 강구한 끝에 다음과 같은 몇 가지 방법으로 원하는 것에 가까운 결과를 얻을 수 있었다. 그 첫째는, 반복적으로 나오는 한자어인 경우 두 번째부터는 가급적 한글로 표기하는 것이었는데 이것으로 한자사용량의 상당 부분을 줄일 수 있었다. 그러나 시각적 효과를 감안하여 이 원칙을 적용하지 않은 경우(특히 인명의 경우)도 있었음은 여기서 밝혀 둔다. 그리고 둘째는 남의 글을 인용할 때에도 의미 전달에 문제가 없는 것은 한자를 한글로 변환 표기하는 것이었다. 그리고 셋째는 각주에서 저자명을 제외한 모든 출판사항을 한글로만 표기하는 것이었다. 이렇게 하여 책의 성격상 자칫 한자투성이가 될 수도 있는 것을 그런대로 봐 줄만한 정도로 꾸밀 수 있었다.

필자는 이 책을 내면서 비록 졸문이지만 그 주장중 어느 것도 양보할 의사가 아직까지는 없다. 그러나 독자 여러분이 이 책을 볼 때에는 고소설을 바라보는 또 하나의 시각이라고 생각하고 열린 마음으로 읽어 주시길 바란다. 그리하여 조금이라도 고소설 전공자들의 혜안을 자극할 수 있다면, 그리고 따가운 질정으로 필자가 노둔을 깨칠 수만 있다면 책을 내는 뜻은 다 이루어질 것이다.

끝으로 책을 만드는 과정에서 입력과 교정, 사진작업 등 어려운 일을 맡아 수고해 준 이내관, 민란옥, 조보로, 우혜영, 김재옥, 이강록, 김가람 등 배재대 석박사과정 대학원생들과 출판을 맡아주신 제이앤씨 윤석원 사장님, 편집을 담당한 이혜영 선생께 깊은 감사의 뜻을 표한다.

己丑 孟春

전 용 오

차례

고소설의 모색

이사훈(李思訓)　강범누각도(江帆樓閣圖)

Ⅰ. 萬福寺樗蒲記의 몇 가지 문제에 대하여

작가미상　산시청람(山市晴嵐)

▓ 1. 序言

「金鰲新話」는 崔南善 이래 비교문학적 연구[1]에 의해 「剪燈新話」와의 관계가 거의 정립됐고 그 가치평가에 있어서는 최초 소설이라는 점,[2] 작품의 배경과 인물을 조선으로 하여 주체성을 살렸다는 점,[3] 「剪燈」[4]과 달리 작중 주인공들을 모두 절개를 지키다 죽음을 당한 貞節女로 설정[5]함으로써 작가 자신의 윤리관을 확연히 투영시켰다는 점, 단순한 모방이 아니라 상당한 창작의식이 발휘된 독창적인 면이 있다는 점이 긍정적으로 논의되고 있다.

그러나 한 작품에 대한 진정한 평가는 단순히 文學史的인 의의나 작가의 창작 의도의 有意味性 여부보다는 작품이 지니고 있는 문학성, 예술성의 구체적 검증에 의해 가능하다고 볼 때, 「금오신화」에 대한 보다 엄정한 평가

---

1) 崔南善, "금오신화해제", 계명 19호, 1927.
   朴晟義, "비교문학적 견지에서 본 금오신화와 전등신화", 고려대 문리논집 3집, 1958.
   鄭鉒東, 「매월당 김시습연구」, 신아사, 1965.
   李在秀, 「한국소설연구」, 선명문화사, 1969.
   李相翊, 「한중소설의 비교문학적 연구」, 삼영사, 1983.
2) <崔致遠> 최초작설 등 일부 異論이 있으나 아직 衆論은 금오신화라 볼 수 있다.
3) 金台俊, 「조선소설사」, 조선어문학회, 1933.
4) 이하 「剪燈」은 「剪燈新話」를 의미한다.
5) 「전등신화」에서는 <愛卿傳>의 愛卿만이 정조를 지키려고 자결하고 <翠翠傳>의 翠翠와 <秋香亭記>의 采采는 다른 남자에게 몸을 許하고도 偸生하였는 데 대하여 「금오신화」에서는 <萬福寺樗蒲記>, <李生窺墻傳>, <醉遊浮碧亭記>의 여인들이 하나같이 정조를 지키기 위해 목숨을 버린 인물들이라는 점이다.

를 위해서는 반드시 작품 자체의 세밀한 구조 분석이 이루어져야 한다는 것
은 당연하다 할 것이다.

이러한 관점에서 작품을 一讀해 보면 크게 두 가지 점이 두드러지게 드러남
을 알 수 있는데 그 첫째는 「剪燈」과의 유사성이 그것이고, 그 다음은 제작 기
법상의 미숙성이 그것이다. 유사성은 소설 발생의 계기 자체에 관련된 문제이
기 때문에 접어 둔다 하더라도 작법의 미숙성은 그것이 직접적으로 작품의 질
적 수준을 저하시키는 負의 요소라는 점에서 가치평가에서 제외시킬 수 없는
문제가 되는 것이다. 이 미숙성은 「剪燈」을 受容・再構하는 과정에서 또는
「剪燈」의 模範에서 탈피 독창성을 가미하는 과정에서 작용하여 결과적으로
蓋然性의 문제, 視點의 문제 등 몇 가지 문제를 야기시켰다는 점은 아쉬운
일이라 하겠다.

本稿는 「금오신화」에 대한 종합적 평가의 일환으로 <萬福寺樗蒱記>를 중
심으로 제작 기법상의 몇 가지 문제에 대하여 고찰해 보고자 한다.

▌▌ 2. 蓋然性 문제

문학은 인간의 심성과 행위의 보편적인 양상을 제시하고 있을 수 있는
일, 있음직한 개연적인 진실을 다룬다[6]고 하는 아리스토텔레스의 견해가
문학의 본질을 어느 정도 설파한 것이라 볼 때 개연성은 소설에 있어서도
반드시 요청되는 구비 조건이라 아니 할 수 없다.

그럼에도 <만복사저포기>에서 몇 군데 개연성이 결여된 부분이 보이는

---

6) 李商燮, 「문학비평용어사전」, 민음사, 1980, p.66.
　李商燮은 「문학의 이해」(서문문고 045, 1972, p.34.)에서 "작가는 특수한 사실을 취급
　함에 있어 보편타당성 즉 개연성을 부각시켜야 한다. 아무리 허구라 하더라도 그 조
　건은 충족시켜야 한다. 바꾸어 말하면 그러한 조건을 충족시키는 한도 내에서 어떠
　한 허구라도 가능하다."고 하였다.

것은 역시 전술한 작가적 역량의 미숙성 때문이라 할 수밖에는 없을 것이다. 논증에 앞서 작품의 서사구조를 살펴보면 다음과 같다.

① 노총각 梁生이 南原에 있는 萬福寺의 한쪽 방에 살면서 어느 날 자신의 외로운 심정을 詩로 읊는다.

② 읊기를 마치자 공중에서 배필을 얻게 될 것이라는 소리가 들린다.

③ 梁生이 부처와 배필을 건 樗蒲놀이를 하여 이긴다.

④ 열 대 여섯 살 되어 보이는 美女가 나타나 부처에게 배필을 정해 줄 것을 호소한다.

⑤ 梁生이 그녀를 유인하여 同寢한다.

⑥ 美女가 侍女로 하여금 酒席을 마련케 하고 노래를 지어 부르게 하면서 둘은 술을 즐긴다.

⑦ 梁生이 여인의 집에 따라가서 3일간 머문다.

⑧ 마지막 날 한 마을에 사는 네 명의 미인들과 함께 詩會를 갖는다.

⑨ 여인이 銀주발을 梁生에게 주면서 寶蓮寺에서 만날 것을 약속한다.

⑩ 梁生이 보련사 앞길에서 기다리다가 여인의 아버지에게 목격되어 盜掘의 혐의를 받는다.

⑪ 여인의 아버지로부터 그녀가 왜구들의 난리 때 죽었다는 사실을 듣는다.

⑫ 梁生이 여인과 만나 절에서 하룻밤을 같이 지내고 여인은 저승으로 떠나간다.

⑬ 梁生이 여인의 무덤을 찾아 祭文을 지어 弔喪하고 절에서 사흘 동안 齋를 올린다.

⑭ 여인이 空中에서 양생의 은덕으로 남자로 還生하게 되었음을 알린다.

⑮ 梁生은 智異山에 藥을 캐러 들어가서 그 뒤를 알 수 없게 된다.

위와 같은 내용에서 첫 번째로 문제가 되는 부분은 ④에서 ⑤로 전개되는 과정에서 나타나는데 그 상황을 보도록 하겠다.

　　生果勝 即跪於佛前曰 業已定矣 不可誑也 遂隱於几下 以候其約 俄而有一美姬 年可十五六 丫鬟淡飾 儀容婥妁 如仙妹天妃 望之儼然 手攜油瓶 添燈揷香 三拜而跪 噫而歎曰 … 惟願覺皇 曲垂憐愍 生涯前定 業不可避 賦命有緣 早得歡娛 無任懇禱之至 女旣投狀 嗚咽數聲 生於隙中 見其姿容 不能定情 突出而言曰 向者投狀 爲何事也 見女狀辭 喜溢於面 謂女子曰 子何如人也 獨來于此 女曰 妾亦人也 夫何疑訝之有 君但得佳匹 不必問姓名 若是其顚倒也 時寺已頹落 居僧住於一隅 殿前只有廊廡 蕭然獨存 廊盡處 有板房甚窄 生挑女而入 女不之難 相與講歡 一如人間 …

(과연 양생이 이겼다. 그는 곧 부처님 앞에 꿇어앉아 말씀을 드렸다. "인연은 이미 정해졌습니다. 속이지는 마시기 바랍니다." 그는 불좌 밑에 숨어서 약속한 배필이 나타나기를 기다렸다. 잠시 뒤에 한 아리따운 아가씨가 나타나는데 나이는 열대여섯 가량 되어 보였다. 머리를 두 가닥으로 갈라 쪽지고 깨끗한 차림을 했는데, 얼굴과 태도가 흡사 하늘 나라의 선녀와 같았으며 바라볼수록 엄전했다. 그녀는 고운 손으로 등잔에 기름을 따라 불을 켜고 향로에 향을 꽂은 후 세 번 절하고는 꿇어앉아 한숨을 짓고 탄식하며 말했다. "…자비하신 부처님이시여 제발 소녀를 불쌍히 여기시어 각별히 돌봐 주십시오. 사람의 한평생은 태어나기 전부터 마련되어 있으며 선악의 응보는 피하기 어려우므로, 타고난 생명에 인연이 있을 것이오나 일찍이 배필을 정해 주시어 즐거움을 얻게 해 주시기를 간절히 빌어마지 않습니다." 여인은 축원을 마치고 나서 흐느껴 울기 시작했다. 이때 양생은 불좌 밑에서 여인의 모습을 보고는 마음을 걷잡을 수 없었으므로 뛰쳐나가서 말을 건넸다. "조금 전에 부처님께 글월을 올리셨지요. 무슨 일 때문이십니까?" 그는 여인이 올린 글월의 사연을 읽어 보았다. 그의 얼굴에는 기쁨이 넘쳐흘렀다. "아가씨는 어떤 분이십니까? 어째서 여기에 홀로 오셨습니까?" 여인은 대답했다. "저도 사람입니다. 무슨 의심나는 일이 있으십니까? 당신께서는 다만 아름다운 배필만 얻으시면 되지 않습니까? 꼭 성명을 물으셔야 합니까? 그렇게 놀라실 것까지는 없을 텐데요." 그때 만복사는 이미 허물어져서 승려들은 한편 구석진 방에 살고 있었으며 법당 앞에는 다만 행랑만이 쓸쓸히 남아 있었고 행랑이 끝난 곳에 좁다란 판자방이 하나 있었다. 양생이 슬그머니 여인을 유혹해서 그곳으로 들어가니 여인은 어려워하지 않고 따랐다. 그들은 서로 즐거움을 나누었는데 보통 사람과 조금도 다름이 없었다.)[7]

위의 사건의 시간적 공간적 배경은 작품 서두에 나오듯이 萬福寺에 복을 빌러 왔던 남녀들이 거의 돌아간 "日晚梵罷人稀"한 늦은 저녁의 퇴락한 法堂 속으로서, 다른 사람이 있었다는 말은 없으니 佛座 아래 숨은 梁生 외에는 15·6세 되는 처녀밖에는 없었다고 봐야 한다. 그런데 이때 숨어 있던 양생이 그녀의 아름다운 자태를 보고 참을 수가 없어 "突出而言"하였는데 예기치 않은 그의 출현으로 처녀가 순간 놀랐다거나 이미 다 알고 있었기 때문에 놀라지도 않았다든가 하는 설명도 없이 상황을 전개시키고 있다. 여기서 우리는 개연적인 상황 묘사에 실패한 한 예를 볼 수 있다.

<萬福寺樗蒲記>에 가장 큰 영향을 주었다고 볼 수 있는 「剪燈」의 <滕穆醉遊聚景園記>에서는 이와 비슷한 상황에서 여자의 반응이 적절히 표현되고 있다. 宋나라가 망한 지 40여 년이 되어 會芳殿이라든가 淸輝閣, 翠光亭 같은 건물은 이미 허물어져 버리고 다만 瑤津과 西軒만이 외롭게 남아 달빛을 받고 있는 廢宮 聚景園에서 갑자기 滕生과 마주친 23세의 美女 衛芳華는 놀라지도 않았고 그가 누군지 의심하지도 않았으며 오히려 그가 거기 있는 줄 알고 특별히 찾아왔다고 서술하고 있다.

吟已 趨出赴之 美人亦不驚訝 但徐言曰 固知郎君在此 特來尋訪耳[8]

그리고는 자신은 宋나라 理宗朝 때의 宮人으로 23세에 죽어서 취경원 옆에 묻힌 귀신인데 演福寺에 묻힌 賈貴妃를 만나러 갔다가 돌아오는 것이 늦어져서 滕生으로 하여금 오래 기다리게 했다고 말함으로써 앞서의 그녀의 행동에 개연성을 뒷받침해 주고 있다.

---

7) 국역은 李載浩 譯 「금오신화」(을유문고 81)를 따랐으며 부분적으로 필자가 고쳐 쓴 것도 있음.
8) <滕穆醉遊聚景園記>.

生問其姓名 美人曰 妾棄人間已久 欲自陳叙 誠恐驚動郞君 生聞此言 審其爲鬼 亦
無所懼 固問之 乃曰 芳華姓衛 故宋理宗朝宮人也 年二十三而歿 殯於此園之側 今晚
因往演福訪賈貴妃 蒙延座久 不覺歸遲 致令郞君於此久待[9]

<만복사저포기>에서 개연성 없는 서술은 양생의 突出 바로 다음에도 계
속된다. 양생이 그녀가 부처님께 올린 글을 보고는 기쁨에 넘쳐 "당신은 누
구십니까? 어째서 여기에 홀로 오셨습니까?" 하고 물었을 때 그녀는 "저도
사람입니다. 무슨 의심나는 일이 있으십니까? 당신께서는 다만 아름다운
배필만 얻으시면 되지 않습니까? 꼭 성명을 물으셔야 합니까? 그렇게 놀
라실 것까지는 없을 텐데요."라고 대답하고 있다. "子何如人也 獨來于此"의
질문에 대한 답변으로는 너무 장황하고 과민한 반응이다. 앞서 작품의 내용
에서도 살펴보았듯이 梁生이 그녀의 정확한 정체를 알게 되는 것은 ⑪에 와
서 그녀의 아버지로부터 이야기를 듣고 나서이다. 따라서 처음에 그녀가 양
생 앞에 나타나 부처에게 자신의 소원을 말할 때에는 자신은 倭寇의 난리통
에도 깊이 숨어서 정절을 지켰고 목숨도 보전할 수 있었다고 하여 자신의
정체를 숨기고 있다.

邊方失禦 倭寇來侵 … 妾以蒲柳弱質 不能遠逝 自入深閨 終守幽貞 不爲行露之沾
以避橫逆之禍[10]

그러므로 "妾亦人也 夫何疑訝之有"라는 말도 자신이 死人이라는 사실을
숨기기 위하여 한 말이라 볼 수 있다. 그러나 대화의 흐름으로 보아 양생의
질문에 호응이 되는 대답은 아니라는 것은 분명하다. 양생의 물음은 자기와
마찬가지로 부처님께 배필을 구해 달라고 빌고 있는 아가씨를 보고 기쁨에
들떠 어디에 사는 누구냐고 예사로 물은 것일 뿐 그녀가 사람인지 귀신인지

---

9) 같은 책.
10) <萬福寺樗蒲記>.

하는 의심이 들어서 한 말은 아닌 것이다. 그렇다면 마땅히 이에 호응이 되는 대답이 되려면 <滕>11)의 衛芳華처럼 솔직히 자신의 정체를 밝히든지 아니면 거짓이라도 꾸며서 ○○고을에 사는 ○○라고 답하는 것이 순리일 것이다. 그럼에도 대뜸 "나도 사람이다."라고 한 것은 여자의 정체를 감추려고 하는 작가의 의도가 지나치게 표면화된 것이라고 볼 수밖에는 없으며 결과적으로 도둑이 제 발 저린 격이 되어 질문에 맞지 않는 어색한 답변이 되고 말았다고 하겠다.

그리고 이어서 한 "君但得佳匹 不必問姓名"의 말도 마찬가지로 질문에 맞지 않는 답변이라 할 수 있다. 양생은 그녀 앞에서 자신이 총각이라든가 배필을 구하고 있다든가 하는 말은 한 적도 없는데 —— 배필을 구하게 해 달라고 양생이 숨어 있는 부처 앞에서 빈 쪽은 오히려 그 여자다. —— "당신은 아름다운 배필만 얻으면 됐지 굳이 이름을 물을 필요는 없지 않느냐."는 말은 있을 수 없다.12) 그런데 이 부분은 「剪燈」의 <綠衣人傳>에서 借用한 것으로 보이는데 <綠衣人傳>의 줄거리는 다음과 같다.

趙源이라는 총각이 있었는데 어느 날 대문 앞을 지나가는 15 · 6세쯤 되어 보이는 美人을 보고 마음이 끌리는 바 있었다. 며칠을 계속 지켜보다가 마침내 말을 나누게 되고 친해져서 둘은 마침내 깊이 사랑하는 사이가 되었다. 그러나 조원이 그녀의 이름을 물으면 자기가 綠色옷을 입었으니 綠衣人이라 부르면 되지 않느냐며 끝내 가르쳐 주지를 않았다.

그러다가 결국에는 자기의 신분을 밝혔는데 그녀는 賈秋壑이라는 세도가의 侍女였는데 그 집 하인으로 있던 前生의 趙源과 사랑을 나누다 들켜서 둘 다 죽임을 당했고 자기는 귀신이 되었지만 다시 사람으로 還生한 조원과 前生에서의 미진한 情을 마저 나누기 위해 그를 찾아온 것이라고 하였다. 이

---

11) 이하 <滕>은 <滕穆醉遊聚景園記>를 의미한다.

12) 혹 그녀는 귀신이기 때문에 양생의 심중을 꿰뚫어 볼 수 있었다 해도 양생 앞에서 보통 사람인 척하는 이상은 그것을 나타낼 수 없다.

말을 들은 趙生은 그녀를 더욱 사랑하게 되었는데 그렇게 3年을 같이 지내
다가 여자가 완전히 저승으로 떠나가자 그는 다시 장가들지 않고 절에 들어
가 일생을 마쳤다.

이와 같은 이야기 속에서 趙生이 그녀의 이름을 묻자 그녀는 "君但得美婦
而已何用强知"(당신은 아름다운 배필만 얻었으면 됐지 왜 굳이 이름을 아실
려고 하십니까?)라고 답하고 있다. 이 말은 <萬>[13]에서의 "君但得佳匹 不
必問姓名"과 뜻은 같지만 대사의 호응도에서는 엄청난 차이가 있다고 할 수
있다. 왜냐하면 <萬>에서는 앞서도 보았듯이 梁生이 배필을 구한다는 말
을 한 적이 없는데도 여자가 "君但得佳匹"이라는 말을 함으로써 대사의 필
연성 부여에 실패하였는 데 반해 <녹의인전>에서는 이미 부부의 緣을 맺
은 지 한 달이나 지난 뒤였기에 대사의 필연성은 문제가 없기 때문이다.

　源試挑之 女欣然而應 因遂留宿 甚相親昵 明旦辭去 夜則復來 如此月餘情愛
甚至 源問其姓氏居址[14]

우리가 소설을 독서한다는 것은 한 문장 한 문장씩 맨 앞으로부터 끝을
향하여 그 자체의 구조적 필연성을 추적해 가는 행위라고 할 수 있다. 그리
하면 성공된 작품이라면 거의 예외 없이 그들 수많은 문장들의 구조적 순차
관계가 필연적이라는 것을 발견할 수 있고, 그에 비례하여 우리의 흥미의
강도도 상승되고 있는 것을 발견할 수 있다.[15] 그런 면에서 <萬>에서의 이
같은 필연성이 결여된 서술은 작품의 흥미를 감쇄시키고 작품을 성공적인
것이 되지 못하게 하는 것이다.

다음 개연성에 있어 두 번째로 문제되는 곳은 ⑨에서의 信物 증여 부분이

---

13) 이하 <萬>은 <萬福寺樗蒲記>를 의미한다.
14) <綠衣人傳>.
15) 이봉채, 「소설구조론」, 새문사, 1984, p.323.

다. 信物은 屍愛說話[16)에 있어서 죽은 사람이 산 사람과 사랑을 나누고 헤
어질 때 情表로서 주는 물건인데[17) 信物을 주는 목적은 자신과 헤어진 후에
그 물건을 보면서 자기를 기억해 달라는 뜻에서이다. 그래서 모든 시애설화
에서 신물을 줄 때는 반드시 이러한 뜻을 상대방에게 표하면서 주는 것이
상례로 되어 있다.

及山寺鐘鳴 水村鷄唱 急起與生爲別 解所御玉指環 繫於生之衣帶曰 異日見此無
忘舊情 遂分袂而去 (滕)
(山寺의 종소리가 들리고 水村의 첫닭이 우니, 그녀는 급히 일어나 등목에게 이
별을 고하며 손가락에 낀 옥가락지를 빼어 등목의 옷고름에 매어 주면서 "뒷날 이
것을 보시고 옛정을 잊지 말아 주셔요." 하고 말하고는 가 버렸다.)

然玆信宿未悉 綢繆旣已分飛 將何表信于郎 卽命取床後盒子 開之取金枕一枚 與度
爲信 乃分袂泣別 (搜神記, 駙馬說話)
("그러나 情을 다 나누지 못했는데 이제 헤어져 버리면 장차 무슨 표가 있어 낭군
이 저를 생각해 주시겠습니까?" 하고는 즉시 시녀에게 명하여 床 뒤의 서랍에서
金枕 一枚를 꺼내어 度에게 주어 信表로 삼게 하고는 울면서 헤어졌다.)

그러나 <萬>에서는 여자가 양생에게 은주발을 선물로 주면서 그것을 주
는 이유에 대해서는 한 마디 설명도 없이 그냥 이튿날 寶蓮寺로 가는 길에
서 기다리다가 자기를 만나서 절에 가서 자기 부모님께 인사를 드려 달라는
말만 하고 있다.

酒盡相別 女出銀椀一具 以贈生曰 明日父母飯我于寶蓮寺 若不遺我 請遲于路上

---

16) 張德順은 「한국설화문학연구」(서울대학교출판부, 1978)에서 산 사람과 죽은 사람의
혼령이 만나 사랑을 나누는 이야기를 '屍愛說話'라 명명하고 시애설화의 특징으로 信物
을 주는 것, 신물의 발각으로 盜掘의 혐의를 받게 되는 것을 들었다.
17) 대개의 경우 죽은 사람은 여자이고 信物은 가락지, 팔찌, 비녀, 그릇 등의 부장품들이
다.

同歸梵宇 覲我父母如何[18]

　그리고서는 양생이 여자 말대로 길가에서 주발을 들고 서서 기다리다가 여자의 부모에게 주발이 발견되어 例의 공식대로 도굴의 혐의를 받게 되는 것이다. 이러한 사건 전개를 두고 張德順은 <萬>은 시애설화적 구성에 충실했고 <滕>은 시애설화의 후반부를 제거했다고 하였다.[19]

그러나 <萬>이 시애설화의 구조는 충실히 따랐을지는 모르나 그 사건 전개의 개연성은 무시했다는 것은 분명하다. 시애설화에서 신물은 아무 이유 없이 주는 것이 아니다. 설령 신물의 궁극적인 기능이 그것으로 인하여 도굴의 혐의를 받게 하고 나아가 交接의 증거가 확인되어 주인공으로 하여금 출세의 길로 들어서게 하는 데 있다 하여도, 전개되는 사건 하나하나가 因果的인 必然性이 있어야 이야기가 성립될 수 있듯이 신물 증여의 동기 자체도 필연성과 개연성이 없으면 안 되는 것이다. 따라서 <萬>에서 여자가 양생에게 은주발을 줄 때에는 비록 작가의 숨겨진 목적이 처녀부모와의 접촉에 있었다 하더라도 신물 증여 행위 자체의 합리화를 위하여도 정표로 준다든가 아니면 그것을 팔아 살림에 보태라든가 하는 등의 무슨 말인가가 있어야 했던 것이다.

　다음 세 번째 문제되는 부분은 ⑫에서의 마지막 이별 장면이다. 業報를 피할 수 없어 저승으로 떠나야겠다고 작별의 말을 할 때에는 그 동안 숨겨온 자기의 정체를 고백하고 신분을 숨겼던 이유에 대해 간단하나마 해명이 있어야 하는데도 "久處蓬蒿 抛棄原野 風情一發 終不能戒"(다북쑥 우거진 속에 오랫동안 묻혀 있어 들판에 버림받은 몸이 되고 보니 사랑의 정서가 한 번 일어나자 끝내 걷잡을 수 없었다.)라는 애매한 말만 남기고, 운명이니 떠나야 한다고 하며 사라지고 만다. 그 말이 자신의 정체를 밝힌 말인지 아닌

---

18)　<萬福寺樗蒲記>.
19)　張德順, 같은 책.

지 확실치 않은 것은 바로 이어서 부처님께 빈 덕에 三世의 인연을 만나 검소하고 부지런한 아낙으로 평생 모시려고 했다는 말이 이어지기 때문이다. 그러나 어쨌든 양생은 절에서 그녀와 만났을 때 한 번도 이를 확인해 보려 하지 않았고 저승으로 떠나가고 나서야 그녀가 귀신이었다는 사실을 깨닫고 비감해 하는 것은 개연성면에서 잘 납득이 가지 않는 부분이라 하겠다.

　다음에 마지막으로 지적할 수 있는 것은 ⑤ 情交 부분의 개연성이다. <萬>이 <滕>과 대체로 플롯이 같지만 情交부분은 작가가 나름대로 변화를 주기 위하였는지 모르지만 詩酒와 순서가 서로 바뀌어 버렸다. 다시 말하면 <滕>에서는 남녀가 처음에 詩로써 자기의 심정을 상대방에게 전달하여 가까워지고, 이어서 술로써 분위기를 돋운 뒤에 情을 나누는 데로 발전되어 가는 반면에, <萬>에서는 남자가 여자에게 누구냐고 묻자 자기도 사람인데 뭐 의심할 것이 있느냐며 이름도 가르쳐 주지 않지만 남자가 슬쩍 마음을 떠보니 어려워하지 않고 동침하고 있다. 그러고 나서 侍女에게 酒席을 마련케 하여 詩酒를 즐기고 있다. 이 두 편의 플롯을 비교하건대 개연성에서 <萬>보다 <滕>이 앞선다는 것은 말할 것도 없다. 설화에서 소설로 이행될수록 남녀 간의 결합에 있어 결과보다 과정이 중요시된다는 사실을 상기할 때 <萬>의 情交 플롯은 설화의 단계를 벗어나지 못한 것이라고 할 수밖에 없다. 그것은 서동이 생면부지의 선화공주를 길에서 만나 따라가다가 사통했다는 이야기나[20] 金現이 탑돌이를 하다가 같이 돌던 처녀와 눈이 맞아 通情했다는 이야기[21]보다 나을 것이 없으며 온달을 찾아갔다가 여우로 오인을 받는 등 수난을 겪으며 하룻밤을 밖에서 지새운 뒤에야 부부의 緣을 맺을 수 있었던 平岡公主의 이야기[22]보다도 못한 원시설화적 수준이

---

20) 公主將至竄所 薯童出拜途中 將欲侍衛而行 公主不識其從來 偶爾信悅 因此隨行 潛通焉 (「삼국유사」, 武王條.)

21) 元聖王代 有朗君金現者 夜深獨遶不息 有一處女念佛隨遶 相感而目送之 遶畢引入屏處通焉 (「삼국유사」, 金現感虎條.)

22) 「삼국사기」, 列傳 第五. 溫達條.

라고 할 수밖에 없는 구성이라고 하겠다.

이상에서 개연성에 문제가 있는 몇 가지 구성 요소에 대하여 살펴본 바 알 수 있듯이 이 모든 差錯은 작가가 「剪燈」을 受容하고 再構하는 과정에서 작용한 미숙한 소설 구성력의 결과라 할 수 있다.

■ 3. 視點 문제

視點은 스토리가 보여진 각도라고 할 수 있다. Carter Collwell[23]은 소설의 시점을 다섯 가지로 나누었는데 그것을 보면 다음과 같다.

첫째, 객관적 시점으로서 서술자는 3인칭이며 등장하는 인물의 생각을 전혀 알 수 없는 시점이다.

둘째, 전지적 시점으로서 서술자는 3인칭이며 등장하는 인물의 모든 생각을 알 수 있다.

셋째, 주관적 시점으로 서술자는 1인칭이며 자기의 생각과 감정을 이야기할 수 있다.

넷째, 제한적 객관적 시점으로 한 인물의 어깨 너머로 관찰하는 시점이며 어깨를 보인 인물이 보는 대로 시선이 머물지만 어깨를 보인 인물의 생각은 알 수 없는 3인칭 서술자 시점이다.

다섯째, 제한적 전지적 시점으로 어깨를 보인 인물의 생각을 알 수 있는 3인칭 서술자 시점이다.

<萬>에서는 주관적 시점을 제외한 나머지 네 가지 시점이 다 보이는데, 예를 들면 "양생이 슬그머니 여인을 유인하여 그곳으로 들어가니 여인도 어려워하지 않고 따랐다. 그들은 서로 즐거움을 나누었는데 보통사람과 조금

---

23) 李在浩, 李明燮 譯, 「문학개론」, Carter Colwell 지음, 을유문화사, 을유문고 105, 1973, pp.45~51.

도 다름이 없었다."[24])에서는 객관적 시점이 나타나고, "길 가는 사람들은 양생이 여인과 함께 가는 것을 알지 못하고서 다만 이렇게 물었다."[25])에서는 전지적 시점이 보여지고, "그는 불좌 밑에 숨어서 약속한 배필이 나타나기를 기다렸다. 잠시 후에 한 아리따운 아가씨가 나타나는데 나이는 열대여섯 가량 되어 보였다."[26])에서는 제한적 객관적 시점이 나타나고, "양생은 비록 의심이 나고 괴이하게 여겼으나 여인의 말씨와 웃음소리가 맑고 고우며 얼굴과 몸가짐이 얌전했으므로 틀림없이 귀한 집 처녀가 담을 넘어온 것이라고 생각하고는 더 의심하지 않았다."[27])에서는 제한적 전지적 시점이 보여지고 있다.

그러나 문제는 이와 같은 다양한 시점의 이동에 있는 것이 아니다. 시점에 맞지 않는 서술이 문제인 것이다. 위에서 객관적 시점의 예로 든 부분을 보자.

生挑女而入 女不之難 相與講歡 一如人間

이 상황은 내용 ⑤의 첫 번째 동침 부분이다. 여기서 人間과 똑같았다는 말은 결국 여자가 인간이 아닌 귀신이라는 뜻이 되는데, 이 이전에는 여자의 정체를 암시하는 단서가 전혀 없었으므로[28]) 여자가 살아 있는 인간이 아니라는 첫 번째 시사가 된다. 그리고 인간과 같았다는 판단이 양생의 것이라면 이는 양생의 어깨 너머로 관찰한 제한적 전지적 시점이 되지만 양생은 그전에 그녀의 정체에 대하여 의심한 바 없었고 이후에도 내용 ⑪에 와서야

---

24) 生挑女而入 女不之難 相與講歡 一如人間
25) 行人不知與女同歸 但曰
26) 隱於几下以候其約 俄而有一美姬 年十五六
27) 生雖疑怪 見其談笑淸婉 儀貌舒遲 意必貴家處子 踰墻而出 亦不之疑也
28) 심지어는 부처에게 소원을 빌 때에도 자신은 왜구의 난리에도 목숨을 보존했다고 했다.

비로소 그녀의 정체를 알게 되므로 양생의 판단이라고 볼 수 없다. 그렇다면 "一如人間"이 작가의 주관적 판단이 되므로 "生挑女而入 女不之難 相與講歡"은 객관적 시점에서 기술한 것이라 할 때 "一如人間"은 전지적 시점으로서의 표현이라고 할 수 있다. 그런데 작가가 "즐거움을 나누는 것이 인간과 똑같다"라는 전지적 시점에서 본 진실을 표백하려면 사전에 그녀가 인간이 아니고 죽은 사람의 혼령이라는 사실을 독자에게만은 알려 주었어야 했을 것이다. 양생은 물론 독자도 그녀를 보통의 사람으로 알고 있는 차에 사람과 똑같았다라는 말은 성립할 수 없기 때문이다. 따라서 그 상황에서는 "一如人間"이라는 말은 넣지 않았어야 한다.

　<綠衣人傳>에서는 <萬>에서와 같이 **女鬼**가 자신의 정체를 감추고(물론 독자에게도 숨겨져 있었다.) 남자와 정을 통하는 부분이 있지만 그녀가 인간과 같았다는 말은 있지 않다.

　　源試挑之 女欣然而應 因遂留宿 甚相親昵 明旦辭去[29]
　　(趙源이 시험 삼아 마음을 떠보았더니 여자는 좋아하며 반응을 보였다. 드디어 집에 데리고 와서 같이 자게 되었는데 여자는 아주 친숙하게 굴었다. 아침이 되자 여자는 돌아갔다.)

　그리고 이와 똑같은 상황 속에서의 <牡丹燈記>에서도 "一如人間"이란 말은 없다.

　　生與女攜手至家 極其歡昵 自以爲巫山洛浦之遇不是過也[30]
　　(교생과 그 여자는 손을 잡고 집으로 돌아왔다. 서로 환락을 다하니 巫山·洛浦의 상봉도 이보다 더하진 않았으리라 생각했다.)

---

29) <綠衣人傳>.
30) <牡丹燈記>.

<滕>에서는 인간과 같았다는 말이 있다.[31] 그러나 그때에는 그녀가 인간이 아니라는 사실을 滕生도 독자도 이미 알고 있었던 터였다. 그리고 <愛卿傳>에서도 이 말이 나오지만 그녀의 신분이 밝혀진 이후임은 물론이다.[32] 이상에서 보듯이 「剪燈」所載 소설은 視點上에 전혀 문제가 없다. 그럼에도 <萬>에서 이와 같은 오류가 나온 것은 작가만이 간직하고 있어야할 여인에 대한 비밀을 때가 되기도 전에 어이없이 누설하고 만 작가의 실수였으며 역시 구성 능력의 문제점을 노출시킨 한 예라고 할 수 있다.

▎▎ 4. 男子還生 문제

本章에서는 작품의 종결부를 이루고 있는 여주인공의 남자환생 사건이 갖는 종교적 성격과 그것이 작품의 문학성에 끼치는 영향에 대하여 살펴보도록 하겠다.

여자가 죽어 來世에 남자로 환생한다는 話素는 「無量壽經」(上)의 四十八願 중 第三十五願 永離女身願이라는 淨土往生을 근간으로 하는 불교사상이다.[33] <萬>의 대체적인 플롯이 <滕>과 같으면서도 몇 가지 다른 것 중의하나가 이 부분인데, <滕>에는 없는 환생화소가 들어간 것은 한때 불교에침잠했던 작가의 종교적 성향 때문이라고 볼 수 있지만 동시에 역시 <愛卿傳>의 영향도 받았으리라 생각된다.[34] 그렇다면 남자환생의 종결을 봐서작품에 반영된 작가의 종교사상을 불교사상으로 단정해야 하는가? 결론적으로 말해 그럴 수 없으리라 본다. 왜냐하면 여자와 헤어진 양생은 결국 산

---

31) 遂攜手而入 假寢軒下 交會之事 一如人間
32) 遂與趙子入室歡會 款若平生
33) 李在秀, 앞의 책, p.59.
34) <愛卿傳>도 애경이 죽어 남자로 환생하는 종결을 취하고 있다.

에 藥을 캐러 들어가서 나오지 않음으로써 道敎로 기우는 또 다른 종결을 가져왔기 때문이다. 그것은 작가의 종교사상이 확고하게 불교에 자리 잡지 못하고 있었다는 것을 의미한다. 물론 入山採藥 부분도 <滕>에서의 "入鵰蕩山採藥遂不復還"의 영향을 받은 것이라고 볼 수도 있다. 그러나 작가가 확고하게 불교사상을 표현하고 싶었다면 調信처럼35) 여자와 헤어진 후 (비록 모든 것은 꿈이었지만) 불도로 매진하게 하였을 것이다. 이와 같이 남녀 주인공이 각각 다른 길을 택하게 되는 것은 작가가 종교적인 갈등을 겪고 있었다는 이야기가 된다. 鄭炳昱은 金時習의 종교적 성향을 다음과 같이 말하고 있다.

유불교체기인 과도기에 위치한 한 사람의 지식인으로서 그의 생활은 철두철미하게 현실을 부정하는 불교이념을 실천하는 형태를 빌어서 표현하면서 그의 교양과 양식은 新興士類派의 정신무장이었던 유교이념이 그 기반이 되어 있었기 때문에, 그의 극도의 자기분열증 속에서 고민하였고 급기야는 성격의 파탄까지 초래하게 되었던 불우한 사상가이기도 하였다.36)

그리고 김시습이 만년에는 불교를 떠나 다시 유교로 회귀하였다는 것은 잘 알려진 사실이다. 그는 만년에 祖父의 祭文에서 자신이 불교에 침잠했던 과거를 뉘우치고 다시 유교적 삶의 태도를 확인하는 말을 남기기도 하였다.

伏以帝敷五敎 有親居先 罪列三千 不孝爲大 … 伏念愚騃小子 嗣續本支 少沉滯於異端 嗟迷懵而未講 將修道可以鷹拔 悟誑說莫如輪廻
(엎드려 바라옵건대 舜帝는 五敎를 펴는 데 有親을 첫머리에 두었고 죄를 3천으로 나열하되 불효함을 가장 큰 죄로 여겼습니다. … 엎드려 생각하건대 이 미련한 소자도 근본과 지엽의 계통을 이어받았으되 젊을 때 異端에 빠져 어리석게도 배우지 아니하였음을 슬퍼하여 장차 道를 닦아 뛰어나 보려고 하였으나 輪廻說과 같이

35) 「삼국유사」, 洛山二大聖 觀音 正趣 調信條.
36) 鄭炳昱, "김시습과 금오신화", 「한국소설연구」, 계명대출판부, 1974, p.23.

황당함이 없음을 깨달았습니다.[37]

그리고 그는 자신이 불도로 드러나고 싶지는 않다고도 하였다.

光廟之初 故舊喬木盡爲鬼薄 而復異教大興 斯文陵夷 僕之吉已荒涼矣 遂伴髡
者遊山水 故人以我爲喜釋 然不欲以異道顯世
　(세조 초에 큰 인물들이 모두 저승으로 가고 또 異教가 크게 일어나고 儒學은 점
점 쇠하여 가니 나의 뜻은 이미 황량해져서 드디어 머리 깎은 사람과 짝하여 산수에
노니니 사람들은 내가 부처를 좋아한다 하나 異道로써 세상에 드러나고 싶지는 않
다.)[38]

이와 같은 사실들을 헤아려 볼 때 남자환생 부분만 적시하여 작품의 종교
적 성격을 불교적이라고 할 수는 없으리라고 본다. 또한 같은 시기에 지어
졌으리라 추측되는 <醉遊浮碧亭記>가 神仙思想을 표현한 것이라는 점도
이를 뒷받침한다 할 것이다. 그러나 여기서 논의하고자 하는 초점이 남자환
생 부분의 사상성 여부에 있는 것은 아니다. 오히려 필자는 이러한 종교적
성향을 띤 남자환생의 종결이 야기시킨 문학적 성과에 더 관심이 있다. 그
러나 이것도 결론부터 말하면 부정적 결과만 가져왔다고 말하고 싶다.
<萬>의 내용은 비록 엽기적인 면은 있지만 전체적으로 낭만적인 사랑의
이야기이다. 이러한 통속적인 이야기에 딱딱한 종교성을 접합시킨 것은 아
무래도 생경하고 작위적이라는 느낌을 갖지 않을 수 없다. 더구나 愛情의
전제인 異性을 同性으로 바꾸어 버림으로써 사랑의 대상이 되는 존재 자체
를 소멸시킨 것은 두 남녀의 사랑의 불길에 찬물을 끼얹은 것이나 같은 무
리한 처리라고 볼 수 있다. 대상이 없는 사랑은 존재할 수 없으므로 여자의
남자환생은 애정의 완전한 단절을 의미한다 할 수 있다. 애정은 인간적 가

---

37) 「국역 대동야승」I, 고전국역총서 49, 민족문화문고간행회, 1985, p.368.
38) 같은 책, p.442.

치이며 환생은 종교적 가치라 할 때 작가는 인간적 가치보다는 종교적 가치를 선택했다고 볼 수 있다. 그러나 휴머니즘을 추구하는 것이 문학이라 할 때 그것은 결국 문학성을 외면하는 결과를 가져왔다고 볼 수 있다. 같은 남자환생의 종결을 갖고 있는 <愛卿傳>의 경우 비록 종교적 가치를 따랐을망정 환생을 위해 떠나는 순간 목 놓아 울며 이별을 슬퍼함으로써[39] 인간적 情理에 집착하는 휴머니즘을 보여 주고 있다. 이에 비해 <萬>의 여자는 양생에게 나타나 자기를 위해 복을 빌어 준 덕에 남자로 환생하게 된 것을 감사한다고 말하고 그도 淨業을 닦아 속세를 벗어날 것을 권함으로써 어디까지나 超世的인 가치를 중시하는 모습을 보여 주고 있다. 결국 남자환생의 종결은 작가의 종교적 가치에 대한 願望은 드러낼 수 있었지만 휴머니즘의 구현이라는 문학 본연의 목적에는 위배되는 설정이었다는 것이 필자의 생각이다.

■ 5. 空唱 문제

<萬>에는 형체는 보이지 않으면서 목소리만 공중에서 들리는 현상이 두 군데 나온다. 첫 번째는 ②에서 "吟罷 忽空中有聲曰 君欲得好逑 何憂不遂"라 나오고, 두 번째는 ⑭에서 "女於空中唱曰 蒙君薦拔 已於他國爲男子矣 雖隔幽明 寔深感佩 君當復修淨業 同脫輪廻"라고 나오는데 本章에서는 이 空唱 문제에 대하여 생각해 보도록 하겠다.

「금오신화」 다섯 편의 모티프를 대부분 「剪燈」에서 발견할 수 있는 반면 空唱모티프는 「剪燈」에서 찾을 수 없다는 것은 흥미 있는 일이다.

---

39) 鷄鳴而起 下階數步 復回顧拭淚云 趙郞珍重 從此永別矣 因哽咽佇立 天色漸明 欻然而
　逝 不復有覩

그런데 <金鳳釵記>에는 崔生과 사별한 洪娘이 崔生의 꿈에 나타나 謝意를 말하는 부분이 있는데 <萬>의 두 번째 空唱은 이 부분을 現夢 대신 空唱으로 변개시킨 것이 아닌가 보여 진다. 그것은 <萬>과 같이 崔生이 사흘 동안 洪娘의 명복을 빌어 주자 그녀가 現夢했고, "蒙君薦拔尙有餘情 雖隔幽明 實深感佩 小妹柔和 宜善視之"라고 한 말도 같기 때문이다. 그런데 첫 번째 空唱이 누구의 소리였는지는 분명치 않다. 梁生이 외로운 심정을 詩로 읊자 홀연히 공중에서 소리가 들렸다고 했는데 두 번째와 달리 '女'라는 말은 없으므로 처녀로 보기는 어렵고 부처나 다른 神의 음성으로 볼 수 있을 것이다. 그렇다면 이 空唱 모티프는 어디서 채용한 것일까? 필자는 이 부분만은 「剪燈」이 아닌 우리의 전통적인 巫俗에서 취재한 것으로 보고 있다. 우리나라 문헌에 空唱에 대한 기록은 많이 있는데 몇 가지 경우를 들어 보겠다.

우선 다 알다시피 「삼국유사」 駕洛國記條에는 龜旨 위에서 사람을 부르는 소리가 들렸다고 나온다.

　　所居北龜旨 有殊常聲氣 呼喚衆庶 二三百人集會於此 有如人音 隱其形而發其音曰 此有人否 九千等云 吾徒在[40]

廣德은 죽어서 친구 嚴莊에게 空中에서 이렇게 말하였다.

　　一日 日影拖紅 松陰靜暮 窓外有聲報云 某已西往矣 惟君好住 速從我來[41]
그리고 고려와 조선시대에도 공창의 기록이 있는바

　　時有巫女三人 奉妖神惑衆 自陜州歷行郡縣 所至作人聲呼空中隱隱若喝道 聞者奔走設祭 莫敢後 雖守令亦然[42]

40) 「삼국유사」, 駕洛國記條.
41) 같은 책, 廣德嚴莊條.

妖巫七人 能使鬼神 唱於空中 有似人語 今人眩惑[43]

여기서는 대개 妖巫의 作亂으로 보고 있다.

그런데 필자는 <萬>의 空唱 모티프를 <金現感虎>에서 찾고 싶다. <金現感虎>에도 空唱 부분이 있는데 여기서는 空唱의 주인공이 三虎의 惡을 징계하려는 神이라 볼 수 있다.

時有天唱 爾輩嗜害物命尤多 宜誅一以徵惡 三獸聞之 皆有憂色[44]

필자가 <萬>의 空唱 모티프를 이에서 구하려고 하는 근거는 空唱 하나뿐 아니라 작품 전체의 내용이 너무나 유사하기 때문이다. 그것을 보면 첫째로 두 남녀가 만난 시간과 공간의 배경을 들 수 있다. <萬>은 3月 24日 福會가 있는 날 저녁 萬福寺라는 절에서이며 <金>[45]은 2月 8日에서 15日 사이의 福會가 있는 날 저녁 興輪寺라는 절에서이다. 그리고 이날에는 "士女騈集 各呈其志"(萬)하고 "都人士女 競遶興輪寺之殿塔爲福會"(金)한다고 했다.

둘째로는 두 사람이 그날로 정을 통한다는 점이다.

廊盡處 有板房甚窄 生挑女而入 女不之難 相與講歡 一如人間 (萬)
相感而目送之 遶畢引入屛處通焉 (金)

셋째는 남자가 여자의 집에 따라간다는 점이다.

넷째는 나중에야 여자의 정체를 알게 된다는 점이다.

다섯째는 남자가 여자의 명복을 빌어 주고 죽을 때까지 그 여자를 잊지

---

42) 「고려사」, 安向傳.
43) 「세종실록」18年.
44) 「삼국유사」, 金現感虎條.
45) 이하 <金>은 <金現感虎>를 의미한다.

못한다는 점이다.

이와 같은 많은 공통점으로 볼 때 金時習이 「삼국유사」를 보았을 가능성
은 충분하므로(더구나 그는 한 때 一然과 같은 僧侶이기도 했다.) <萬>은
「剪燈」의 골격에 <金>의 일부 모티프[46]를 가미시킨 것이라고 볼 수도 있
을 것이다. 따라서 필자는 <萬>의 空唱 부분을 「剪燈」의 모범에 우리 것을
첨가한 희귀한 한 예로 보며 동시에 <金現感虎>와의 영향 관계를 입증하
는 중요 요소로 보고자 하는 것이다.

▌ 6. 結言

이상으로 <만복사저포기>의 제작 기법상의 몇 가지 문제에 대하여 살펴
보았다. 그 결과 문학사적 가치를 차치한 내용적인 면에서는 여러 군데 差
錯이 있음을 확인할 수 있었다. "突出而言"하였는데도 그에 대한 개연적인
반응이 없는 점, "妾亦人也"의 모순점, 信物을 주면서 아무 설명이 없는 점,
'동침 후 詩酒'의 비개연성 등 개연성이 결여된 몇 가지 사례에 대한 분석이
있었다. 또한 "相與講歡 一如人間"의 視點上 모순점도 밝혀 보았으며 男子
還生 종결의 非人道的 성격도 규명해 보았고 空唱 모티프를 통하여 <金現感
虎>와의 관계도 제시해 보았다.

이상에서 고찰해 본 바의 결론은 <만복사저포기>는 전체적으로 소설적 치
밀성이 결여되고 설화적 비약이 심한, 작가의 구성 능력의 미숙성을 드러낸
작품이라는 것이다. 그것은 작가가 「剪燈」의 모범을 완전히 용해시키지 못하
고 再構를 시도한 나머지 세밀한 상황 묘사나 대화의 필연성 부여에 실패한
채 스토리텔링에만 급급하였다는 것을 의미한다. 그러나 그것이 작품 전체의

---

46) 福會 때 절에서의 만남, 空唱 등.

총체적 가치를 완전히 삭감할 만한 것은 물론 아니라 본다. 「剪燈」의 妖鬼는
축출해 버리고 오직 節義를 생명처럼 여기는 여성을 부각시킴으로써 단순한
흥미적 차원을 초월하려 했던 작가의식은 평가할 만한 것이기 때문이다. 다만
작품 내용에 대한 엄정한 평가가 전체적 진실을 밝히는 데 긴요하겠기에 소견
을 피력해 보았을 뿐이다. 아울러 다른 네 편에 대한 같은 방식의 검토가 활발
히 이루어져야 하리라 믿는다.

Ⅱ。李生窺牆傳의 比較文學的 考察

대진(戴進) 산수도(山水圖)

■ 1. 序言

　"남의 것을 섭취하는 것만큼 獨創的이요, 또 自己的인 것은 없다.[1]"는 말은 어느 문학작품도 다른 작품과의 영향관계에서 자유로울 수 없으며 그 영향 아래 산출된 작품의 가치가 의심받을 이유가 없다는 것을 뜻한다. 우리는 그 가까운 例를 <水滸志> 중 '武松故事'부분을 부연한 <金瓶梅>가 그 藍本과 어깨를 같이하여 당당히 중국의 四大奇書로 불리고 있는 데서 찾을 수 있다. 그러나 그렇다하여 이 말이 한 작품이 다른 작품의 모방적 차원에 머물러도 괜찮다는 것은 아닐 것이다. 작가가 어떤 작품을 읽고 소화하여 그 작품의 모든 요소들을 자신의 知的 자산으로 만들고, 그 바탕 위에서 자기만의 독특한 체취를 담아 새로운 차원의 작품을 형상화했을 때 그 독창성과 가치를 인정받을 수 있음은 물론이다.

　그러한 면에서 「金鰲新話」가 「剪燈新話」의 단순한 모방작이냐 아니냐를 가리는 것은 작품의 가치를 획정하기 위한 전 단계 작업으로서 그 의의가 있다 할 수 있다. 그러므로 그간 많은 연구자들이 이의 규명을 위해 크게 힘을 쏟아온 것은 당연한 일이라 하겠다.

　논지의 흐름은 16세기 初 金安老[2]가 단순 모방설을 주장한 이래 崔南善[3]

---

1) Paul Valery : 朴晟義 "금오신화와 전등신화의 비교연구", 「고전소설연구」, 정음사, 1979, p. 124. 에서 재인용.
2) 金安老, 「용천담적기」.
　東峰金時習 … 入金鰲山 著書藏石室曰 後世必有知岑者 其書大抵述異寓意. 效剪燈新話等作也.

과 金台俊[4]이 이를 따랐으나 이후 朴晟義[5], 李石來[6], 金起東[7], 李相翊[8], 金
一烈[9] 등 대부분의 논자들이 소위 창조적 수용론을 제기함에 따라 지금에
와서 이와 같은 관점은 거스를 수 없는 대세가 되었다. 창조적 수용론의 논
지는 「금오신화」가 「전등신화」의 단순한 모방작이 아니고 작가가 주체적

---

3) 崔南善, "금오신화해제", 계명 19호.
   금오신화란 결코 탁월한 大作이랄 것이 아니며 先儒의 說과 같이 明初瞿佑의 전등신
   화에 의한 一傳奇니 그 體制와 措辭上에서뿐 아니라 入題命意와 取材設人에까지 전
   등신화를 舊本으로 하였다 할 것이며….

4) 金台俊,「조선소설사」, 학예사, 1939, p. 59.
   「금오신화」는 剪燈을 모방하였다 함은 그의 체재와 내용이 혹사함으로써 말함이니
   만일 금오신화의 一篇을 剪燈에 넣어도 얼는 골라내지 못 할 듯 한지라.

5) 朴晟義, 註1)의 논문, p. 136.
   여기서 우리가 유의할 점은 김시습의 「금오신화」가 아무리 瞿佑의 「전등신화」를 모
   방한 작품이라 할지라도 그것은 「전등신화」 그대로의 단순한 모방이 아니라는 것이
   다. … 김시습은 구우의 작품을 완전히 음미소화하여 자기의 혈관 속에 용해시켜 가
   지고 다시 자기의 창의에 의한 재창작이라는 점에서 가치가 있는 것이요 … 우리나
   라에 배경을 두고 우리나라의 풍속을 묘사하여 명백한 향토색을 발휘하고 자주적
   정신을 보였다는 데 더욱 광채가 있는 것이다.

6) 李石來, "금오신화의 전개적 고찰",「한국고전소설」, 계명대학교출판부, 1980. 2
   刷發行, p. 30.
   같은 주제의 粉飾 再現은 단순한 모방이 아니라 확충이오, 발전이라 볼 때 「금오신화」
   는 「전등신화」의 풍토화에 성공한 작품이라 말할 수 있다. 異國小說의 風土化는 긴 세
   월을 통해 굳혀진 창조적 터전 위에서만 가능한 것이다.

7) 金起東,「이조시대소설론」, 이우출판사, 1981, p. 85.
   「금오신화」는 비록 중국소설을 모방하였다고는 하나, 후세의 작가들이 무조건 · 무
   비판적으로 모방하여 배경까지 중국을 택한 것과는 雲泥의 차가 있다 할 수 있다. 곧
   김시습은 중국소설의 표현형식만 모방하였지 그 내용에 있어서는 엄연히 우리나라
   를 배경으로 하고 우리의 생활을 표현하여 비록 한문소설일망정 민족문학으로서의
   가치를 십분 발휘하고 있다는 것이다.

8) 李相翊,「한중소설의 비교문학적 연구」, 삼영사, 1983, pp. 346~347.
   〈金〉이 〈剪〉의 모방작임은 사실이나 그것은 形式과 傳奇性에서다. 〈金〉의 작품 내용
   주로 구성상의 내용이나 무수히 개입된 詩作品의 내용은 전혀 창작물이다. 따라서
   〈金〉은 〈剪〉을 형식면에서는 모방하였으나 내용면에서는 전혀 달리하여 훌륭한 창
   작임은 단정할 수 있다.

9) 金一烈,「고전소설신론」, 새문사, 1993, 三版, p. 108.
   그는 금오신화 속에다 외로운 정열과 쓰라린 좌절, 이상과 현실의 긴장된 갈등, 불의
   에 대한 항거와 운명에 대한 저주 등 자신의 모든 것을 털어 넣었다. 스스로 '人間不
   見書'라고 했듯이 금오신화는 작가의 깊고도 내밀한 생각을 간직한 작품이다. … 외
   국 작품의 단순한 모방작이라면 도저히 그럴 수 없는 것이다.

창작의식을 가지고 새롭게 구성한 완전한 창작물이라는 것인데 기본적 영향관계를 인정한 토대 위에서의 주장이기에 이를 부정할만한 근거는 없으리라 본다. 그러나 작품에 반영된 작가의 창의성과 문학적 성과는 별개이므로 이 문제에 대한 본격적 연구가 활발히 이루어지지 않고 있음은 아쉬운 일이라 하겠다.

작가의 창의성이 일구어 낸 문학적 성과를 모색하기 위해 연전에 필자는 <萬福寺樗蒲記>를 분석해 본 바 있었으나[10] 결과는 실망스런 것이었다. 「전등신화」와는 다르게 만들어 보겠다는 작가의 의욕이 同寢 後 詩酒와 같은 비개연적 사건구성을 하게 하고, 호응이 안 되는 대사를 빈발하게 한 것은 작가적 역량의 미숙성이 초래한 안타까운 단면이었다. 그럼에도 불구하고 우리가 이 작품들에 대하여 엄정한 문학적 비평을 계속해야만 하는 것은 우리 문학사에서 그것들이 차지해야 할 올바른 자리매김을 위해서이다. 따라서 본고의 목적도 거기에 있다.

본고에서는 먼저 <李生窺牆傳>이 「금오신화」중 「전등신화」의 영향을 가장 복합적으로 받은 작품임을 감안하여 그 영향관계를 세밀히 검토함으로써 작품에 담겨진 受容과 變改의 실상을 밝히도록 할 것이다.
그리고 다음으로는 작가의 창작의도가 가장 두드러지게 나타나는 여주인공의 節死 모티프를 분석하여 작가의식을 추출해 내고 그것이 작품의 개연성에 어떠한 영향을 미쳤는지에 대하여 고찰하도록 하겠다. 마지막으로는 제작기법상의 문제점을 짚어봄으로써 초기소설이 보여주는 문학적 한계성에 대하여 살펴보도록 하겠다.

---

10) 拙稿, "만복사저포기의 몇 가지 문제에 대하여", 「연민이가원선생칠질송수기념 논총」, 정음사, 1987, pp. 233~252.

■ 2. 剪燈新話와의 影響關係

영향관계를 논하기에 앞서 편의상 작품의 敍事構造를 살펴보면 다음과 같다.

① 松都에 재주와 인물이 뛰어난 李生과 崔처녀가 살고 있음을 소개하다.

② 李生이 엿보는 가운데 崔처녀 異性을 戀慕하는 詩를 읊는다.

③ 李生 崔처녀의 詩를 듣고 和答하는 詩를 적어 담 안으로 던진다.

④ 崔처녀 밤에 만나자는 뜻을 전한다.

⑤ 李生 밤에 찾아와 崔처녀가 드리워 준 대광주리를 타고 越牆한다.

⑥ 李生과 崔처녀 함께 詩酒를 즐긴다.

⑦ 李生 崔처녀의 제의로 서재에 올라가 雲雨之情을 나눈다.

⑧ 李生 情을 통한 이후 밤마다 崔처녀를 찾는다.

⑨ 李生의 아버지 아들의 행동을 눈치 채고 李生을 嶺南으로 보낸다.

⑩ 崔처녀 이 사실을 알고 병이 난다.

⑪ 崔처녀의 부모 딸의 병의 원인을 알고 媒者를 보내 李生의 부모에게 청혼을 한다.

⑫ 李生의 부모 가난함을 이유로 청혼을 거절한다.

⑬ 崔처녀의 부모 혼수는 자기 쪽에서 맡을 터이니 걱정하지 말라고 이른다.

⑭ 李生의 부모 李生을 불러 올려 혼례를 치르게 한다.

⑮ 李生 大科에 합격 높은 벼슬자리에 오른다.

⑯ 紅巾賊이 쳐들어와 李生은 가족을 데리고 깊은 산 속에 숨는다.

⑰ 崔氏女 도적에게 잡혀 반항하다가 죽임을 당한다.

⑱ 도적이 물러간 뒤 李生 崔氏女의 幻身과 만난다.

⑲ 李生 그녀로부터 그간의 사정 이야기를 듣고 잠자리를 같이한다.

⑳ 다시 함께 산 지 수년이 지난 어느 날 崔氏女 저승으로 돌아갈 때가 되었다고 말한다.

㉑ 李生 자신도 함께 가겠다고 말한다.

㉒ 崔氏女 李生의 수명이 아직 남아있음을 말하고 자신의 유골의 안장을 부탁하며 사라진다.

㉓ 李生 崔氏女의 유골을 부모 무덤 옆에 안장하고 아내를 그리워하며 지내다가 수개월 만에 병으로 죽는다.

내용 전체는 ①-⑮까지의 前半部와 ⑯-㉓까지의 後半部로 나눌 수 있는데 전반부는 「전등신화」 중 주로 <聯芳樓記>와 <翠翠傳>과 <渭塘奇遇記>를, 후반부는 <愛卿傳>과 <滕穆醉遊聚景園記>를 바탕으로 재구성한 것으로 보인다.

전반부는 두 남녀 주인공이 부모 몰래 사랑을 나누다가 남자 쪽 아버지의 개입으로 결별의 위기를 맞지만 딸의 진심을 안 여자 쪽 부모의 청혼으로 결혼에 이르게 되는 결혼담으로 <聯芳樓記>, <翠翠傳>, <渭塘奇遇記>를 섞어놓은 듯 구성을 한 부분이다.

그러면 이제부터 내용비교에 들어가 보도록 하겠다. 먼저 ①의 주인공 소개장면을 보면 <李生傳>[11]이

松都有李生者 居駱駝橋之側 年十八風韻淸邁 天資英秀 常詣國學 讀詩路傍 善竹里 有巨室處女崔氏 年可十五六 態度艶麗 工於刺繡而長於詩賦 (李生傳)

(松都에 이씨 성을 가진 서생이 낙타교 옆에 살고 있었다. 나이는 열여덟인데 얼굴은 말쑥하여 타고난 재주가 빼어났다. 일찍부터 국학에 다녔는데 길을 가면서

---

11) 이하 <李生傳>은 <李生窺牆傳>을 가리킴.

도 글을 읽었다. 그때 선죽리 귀족 집에 최씨 처녀가 살고 있었는데 나이 열대여섯에 맵시는 아리땁고 자수에 능하고 詩賦에도 뛰어났었다.)[12]

라고 두 남녀 주인공의 용모와 재주를 칭찬하는 것으로 시작하고 있는데 이는 <翠翠傳>의 시작과 같다.

> 翠翠姓劉氏 淮安民家女也 生而穎悟 能通詩書 父母不奪其志 就令入學 同學有金氏子者 名定 與之同歲 亦聰明俊雅 (翠翠傳)
>
> (翠翠는 姓이 劉씨이며 회안지방의 어느 평민의 딸이었다. 날 때부터 총명하여 詩書에 능했으며 부모도 제가 원하는 것을 물리칠 수 없어 서당에 보냈다. 같은 서당에 金씨집 아들로 이름을 定이라고 하는 아이가 있었다. 나이도 동갑인데다가 또한 총명하고 잘생긴 아이였다.)

다음 ②-③에서 두 남녀가 詩로써 戀慕의 情을 주고받는 장면도 역시 <翠翠傳>에

> 金生贈翠翠詩曰 十二欄干七寶臺 春風到處艶陽開 東園桃樹西園柳 何不移敎一歲栽 翠翠和曰 平生每恨祝英臺 懷抱何爲不肯開 我願東君勤用意 早移花樹向陽栽 (翠翠傳)
>
> (金生이 翠翠에게 詩 한 首를 지어 보냈다. "열 두 난간 칠보대에 봄바람 불어오니 예쁘게 꽃피었네. 東園의 복사나무 西園의 버드나무 한 곳에 모이려면 어떻게 옮겨야 하나?" 翠翠도 그 詩에 和答했다. "평생에 한스럽던 축영대런가? 가슴에 품은 정 열어 뵌들 어떠리. 바라오니 東君이여 부지런히 공부하여 하루 속히 옮기소서. 꽃피는 두 나무를.")

라고 나오고 있으나 남자가 여자에게 먼저 詩를 준 점이 다르다. 그런데 이 장면은 오히려 <滕穆>[13]에서 채용한 것 같은데 여자가 詩로써 먼저 수작

---

12) 국역은 李載浩 譯「金鰲新話」(乙酉文庫 81)와 李慶善 譯「剪燈新話」(乙酉文庫 193)를 따랐으며 부분적으로 필자가 고쳐 쓴 것도 있음.

13) 이하 <滕穆>은 <滕穆醉遊聚景園記>를 가리킴.

을 건넨 것도, 그 詩를 들은 남주인공이 자신도 재주를 뽐내고 싶어 견딜
수 없었다는 표현도 같기 때문이다.

> 生聞之 不勝技痒 (李生傳)
> (李生은 그녀가 읊은 詩를 듣고는 자기의 재주를 자랑하고 싶어 안달이 났다.)

> 及聞此作 技痒不可復禁 (滕穆)
> (이 詩를 들음에 이르러서는 자기도 詩才를 자랑하고 싶어 안달이 났다.)

⑤에서 대광주리를 타고 넘어가는 장면은 <聯芳樓記>에도 똑같이 나오
는데 李生이 담을 넘어간 것에 대해 <聯芳樓記>의 鄭生은 처녀들이 거처
하는 누각으로 직접 올라간 것이 다를 뿐이다.

> 往視之 則以秋千絨索 繫竹兜下垂生攀緣而踰 (李生傳)
> (가까이 가서 살펴보니 그넷줄에 매달린 대광주리가 아래로 드리워져 있었다. 李生
> 은 그 줄을 타고 담을 넘어갔다.)

> 顧盼之頃 則二女以秋千絨索 垂一竹兜 墜於其前 生乃乘之而上 (聯芳樓記)
> (바라보니 두 아가씨가 밧줄에 대광주리를 매달아 그것을 아래로 떨어뜨리고 있
> 었다. 그는 재빨리 그 위에 올라타고 위로 올라갔다.)

그리고 담을 넘어간 李生이 부모에게 발각되어 꾸중들을 일을 걱정하자
모든 것은 자신이 책임질 터이니 걱정하지 말라고 여자가 남자를 위무하는
것도 <聯芳樓記>와 같다.

> 女變色而言曰 … 丈夫意氣 肯作此語乎 他日閨中事洩 親庭譴責 妾以身當之(李生
> 傳)
> (여자는 낯빛이 변하여 말하였다. … "대장부의 의기로서 어찌 그런 말씀을 하십
> 니까? 뒷날에 규중의 비밀이 누설되어 부모님께 꾸지람을 듣게 되더라도 저 혼자

책임을 지겠습니다.")

　二女曰 方欲同歡袵席 永奉衣巾 奈何遽出此言 … 他日機事彰聞 親庭譴責 若從 妾 所請 則終奉箕箒於君家 (聯芳樓記)

　(두 여자가 말했다. "바야흐로 함께 즐겨 잠자리를 같이했고 영원토록 당신을 모시고자 하는데 어찌 갑자기 그런 말씀을 하십니까? … 뒷날에 이 일이 누설되어 부모님께 꾸지람을 듣게 되면 저희들은 떳떳이 서방님께 시집가겠노라고 말씀드리겠습니다.")

⑥-⑦에서 詩酒를 나누고 이어 情을 통하는 사건전개는 <滕穆>에서와 같다. <萬福寺樗蒲記>에서 詩酒와 同寢이 순서가 바뀌어 개연성을 상실했던 것에 비하면 구성면에서 진일보한 것으로 볼 수 있는 부분이다.

<李生傳>에서 사랑을 나누러 들어간 崔처녀의 서재에 四時의 경치를 읊은 詩 네 首가 걸려있고 지은이는 알 수 없었지만 글씨는 조맹부의 서체를 본받아서 매우 아름다웠다는 장면 묘사는 <渭塘奇遇記>의 한 장면을 그대로 따온 것이다.

　一壁貼四時景 各四首 亦不知爲何人所作 其筆 則摹松雪眞字 體極精妍 (李生傳)
　(한쪽 벽에는 사시의 경치를 읊은 詩를 각각 네 首씩 붙여 놓았는데, 그것도 역시 어떤 이가 지었는지 알 수 없었다. 글씨는 조맹부의 서체를 본받아서 字體가 뛰어나게 아름다웠다.)
　壁上貼金花箋四幅 題詩於上 詩體則效東坡四時詞 字劃則師趙松雪 不知何人所作 也 (渭塘奇遇記)
　(벽에는 金花箋紙 네 폭이 붙여 있고 거기에는 詩가 씌어 있었다. 詩體는 소동파의 <四詩詞>를 본뜬 것이고 글씨체는 조맹부를 모방한 것인데 누가 지은 것인지는 알 수 없었다.)

⑨에서 李生의 아버지가 李生을 嶺南으로 보내는 부분은 <聯芳樓記>에서 鄭生의 아버지가 鄭生에게 귀향하라고 독촉하는 편지를 보내온 것을 한

단계 발전시킨 것으로 보인다.

⑪에서 崔처녀의 부모가 딸과 李生과의 관계를 알게 되는 것은 둘이 서로 주고받았던 詩를 발견함으로써 인데 이 부분도 <聯芳樓記>를 수용한 것이다.

　　父母怪之 問其病狀 暗暗不言 搜其箱篋 得李生前日唱和詩 擊節驚訝曰 …
　　(李生傳)
　　(부모는 이상히 여겨 병의 증상을 물어보았으나 묵묵히 말이 없었다. 그들은 딸의 상자 속을 들추어보았다. 거기에는 딸이 李生과 서로 주고받은 詩가 들어 있었다. 그녀의 부모는 그제야 놀라면서 무릎을 쳤다.)

　　女之父見其盤桓不去 亦頗疑之 一日登樓 於篋中得生所爲詩 大駭 (聯芳樓記)
　　(처녀의 아버지는 鄭이 곧 돌아가지 않는 것을 보고 심히 의아하게 생각했다. 하루는 누각에 올라갔다가 딸들의 상자 속에서 鄭의 詩를 발견하고는 크게 놀랐다.)

이어서 李生과의 관계를 들킨 崔처녀가 李生이 아니면 죽어도 다른 곳으로는 시집가지 않겠다고 극언하는 장면은 <翠翠傳>에서 가져온 것이다.

　　父母如從我願 終保餘生 徜違情款 斃而有已 當與李生 重遊黃泉之下 誓不登他門也 (李生傳)
　　(부모님께서 제 소원을 들어주신다면 남은 생명이나 보전하겠습니다만, 만약 저의 이 간곡한 청을 거절하신다면 죽음만이 있을 뿐입니다. 도련님과 저승에서 다시 함께 만날지언정 절대로 다른 가문에는 시집가지 않겠습니다.)

　　必西家金定 妾已許之矣 若不相從有死而已 誓不登他門也 (翠翠傳)
　　(저는 꼭 서쪽에 사는 金定에게 시집가기로 이미 마음먹고 있어요. 만약 그렇게 해 주시지 않는다면 죽으면 죽었지 다른 집으로는 안가겠습니다.)

⑪에서 ⑭까지 媒者를 통한 청혼과 혼인에 이르기까지의 과정 또한 <翠翠傳>을 수용한 것이다. 그런데 그 중에서도 두 편 모두 혼인비용을 여자

쪽에서 전담하겠다고 제의하는 것이 이채롭다.

吾亦自少 把冊窮經 年老無成 奴隷逬逃 親戚寡助 生涯疏闊 家計伶俜而況巨家大
族 豈以一人寒儒 留意爲贅郎乎 … 崔家曰 納采之禮 裝束之事 吾盡辨矣 (李生傳)
　(나도 젊어서부터 책을 들고 학문을 닦았으나 아직 성공을 하지 못했습니다. 그
러니 노복들은 뿔뿔이 흩어져가고 친척들도 도와주지 않아서 생활이 치밀하지 못해
살림이 궁색해졌습니다. 그런데 어찌 권세 있는 가문에서 빈한한 선비의 자식을 사
위로 삼으려 하십니까? … 崔씨집에서는 "모든 예물 드리는 절차와 의장은 저희
집에서 모두 준비하겠습니다."라고 말하였다.)

然而劉富而金貧 其子雖聰俊 門戶甚不敵 及媒氏至其家 果以貧辭 … 媒氏復命父
母 果曰 婚姻論財夷虜之道 吾知擇壻而已 不計其他 … 凡幣帛之類 羔雁之屬 皆女家
自備 (翠翠傳)
　(그러나 劉씨 집안은 본디 부유하였지만 金씨네는 가난하여 그 집 아들이 비록
총명하고 준수하더라도 문벌이 서로 걸맞지 않았다. 중매쟁이를 그 집에 보내 보았
더니 과연 가난함을 이유로 들어 사양하였다. … 중매쟁이는 劉씨 집에 가서 그대로
알렸다. 그랬더니 翠翠의 부모는 과연 "혼인에 있어 재산의 유무를 논하는 것은 오
랑캐들이나 하는 일이 아니겠소. 내가 알고 사위를 고른 것이니 그런 일로 걱정하시
지는 말라 하시오."라 하였다. … 혼례에 드는 모든 준비물, 곧 폐백이나 전안 따위
등은 모두 여자 집에서 마련했다.)

후반부에 속하는 ⑯부터는 <愛卿傳>의 플롯을 중심으로 군데군데 <滕
穆>의 그것을 가미하고 있다. ⑯-⑰에서 崔氏女가 도적에게 잡혀 죽임을
당하는 부분은 <愛卿傳>에서는 몸이 더럽혀지는 것을 피할 수 없게 된 여
자가 스스로 목숨을 끊는 것으로 되어 있다.

女爲賊所虜 欲逼之 女大罵曰 虎鬼殺啗我 寧死於豺狼之腹中 安能作狗彘之匹乎
賊怒 殺而剮之 (李生傳)
　(여자는 도적에게 사로잡힌 몸이 되었다. 도적이 여인을 겁탈하고자 하니 여인은
크게 꾸짖어 욕을 하였다. "이 호랑이 창귀 같은 놈아! 나를 죽여 씹어 먹어라. 내
차라리 이리의 밥이 될지언정 어찌 개돼지의 배필이 되어 내 정조를 더럽히겠느

냐?" 도적은 노하여 여인을 죽여 살을 도려 흩었다.)

見愛卿之姿色 欲逼納之 愛卿以甘言給之 沐浴入閤 以羅巾自縊而死 (愛卿傳)
(그는 愛卿의 자색을 보고 겁탈하여 제것으로 삼으려 했다. 愛卿은 달콤한 말로 그를 속여 놓고 목욕하고 자기 방에 들어가 비단수건으로 목을 매어 죽었다.)

그리고 ⑱-⑲에서 죽은 崔氏女의 幻身이 나타나 지난날의 사정을 말하고 李生과 살아있을 때같이 사랑을 나누는 것도 <愛卿傳>과 같다.

叙情罷 同寢極歡如昔 (李生傳)
(쌓였던 이야기가 끝나고 잠자리를 같이하니 지극한 즐거움은 옛날과 같았다.)

遂與趙子入室歡會 款若平生 (愛卿傳)
(이윽고 趙生과 방으로 들어가 잠자리를 같이하니 즐거움은 옛날과 같았다.)

그러나 ⑳-㉒에서와 같이 그녀의 환신과 몇 년을 행복하게 동거하다가 헤어지는 것은 <滕穆>의 플롯을 딴 것이다. (愛卿은 하룻밤을 지낸 뒤에 남자로 환생하기 위해 남편을 떠나간다.)

生自是以後 懶於人事 雖親戚賓客賀弔 杜門不出 常與崔氏 或酬或和 琴瑟偕樂 荏苒數年 一夕 女謂生曰 三遇佳期 世事蹉跎 歡娛不厭 哀別遽至 (李生傳)
(李生은 이로부터 인간의 모든 일을 전혀 잊어버리고서 친척과 귀한 손의 吉凶事 방문에도 문을 닫고 나가지 않았으며 늘 아내와 함께 싯귀를 지어 주고받으며 즐거이 세월을 보냈다. 어느덧 두서너 해가 지난 어느 날 저녁에 여인은 李生에게 말했다. "세 번째나 가약을 맺었습니다만 세상 일이 뜻대로 되지 않았으므로 즐거움도 다하기 전에 슬픈 이별이 갑자기 닥쳐왔습니다.")

美人處生之室 奉長上以禮 待婢僕以恩…雖中門之外 未嘗輕出 衆咸賀生得內助 荏苒三歲… 美人 忽垂淚而告生曰 感君不棄 侍奉房帷 未遂深歡 又當永別 (滕穆)
(미인은 滕生과 같이 살면서 윗사람은 예로써 잘 받들고 비복은 은혜로써 대하였

다. … 비록 중문 밖이라 하더라도 가볍게 밖으로 나가지 아니하니 모든 사람들이 등목은 좋은 아내를 맞이했다고 입을 모아 칭찬했다. 어언 삼 년의 세월이 흘렀다. … 그녀가 갑자기 눈물을 흘리며 말했다. "서방님의 다정하심에 마음이 흔들려 잠자리를 모셨고 아직 그 즐거움을 다하지 못했는데 또다시 헤어져야 할 때가 왔습니다.")

그리고 李生이 崔氏女를 보내지 않으려 하자 崔氏女가 저승의 법을 어기면 자신에게 뿐 아니라 李生에게도 해가 미친다고 말하는데 이 부분도 <滕穆>에서 따온 것이다.

　　女曰 … 違犯條令 非唯罪我 兼亦累及於君 (李生傳)
　　(여자는 말했다. "저승의 법도를 어기면 죄가 저에게만 미치는 것이 아니라 낭군님에게까지 그 허물이 미칠 것입니다.")

　　美人曰 … 若能遲留 須當獲戾 非止有損於妾 亦將不利於君 (滕穆)
　　(미인은 말했다. "만약 여기에 더 오래 머물러 지체한다면 반드시 붙잡으러 올 것입니다. 그렇게 되면 그 손해가 저에게만 그치지 않고 장차 낭군에게도 이롭지 못한 일이 생길 것입니다.")

끝으로 ㉓에서 李生이 아내를 그리워하다가 몇 개월 만에 죽는 장면은 「전등신화」에는 없는 것으로 보아[14] 부부의 의리를 강조하기 위한 작가의 의도가 개입된 부분으로 보인다.

이상에서 살펴보았듯이 <李生傳>이 內容, 構成, 措辭면에서 「전등신화」중 <聯芳樓記>를 비롯하여 전술한 수편을 모델로 再構된 작품이라는 것은 명백하다고 본다. 반면에 '節義'를 강조하려고 한 주제의식과 작품 곳곳에

---

14) <滕穆>에서는 滕生이 아내 생각에 다시는 장가들지 않고 산에 들어가 혼자 살았다고 되어 있고 <翠翠傳>에서는 강제로 남의 妾이 된 아내를 다시 찾을 수 없음을 비관한 남편이 세상을 뜨자 두 달 만에 아내도 따라 죽는 것으로 나오는데 작가가 이에서 착안했는지는 확실치 않다.

등장하는 주옥같은 詩들은 작가의 개성이 담겨진 有意味한 요소들이라 할
수 있을 것이다.

▌▌ 3. 節死에 內在된 作家意識

<李生傳>에서 「전등신화」와 다른 개성을 찾는다면 그것은 단연 '節死모
티프'일 것이다. 「전등신화」에도 <愛卿傳>의 愛卿처럼 節死한 例가 없는
것은 아니지만 <李生傳>의 崔氏女처럼 정조를 지키기 위해 적극적으로 저
항하다가 죽임을 당한 그러한 열녀는 없기 때문이다. 그리고 이것은 여자가
주요 역할을 하는 다른 두 편의 작품 <萬福寺樗蒲記>와 <醉遊浮碧亭記>
의 두 여인도 모두 節死한 여인들로 되어 있음을 감안할 때 분명 작가의 의
도적 설정임을 알 수 있다. 이에 주목하여 薛盛璟은 "「금오신화」는 節義를
주제로 한 소설로의 발산으로 해석되어질 여러 가지 징후들을 지니고 있
다."[15]라고 '節死모티프'를 주제와 관련시켜 해석했다.

기실 작가의식적 관점에서 볼 때 세조의 왕위찬탈에 항의하여 평생을 방
외인으로 고독하게 산 작가가 작중인물을 통하여 불의에 타협하지 않는 자
신의 義氣를 구현하고 싶었으리라는 것은 상상하기 어렵지 않다. 그렇기 때
문에 그는 다른 모든 것은 「전등신화」에서 취했으면서도 작중인물만은 자
신의 뜻에 맞추어 재창조했던 것이다.

그러나 그렇다하여 작품에 형상화된 死節의 女人像을 순연히 김시습 개
인의 독창물로 본다면 오류를 범하는 것이 될 것이다. 왜냐하면 우리나라에
는 「금오신화」이전에도 많은 절개 있는 여인들의 이야기가 구전으로 또한
문헌으로 전해왔었기 때문이다. 정확히 말해 여자의 절행을 칭양하고 기리

---

15) 薛盛璟, "이생규장전의 구조와 의미", 「고소설의 구조와 의미」, 새문사, 1986, p. 77.

는 것은 우리 민족의 오랜 전통이었다. <都彌妻說話>가 「삼국사기」에[16] <桃花女 鼻荊郞說話>가 「삼국유사」에[17] 전해오는 것은 이를 실증해 준다.

> 凡婦人之德 雖以貞潔爲先 若在幽昏無人之處 誘之以巧言 則能不動心者鮮矣乎
> (三國史記)
> (무릇 부인의 덕은 비록 경결을 제일로 삼는다지만 만약 어둡고 아무도 없는 곳에
> 서 달콤한 말로 유혹한다면 능히 마음이 흔들리지 않는 여자는 드물 것이다.)

이것은 好色漢 蓋婁王이 가지고 있던 여성의 정조관이었다. 이에 대해 都彌의 아내는 온갖 지혜를 동원하여 끝내 자신의 몸을 지킴으로써 개루왕의 생각이 잘못된 것임을 보여주었다. 그 결과 남편은 두 눈을 뽑히고 추방당하는 보복을 당했지만 그 고통은 아내가 다른 사람에게 정조를 유린당하는 것에 비하면 아무것도 아닌 것이었다. 그러므로 「삼국사기」의 著者는 이를 '貞烈'의 승리로 역사에 남겼던 것이다.

당시 미모로 소문난 桃花女가 역시 貪色漢 舍輪王의 살해위협 앞에서도 굴하지 않고 "여자가 지켜야 하는 것은 두 남편을 섬기지 않는 일입니다. 남편이 있으면서 남에게 몸을 허락하는 것은 비록 天子라 하더라도 마음대로 할 수 없는 일입니다. … 차라리 거리에서 베임을 당하더라도 그렇게 하지는 않겠습니다."[18]라며 저항한 것도 같은 관념에서 나온 행위였었다.

그리고 남편이 내기바둑에 져 唐商人 賀頭綱에게 끌려가면서도 끝내 몸을 지켜낸 <節婦說話>[19]와 通引 白哥의 劫迫에 맞서 감연히 싸우다 피살된 密陽의 <阿娘說話>[20] 등도 모두 이 같은 貞操重視風土의 산물이었다

---

16) 「삼국사기」, 列傳 都彌條.
17) 「삼국유사」, 卷第一 桃花女 鼻荊郎條.
18) 같은 곳.
　　女之所守 不事二夫 有夫而適他 雖萬乘之威 終不奪也 … 寧斬于市 有願靡他 .
19) 「高麗史樂志」, 禮成江條.
20) 孫晉泰, 「한국민족설화의 연구」, 을유문화사, 1982, 重版, pp. 42~43.

할 수 있다. 그러므로 「금오신화」에서 두드러지고 있는 節義思想은 위와 같
은 우리의 전통적 관념과 작가 자신의 강직한 윤리관이 상호 결합하여 만들
어 낸 다분히 한국적인 요소였음을 알 수 있다.

여성의 정조를 생명처럼 여기는 이 전통적 관념은 「금오신화」이후에 등
장하는 여러 다른 소설작품에서도 나타난다. 不貞을 의심받은 淑英은 자결
로써 결백을 주장했고,[21] 처녀임신의 누명을 쓴 仁香도 어쩔 수 없이 죽음
의 길을 택하고 만다.[22] 역시 처녀임신의 누명을 쓴 薔花는 계모에게 죽임
을 당하고,[23] 아버지를 구하기 위해 妓女가 된 彩鳳은 헤어진 약혼자를 기
다리며 妓房에서도 정조를 지킨다.[24] 그리고 夢龍과 婚約한 春香은 守節할
권리를 주장하며 妓女의 신분으로 官長의 수청을 거부한다.[25] 이 밖에도 우
리나라 古小說을 통틀어 차라리 목숨은 바칠지언정 他人에게 정조를 유린
당한 여주인공은 한 명도 없으니[26] 우리민족의 정조의식은 참으로 유별난
데가 있다고 할 수 있다.

이와는 대조적으로 중국소설의 경우는 「전등신화」 한 편에서만도 우리
기준으로 볼 때에는 결코 주인공이 될 수 없는 소위 훼절한 여인들이 셋이
나 당당히 여주인공으로 등장한다. 그러나 그녀들을 대하는 남자들의 태도
가 우리와는 사뭇 다르다.

<愛卿傳>에서는 지체 높은 가문에 상당한 부호의 아들인 趙生이 고을
名妓인 愛卿의 才色에 반하여 그녀와 결혼한다. 愛卿에게 있어 趙生이 첫
번째 남자가 아니었음은 물론이다.

<翠翠傳>에서는 反軍 李장군에게 잡혀가 8년간이나 그의 妾살이를 하

---

21) <淑英娘子傳>.
22) <金仁香傳>.
23) <薔花紅蓮傳>.
24) <彩鳳感別曲>.
25) <春香傳>.
26) <虎叱>의 東里子와 <변강쇠전>의 雍女는 好色女의 표본으로 제시되었을 뿐 진정
   한 의미의 여주인공과는 다르다.

고 있는 翠翠를 남편 金生이 찾아가지만 끝내 구해내지 못하고 결국 죽어 함께 묻히는 것으로 만족하고 만다.

<秋香亭記>에서는 전란으로 헤어진 약혼자 采采를 商生이 10년 만에 찾지만 이미 다른 사람과 결혼하여 살고 있는지라 서로 간에 애틋한 정을 편지로 주고받는 것으로 그치고 만다.

이상에서 보듯이 소설 속에 나타나는 중국인들의 정조관은 우리와는 매우 다른 것을 알 수 있다. 그렇다면 같은 유교문화권에 속하면서도 중국과 우리가 윤리의식 면에서 이처럼 차이가 나게 된 까닭은 무엇일까? '烈'이라는 유교윤리를 가르쳐 준 그들보다 받아들인 우리가 오히려 더 엄격한 윤리의식을 갖게 된 이유는 어디에 있을까? 이것은 매우 흥미 있는 물음으로 한번쯤은 깊이 생각해 볼 문제라 생각한다.

이 문제는 결론부터 말한다면 필자는 그 이유를 우리민족의 종교지향적·이데올로기지향적 민족성에서 찾을 수 있다고 본다.

역사를 뒤돌아보면 우리민족의 종교에 대한 집착은 특별한 면이 있다는 것을 알 수 있다. 서기 372년(고구려 소수림왕 2년)에 처음 들어온 불교는 우여곡절 끝에 재래토속신앙을 누르고 三國에서 각각 그 뿌리를 깊이 내렸다. 그리고 고려시대에 와서는 國敎로 지정되어 위로는 임금으로부터 아래로는 서민에 이르기까지 전 국민의 추앙을 받는 最極盛期를 맞는다. 조선이 건국되면서 유교는 새로운 통치이념으로 자리잡아 忠·孝·烈의 유교윤리는 절대윤리로서 신분을 초월하여 무조건 복종의 대상이 된다. 조선조 말에 수백 명의 순교자를 내면서 이 땅에 들어온 기독교는 불과 100여 년 만에 세계에서 유례가 없는 급속한 교세확장을 이룬다. 어느 종교고 간에 일단 들어오기만 하면 예외 없이 맹위를 떨치는 이 현상을 종교지향성 말고 무엇으로 이해할 수 있겠는가.

미국을 통해 받아들인 자본주의는 이 땅에 미국보다 더한 拜金主義와 黃金萬能主義思想을 심어놓았고 소련을 통해 받아들인 사회주의는 그 종주국

이 망한 지금에도 여전히 흔들리지 않는 사회주의체제를 구축해 놓았다. 이렇게 기이한 현상을 이데올로기지향성이 아니면 무엇으로 이해할 수 있겠는가. 하물며 남이 가르쳐 준 이념의 노예가 되어 동족 간에 전쟁까지 마다하지 않음에랴.

우리는 이처럼 일단 배운 것은 그것이 종교든 이념이든 간에 충실히 발전시켜 우리 것으로 만들고 또한 좀처럼 쉽게 버리지 않는 특성이 있다. 그리하여 때로는 스승을 앞지르는 경지에까지 오르게 되기도 한다. 세조의 집권에 반대하다 처형당한 成三問이 殷代의 충신 伯夷와 叔齊를 비웃는 시조를 읊은 것은 이러한 경지의 일면을 보여주는 것이다. 그리고 일본은 민주국가가 된 지가 오랜데 그들로부터 배웠던 우리는 아직도 군국주의의 잔재를 완전히 청산하지 못하고 있는 것도 그 역기능적인 한 예라 할 수 있다. 이와 같이 우리는 한 번 배워 우리 것으로 삼은 것은 철저히 실천했기 때문에 세계에 드물게 천 년, 오백 년 왕조도 유지할 수 있었고 수많은 烈女·孝子도 만들어 낼 수 있었던 것이다.27)

따라서 '烈'도 중국으로부터 배웠으면서도 우리는 그것을 더 철저히 실천하여 중국을 능가했고 그러한 사회 분위기에서 나온 작품이기에 또한 그러한 주제를 담을 수밖에 없었다는 결론에 이르게 된다.

이것으로 우리 소설에서 그토록 '烈'을 강조한 배경에 대하여는 어느 정도 설명이 되었다고 보지만 그것으로 모든 문제가 해결되었다고 볼 수는 없다. 작품을 비평하는 우리는 당연히 또 하나의 의문을 갖게 되기 때문인데 작품에 나타나는 '烈' 意識은 과연 현실을 얼마만큼이나 근사하게 반영하고 있으며 얼마만큼이나 독자의 공감을 얻고 있느냐는 의문이 바로 그것이다. 그러므로 다음은 이에 대해 생각해 보도록 하겠다.

윤리는 근본적으로 자연발생적이 아닌 인위적인 성질을 갖는다. 따라서

---

27) 忠·孝·烈을 근간으로 하는 유교사상은 이미 수천 년 전에 우리나라에 들어왔을 것이다.

버려두어도 저절로 되는 것은 윤리가 될 수 없고 따라서 윤리는 어느 정도 강제성을 띠게 된다. "부모는 자식을 사랑해야 된다."는 윤리가 없는 것은 굳이 윤리로 지정하여 강요하지 않아도 부모라면 누구나 그렇게 하기 때문이다. 그러나 "자식은 부모를 공경해야 한다."는 것이 어느 민족 어느 종교에서나 강조하는 보편적 윤리인 것은 만약 버려두면 인간이 동물적 본성에 따라 자기 자식만 사랑하고 부모는 돌보지 않을 가능성이 매우 높기 때문이다.

따라서 윤리란 본질적으로 본성에 반하는 것이고 당연히 지켜지기 어려운 성질을 갖는 것이다. 더구나 어떤 윤리가 어느 특정집단의 이익을 옹호하기 위한 불평등한 것일 때는 그것으로 인해 피해를 보는 계층의 반발로 그 생명을 오래 유지할 수 없게 된다. '烈' 윤리는 남성우위사회에서 여성에게 강요된 불평등한 것이었기에 여성 전체로부터 자발적인 공감을 얻을 수 없었고 따라서 언젠가는 폐기될 운명에 있었다. 그렇기에 조선후기에 오면서 이 윤리의식이 점차 해이해지다가 서구의 남녀평등사상이 유입되면서 그 존재 의의를 상실하기에 이르렀던 것이다.

'烈' 윤리의 성격이 이와 같았기에 그것이 철저히 지켜지기가 쉽지 않았으리라는 것은 충분히 상상할 수 있다. 지방 곳곳마다 烈女門을 세우고 이를 顯揚하려 했던 사실은 역설적으로 현실은 그렇지 못했다는 하나의 반증이라 할 수 있다. 그럼에도 불구하고 소설에서는 이를 외면하고 천편일률적으로 정절녀만 다룬 것은 '있을 수 있는 현실의 반영'이라는 소설의 본질을 이해하지 못하고 '있어야 할 세계'를 보여 줌으로써 독자들에게 위안과 교훈을 주려고 했기 때문이다. 이리하여 우리 소설 속에서 현실성 있는 비극적 요소는 모두 제거되고 인위적 해피엔딩만이 판을 치게 되었다 할 수 있다. 그리고 이 틀에 맞추기 위하여 작가는 그가 善人이라면 산신령을 시켜 돕게도 하고, 제비로 하여금 박씨도 물어다 주게 하기도 하고, 죽었던 사람도 다시 살려내기도 하였던 것이다. 그러면 그럴수록 독자의 공감은 멀어지는데도 말이다.

이와 같이 비극을 용납하지 않았던 그들에게 여자가 정조를 잃는다는 것은 있을 수 없는 일이었을 것이다. 죽은 사람은 다시 살려낼 수는 있었지만 한 번 상실한 정조를 원상 복구시킬 방법은 없었기 때문이다.

우리 소설이 이처럼 무결점 완벽주의를 추구한 반면 중국의 소설은 있는 현실을 비교적 충실히 재현함으로써 현실성 획득에 우리보다 한 걸음 더 다가설 수 있었다. <萬福寺樗蒲記>와 <李生傳>의 처녀들이 모두 똑같이 15~6세의 꽃다운 나이로 설정[28]된 것과 달리 「전등신화」의 여자들이 15세부터 23세에 이르기까지 고르게 나오고 있는 것도[29] 그 중의 한 例이다. 우리는 언제나 흠 하나 없는 완벽한 인물을 주인공으로 세웠고 중국의 작가들은 약점 많은 평범한 인물들을 주인공으로 택했다. 그것이 바로 두 나라의 소설로 하여금 한 쪽은 현실성을 결여한 쪽으로, 다른 한 쪽은 현실성을 확보한 쪽으로 나눠지게 했다고 할 수 있다.

---

28) <萬福寺樗蒲記>의 처녀 : 俄而有一美女 年可十五六.
   <李生傳>의 崔처녀 : 有巨室處女崔氏 年可十五六.
29) <金鳳釵記>의 慶娘 : 17세.
   <聯芳樓記>의 蘭英 : 20세, 薰英 : 18세.
   <滕穆醉遊聚景園記>의 芳華 : 23세.
   <牡丹燈記>의 淑芳 : 17세.
   <渭塘奇遇記>의 처녀 : 18세.
   <申陽洞記>의 처녀 : 17세.
   <愛卿傳>의 愛卿 : 未詳.
   <翠翠傳>의 翠翠 : 16세.
   <鑑湖夜泛記>의 仙女 : 未詳.
   <綠衣人傳>의 侍女 : 15~6세.
   <秋香亭記>의 采采 : 未詳.

▓ 4. 製作技法上의 問題點

앞서 序言에서도 언급한 바 있지만 <萬福寺樗蒲記>와 마찬가지로 <李生傳>에서도 역시 초기소설의 특성을 보여 주는 제작기법상의 문제점이 몇 군데 나타나고 있는데 이에 대해 살펴보도록 하겠다.

우선 첫 번째 눈에 띄는 곳은 媒者와 李生 아버지와의 대화 부분인데 그 장면에서는 대사의 호응이 잘 이루어지고 있지 않다. 상사병으로 죽어가는 딸을 위해 부모가 媒者를 李生의 집으로 보내 請婚하자 李生의 아버지는 崔氏의 집안형편에 대하여 묻고는 다음과 같이 대답한다.

吾家豚犬 雖年少風狂 學問精通 身彩似人 所冀捷龍頭於異日 占鳳鳴於他年 不願速求婚媾也 (李生傳)
(저희 집 아이가 비록 나이가 젊어서 바람이 났다고 하더라도 학문에 정통하고 풍채도 남 만큼은 생겼소. 훗날 장원으로 급제할 것이며 이름을 세상에 떨칠 것이니 그의 배필을 서둘러 구할 생각이 없소.)

李氏네는 비록 선비집안이라고는 해도 가세가 몰락하여 매우 빈한한 형편이고 崔氏네는 명문 거족출신으로 權富가 대단한데 더구나 자식끼리 이미 戀事가 있어 청혼하는 것을 자기 자식의 장래성을 이유로 거절하는 것은 상황에 맞지 않다. 거절이 아니라 사양의 뜻으로 한 말이라면 다르게 말했어야 한다. 이에 대하여 李氏는 다시 媒者를 보내 다음과 같이 거듭하여 請婚한다.

一時朋伴 皆稱令嗣才華邁人 今雖蟠屈 豈是池中之物 宜速定嘉會之辰 以合二姓之好 (李生傳)
(한 고을에 사는 친구들이 모두 그대의 영식은 재주가 남달리 뛰어났다고 칭찬하고 있습니다. 지금은 아직 과거하지 않고 있습니다만 어찌 끝까지 초야에 묻혀있을

인물이겠습니까? 그러니 속히 둘의 혼인을 이루어 주시지요.)

이 말은 상대가 자기 자식의 未擧함을 들어 사양했을 때, 또는 지체가 맞지 않아 사양했을 때 그쪽의 체면을 세워 주기 위하여 할 수 있는 말이지 앞서 李氏의 거절에 호응되는 말은 아니다. 이와는 비교되도록 <翠翠傳>에서는 똑같은 상황에서 다음과 같은 대화가 오고 간다. 翠翠 부모의 청혼을 받은 金氏의 아버지가

　　寒家有子 粗知詩禮 貴宅見求 敢不從命 但生自蓬華安於貧賤久矣 若責其聘間之儀 婚娶之禮 終恐無從而致 (翠翠傳)
　　(가난한 집 아들이 詩書나 禮記에 좀 통했다고 귀댁에서 잘 보시고 사위를 삼으시려는 것을 감히 거절할 수 있겠습니까마는, 저희는 단지 대싸리 담장에 쑥이엉 아래서 빈천한대로 편안히 살아온 지 오랩니다. 그러므로 만약 사돈 간의 인사치레나 혼례의 의식을 갖추려면 저희로선 감당하기 어렵습니다.)

라고 가난함을 이유로 완곡히 사양하자 翠翠의 부모는

　　婚姻論財夷虜之道 吾知擇婿而已 不計其他 (翠翠傳)
　　(혼인에 있어 재산의 유무를 논하는 것은 오랑캐들이나 하는 것이 아니겠소. 내가 알고 사위를 고른 것이니 다른 것은 생각할 것도 없소.)

라고 호응이 되는 적절한 답변을 하고 있다. 이상을 비교해 보건대 위에서 보는 <李生傳>에서의 호응이 안 되는 대사 부분은 작가가 <翠翠傳>을 의식하여 대사를 조금 다르게 꾸미려다가 빚어진 실수로 보인다.

　　다음 두 번째로 보여지는 곳은 李生의 집안설명에 대한 부분이다. 혼수를 장만하지 못할 정도로 가난한 형편이라고 하면서도 嶺南에 노복들을 시켜 농사짓는 토지가 있다는 것은 모순이 아닐 수 없다. 嶺南 토지문제는 李生을 崔氏女로부터 헤어지게 하기 위한 부득이한 설정 같으나 농토가 아닌 다

른 이유를 생각했어야 했었다.

그 다음 세 번째로 눈에 띄는 곳은 李生과 그 아내가 도적에게 쫓기는 장면에서이다. 작가가 崔처녀의 생장지를 松都 善竹里로 설정한 것은 그녀의 節義를 麗末 忠臣 정몽주에 비견케 하기 위한 것이라는 것은 쉽게 짐작할 수 있는 사실이다. 그리고 李生도 그녀에 걸맞는 義理있는 남편으로 설정된 것도 분명하다. 이것은 "그들은 부부가 되어 서로 사랑하면서도 공경하여 손님과 같이 대하니 그 옛날의 梁鴻·孟光과 鮑宣 ·桓少君의 부부일지라도 그들의 의리와 절개를 따를 수 없었다."30)라든가 "李生은 아내를 지극히 생각한 나머지 병이 나서 두서너 달 만에 그도 또한 세상을 떠났다. 이 사실을 들은 사람들은 모두 슬퍼하고 탄식하면서 그들의 절개를 사모하지 않는 사람이 없었다."31)는 말 속에 잘 나타나 있다. 그러나 李生이 도적에게 쫓기는 장면에서는 이러한 작가의 의도는 찾아볼 수가 없다. "有一賊 拔劍而逐生奔走得脫 女爲賊所虜"에서 보듯 李生은 겨우 도적 한 명이 쫓아왔는데도 그의 칼이 무서워 혼자만 살겠다고 아내를 버려두고 달아났던 것이다. 그러니 어찌 그를 의리 있는 남편이라고 볼 수가 있겠는가. 참으로 작가의 의도에 배치되는 모순된 장면묘사라 하지 않을 수 없다.

네 번째는 崔氏女가 도적에게 죽임을 당하는 장면인데 그 부분의 장면묘사도 현실성을 잃고 있다. 여자가 겁탈을 당하는 상황에서 가해 괴한을 저주하고 욕하는 것은 당연한 것인데 女色에 주려있던 도적이 여자가 그 정도의 반항을 했다고 해서 목적도 이루지 않고 여자를 죽이는 것은 쉽게 수긍할 수 없는 설정이라 할 수 있다. 그러나 그렇게 처리하고 만 것은 前章에서 살펴 본 바 특수한 조선적 관념에서였다는 것은 말할 필요도 없다.

끝으로 한 가지만 더 지적한다면 독립된 수편의 작품을 하나로 융합시키다 보니 장면과 장면 사이의 연결이 부드럽지 못하게 된 점이다. 앞서도 작

---

30) 愛而敬之 相對如賓 雖鴻光鮑桓 不足言其節義也 (李生傳)
31) 生亦以追念之故 得病數月而卒 聞者莫不傷歎 而慕其義焉 (李生傳)

품 전체를 前半部와 後半部로 나누어 살펴보았지만 前半과 後半의 사이에
는 마치 별개의 작품과 같은 괴리가 보여지고 있다. 前半部가 끝나는 부분
에서는 사랑하는 연인들이 장애를 극복하고 결혼에 성공한다는 한 편의 완
전한 소설이 마무리되는 것과 같은 서술양상을 보여 주지만 後半에 들어가
서는 급전직하로 새로운 사건을 전개함으로써 흡사 한 작품에 두 개의 클라
이맥스가 존재하는 것과 같은 결과를 가져오게 되었다.[32]

▊ 5. 結言

<李生傳>은 「금오신화」에 실린 短篇 다섯 작품 중에서 「전등신화」의 영
향을 가장 복합적으로 받은 작품이면서 동시에 작가의 개성을 가장 잘 드러
낸 작품이라는 양면성을 가지고 있다.

<李生傳>은 작품의 시작인 주인공 소개부분에서부터 남녀 주인공이 詩
를 통해 서로에게 자신의 뜻을 전하고, 대광주리를 타고 담을 넘어 사랑을
나누며, 뒤늦게 부모의 허락을 얻어 결혼을 하고, 난리를 당하여 死別하고,
여자의 幻身을 만나 사랑을 나누고 헤어지는 등의 모든 과정이 <聯芳樓
記>, <翠翠傳>, <渭塘奇遇記>, <愛卿傳> 및, <滕穆醉遊聚景園記>의 구
성요소들과 매우 유사함으로써, 그 복잡한 영향관계를 잘 보여주고 있다. 그
러면서도 중국소설과는 다르게 주제면에서 '節義'를 강조하고자 한 것은
忠·孝·烈 등 倫理至上의 조선적 풍토 속에서 '節'을 최고의 가치로 숭상했
던 작가의식의 발로였다고 할 수 있다. 그러나 그것은 여주인공으로 하여금
무리하게 貞操를 유지하게 함으로써 종국적으로는 작품의 현실성을 減損시

---

32) <渭塘奇遇記>와 <聯芳樓記>는 결혼하는 것으로 종결짓고 있고, <翠翠傳>은 <李生
傳>과 같이 결혼 후 사건이 이어지지만 결혼하기까지의 과정을 매우 짧게 처리하고
있기 때문에 <李生傳>과 같은 문제점은 없다.

킨 부정적 결과를 초래하였다.

　작품은 구성과 대사의 호응면에서도 여러 군데 미비점을 노출시켜 초기소설로서의 한계를 보여주고 있다. 그것은 역시 작가적 역량의 미숙성에서 기인한다 하겠으나 先行한 소설적 전통이 없었다는 점을 감안하면 오히려 당연한 일면도 있다고 할 수 있다.

Ⅲ。洪吉童傳에 있어서의 倫理的 順應性과
個人的 出世指向性에 대한 解明

■ 1. 序言

本稿는 <洪吉童傳>에서 두드러지게 나타나고 있는 洪吉童의 倫理에 대한 순응성과 個人的 出世指向性의 眞意를 解明하는 것을 목적으로 한다.

지금까지 논자들이 <홍길동전>을 평가함에 있어 肯定과 否定의 다양한 견해가 제시되어 왔지만 위의 두 가지 문제는 작품에서 革命性과 社會性을 제거시킬 수 있는 근거가 된다는 점에서 흔히 지적되어온 부정적 요소들이다.

윤리적 순응성은 길동의 기존윤리에 대한 헌신적인 복종을 말한다. 반항아 길동이 忠孝윤리에는 철저한 순응자였다는 것은 아이러니컬하다. 사건을 전개해 가는 원동력이 길동의 반항적인 힘이라고 볼 때, 기존윤리에 대한 철저한 순종은 반항의지의 실현을 방해하고 결과적으로 주제표현에도 지장을 초래하게 되는데도 작품 始終을 통하여 주인공의 윤리적 순응상이 오히려 강조되고 있으니 문제가 아닐 수 없다. 이 점을 지적하여 李慧淳은 "이러한 가족윤리의 구속에서의 未脫은 모처럼 반항의 가능성을 보여준 작품에 그 한계성을 느끼게 한다."[1]고 하였다.

길동이 初頭에 제기한 서얼차대제도에 대한 강한 반항의식을 제도적 개혁으로까지 밀고 나가지 못한 채 兵曹判書가 되고 硉島王이 되는 것에 대하여 "홍길동이 추구한 궁극적 목표는 당시 양반들에 열려 있던 출세의 가도

---

1) 李慧淳, "홍길동전에 나타난 반항의 형태", 한국문화연구원논총 26집, 1975, p.52.

가 자기에게는 막혀 있었으므로 이를 획득하자는 것임을 알 수 있다."[2]라든
가 "길동은 사회제도를 개혁하려는 혁명아라기 보다는 자기의 입신양명을
위해 노력하는 출세지향적 인간형이라는 것이 옳을 것이다."[3]와 같이 두 지
위의 획득을 개인적 출세지향성의 결과로 보는 견해[4]도 바로 이러한 부정
적 관점에서 비롯된 것들이다.

그러나 필자는 이 두 가지 부정적 표피 밑에 숨겨진 긍정적인 본뜻을 찾
아내고, 아울러 작가가 그렇게 표현할 수밖에 없었던 이유를 이 글을 통해
밝혀보고자 한다.

작가에 대해서는 李能雨[5], 金鎭世[6] 등의 許筠作否定說이 있지만 車溶柱[7]
의 견해대로 澤堂의 기록을 부정할만한 다른 고증자료가 없기 때문에, 그리
고 趙東一[8]의 허균의 사상, 구체적으로 「惺所覆瓿藁」 안의 豪民論과 遺才

---

2) 吳甲煥, "부정의식의 한계", 문학사상 20, 1974. 5, p.308.
3) 韓聖熙, "이조소설에 나타난 인간상", 어문논집 9, 중앙대, 1974. 2, p.56.
4) 李在秀도 『한국소설연구』, (형설출판사, 1977, p.175.)에서 작품 서두에서는 적서차별
   제도에의 갈등이었으나 중간부 이후 길동의 갈등목표는 '벼슬자리'로 바뀌어서 결과
   적으로 적서의 차별을 없애 보자는 것이 아니고 개인의 출세가 길동의 목적처럼 되
   어 버렸다고 하였다.
5) 李能雨는 "허균론", (숙명여자대학교 논문집 5, 1965.)에서 실록과 여러 문집에 기록
   된 허균의 부정적 인간성을 근거로 그를 小人으로 규정하고 이런 엄청난 小人이 <홍길
   동전> 같은 위대한 작품을 지었을까 하는 의문을 제기한 바 있다.
6) 金鎭世는 "홍길동전의 작자고", (서울대학교교양과정부논문집, 인문과학편, 1969.)에서
   허균의 집을 수색할 때 <홍길동전>이 발견되지 않은 점, 작품에서는 적서차별 철폐를
   주장하면서 허균은 여러 첩을 두었다는 점, <홍길동전>에서는 홍길동이 해인사를 습
   격했는데 허균은 불교신봉자라는 점을 들어 허균작이 아님을 주장하였다.
7) 車溶柱는 "허균론재고" (아세아연구 48, 고려대학교 아세아문제연구소, 1972. 12.)에
   서 허균이 생존시에 반대파의 비난을 많이 받았으며 역적의 죄명으로 처형된 후 雪
   寃을 받지 못했고 仁祖反正 후에도 그에 대한 죄책은 더욱 가중되었기 때문에 실록
   및 타인들의 문집에 나타난 그에 대한 기록들은 中正을 잃은 것이 많으리라 예상된
   다고 말하고 비록 李能雨의 추론이 논리적으로 수긍이 가는 점이 있다 할지라도 澤
   堂의 기록을 부정할만한 확연성은 희박하다고 보기 때문에 이들 추론을 뒷받침할만
   한 확고한 고증자료가 나타나기 전에는 <홍길동전>의 저작의 영광은 허균에게 있
   다고 믿는다고 하였다.
8) 車溶柱가 허균의 부정적 인간성을 부정한 관점에서 허균작임을 주장한 반면 趙東一
   은 「한국소설의 이론」, (지식산업사, 1981. 3, pp.204~206.)에서 일단 그의 인간성의

論의 내용이 홍길동전과 일치한다는 적극적 견해에 동의하여 허균작임을 전제로 논리를 전개할 것이다.

▇ 2. 倫理的 順應性에 대하여

本章에서는 길동의 윤리적 순응상이 강조되는 이유는 무엇이며 이 윤리적 순응성이 주제표현에 어떠한 영향을 미쳤는가를 고찰해 보기로 한다.

<홍길동전>에서 길동의 윤리에의 순응성이 문제되는 것은 그가 서얼차 대라는 사회제도에 반발하여 과감하게 對 社會 反抗的 行爲를 감행하면서 도 忠과 孝의 윤리에는 무조건 복종했다는 사실 때문이다. 적서차별제도 자 체가 유교사상의 소산이고 충효윤리가 유교윤리의 근간이라면 길동이가 생 각한 것같이 부당하고 비인간적인[9] 제도를 만들어낸 유교사회의 근본윤리

부정적인 면을 인정한다 해도 그것이 허균작이 아니라는 논리를 성립시킬 수는 없다 는 입장에서 李能雨의 주장에 반론을 폈다. 趙東一은 허균이 자만심이 많고 경솔하 며 너그럽지 못한 성격을 지니게 된 것은 허균 스스로가 말하듯이 엄친을 일찍 여의 고 자모와 형들의 지나친 사랑을 받으면서 자랐기에 생긴 것이며 자기의 재능에 대 해 자부심을 가졌던 탓이기도 하다고 말하고 이러한 성격을 단점이라 하고 이러한 단점 때문에 허균에 대한 평가를 주저해야 한다는 견해는 문제의 핵심에서 벗어난 것이라 하였다. 그는 또한 허균은 이러한 성격을 지녔기 때문에 세계의 질서에 반발 하고 자기대로의 엉뚱한 짓을 감행했던 것이며, 만약 허균이 자만심이 없고 신중하 고 너그러웠다면 자아와 세계의 서로 용납할 수 없는 관계를 본질로 하는 소설을 창 조하지 않았을 것이라고 하여 <홍길동전>의 저작이 그의 이러한 異端的 성격의 결 과임을 천명하였고 허균의 개인문집인 「惺所覆瓿藁」 안의 豪民論과 遺才論의 내용 이 <홍길동전>과 근본적으로 일치한다고 주장하여 <홍길동전>이 허균의 작임을 확언하였다. 趙東一은 같은 책(p. 205.)에서 김진세의 주장에 대해서도 澤堂別集의 자 료가치를 의심할 수 있는 증거는 분명하지 않다는 점과 가택수색을 했어도 <홍길동 전>은 비밀히 전해졌을 수 있다는 점, <홍길동전>은 적서의 차별을 타파하자고 주 장했지 일부다처제를 비판하거나 성생활의 절제를 주장하려한 것이 아니라는 점, 허 균의 불교신봉은 승려의 횡포에 대한 반감과는 별개의 것으로 생각할 수 있다는 점 을 들어 이에 반론을 폈다.

9) 그 부친을 부친이라 못ᄒ옵고 그 형을 형이라 못ᄒ오니 엇지 사람이라 ᄒ오리잇가

인 충과 효에 어떻게 그렇게도 철저하게 순종적일 수 있었을까 하는 의아심
도 든다. 길동은 자신의 인간적 권리를 억압했던 아버지나 임금에 대하여
원망이나 항의 한 번 없이 전편을 통하여 충효의 충실한 실천자로 행동한
다. 특히 자신을 죽이려 했던 원흉인 初蘭을 아버지가 사랑한다는 이유에서
살려준 점이나 父兄의 안전을 위해 두 번씩이나 자수하는 모습에서 그의 孝
意識은 두드러지게 드러나는 것이다.

이와 같이 기존윤리에 충실하고 끝내는 兵判이라는 벼슬에까지 오르는
결과를 보고 작품의 사회의식을 부정하는 견해들이 나오고 있다. 金勇範은
"결국 주제는 기존질서에 대한 도전이 아니라 그것에 대한 갈망이다. 즉 권
세와 영화의 획득, 기존질서에의 안주, 그리하여 부단히 자기 개인적 행복의
추구가 그것의 참된 주제라 본다."10)고 하여 작품의 주제를 기존질서에 안
주하여 개인적 행복을 추구한 것으로 보았다. 吳甲煥은 "길동의 부친 洪公
의 正室 柳氏나 소생 仁衡과 길동과의 근본적 갈등 따위가 제시되지 않았다
는 점, 길동을 질시하고 모함한 것은 오히려 洪公의 妓生 愛妾 初蘭이라는
점, 길동 자신이 호부호형하지 못하도록 꾸짖은 부친과 형에게 노골적인 반
감을 갖지 않았다는 점 등은 양반집 서자로서 차별대우를 받은 길동으로 하
여금 천한 신분에 恨을 품었지 불공평한 신분제도 자체의 부당성을 근본적
으로 증오하지는 않았다"11)고 하여 역시 제도에 대한 저항이 아닌 자신의
천한 신분만 한으로 여겼다고 하였다.

<홍길동전>에서 표면상 적서차별이라는 모순된 제도자체를 규탄하지
않았다든가 그 제도의 개혁을 요구하지 않았다는 점에는 필자도 동의한다.
그러나 작가 허균의 문집에 보이는 바에 의하면 작가는 분명히 제도의 모순
을 인식하고 있었다. 알고 있었을 뿐 아니라 그 제도의 개혁까지 주장하였

ㅎ고…(京板)
10) 金勇範, "허균연구(1)", 국어국문학 89, 국어국문학회, p.154.
11) 吳甲煥, 앞의 책, p.307.

다. 허균은 그의 문집인 「惺所覆瓿藁」 遺才論에서 적서차별제도의 철폐를 다음과 같이 주장하였다.

　　하늘이 人才를 냄은 一代의 쓰임을 위한 것이어서 그가 태어남에 있어서 귀족의 후손이라고 해서 天性이 넉넉한 것은 아니요 미천한 집안에서 태어났다고 해서 품성이 모자란 것은 아닌 것이다. … 우리나라는 지역이 좁아서 인재가 드물게 남이 예부터 근심거리가 되어 왔다. 더구나 我朝에 들어와선 인재등용의 길이 더욱 좁아서 명문출신이 아니면 顯官을 얻지 못하고 미천한 출신의 선비는 비록 상당한 능력이 있어도 억울하게 등용되지 못한다. 과거를 보지 않으면 높은 직위를 얻지 못해서 비록 덕이 뛰어나도 마침내 卿相에 오르지 못한다.
하늘이 재주를 냄에 누구나 막론하고 고르게 냈건만 이에 문벌과 과거는 한정되어 있어서 마땅히 인재가 없어짐이 병폐가 된다. 古今은 멀고도 오래 되었고 天下는 넓은데 庶類라고 해서 그 어짐을 버리고 어미가 개가해서 난 자손이라고 하여 그 재능을 쓰지 않는다는 말은 듣지 못했다. 우리나라만이 이들에게 벼슬길을 막고 있다. 조그마하고 구차스런 나라에서 더구나 양쪽에다 오랑캐를 둔 환경에서 재능을 다 쓰지 못할까 두려워하고 그들의 경륜을 가리지 말고 써야 하는데도 이에 스스로 그런 길을 막고서, "우리나라에는 인재가 없다."고 탄식을 하고 있다. 남쪽에 있는 越나라를 북쪽으로 가야한다는 말은 중국에서 들어보지 못했다. 이런 사리에 어긋나는 일은 중국에서는 없는 일이다. 일개 匹婦가 恨을 품어도 하늘이 感傷하는 것인데 하물며 원망을 품은 사내와 홀어머 니가 나라의 반을 차지하고서도 사회의 불만을 없애기는 더욱 어려운 일이다.
… 하늘이 사람을 냈는데 사람 스스로 그를 버리는 것은 逆天이요 逆天을 하고서도 하늘에 잘 될 것을 기원하는 것은 있을 수 없는 일이다.12)

　　여기서 허균은 적서차별제도가 철폐되어야 한다는 이유로 크게 두 가지

---

12) 天之生才原爲一代之用 而其生之也 不以貴望而豊其賦 不以側陋而嗇其稟 … 我國地
編人才罕出 蓋自昔而患之矣 入我朝用人之途尤狹 非世冑華望不得通顯仕 而巖穴草
苑之士則雖有奇才抑鬱而不之用 非科目進身不得踞高位 而雖德業茂著者終不躋卿相
天之賦才爾均也 而以世冑科目限之宜乎常病其乏才也 古今之遠且久天下之廣 未聞有
擊出而棄賢毋改適而不用其才者 我國則不然 毋賤與改適者之子孫俱不齒仕路 以區區
之國介於兩虜之間 猶恐才之不爲我用 或不卜其濟事 乃反自塞其路 而自歎曰無才無
才何異 適越北轅而不可使聞於隣國矣 匹婦含怨而天爲之感傷 矧怨夫曠女半其國而欲
致和氣者亦難矣 … 天之生也而人棄之是逆天也 逆天而能祈天永命者未之有也

점을 지적하고 있다. 첫째는 동서고금을 막론하고 서자라고 해서 벼슬을 주지 않는 법은 없는데 더구나 우리나라는 인재가 적으므로 이들의 재능을 활용해야 한다는 것이고 둘째는 서자들에게도 벼슬을 주어 그들의 맺힌 한을 풀어주고 국민화합을 이루어야 한다는 것이다. 바로 이 사상을 소설로 표현한 것이 <홍길동전>인 것은 말할 것도 없다.

　그런데 이와 같이 자신의 문집에서는 분명히 적서차별제도의 부당성과 비인도적인 면을 지적하고 그 철폐를 주장하였음에도 불구하고 <홍길동전>에서는 왜 그같이 명백하고 단호하게 제도적 부당성을 지탄하지 못했는가. 이것은 <홍길동전>이 대중들13)에게 읽혀지기 위하여 쓰여진 소설이라는 점에서 해답을 찾을 수 있다고 본다. 만약 작품에서 서얼차대제도를 비방하고 이의 철폐를 공공연하게 요구한다면 이는 국가시책에 대한 비방이 되고 따라서 不忠이 될 터이니 그렇지 않아도 소설에 대한 인식이 좋지 않던 당시14)로서는 큰 물의를 빚게 될 것임은 자명하다 할 것이다. 이러한 이유로 하여 <홍길동전>에서는 길동이 자신의 불행이 부당한 제도로부터 기인된 것으로보다는 자신의 불운 때문에 야기된 것으로 인식하고 있는 모습이 나오게 되는 것이다.

　　일일은 길동이 어미 침쇼의 가 울며 고왈 쇼지 모친으로 더브러 젼싱년분이 즁ᄒ여 금셰의 모지 되오니 은혜 망극ᄒ온지라 그러나 쇼즈의 팔지 긔박ᄒ여쳔ᄒ 몸이 되오니 품은 한이 깁ᄉ온지라…(京板本, 방점 띄어쓰기 필자)

이와 같이 자신의 불행의 원인을 팔자 탓으로 돌리고 있다.

　길동이 병조판서가 된 것은 당시의 체제적 질서는 인정해 주는 대신 얻어

---

13) 국문소설이라는 점에서 대중을 대상으로 씌어졌다는 것은 확실하다.
14) 鄭鉒東은 「고대소설론」(형설출판사, 1981, p.61.)에서 이조사회에서는 어떤 저서를 막론하고 교훈적인 내용이 아니면 존재가치가 없었는데 소설에는 비교훈적 내용이 많았으니 자연 지탄의 대상이 되지 않을 수 없었다고 하였다.

낸 타협의 결과라 볼 수 있다. 그것은 제도에 대하여 정면도전함으로써 야기되는 불충이라는 비난도 피하면서 서자로서의 한도 풀 수 있는 변칙적 길이었다. 그러나 그것은 임금이 원해서 준 것이 아니고 길동이 자신의 힘에 의해 획득한 것이기에 길동은 勝者가 되고 임금은 敗者가 된다고 할 수 있다. 그러나 이러한 관계를 유지한다는 것 또한 불충이 된다. 그리하여 길동이 임금에게 평생 한을 풀어준 '天恩'에 감사한다고 함으로써 자신의 불충을 만회하려 했고 硉島國과 提島를 구경하고 다시 한 번 임금 앞에 나타나 자신의 소원을 풀어주어 감사하다는 인사를 하고 하직함으로써 임금과의 완전한 화해를 도모했던 것이다.

이상에서 나타나듯이 작가의 사회개혁의지도 소설이라는 형태를 통하여 표현될 때는 엄격한 自制 속에서 시도될 수밖에 없다는 것을 알 수 있다.

金東旭은[15] 고소설에 있어서 작가의식의 표현이 제약 당했던 이유를 이조사회의 정체성 때문이라고 말하고 만약 변혁되어 가고 유동하는 사회였다면 작가가 선구자적인 자기 의도를 작품을 통해 표출할 수도 있었을 것이라고 하였다. 그리고 따라서 그러한 정체된 사회 속에서는 작가 자신의 책임아래 사회의 共鳴을 기대하는 어떤 의도를 내포시킬 수도 없었으며 내포시켜 보았댔자 그 결과는 자신에게 불리할 뿐이기 때문에 작가들도 그러한 모험을 저지르려 하지 않았을 것이라고 하였다. 고소설에 있어 이와 같이 작가가 사회의식의 표현에 제약을 받은 것은 정체된 사회 속에 살고 있는 독자를 의식한 결과라고 말할 수 있을 것이다.

여기서 다시 本章의 목적인 倫理的 順應像의 강조에 대한 작가의 의도를 생각해 보면 이것도 역시 독자를 의식한 의도적 결과라는 것은 쉽게 알아차릴 수 있다. 소설의 목적이 독자에게 읽혀져서 작가의 의도를 전달하게 하고자 하는 것이라면 우선 독자로부터 배척을 받아서는 안 될 것이고 배척을

---

15) 金東旭, "고대소설에 나타난 인간상", 국어국문학 49 · 50 합집, 국어국문학회, p.18.

받지 않고 환영을 받기 위해서는 독자의 口味에 맞추어야 되고 口味를 맞추기 위해서는 독자의 윤리관에 영합해야 한다는 논리가 성립되므로 윤리적 순응상의 강조가 독자의 윤리관에 영합하기 위한 것이었다는 사실은 자명해졌다 하겠다.

그런데 독자의 윤리관의 기초는 충효윤리였음은 말할 것도 없다. 黃浿江은 충효윤리에 대하여 "우리나라는 고대 삼국, 신라, 고려, 조선 등 역대왕조를 포함한 10세기를 넘는 역사적 기간 충효에 대한 사회적 평가에 있어서 조금도 동요되어 본 적이 없다. 그것은 아무리 강조되어도 지나쳤다고 할 수 없는 至純 至高한 사회적·사상적 가치로 인식되어 왔다."[16]고 하였다. 그리고 그는 우리나라에 있어 충효윤리가 그렇게 오랜 기간 동안 변함없이 민중 속에 최고의 가치체계로 인식되어온 까닭에 대하여 이렇게 설명하고 있다.

한 사회가 社會有機體로서 존립하기 위해서는 정도의 차이가 있을지언정 그 사회에 대하여 어떤 의미의 이념적 정립이 요청된다. 적어도 그 사회에 대하여 全目的的 合理的 보편 타당성을 가지는 것이 되지 않아서는 안 된다. 그것은 의식적이거나 무의식적이거나 대다수 사회성원의 용인 내지 동의에 의하여 이루어진다. 그러나 이념 정립의 주역은 어느 시대 어느 사회나 지배적 계층이다.
그러나 원칙적으로 그것은 민중의 동의 없이는 사회 이념화 될 수 없다는 점에서 최종적인 이념정립은 민중의 의지를 결집한 것이 되지 않을 수 없다. 민중의 의지를 결집하는 데 실패한 이념은 결코 사회이념으로 정립되지 않는다. 대신 성공한 경우는 全時代的 傳統的인 것이 된다. 忠孝사상은 그런 의미에서 千年 이상의 장구한 역사적 기간을 통해 우리나라에서 사회이념으로 정립된 사상체계이다.[17]

그런데 忠과 孝는 본질적으로 같은 성질을 갖고 있다. 유교윤리의 출발은 가족구성원 간에 지켜야 될 도리를 규정하는 것으로 시작된다. 이 가족개념

---

16) 黃浿江, 『조선왕조소설연구』, 단국대학교출판부, 1981.4, p.116.
17) 같은 책, p.140.

을 확대한 것이 국가라 할 수 있다. 따라서 임금은 확대된 가족의 가부장이
되며 백성은 그 자식이 되어 孝의 확대 개념인 忠의 윤리를 준수해야만 한
다. 이 忠과 孝의 윤리강령은 별개의 성질이 아니라 가정 안에서는 孝이며
가정 밖으로 나가면 忠이 되는 양면성을 갖는 동일체적 성격을 띤 것으로
인식되었던 것이다. 忠이 孝의 확대개념이라 할 때 孝를 강조하는 것은 곧
忠을 강화시키는 것이 되기 때문에 위정자들이 孝를 장려한 것도 孝윤리의
정착이 집권체제의 안정에 도움이 되었기 때문이다.18) 이조사회는 이러
한 忠孝윤리가 굳게 정착된 사회이며 이 두 윤리는 민중의 신앙이었다고
까지 말할 수 있다. 따라서 민중의 가치판단이나 善惡意識도 이 두 윤리
를 기준으로 하여서만 가능했다 할 수 있다.

　이조인들은 대체로 善惡對立的 世界觀을 가지고 있었던 것 같다. 그것은
대개의 이조소설이 善惡對立構造로 되어 있다는 점에서 가능한 추측이다.
이조소설은 모두 勸善懲惡的 주제를 갖는다고 한다. 따라서 언제나 善人이
惡人을 물리치고 승리하는 것으로 종결을 짓는다. 여기서 善人은 윤리를 잘
따르기 때문에 善人이고 惡人은 그렇지 않기 때문에 惡人이다. 이조인들은
유교윤리를 善 그 자체로 보았다. 그리고 이 윤리 즉 善을 따르는 것은 옳은
것이며 마땅히 福을 받아야 되고 이 윤리를 따르지 않는 것은 惡이 되며 마
땅히 罰을 받아야 된다고 생각했다. 그래야만 공평하다고 생각했던 것이다.
그리고 자기들은 유교윤리의 절대성을 믿고 복종하기 때문에 善人에 속한
다고 생각했다. 이렇기 때문에 소설 속에서의 善人의 승리는 결국 독자 자
신의 승리가 되고 善人의 불행은 독자 자신의 불행이 되는 것이라고 할 수
있다. 그리하여 그들은 소설 속에서 善人의 승리를 자신의 승리로 받아들였

---

18) 姜東燁은 "홍길동전의 주제고"(동악어문논집 8, 동국대동악어문학회, 1972. 12.)에서
　　論語 學而篇에 나오는 "其爲人也孝悌而犯上者鮮矣 不好犯上而作亂者未之有也"의
　　말에 孝를 봉건적 질서유지의 근본으로 삼은 지배자의 의도가 잘 나타나 있다고 하
　　였다.

던 것이다. 이 열망이 지나쳐서 우애실천자인 흥부에게는 제비박이라고 하
는 비현실적인 기적을 통하여 그의 善行에 보답하였고, 효 실천자인 심청은
죽었다가도 다시 살아나 왕비가 되도록 해 주었던 것이다.

이로 볼 때 허균이 홍길동을 忠孝윤리의 충실한 실천자로 만든 것은 그를
윤리에 순응하는 善人으로 부각시켜 독자의 지지를 받게 하고자 했던 의도
에서였다는 것은 의심할 바 없으리라 본다. 허균자신이 윤리적 인물이었건
아니었건 간에 작가는 그의 分身인 길동을 통하여 그의 反抗意志를 표현하
고 그 행위의 정당성을 인정받게 하지 않으면 안 되었으며 그러기 위하여서
는 당시 민중의 신앙이며 善의 가치체계인 충효윤리실천자로 만들지 않을
수 없었던 것이다.

작품 시종을 통하여 그의 윤리에의 순응상이 보여지지만 특히 두 번에 걸
친 자수 장면에서 그의 효행이 강조되고 있다. 길동의 자수는 반항이라는
個我意志의 실현보다 孝라는 가족윤리를 우위로 인식한데서 나온 행위라
할 수 있다. 길동이 가족윤리를 위하여 個我意志를 포기하는 것은 孝윤리를
무시한 어떠한 이념이나 주장도 정당화될 수 없기 때문이다.[19] 그가 가족과
가문의 존망도 부정하고 반항운동을 계속했다면 그의 행위는 민중의 지지
를 받기는커녕 패륜아의 망나니짓으로 밖에는 여겨지지 않았을 것이기 때
문이다. 그렇지만 길동은 가족윤리를 위해 개인적 욕망을 포기하고 스스로
붙잡혔기 때문에 더욱더 독자의 칭찬을 받게 되고 그의 반항행위도 굳건한
윤리적 토대 위에서 비롯되었다는 인식을 강하게 심어주는 계기가 되었다
고 볼 수 있다. 그리고 자수함으로써 이루어진 孝는 자기희생을 통하여 이
룩된 것이기에 더 큰 찬사를 받았을 것이다.[20]

그러나 주목할 것은 그가 두 번씩이나 자수하였음에도 그때마다 다시 탈

---

19) 百行非孝不立 萬善非孝不行 (孝經跋文)
20) 「삼국유사」에 전하는 孫順埋兒說話나 <심청전>에서 보듯이 孝를 위한 희생이 크
　　면 클수록 그 孝는 더욱 훌륭한 것으로 간주되었을 것이다.

출함으로써 포기할 수 없는 개아의지의 실현욕구를 보여 주었다는 점이다. 그는 개인적 욕망과 孝윤리 사이에서 고민하다가 결국 어느 한 쪽도 저버릴 수 없는 것들이었기에 일단은 자수함으로써 절대가치인 孝윤리를 충족시키고 다시 탈출함으로써 저항을 계속하는 갈등상을 보여 주었던 것이다.[21] 그리고 그의 윤리의식과 개인적 욕망과의 갈등은 그가 윤리에만 맹종하는 기계적 존재[22]가 아닌 개아의식을 갖고 살아있는 참 인간의 모습을 보여 주었다는 점에서 주목할 가치를 갖는다 할 수 있다.

우리는 길동이 倫理와 慾望과의 갈등과 고민을 거쳐 끝내는 자신의 意志[23]를 실현시켰다는 점에서 윤리적 갈등설정의 의미를 찾을 수 있다. 즉 그의 가족윤리로 인한 갈등과 고민은 그로 하여금 그의 이상과 꿈을 실현하는데 일시적인 장애요소로 되긴 했지만 모든 인간적 꿈을 포기할 만큼 장애물은 아니었던 것이다. 바로 이 점에서 윤리적 갈등설정의 眞意가 파악될 수 있다.

작가의 의도는 결코 忠孝윤리의 善揚이 참된 목적은 아니었다. 그것은 倫理的 順應像을 보여줌으로써 독자의 지지를 얻은 뒤 個我意志의 실현으로 작품을 종결지었기 때문이다.[24] 결국 윤리적 순응상의 강조는 독자에게 작가의 反抗意志를 저항감 없이 전달하고자 했던 장치에 불과했음이 밝혀졌다.

---

21) 이 갈등을 金東旭은 '한국적 센티멘탈리즘[註,15]의 논문, p.20.]이라고 하였고 金烈圭는 '충동의 갈등'이며 '길동의 낭만적 고뇌의 원천'("이조소설에 있어서의 악인형의 검토", 한국문학 3. 1974. 1.)이라 하였다.

22) <사씨남정기>의 주인공 謝氏는 倫理와 本性과의 사이에 갈등이 없다. 이런 면에서 이러한 인간형은 윤리적 人形이라 할 수 있을 것이다.

23) 兵曹判書가 되고 硉島王이 된 것.

24) 길동이 善行을 했기 때문에 복을 받아서 성공하였다는 암시는 없다. 이조 소설에 흔히 보이는 善者에 대한 超越者의 도움 없이 오직 자신의 힘만으로 목표를 달성했다는 것은 작가의 의도가 윤리의 선양이 아니라는 것을 말해 준다.

▊▊ 3. 個人的 出世指向性에 대하여

길동이 병조판서가 되고 나아가 율도왕이 되는 것을 보고 길동의 궁극적 목표는 개인적 출세에 있었다고 보는 견해가 있다는 것은 序言에서 밝힌 바 있다. 표면적으로 보면 분명 길동이 출세를 지향해 간 것임은 틀림없다. 더구나 제도에 대하여는 그 개혁을 요구한 적이 없고 개혁을 성취했다는 언급도 없으니 이기적인 개인적 출세만 추구한 것이라고 보는 것도 잘못은 아닐 것이다.

그러나 필자는 표면에 드러나지 않은 숨겨진 의미를 간과해서는 안 된다고 생각한다. 작가가 문집에서는 적서차별제도의 부당성을 지적하고 이의 철폐를 주장했으나 <홍길동전>에서 이 제도에 직접적인 공격을 하지 않은 것은 소설이라는 제약성 때문이었다는 것은 2章에서 말한 바 있다. 그러나 작가의 사상이 그럴진대 그의 사상이 작품에 반영되지 않았다고는 볼 수 없을 것이다. 다만 그것이 내재되어 있을 뿐이고 겉으로 선명히 드러나고 있지 않다는 것뿐일 것이다. 필자는 이 내재되어 있는 의미를 찾아내어 兵判位 獲得25)과 硉島王位 爭取26)의 사건이 개인적 출세지향성의 결과가 아닌 작가의 개혁의지의 표출임을 밝혀 보고자 한다.

1) 兵判位 獲得의 의미

먼저 병판이 된 상황부터 보자. 길동은 임금으로부터 병판벼슬을 받고 평

---

25) 흔히 兵判除授라고 "제수"라는 말을 사용하는데 "除授"는 辭典的 의미로 "임금이 벼슬을 내림" 또는 "임금이 官職에 임명함" 등의 의미로 임금이 행위의 주체가 되고 받는 사람은 객체가 되는 단어이다. 따라서 길동이 병판이 된 사건은 길동 본인의 요구를 임금이 할 수 없이 수락하여 이루어진 것이므로 길동을 능동적 주체가 되게 하는 획득(손에 넣음, 얻어 가짐)이라는 말이 타당할 것이라고 생각한다.
26) 역시 싸워서 얻은 자리이기에 爭取라 하였다.

생 恨을 풀어준 天恩에 감사했다. 길동은 서자이기 때문에 맺힌 한이 둘이 있었다. 첫 번째 한은 호부호형을 못하는 것이었고 두 번째 한은 벼슬을 못하는 것이었다. 그런데 첫 번째 한은 길동이 출가하기 직전에 그의 아버지에게 작별인사를 할 때 호부호형을 허락받음으로써 풀렸고 두 번째 한도 병조판서가 되어 마저 풀림으로써 이로써 길동의 한은 다 풀렸고 따라서 사회에 대한 불만도 모두 해소되었다고 볼 수 있다.

그렇다면 갈등이 해결되었으니 작품은 여기서 끝나야 되지 않겠는가. 그리하여 작품이 여기서 끝나면 작품의 주제도 "신분적 제약을 극복한 개인적 출세의 실현"으로 분명해지지 않겠는가. 그러나 작품은 계속 전개되어 길동이 율도왕이 되어 30年동안 나라를 다스리다가 죽어서야 끝이 났다. 확실히 납득이 안가고 율도국 부분은 군더더기 같다. 李在秀는 이 부분을 蛇足이고 이 부분 때문에 구성의 실패를 가져왔다고 하였다.[27]

그러나 작가가 이유 없이 덧붙이지는 않았을 것이다. 작가는 길동의 병판 위 획득으로 자신의 목적이 달성된 것이 아니라고 본 것이다. 길동이 병판이 된 것은 하나의 예외적인 사건이지 적서차별이 철폐된 것은 아니기 때문에 그러한 상태가 작가가 원하는 바는 아니었던 것이다. 그리하여 작가는 율도국을 통하여 자신이 만족할 수 있는 理想的 社會를 만들고서야 끝을 맺었던 것이다.

그러면 병판부분에서 이미 주인공의 모든 갈등이 다 해결되었는데 사건이 더 진행된 것은 무엇을 뜻하는가. 그것은 병판이 되기까지는 길동의 목적을 이룬 것이고 그 이후부터 끝까지는 작가의 목적을 이룬 것으로 보면 해석이 가능해진다.

작가가 庶類들을 동정하여 이 작품을 썼다는 것은 확실하다. 그는 작품을 쓰면서 길동이 자신의 分身으로 느껴졌을 것이다. 타고난 재주며 사회에 대

---

27) 李在秀, 註4)의 책, pp.167~176.

한 반항심 등 작가와 길동과의 사이에는 많은 공통점이 있기에 그랬을 가능성이 크다. 따라서 작가는 길동을 통하여 자신의 꿈과 이상을 실현해 보려고 했을 것은 당연하다 하겠다. 그러나 길동의 신분은 庶子이고 작가는 서자가 아니기 때문에 병판부분에서 分裂이 생기게 되는 것이다. 즉 병판이 되기 전까지는 庶子로서의 길동과 作家의 分身으로서의 길동은 함께 행동하여도 지장이 없었다. 그러나 길동이 병판을 제수받자 문제가 생긴 것이다. 庶子로서의 길동은 모든 한이 다 풀렸으므로 만족이고 더 이상 사건을 일으킬 필요가 없게 되었는데 작가의 분신으로서의 길동은 그 상태에서 만족할 수가 없었던 것이다. 왜냐하면 먼저도 밝혔듯이 작가가 희구하는 사회란 적서차별제도가 아주 없는 그런 사회였기 때문이다. 그러므로 병판획득 이후의 전개에서는 서자로서의 길동은 작가분신으로서의 길동에게 자리를 양보하고 아무 역할도 하지 않게 된다.[28] 이로써 볼 때 길동은 서자로서의 본래의 길동과 작가의 이상실현자인 작가분신으로서의 길동이라는 이중적 역할을 맡아서 행동하였다고 볼 수 있다.

여기서 잠깐 논리의 검토를 위해서 <홍길동전>과 여러 가지로 공통점이 많은 <춘향전>을 살펴보겠다. <홍길동전>과 <춘향전>은 공통점이 많은데 그것을 살펴보면 첫째는 주인공들이 사회적으로 천한 신분이라는 점이고 둘째는 그들이 개아의식을 가지고 자신의 행복을 가로막는 부당한 제도에 대하여 투쟁했다는 점이고, 셋째는 백성을 괴롭히는 썩은 관리를 징계한 것이고, 넷째는 독자의 지지를 얻기 위해서 윤리적 인물임을 표방했다는 점이고, 다섯째는 신분의 제약을 극복하고 개아의지를 실현했다는 점 등이라고 할 수 있다. 다만 두 작품에 크게 다른 점이 있다면 춘향에겐 이도령이라는 기존세력의 도움이 있었지만 길동은 자신의 힘만으로 장애를 극복했다는 점이다.

---

28) 율도왕이 된 이후로는 서자문제가 전혀 거론이 되지 않는다. 나중에 설명되겠지만 적서차별제도가 없는 사회라는 것은 암시적으로 표현된다.

춘향이 기생의 신분으로서 변학도의 수청명령에 항거한 것은 길동이 서
자로서 적서차별제도에 항거한 것과 같다. 그리고 마침내 이몽룡의 어사출
도로 死地에서 살아나 임금에 의해 정열부인으로 봉함 받은 것은 길동이 道
術로 재주를 과시하고 임금에 의해 병조판서에 봉함 받은 것과 같다. 그런
데 <춘향전>은 여기서 끝나고 <홍길동전>은 율도국까지 이어지는 것이
다. 위에서도 살펴본 바와 같이 서자로서의 길동의 목적은 병판이 됨으로써
달성되었다. 기생으로서의 춘향의 목적도 정열부인이 됨으로써 이루어진
것이다. 그러나 <홍길동전>은 서자로서의 길동 이외에 작가의 분신으로서
의 길동이 존재하기 때문에 더 계속될 수밖에 없었고 <춘향전>은 기생으
로서의 춘향만 존재했기 때문에 거기서 끝날 수밖에 없었던 것이다.[29]

이로써 봐도 병판획득 이후 부분은 작가의 이상실현을 위해 추가된 부분
이라는 것은 명백해졌다고 본다. 율도왕이 된 의미는 뒤에 가서 논하기로
하고 먼저 병판위 획득의 의미를 다시 생각해 보자.

병판이 된 것은 그렇다면 서자로서의 길동의 한을 풀어준 한 가지 의미만
있는 것일까? 작품에서는 반드시 병판이 되어야만 길동의 한이 풀린다는
말은 없었다. 병판이 되기 전에도 무슨 목적 때문에 병판을 해야겠다든가
하는 뜻을 비친 적도 없고 병판이 되고 나서도 병판으로서의 역할은 한 번
도 해보지 못하고 물러나고 만다. 그러나 그 많은 벼슬 중에서 유독 병판을
원했던 이유는 있을 것이다. 왜냐하면 병판자리는 임금이 임의로 내려준 것
이 아니고 길동자신이 지적하여 요구한 자리이기 때문이다. 단순히 개인적
출세만 목적으로 한 자리라면 병판 말고도 얼마든지 있었을 것이다. 서자의
신분으로 병판이라는 벼슬이 터무니없을진대 그보다 더한 영의정은 요구하

---

29) 설령 춘향에게도 작가의 분신으로서의 춘향이가 존재했다 하더라도 기생으로서의
춘향과 작가 분신으로서의 춘향이 추구하는 바가 같기 때문에 分裂이 없었다고 볼
수 있다. 이 경우는 작가의 분신으로서의 춘향은 기생 춘향과 완전히 일치하기 때문
에 독립해서 존재한다고 보기 어렵다.

지 못할 이유가 없지 않은가. 그렇다고 서자로서의 길동이 병판이 되어 혁명을 기도하려고 했다고 생각할 수도 없다. 왜냐하면 그로서는 한이 다 풀렸기에 더 이상 바랄 것이 없었기 때문이다. 만약 그랬다면 개인적 출세 운운하는 말도 안 나왔을 것이다. 작품에서는 나라를 뒤집어엎겠다는 뜻은 조금도 비치지 않는다.

이로써 볼 때 서자로서의 길동이가 개인적 한을 푸는 자리로서는 그 필연성을 발견할 수 없다. 따라서 여기에도 작가의 숨은 뜻이 표출된 것이라고 볼 수밖에 없다. 다시 말하면 병판자리는 서자로서의 길동이가 택한 자리가 아니고 작가의 분신으로서의 길동이 원한 자리였다는 말이다.

그렇다면 작가가 자기 분신으로서의 길동을 통하여 병판을 요구했던 의도는 무엇이었을까? 아마 그것은 작가 자신도 의식하지 못했던 잠재적 욕구의 표출이었는지도 모른다. 왜냐하면 병판이 되고자 했던 이유나 되고 나서의 행위가 작품에는 나타나지 않기 때문이다. 어쨌든 작가가 의식했건 안했건 간에 병판이라는 자리는 작가의 머리에서 나온 것만은 틀림없으니 그의 사상을 통하여 그 의미를 추출해낼 수밖에 없으리라.

"豪民論과 遺才論을 합쳐놓은 것이 홍길동전이다"라는 趙東一의 견해에 필자도 동의한다. 작가는 호민론에서 경고했던 호민의 모습을 활빈당의 활동에서 보여 주었고 유재론에서 주장한 적서차별제도의 부당함은 길동의 반항과 사회적 시위로서 나타냈던 것이다. 그러나 그의 문집 「성소부부고」를 보면 <홍길동전>의 중심사상이 호민론과 유재론에서 나온 것은 분명하지만 그 밖의 다른 글에서 표현된 사상도 <홍길동전>에 나타난다는 것을 발견할 수 있다. 다만 그 뜻이 작품 속에 잠재해 있는 것이기에 잘 눈에 띠지 않는다는 점이 다르다고 할 수 있다.

그의 문집에 보면 그는 특히 國防問題에 관하여 많은 말을 하고 있는데 이와 같은 그의 국방정책에 대한 관심이 분신인 길동으로 하여금 병판을 요구하게 한 것이 아닌가 보여진다. 그는 「성소부부고」文部 兵論에서 자신의 국방문제에 대한 持論을 다음과 같이 밝히고 있다.

　천하에는 군대가 없는 나라가 있고 군대가 없고서도 수십 년을 아무 탈 없이 유지하고 있는 나라가 있다. 이런 나라는 고금을 통하여 없는데 우리나라가 바로 그런 나라이다. 그럼 침입자를 막을 대책도 없으면서 千乘의 位를 보전하는 특별한 방책이라도 있는가. 아무런 방책도 없고 그것은 우연일 뿐이다. 왜 우연이라고 말하는가 하면 倭는 우연히 물러간 뒤 다시 들어오지 않고 노추(奴酋)는 우연히 우리나라를 침입하지 않고 복로(卜虜)는 우연히 북쪽 변방을 시끄럽게 하지 않는다. 우리나라는 근심거리가 없어 무사안일에 빠져 있다. 군대가 없다는 것은 병사의 수가 전혀 없다는 것을 뜻함이 아니요, 병사가 적고도 또 쓸 수가 없다는 것을 말함이다. 병사가 적다는 것은 軍政을 제대로 시행치 않는다는 것이요 그마저 쓸 수 없다는 것은 將帥와 兵卒이 이름만 올려 있지 태반이 없는 것과 다름이 없다는 것이다. 군정을 엄정히 다스리고 유능한 장수를 택해서 윗사람들이 일선 장수에게 신임을 두터이 하여 군무에 힘쓰게 한다면 훈련 잘된 10萬의 군사가 南과 北으로 뛰어다니면서 外敵들을 토벌하고도 남음이 있을 것이다. 이렇게는 하지 않고 亂이 있으면 오직 도망가고 물러날 궁리만 하니 어쩐 일이냐.[30]

　여기서 그는 우리나라가 군대를 제대로 갖추지 않고서도 외적의 침입을 받고 있지 않는 것은 순전히 우연일 뿐이며 지금 우리나라는 그 우연한 평화만 믿고 무사안일에 빠져 군정이 흐트러질 대로 흐트러져서 실제로는 아무 쓸모도 없는 유명무실한 군대만 보유하고 있다고 하면서 외적의 침입에 대비하기 위해서는 첫째, 군정을 엄정히 다스리고 둘째, 유능한 장수를 택하여 그를 신임하고 軍務에만 힘쓰게 하여야 한다고 주장하였다.

　그는 당시의 국방의 난맥상에 대하여 또 다음과 같이 말하고 있다.

　매양 군대가 없음을 두려워하면서도 참으로 정신 차릴 줄 모른다. 오늘날의 군대

---

30)　天下有無兵之國也 無兵而猶保數十年之久 古今所無而我國是也 然則無禦暴之具而猶有
　　千乘之位者抑有術耶 其無術也 偶然也 何謂偶然 倭退而偶然不再來 奴酋偶然不我侵 卜
　　虜偶然不擾乎北鄙 我得以無所憂玩時而惕日也 其無兵者非無兵也 兵少而不能用也 少
　　者軍政之不修也 不能用者將卒之無其人也 誠使嚴軍政而擇師臣 上之人又能任信之專則
　　十萬訓齊之師可以跳躍乎南北以張撻代之威矣 釋此不爲唯爲避退之計何也

에는 朝臣이나 宰相의 아들은 빠지고 성균관의 儒生들은 면제되고 있고 典僕이나 下賤者들도 모두 兵籍에서 빠지려고 하고 있다. 이리하여 막상 유사시에 용병을 하려고 하면 군대의 숫자도 숫자거니와 있는 군사도 훈련이 전연 되어 있지 않아 아무런 쓸모가 없다.[31]

신분이 높은 집 자식들이나 낮은 집 자식들이나 할 것 없이 군대에서 빠지기에만 급급하니 유사시에 군사의 숫자가 채워지지도 않고 훈련도 안 되어 아무 쓸모가 없다는 것이다. 그는 또 장수를 선택할 때는 반드시 백성을 잘 다스리는 사람을 택하여야 하며 그렇지 못한 사람은 전란을 당하여 쩔쩔매다가 적과 대치하기도 전에 패주한다고 하였다. 그리고 그는 임금이 변방에 주둔하고 있는 장수를 의심하기 시작하면 身敗가 그치지 않아 결국 나라가 망한다고 경고하고 임금이 장수를 신임하는 것이 무엇보다 중요하다고 강조하였다.

이에 더하여 그는 오늘날 책은 없어지고 序文만 남은 「西邊備虜考」의 序文에서 당시의 국제정세로 보아 가장 취약한 곳을 서쪽으로 보고 그곳의 위태함을 다음과 같이 말하였다.

> 오늘날 가장 크고 심각한 환난은 서쪽에 있다. 서쪽의 要塞地는 다만 압록강 일대와 延平嶺만이 있다. 압록강은 얼음이 얼면 평야처럼 되고 연평령 또한 험하지 않아 쉽게 넘어 올 수 있다. 이곳만 지나면 수레를 나란히 하여 아무 장애 없이 들어와서 大定江에서 沙峴까지는 전연 방위할만한 지역이 없게 된다. 그래서 적이 강을 건너 열흘도 못되어 平壤 아래까지 당도할 수가 있다.[32]

그리고 황해도, 평안도 일대의 州郡들은 使臣을 접대하는 연회나 사치스

---

31) 每以無兵爲恐誡不可曉也 今之兵非徒朝士宰臣之子 館儒士之不隷也 典僕及下賤者皆謀落籍 而兵官吏之剝軍以用者髓已竭矣 (兵論)
32) 今之患最大且深者莫西方若也 西方開隘只恃鴨江一帶及延平一嶺 而已氷合則浸爲平陸 嶺亦不阻易以馳越度 此則方軌平進 自大定江至沙峴無可扼之地 賊渡江不十日當抵西城下矣

럽게 하고 방위에 대해서는 관심이 없어 군대는 엉망이고 백성들은 관리의 횡포로 민생고에 시달리고 있기 때문에 일단 적이 침입하기만 하면 흙 무너지듯 할 것은 뻔하다고 하였다. 그리고 유사시에는 明나라가 도와줄 것이라고 말하는 사람들이 있는데 明나라도 쇠퇴해져서 도울 힘이 없을 것이라고 하였다. 그리고 그 방비책으로 첫째, 현지의 관리에게 권한다운 권한을 주고 둘째, 유능한 장수를 택하고 셋째, 이들에게 군량을 충분히 주어 성을 수리하게 하고 넷째, 산마루에 파수 보는 데를 설치하고 朔州, 龜城, 安州 등지에 精兵을 주둔시켜야 한다고 주장하였다.

허균은 서쪽의 위험성을 이렇게 경고하였는데도 조정에서는 방비를 하지 않아 결국 허균이 죽은 지 9年(1627년)만에 정묘호란을 그 뒤 10年(1637년) 뒤에 병자호란을 겪는 수난을 당했던 것이다. 더구나 그는 적이 침입해 올 방향과 형세까지 정확히 내다보았었던 것이다. 이 같은 역사적 사실로 볼 때 허균의 국방에 대한 통찰력은 놀랄 만한 것이었다고 볼 수 있다. 이에 대하여 李離和는 다음과 같이 말하였다.

정묘호란은 허균이 죽은 지 아홉 해 만에 일어났고 병자호란은 열여덟 해 만에 일어났다. 이 두 전란은 허균이 예언한 대로 일어났던 것이다. 곧 침입의 당사자가 女眞이고 明의 구원병이 없을 것이고, 쳐들어 올 경우에 속수무책으로 당할 것이라는 예언이 맞아 떨어졌으며, 겨울에 압록강을 건너올 것이고, 침입하고서 겨우 열흘쯤 만에 평양이 함락되고 한 달 만에 서울이 짓밟힐 것이며 강화도나 다른 곳에서도 맞설 수 없을 것이라는 구체적인 지적까지 적중되었다. … 율곡은 임진왜란을 예언했고 허균은 병자호란을 예언했다. 두 사람은 우리나라 역사에서 쌍벽을 이루는 탁월한 국방정책가였다. … 그런데 율곡의 養兵說은 높이 평가되면서 허균의 女眞침입설은 전혀 평가의 대상조차 되지 않았다.[33]

---

33) 李離和, 「허균의 생각」, 뿌리깊은 나무, 1980, pp.76~79.
　　李離和는 「한국의 대사상전집 18」(동화출판공사, 1977.)에 「성소부부고」 중 일부를 번역 소개하였는데 필자는 본고를 씀에 있어 이 책에 힘입은 바가 컸음을 밝힌다.

 이상에서 살펴본 바와 같이 허균의 국방에 대한 관심은 지대한 것이었고 그가 피력한 방위이론은 실로 뛰어난 것이었다. 李離和의 평대로 율곡과 허균은 조선시대에 쌍벽을 이루는 탁월한 국방정책가였다. 그런데 율곡은 병조판서가 되어 부분적이나마 자신의 국방정책을 실현시킬 수 있었고 허균은 그렇지 못했다.[34] 나라가 위태로운 상태인줄도 모르고 무사태평인 관리들을 볼 때 그도 통탄할 일이라고 말했지만 자신의 국방정책을 펴 볼 수 없음이 안타까웠을 것이다. 그가 지은 「西邊備虜考」라는 책은 서쪽 변방의 오랑캐에 대비하기 위한 것으로 두 권으로 지었다고 하였다.

 이로 하여 고려시대에 서쪽을 방비한 史蹟을 뽑아 앞머리에 싣고 또 「여지승람」에서 기록한 것을 뽑아 지형과 關守의 險易, 그리고 현재 군사의 軍糧 등을 기록하여 두 권의 책을 만들었다. 그리고는 책 이름을 「서변비로고」라 한 것이다.[35]

 이 두 권의 책에 그의 국방이론이 集大成 되었을 것인데 책이 전하지 않음은 아까운 일이다. 그는 序文의 끝에 이렇게 말하고 있다.

 이것을 내 서가에 간직해 두고는 알아주는 사람을 기다린다. 세상의 군자가 이것을 보고 채용한다면 불초의 주장이 행해질 것이고 불초의 근심은 풀릴 것이다.[36]

 그는 여기서 자신의 국방정책이 세상에 행해지기를 바란다고 했다. 그래야 자기의 근심이 풀릴 것이라 했다. 그러나 그는 끝내 자신의 국방정책에 대한 포부를 펴보지 못하였다. 따라서 이 포부를 실현시키고 싶은 욕구가 자기의 분신인 길동으로 하여금 병판을 요구하게 하였다고 볼 수 있다.

---

34) 허균은 형조판서(1616년)는 하였지만 兵判은 하지 못하였다.
35) 玆取前朝西防事蹟載之投首 又取輿地所錄山川形便關守儉易及今之兵額軍糧多少 備記于牘爲卷凡二 弁之曰西邊備虜考 (西邊備虜考序)
36) 藏之巾衍以俟知者 世之君子覽而採用之 則不佞之說行矣 不佞之憂釋矣

그러므로 길동의 병판위 획득은 두 가지 의미를 동시에 갖는다고 할 수 있다. 하나는 서자의 한을 풀어주기 위한 단지 높은 벼슬로서의 의미이고 또 하나는 작가의 국방정책을 실현시키고자 하는 의지의 표출로서의 의미이다. 前者로서 병판의 必然性은 해결되지 않았으나 後者로서 그 필연성은 해결된 것이다. 이 관계를 그림으로 표시하면 다음과 같다.

	兵判位 獲得	硉島王位爭取
庶子로서의 길동	庶子의 恨	庶子의 恨의 성취	
작가의 理想實現者로서의 길동	國防政策實現意志의 표출	經世의 포부의 실현

그림에서 보듯이 표면에 나타난 것은 서자의 한을 푼 것으로서의 의미이다. 그리고 이것은 개인적 출세욕의 성취라고 말할 수도 있다. 그러나 여기에 병판이 될 필연성은 없다. 그 필연성은 그 밑에 잠재해 있는 작가의 '국방정책 실현의지'가 되는 것이다. 그러므로 길동이 병판이 된 것을 표면에 나타난 의미만 가지고 "개인적 출세만 추구한 것"으로 말할 수 없다는 논리가 된다. 따라서 길동의 兵判位 獲得의 의미는 '작가의 國防政策實現意志의 표출'이 되는 것이다.

2) 硉島王位 爭取의 意味

길동의 병판위 획득이 개인적 출세가 아닌 작가의 국방정책 실현의지의 표출이 진정한 뜻이었다는 점은 이미 밝혀졌다. 이 국방정책의 개혁의지는 여기서 실현된 것이 아니다. 다만 그 의지만 드러냈을 뿐이다.
또한 작가의 주장대로 적서차별제도가 폐지된 것도 아니다. 그리하여 작가는 이 모든 문제를 율도국에 옮겨가서 실현시키게 되는 것이다. 따라서 율도왕위 쟁취의 의미도 개인적 출세가 아닌 현실개혁의지의 계속적인 표현에 그 뜻이 있고 율도국에서 개혁의지의 완전한 실현을 이룩하게 된다.

그런데 작가는 국방정책의 실현만 바랐던 것이 아니다. 그랬다면 율도국에 가서도 병판은 충분히 할 수 있었을 터이니 굳이 왕까지 될 필요는 없었을 것이 아닌가. 그러나 다음에 설명하겠지만 작가에게는 세상을 자신의 理想대로 만들고 싶은 "經世의 抱負"가 있었던 것이다. 이 경세의 포부를 펴기 위해서는 王이 되지 않으면 안 되었을 것이다. 그런데 조선국에서 王이 되지 않고 병조판서에 그친 것은 소설이라는 제약 때문이라는 것은 말 할 필요도 없다. 작가가 왕 다음으로 하고 싶었던 자리가 병조판서였던 것이다.

이와 같은 경세의 포부는 「성소부부고」 文篇에 있는 論에 잘 나타나 있다. 그리고 論중에서도 學論, 政論, 官論, 兵論, 遺才論, 厚祿論, 小人論, 豪民論 등의 8개 論에 주로 표현되어 있다. 遺才論은 2章에서 설명했고, 兵論은 병판위 획득 부분에서 소개했으니 여기서는 나머지 六個 論에 대한 내용만 소개해 보겠다.

學論에서는 儒學은 어디까지나 明道와 窮理에 있다고 하고 이것에 힘쓰지 않고 명예와 영달만 추구하는 학자들을 僞學者라 하였다. 그리고 옛날 학자들은 자기 한 몸만 착하게 하려 하지 않고 이치를 깊이 공부하여 온전하게 道를 밝혀 뒤에 오는 학자들에게 길을 열어 주었는데 오늘날의 위학자들은 私的인 이익만 추구하여 서로 헐뜯고 남을 비방하는 것에만 열중이라고 비판하고 임금이 현명해서 公과 私를 구분할 수 있다면 반드시 참 선비들이 나와서 자기의 배운 바를 행하게 되고 거짓 선비들은 행세하지 못할 것이라고 하였다.

政論에서는 임금이 정치를 잘하려면 신하가 보좌를 잘해야 하는데 신하가 자신의 포부를 제대로 펼 수 있으려면 임금이 신하를 믿고 직분을 맡겨야 한다고 하였다. 宣祖를 보좌했던 유성룡이 임진왜란 중에 이순신을 등용하여 나라를 지키는 데 큰 힘이 되었는데도 유성룡을 공격하는 자들이 이순신까지 죄를 주어 나라에 해 됨이 이루 말할 수 없었고, 이율곡의 국방정책은 수십 년 앞을 내다 본 것인데도 속된 무리들이 이를 헐뜯어 시행치 못한 것은 임금이 확고하게 그들을 믿고 일을 맡기지 못했기 때문이라 하였다. 따라서 정치를 잘하려면 백성을 잘 보살피고 믿음으로 신하에게 직분을 맡겨야 된다고 하였다.

官論에서는 우리나라 정부기구가 넘치고 관리의 수가 너무 많아 권한이 분산되어 지위는 尊尙되지 않고 祿의 낭비가 많고 일도 잘 되지 않는다고 하고 그러므로 불필요한 官員을 줄여야 한다고 주장하였다.

그는 관원이 많은 害에 대하여 다음과 같이 말하였다.

> 이 여러 기구는 각기의 소견을 고집 내침과 같이 봉행하려는 까닭에 이로 인하여 일이 능률적으로 되지 않는다. 담당관은 일일이 분별할 수가 없어서 범용하고 재주 없는 자들만으로 채워져 아전에게만 맡겨 놓아 갑자기 그 직분을 물으면 대답할 바를 모른다. 그래서 지위가 이로 말미암아 尊尙되지 않는 것이다. 이리하여 國事는 날로 문란해지고 기강은 날로 땅에 떨어지고 권한은 분산되어 일사분란하지 못하고 祿은 낭비가 많아 제대로 공급되지 못한다. 온 사회가 피로한 모양으로 쇠약해지는 것은 모두 이 濫官의 탓인 것이다.[37]

厚祿論에서는 관리의 녹봉이 너무 적어서 생활의 어려움을 겪는 나머지 뇌물을 받게 되고 백성과 권한을 다투는 일이 벌어지고 있다고 하면서 녹봉은 후히 주지 않고 청렴만 권장하는 것은 모순이라고 하였다.

그리고 녹봉을 후히 줌으로써 부족해지는 재원은 불필요한 관리에게 지출되는 것을 절약하여 충당하고 청렴한 기풍을 조성키 위해서는 위 사람이 검소한 생활로 모범을 보이는 것이 가장 옳은 방법이라 하였다.

小人論에서는 小人들이 四分五裂로 朋黨을 지어 싸움질하는 현실을 한탄

---

37) 其諸司各執所見如內嚼 務勝於奉行 故事以之而不集焉 其司官不能一一揀差居多苟充 庸鄙無才者 仰成於胥吏 卒然問掌其職則茫然不能對 故位由是不尊焉 國事之日就於 紊 綱紀之日墜於地 權由是分而不能一 祿由是費而不能供 幣幣然日趨於衰者 無非濫 官之爲祟也 (官論)

하면서 예전에는 소인이 혼자 권력을 잡고 휘두르다가도 그 한 사람만 몰아내면 다시 원상으로 돌아올 수 있었지만 지금은 무리를 지어 권력을 잡고 있기 때문에 한 두 사람을 제거한다 해도 그 뿌리는 뽑히지 않는다고 했다.

　　朋黨의 害는 小人이 붕당에만 전심하기 때문에 더욱 심해지는 것은 틀림없는 일이다. 나라에서 소인을 미워하는 것은 나라를 병들게 하고 백성을 해치는 것을 미워하기 때문이다. 오늘날 나라를 해치고 백성을 병들게 하는 것은 간신들이 정권을 잡고 농간을 부리는 것이 그 극에 달한 까닭이다. … 슬프다 어떻게 해야 소인이 국권을 전천하는 것을 막고 물리칠 수 있을 것인가. 또 어찌하면 大人 君子가 나와 바람을 불어 붕당이 흩어지게 할 수 있을까.38)

그는 이렇게 붕당의 害를 통탄하였다.

豪民論에서는 천하에 가장 두려운 것이 백성인데 관리들이 백성 무서운 줄 모르고 착취하고 혹사하기만 한다면 그들은 반드시 들고 일어날 것이라고 경고하였다. 허균은 여기서 백성을 세 부류로 나누어 설명하였는데 첫째는 恒民으로서 그들은 법을 잘 지키고 윗사람들 말을 잘 따르는 사람들로서 전혀 두려운 존재가 아니라 하였다. 그리고 둘째는 怨民으로서 이들은 자신이 애써 모은 재산을 착취당하고 울면서 윗사람들을 원망하는 사람들로서 이들도 별로 두렵지는 않은 자들이라 하였다. 그러나 셋째는 豪民으로서 이들은 세상에 대하여 불만을 품고 세상을 뒤엎을 마음을 가지고 있다가 기회가 닥치면 그들의 소원을 풀어 보려고 하는 자들로서 이들은 참으로 무서운 자들이라 하였다. 그리고 豪民이 나라의 귀추를 엿보고 있다가 기회를 잡아 들고일어나면 怨民과 恒民은 거기에 동조 합세하게 된다고 하였다. 그런데 오늘날은 관리가 백성을 착취하여 그들의 고통과 원망은 고려말기보다 훨

---

38)　淫朋之害有甚於小人之專朋也較矣　國之惡小人者惡其病國而害民　今則害于國而病乎
　　民者不待權奸之秉政而若此之極 … 嗚呼安得小人者俾專國枋及其未張而擊去之耶　亦
　　安得大人君子者出而風之以散其淫朋耶 (小人論)

씬 심한데도 윗자리에 있는 사람들은 이들을 두려워하지 않고 잘못을 고치려 하지도 않고 있으니 한심하다고 하고 만일 견훤이나 궁예 같은 사람들이 나와 백성을 충동하면 원망에 찬 백성들이 들고 일어나지 않는다고 어찌 장담할 수 있겠느냐고 하면서 위정자들의 반성을 촉구하였다.

이상에서 나타난 바와 같이 그의 현실비판과 개혁의지는 국정의 거의 모든 분야에 걸쳐 미치지 않은 데가 없다. "위학자들을 몰아내야 한다. 임금은 신하를 믿고 직분을 맡겨야 된다. 불필요한 관원을 줄여야 녹이 낭비되지 않는다. 관리에게 녹봉을 후하게 줘야 부정이 사라진다.
군대를 양성하여 적의 침입에 대비해야 한다. 붕당을 없애야 한다. 서자에게도 벼슬길을 열어줘야 한다. 위정자는 백성을 두려워해야 한다." 하는 등의 그의 주장에서 그의 국정개혁에 대한 소망이 얼마나 강한 것인가를 엿볼 수 있다.

그러나 여기서 또한 주시해야 할 것은 그가 이 모든 정책들이 잘 시행이 되고 안 되고는 오직 임금 한 사람에게 달렸다고 누누이 강조하고 있는 점이다.

임금이 참으로 현명해서 公과 私를 판별한다면 참과 거짓을 알아내기가 어려운 것은 아니다. 이미 公과 私를 판별하고 참과 거짓을 알아낸다면, 반드시 窮理明道하는 사람들이 나와서 자기의 배운 바를 행하게 되고 외양만 번지르르하게 꾸미는 자들은 감히 그들의 꾀를 쓰지 못하게 되어, 거짓은 말끔히 가시고 나라의 是非도 또한 이에 따라 정해진다. 그러기에 이런 모든 기틀은 임금 한 몸에 달려 있는 것이요 이것 또한 마음을 바르게 갖는 것에 불과한 것이다.[39]
이를 볼 것 같으면 병졸을 잘 다스리고 장수를 잘 거느리어 나라를 강하게 하는 것은 오직 임금에게 달려있는 것이다.[40]

---

39) 人君苟明公私之辨則眞僞不難知矣 旣辨公私眞僞則必有窮理明道者出而行其所學 飾其外者不敢售其計皆醇然去僞矣 國之大是非亦從而定矣 然則其機安在在乎人君一身也 而亦不過曰正其心而已 (學論)
40) 以是觀之則 治兵御將以自强其國者 亦唯人主而已矣 (兵論)

이와 같은 말은 정치가 잘되고 안 되고 나라가 부강하게 되고 안 되고 하는 모든 것은 오직 임금에게 달렸다는 말이다. 여기서 그가 길동으로 하여금 율도국왕이 되게 한 이유를 알 수 있다. 즉 자신이 피력한 경세의 포부는 王이 되지 아니하고서는 도저히 실현시킬 수 없는 것이라고 생각한 때문일 것이다. 그는 자신이 임금이 되어 이와 같은 정책만 시행을 하면 이상적 국가를 만들 수 있을 것이라고 생각했을 것이다.

그는 또 理想國의 표본으로 고대중국의 요순시대를 생각했다.

> 堯舜禹湯과 같은 군주도 皐陶, 稷契, 益, 伊尹의 보좌가 있은 뒤에야 빛나는 치적이 이루어진 것이다.[41]
> 우리나라는 외따로 떨어져 있고 작지만 임금과 신하도 있고 백성과 사직도 있다. 나라가 작기 때문에 위정자가 夏殷周 三代를 본받는다면 빛나는 치적을 이루기가 어려운 것은 아니다.[42]

여기서 그의 理想國 建設의 意志가 매우 선명하게 드러나고 있다. 이와 같은 이상사회 건설의 꿈을 구체적으로 실현한 것이 율도국인 것이다. "왕이 치국 삼년의 산무도적하고 도불습유하니 가의 틱평세계러라"(京板) 이 말 속에 이상세계 건설이 완성되었다는 뜻이 나타난다. 즉 작가가 생각하던 모든 정책의지가 작가의 분신으로서의 길동을 통하여 완전히 시행되어 작가가 바라던 그런 사회가 되었다는 뜻이다. 이 사회에는 물론 적서차별제도는 없다. 처음부터 없었는지, 있었는데 폐지했는지는 모르지만 현재는 없다고 보아야 한다. 왜냐하면 작가는 적서차별제도의 철폐를 주장했고 硉島國은 작가가 자신의 의지대로 개혁한 이상사회이기 때문이다. 제도문제에 언급이 없는 것은 처음부터 견지해온 일관된 태도에서 기인된 것이라 볼 수 있다.

---

41) 堯舜禹湯之爲君 必有皐稷益尹之佐然後可致雍熙之治 (政論)
42) 我國雖僻小有君臣焉有民社焉 爲政者信法三代則其致雍熙之化奚難哉 (政論)

홍길동이 율도왕이 된 것을 개인적 출세로서의 의미로 보아서는 안 된다. 왜냐하면 서자로서의 길동은 병판이 되고서 이미 모든 한이 풀렸기 때문에 굳이 율도국에 와서 왕이 될 필요는 없었기 때문이다. 그것은 이상사회를 추구하는 작가의 사회개혁의지를 실현하기 위하여 차지하지 않으면 안 될 자리였던 것이다. 작가는 국방정책의 실현의지를 병판이 됨으로써 나타내었고 이상사회를 향한 개혁의지를 율도왕이 됨으로써 모두 실현하였던 것이다. 이것으로 兵判位 獲得과 硨島王位 爭取의 의미는 모두 작가의 社會改革意志에서 비롯된 사건이었다는 점이 밝혀진 셈이다.

▌ 4. 結言

이상에서 <홍길동전>에 있어 부정적 요소로 지적되고 있는 두 가지 문제에 대하여 고찰해 보았다.

"반항의 한계" 또는 "반항의식의 불철저"로 비판의 대상이 되고 있는 윤리적 순응성은 작품이 독자를 의식하고 쓰여진 '소설'이라는 점에서 기인된 불가피한 설정이었으며 당시의 絶對善인 忠孝윤리에 순종함으로써 충효윤리 신봉자였던 독자의 지지를 얻어 對社會反抗意志를 저항감 없이 전달하고자 했던 작가의 의도였다는 것을 밝힌바 있다. 이와 같이 倫理的 順應像의 강조가 윤리소설에서와 같이 기존윤리의 宣揚에 그 목적이 있었던 것이 아니라 독자의 윤리관에 영합하여 그들의 지지를 얻음으로써 기존질서에 대한 반항이라는 불온한 사상을 저항감 없이 표현하기 위한 데에 그 참뜻이 있었다는 것은, 자수하여 윤리를 만족시키고 다시 탈출하여 반항을 계속하는 일련의 갈등을 거쳐서 결국은 個我意志의 실현으로 작품을 종결지었다는 점에서 입증된다.

倫理的 順應性이 이처럼 작가의식의 효과적 전달을 위한 편법에 불과하였으며 주제표현에 궁극적인 방해요소가 되지 않는다는 점에서 볼 때 그 자체만 摘示하여 작품의 가치에 손상을 주는 부정적 요소로 보아서는 안 되리라는 것도 분명해졌다 하겠다. 오히려 우리는 작가가 개인의 행복을 가로막는 기존윤리와 행복을 추구하는 개아의지와의 갈등상을 통하여 근대적 인간상을 형상화시켰다는 점에서 그 소설사적 가치를 재평가해 보아야 하리라 생각한다.

병판위 획득과 율도왕위 쟁취의 사건이 개인적 출세를 지향해 간 것이 아닌 작가의 현실개혁의지의 표출이라는 것은「성소부부고」에 표현된 그의 개혁사상으로부터 추찰해 낸 결론이다. 그는「성소부부고」에서 주장한 바 국방정책에 대한 실현의지를 <홍길동전>에서 병판이 되는 것으로 나타냈고 자신이 임금이 되어 국정 전반을 개혁하고 싶어 했던 경세의 포부는 율도왕이 되는 것으로 표현했던 것이다.

그러므로 필자는 병판위 획득과 율도왕위 쟁취의 사건도 개인적 출세지향성이라는 부정적 의미가 아니라 현실개혁을 주장하는 작가의식의 적극적 표현이라는 긍정적 의미로 해석해야 한다고 생각한다.

Ⅳ. 雲英傳의 發生論的 考察

여문영(呂文英) 풍우산수도(風雨山水圖)

▓ 1. 序言

필자는 <만복사저포기>와 <이생규장전>을 고찰[1]하기 위해 「전등신화」를 비교적 세밀히 읽어볼 기회가 있었다. 그 결과 「전등신화」는 「금오신화」뿐만 아니라 <雲英傳>에도 매우 큰 영향을 미쳤다는 사실을 발견하게 되었다. 그 중에서도 <綠衣人傳>은 <雲英傳>의 핵심구조라 할 수 있는 內話部分에 영향을 주었고 <滕穆醉遊聚景園記>와 <翠翠傳>은 外話部分에 주로 영향을 끼쳤다는 것을 알 수 있었다.

그런데 관련 자료들을 검토해 보니 이를 언급한 논고가 전무하여 놀라지 않을 수 없었다. <운영전>의 영향관계에 대해 깊이 있게 고찰한 것은 金鉉龍[2]의 '太平廣記影響說' 정도이고 그 뒤 영향관계를 거론하는 논자들도 「태평광기」를 말하지 아무도 「전등신화」에 대하여 말하는 것은 보지 못했기 때문이다.

따라서 필자는 나름대로 「전등신화」와의 영향관계를 한 번 정리해 볼 필요성을 느끼게 되었다. 본고는 이와 같은 <운영전>발생론에 대한 재검토적 차원에서 전개되는 것이다. 그렇다하여 「태평광기」의 영향을 부인하자는 것은 아니다. 「태평광기」의 영향도 부분적으로는 인정하지만 보다 근원

---

1) 拙稿, "만복사저포기의 몇 가지 문제에 대하여", 「연민이가원선생칠질송수기념논총」, 정음사, 1987.
   拙稿, "이생규장전의 비교문학적 고찰", 배재논총, 제1권 배재대학교출판부, 1996.
2) 金鉉龍, 「한중소설설화비교연구」, 일지사, 1977.

적인 <운영전>의 남상은 「전등신화」에서 찾아야 된다는 주장이다.

<운영전>의 특성을 말할 때 빠뜨릴 수 없는 것은 그 비극성과 액자소설적 형식이라 할 수 있는데 이 문제들도 발생론과 관계가 있기 때문에 발생론 검토과정에서 자연 해명되리라 본다.

그런데 본론에 들어가기에 앞서 필자는 잠시 이본문제에 대하여 언급할 필요를 느낀다. 연구의 대본을 선정하는 문제는 작품에 대한 객관적 평가를 위해서나 연구결과의 보편성 확보를 위해서나 매우 중요한 문제이기 때문이다.

다 알고 있다시피 현재 <운영전>의 이본은 한문본과 한글본이 있고 원본은 한문본이며 한글본은 그것의 번역본이라는 것은 논란의 여지가 없는 정설이다. 그렇다면 연구의 텍스트는 당연히 한문본이어야 할 터인데 연구자들 중 상당수가 한글본을 대상으로 논지를 전개하고 있는 것은 이상한 현상이라 하지 않을 수 없다. 하물며 한글본이 한문본에 비하여 결함이 많은 대본임에도 불구하고 말이다. 朴箕錫[3]은 이본의 비교를 통하여 한글본은 문맥의 비논리성과 서술시점의 혼란으로 한문본보다 그 구성의 세련미에서 뒤떨어진다고 지적한 바 있다. 그러나 한글본의 문제점은 그것에서 끝나는 것이 아니다. 한문본의 번역과정에서 번역자의 의취에 맞게 부연을 심히 하고 상황에 맞지 않는 불필요한 췌사들을 남용하여 원작의 정제된 모습을 거의 잃었다는 데에 더 큰 문제가 있는 것이다.

예를 들면 金進士를 처자가 있는 유부남으로 신분을 바꿔버림으로써[4] 그를 처자를 배신하고 애인을 따라 죽는 무책임한 인간으로 만든 것이라든가,

---

3) 朴箕錫, "운영전 재평가를 위한 예비적 고찰", 국어교육 37, 한국국어교육연구회, 1979, p.91.
4) 군은 이런듯 니별ᄒᆞᆫ 후ᄂᆞᆫ 쳔쳡을 회포간에 두어 ᄡᅥ 심회를 상ᄒᆡ오지 마ᄅᆞᆺ쇼셔
   합ᄂᆡ에 현숙ᄒᆞᆫ 부인이 계시고 겸ᄒᆞ여 남ᄌᆡ라 엇지 쳡의 일원ᄒᆞᆫ 회포에 비기리잇고
   (金東旭校注,「한국고전문학대계」4, 교문사, 1984, p.416.)
   불식결곡ᄒᆞᆫ지 졔ᄉᆞ일에 부모쳐ᄌᆞ를 니별ᄒᆞ고 긴 한슘 한 마디의 인ᄒᆞ여 니지 못ᄒᆞ엿노라 (같은 책, p.432.)

김진사가 목숨을 걸고 수성궁의 담을 넘어 들어갔을 때 그를 마중 나온 雲英의 친구 紫鸞이 원작에 없는 난삽한 중국의 故事로 수작하며 위급한 상황을 망각하고 소리 내어 웃는 묘사5) 등은 그 작은 예에 불과하다고 할 수 있다. 그 밖에도 김진사가 담을 넘어 들어가 운영·자란과 함께 대화를 나누다가 자란에게 자리를 비켜 달라는 신호로 거짓 취한 체하고 "밤이 얼마나 되었나?"라고 말하자 한문본에서는 자란이 그 뜻을 알고 즉시 휘장을 내리고 문을 닫고 나갔다고6) 되어 있는 반면 한글본에서는 자란이 김진사와 운영에게 또다시 고사를 인용하여 일장훈시를 한 뒤에 나가는 것으로 되어 있는 등7) 불필요한 첨가로 오히려 극적 긴장감을 감소시키는 오류를 범하고 있는 부분이 여러 군데 나타난다.

따라서 위에서 보듯이 우리가 <운영전>을 고찰함에 있어서는 반드시 한문본을 주 대상으로 해야 한다는 당위는 충분하다고 본다. 설령 한글본도 이본의 하나로서 어느 정도 개별적 가치는 지니고 있겠지만 그래도 역시 <운영전>을 대표하는 것은 한문본이기 때문이다.

한문본에서도 이본이 여럿 있고 각 이본 간에도 약간의 차이가 있지만 그것은 거의 무시해도 좋을 정도의 근소한 것으로 알려져 있다. 本稿에서는

---

5) 낭군아 낭군아 그딕 말이 가소롭다 향을 도적ᄒ랴 ᄒ면 쳥누쥬소와 옥창쥬함에 곳친 향을 줏지 아니ᄒ고 나뷔를 ᄯ로랴 하면 삼츈가졀화류시와 츄국단풍쳥계변에 나ᄂ 나뷔를 쫏지 아니ᄒ고 모야삼경에 이곳의 와 져리방황ᄒᄂ뇨 날노ᄒ여금 다리놋키를 바야나 작소가긔아니여든 오작의 지으믈 닉 엇지 알니오 ᄒ고 낭낭이 웃기를 마지 아니 ᄒ거늘 (같은 책, p.396.)
6) 酒三行 進士佯醉曰 夜如幾何 紫鸞會知其意 垂帳閉門而出〔註8〕의 책, p.61.〕
7) 삼소슌 지나믹 진ᄉ 거줏 취ᄒ 체ᄒ여 왈 밤이 어닉 ᄯ나 되엿ᄂ뇨 ᄌ란이 그 ᄯ슬 알고 웃고 왈 탁문군의 봉구황은 쳔고미식이오 낙산녀의 위운위우ᄂ 스람마다 흠선ᄒᄂ 비라 이졔 낭군이 상여의 곡됴를 맛츤빅 업고 초왕의 쑴을 어든빅 업시 오듸의 즐기믈 만나시매 호졉의 날기를 니어 거문쥴을 미ᄌ소셔 쏘 운영을 도라 브라보와 갈오듸 네 믹양 소소의 퉁소소리 듯지 못ᄒ믈 ᄒᄒ더니 금일에 쥬목왕이 팔쥰마를 타고 요지에 니르믈 어든지라 기리 홍불기의 죵군ᄒ믈 ᄯ로고됴 비연의 박복ᄒ믈 효측지 말나 언파의 딕소ᄒ니 냥인이 쏘ᄒ 딕소ᄒ더라 ᄌ란이 즉시 니러나 장을 드리고 문을 닫고 나가거늘〔註4〕의 책, pp. 396~398.〕

그 중에서 善本이라 여겨지는 「韓國漢文小說全集」8) 所載 <壽聖宮夢遊錄> 을 대본으로 논지를 펴나가고자 한다.9)

2. 太平廣記影響說에 대한 檢討

本章에서는 그간 <운영전>발생에 대한 일반적 학설로 인정돼 왔던 '태평광기영향설'을 검토해 봄으로써 「태평광기」의 <운영전>에 대한 영향관계를 보다 객관적으로 확인해 보고자 한다. 그렇게 된다면 다음 章에서 논할 「전등신화」와 더불어 兩大 작품이 <운영전>에서 차지하는 비중이 분명하게 드러날 것이다.

본격적인 논의에 앞서 고찰의 기본 대상인 <운영전>의 내용을 먼저 정리해 보면 다음과 같다.

萬歷 辛丑 三月 旣望에 靑坡士人 柳泳이라는 사람이 安平大君의 舊宅인 壽聖宮에 濁酒 한 병을 들고 들어가 놀았다. 그는 거기서 운영과 김진사를 만나 그들의 과거 이야기를 듣게 되는데 운영이 전한 이야기는 다음과 같다. 風流郎인 안평대군은 10명의 궁녀를 뽑아 수성궁에 두고 詩書를 가르치

---

8) 林明德 主編, 「한국한문소설전집」3권, 한국정신문화연구원·중화민국 중국문화학원 출판부 공동발행, 1980.

9) 한문본을 대상으로 정한 논자들 중 尹海玉("운영전의 구조적 고찰", 국어국문학 84, 국어국문학회, 1980.)을 비롯한 몇몇 연구자들이 金東旭校主 校合 漢文本 [註4]의 책]을 採用했지만 필자가 확인한바 오류가 너무 많아 텍스트로 부적합한 것으로 판단되었다. 몇 예만 든다면 '進士由層階循曲欄干肩而入'(p.396.)에서 '肩'字 앞에 '竦'字가 빠진 것, '妾今得死所死矣'(p.412.)에서 들어갈 자리가 아닌데 '死'字 뒤에 '所'字가 들어간 것, '海枯石欄 此情不泯'(p.436.)에서 '爛'이 '欄'으로 잘못 쓰인 것 등 여러 군데에서 오류가 나타난다. 이것이 원본에서의 잘못인지 인쇄과정에서의 실수인지는 확인하지 못했으나 텍스트로서는 신뢰하기 어렵지 않나 하는 것이 필자의 생각이다. 「韓國漢文小說全集」에 실려 있는 이본은 어느 필사본을 옮긴 것인지 출전은 밝히지 않고 <壽聖宮夢遊錄>이라는 제목만 붙여 놓았는데 내용상 하자나 오자도 없어 좋은 本으로 판단된다.

면서 외부인과의 접촉을 금하고 그 명을 어기면 죽이겠다고 위협한다. 어느 날 안평대군과 궁녀들이 詩를 짓고 있는데 김진사라는 어린 선비가 안평대 군을 뵈러 찾아왔다. 안평대군은 그가 어렸으므로 궁녀들을 그대로 앉혀 두 었다. 그 때 궁녀 중 하나인 운영은 김진사의 才貌에 마음이 끌려 그가 돌아 간 뒤에도 잠을 못 이루고 그리워한다. 그러던 어느 날 김진사가 다시 와 酒宴이 베풀어졌을 때 운영이 기회를 보아 김진사에게 戀慕의 詩를 전하고 김진사도 巫女를 통해 和答의 詩를 전한다. 이후 한동안 만나지 못해 애태 우던 운영은 巫女의 중개로 김진사를 다시 만나 宮牆을 넘어오면 인연을 맺 을 수 있을 것이라고 말해 준다. 奴婢 特의 도움으로 김진사는 궁장을 넘어 들어가 雲雨의 즐거움을 나눈다. 이후 밤이면 들어가고 새벽이면 나오기를 계속하던 중 눈 위에 생긴 발자국으로 인해 주위의 의심을 받게 된다. 위험 을 느낀 김진사는 특의 도움을 받아 운영의 財寶들을 궁 밖으로 내 오지만 운영은 자란의 반대로 탈출을 포기한다. 詩句에 나타난 思慕의 情 때문에 안평대군으로부터 의심을 받은 운영은 자결을 기도하지만 궁녀들의 도움으 로 죽음을 면한다. 운영의 보물을 가로챈 특이 자신의 죄를 덮기 위해 두 사람의 관계를 제보함으로써 안평대군은 모든 사실을 알게 된다. 극도로 화 가 난 안평대군의 지시로 운영이 처형의 위기에 처하지만 궁녀들의 목숨을 건 항거에 의해 처형은 면한다. 별당에 갇힌 운영은 그날 밤 스스로 목을 매어 자살한다. 운영의 이야기가 여기서 끝나자 그 이후의 일은 김진사가 이어서 말한다. 운영의 죽음을 안 김진사는 기절했다 깨어나 운영의 명복을 빌기 위해 남은 재물을 처분하여 특으로 하여금 절에 가 불공을 드리게 한 다. 여전히 惡心을 품고 있던 특은 어느 날 김진사의 소원대로 함정에 빠져 죽는다. 그리고 얼마 안 있어, 식음을 폐하고 지내던 김진사도 세상을 뜨고 만다. 김진사의 이야기가 끝나고 두 사람은 슬픔에 흐느낀다. 유영은 두 사 람을 위로한다. 취하도록 술을 마신 유영이 잠들었다 깨어 보니 두 사람은 간 데 없고 김진사가 기록한 책자만이 남아 있었다. 유영은 神冊을 가지고

돌아와 상자 속에 감춰 두고 때때로 열어 보곤 망연자실하여 침식을 폐하기
도 하였다. 그 후 유영은 名山을 두루 찾아 다녔는데 어떻게 되었는지 아무
도 모른다.

이상과 같은 내용의 <운영전>에 영향을 준 작품으로 金鉉龍은 「太平廣
記」所載 <崑崙奴> 說話와 <非烟傳>, 그리고 <裵航>說話 세 편을 제시했
는데[10] 이에 대하여 차례로 검토해 보도록 하겠다. 먼저 <崑崙奴>說話의
내용은 다음과 같다.

崔生이 부친의 명으로 功臣 一品의 집에 갔는데 一品의 집 3妓女 중 紅綃
妓와 서로 눈이 맞아 戀情이 싹트고 崔生이 돌아올 때에 그 妓가 세 가지
手話를 하게 된다. 집에 온 최생은 妓를 그려 병이 난다. 奴 磨勒이 까닭을
물어 사실을 말하니 磨勒은 보름날 달밤에 第3院으로 찾아오라는 내용임을
풀어 준다. 보름날 밤이 되자 磨勒은 먼저 一品家의 猛犬을 처치하고 최생
을 업고 10重의 담을 넘어 그녀와 만나게 해 준다.
여기서 그녀는 자신이 강제로 잡혀 있음을 말하고 탈출시켜 줄 것을 애원한
다. 이에 磨勒은 먼저 妓의 婚需를 밖으로 운반해 내고 이어서 최생과 妓를
함께 업고 다시 10餘重의 담을 넘어 무사히 탈출시킨다. 妓는 2년간 최생의
집에 숨어 지내다가 어느 날 曲江에 놀러 나갔는데 거기서 一品의 집 사람
들에게 들키고 만다. 최생으로부터 자백을 들은 一品은 이미 몇 년 지난 일
이라 시비를 묻지 않겠다고 하면서도 磨勒은 잡아 죽이려 한다. 이것을 안
磨勒은 무사들의 포위망을 뚫고 높은 담을 넘어 순식간에 사라진다. 그 후
10여년이 지나 磨勒이 洛陽의 시장에서 藥을 팔고 있는 모습이 崔生家 사람
의 눈에 띄었는데 얼굴은 옛날과 같았다 한다.

이에서 보았듯이 위 설화와 <운영전>의 공통점은 첫째는 여자의 신분이
강제로 잡혀 지내는 처지라는 것이고, 둘째는 남자의 종이 자기 주인을 위

---

10) 金鉉龍, 앞의 책, pp.307~317.

해 여자의 재물을 밖으로 운반시켜 준다는 것이다. 설화의 원문을 살펴보면 이 부분은 분명 <운영전>에 영향을 준 것으로 보인다. 그러나 큰 줄기로 본다면 위 설화는 <운영전>과 다르다는 것을 알 수 있다. 우선 가장 중요한 차이점은 종결방식에 있다. <운영전>의 두 남녀는 비극적 최후를 맞고 <崑崙奴>說話의 두 남녀는 행복한 결과를 얻는다. 그리고 김진사의 종 특은 주인을 배신하고 그를 살해할 생각까지 하지만[11] 최생의 종 마륵은 끝까지 의리를 지킨다. 운영은 탈출을 포기하지만 최생의 여자는 어려움 없이 탈출에 성공한다. 이상에서 살펴보았듯이 <崑崙奴>說話가 <雲英傳>에 미친 영향은 특의 일부 행위를 중심으로 매우 제한된 부분에 국한된 것이었다 할 수 있다.

다음은 <非烟傳>에 대하여 검토하겠는데 그에 앞서 작품의 내용을 요약하면 다음과 같다.

臨准에 사는 書生 趙象이 功曹參軍으로 있는 옆집 武公業의 愛妾 非烟을 담 틈으로 보고 戀情을 품게 된다. 象이 公業의 문지기를 매수하여 그의 妻로 하여금 非烟에게 자신의 뜻을 전하게 하나 非烟은 웃기만 할 뿐 아무 대답도 않는다. 몸이 단 象이 다시 戀詩를 적어 보내니 이번에는 그녀도 벌써부터 그를 사모하고 있었으므로 答詩를 보낸다. 이렇게 서로 詩를 주고받던 중 하루는 그녀가 자신은 어려서 부모를 잃고 중매장이에게 속아서 천한 武人에게 시집왔다는 사실과 그로 인한 恨이 많음을 글로써 토로하기도 한다. 그러던 어느 날 그녀는 문지기의 아내를 시켜 公業의 入直을 틈타 담을 넘어올 것을 연락한다. 象이 사다리를 타고 담을 넘으니 그녀는 받침대를 만들어 놓고 기다리고 있었다. 이렇게 시작된 그들의 사랑은 날이 가도 식을 줄을 몰랐다. 그러다가 하루는 작은 잘못으로 매를 맞은 여종이 원한을 품

---

11) 金鉉龍은 이에 대해 작가가 壬亂後 사회질서가 붕괴되어 賤奴階級이 제 세상을 만난 듯 횡포를 부리던 사회상에 자극을 받아 <非烟傳>과 같은 逆奴 쪽을 取한것 같다고 하였다.(같은 책, p.315.)

고 公業에게 밀고하여 모든 사실이 알려진다. 그는 여종에게 입을 다물고 있으라고 지시하고 入直을 가장하여 숨어 있다가 담을 넘어오는 象의 옷깃을 붙잡지만 옷자락만 찢었을 뿐 놓치고 만다. 그는 성이나 非烟을 기둥에 묶고 피가 흐르도록 채찍질했지만 그녀는 사실을 고하지 않고 다만 "살아서 서로 친하였으니 죽은들 무슨 한이 있겠는가?"라는 말만 할 뿐이었다. 심야에 公業이 잠깐 조는 사이에 그녀는 평소 사랑하던 여종을 불러 물을 한 사발 달라 하여 갖다 주니 다 마시자마자 숨을 거두었다. 公業은 그녀가 急患으로 죽었다고 소문을 내고 北邙山에 묻었지만 사람들은 그녀가 억울하게 죽은 것을 알았다. 그로 인하여 象은 變服易名하고 멀리 江浙間으로 떠나갔다.

이 설화와 <운영전>의 공통점이라면 첫째로는 앞의 <崑崙奴>說話와 마찬가지로 여자가 마음에 없는 사람에게 감금되어 살고 있다는 점이고, 둘째로는 情人이 담을 넘어가 사랑을 나눈다는 점이고, 셋째로는 종의 밀고로 이들의 행위가 발각된다는 점이고, 넷째로는 그 결과 여자가 죽음을 당한다는 점을 들 수 있다. 이 정도 공통점이 많다면 <운영전>에 미쳤을 영향도 컸으리라는 것은 상상하기 어렵지 않다. 그러므로 金鉉龍은 <운영전>의 작가는 위 두 편에서 깊이 느껴지는 부분을 취하여 소재로 이용하면서, 자신의 풍부한 상상력과 詩想을 표현하여 구성해 나간 것[12]이라고 단언하였다. 그러나 그럼에도 불구하고 이 설화가 <운영전>에 과연 결정적 영향을 주었느냐고 묻는다면 누구도 자신 있게 답할 사람은 없으리라 생각한다. 그것은 공통점 못지않게 다른 점도 많기 때문이다.

그 가장 중요한 상이점은 여자의 죽음에 반응하는 남자의 태도이다. <운영전>의 김진사는 죽은 운영을 위해 불공을 올려 주고 식음을 폐한 끝에 따라 죽었는데, <非烟傳>의 趙象은 목숨을 부지하기 위해 변장을 한데

12) 같은 책, p.311.

다가 이름까지 바꾸고 도피했다 하니 달라도 사뭇 다르다 할 수 있다. 그리고 상대방에게 먼저 戀情을 표한 쪽도 <雲英傳>은 雲英인 반면 <非烟傳>은 趙象이고, 밀고를 한 종도 <雲英傳>은 金進士의 남종인데 대하여 <非烟傳>은 非烟의 여종으로 되어 있다. 또한 <雲英傳>은 운영이 죽고 난 뒤에 회상형식으로 사건이 전개되는 데 비해 <非烟傳>은 순차적으로 평범하게 전개된다. 金鉉龍은 <非烟傳>의 끝에 非烟이 죽은 후 崔·李 2生이 非烟이 살다 죽은 옛 터에 가서 詩를 지었는데 非烟을 찬양한 詩를 지은 崔生의 꿈에는 그녀가 나타나 사례하고 非烟을 비난한 詩를 지은 李生의 꿈에는 그녀가 나타나 보복을 장담했는데 며칠 후 李生이 과연 죽었다는 이야기가 첨가된 것을 가리켜 그 부분은 유영이 壽聖宮에 들어가 꿈속에서 운영과 김생의 이야기를 듣는다는 소설구성에 직결되었다[13]고 하였지만 <운영전>에서의 운영의 회고는 죽기 전의 사건에 대한 회상이자 동시에 그 자체가 작품의 핵심내용인 반면 <非烟傳>에서의 非烟의 꿈속 등장은 작품의 본줄거리와는 관계없는 後日譚에 불과한 것이기 때문에 같은 성격으로 볼 수는 없다고 본다. 그러나 어찌되었건 앞서 살펴본 바와 같이 두 작품 사이에 적지 않은 공통요소가 있는 만큼 어느 정도의 영향관계는 있었을 것으로 보는 것이 타당하리라 본다.

끝으로 <裵航>說話의 내용을 살펴보면 다음과 같다.

唐나라 때 裵航이 下第하여 鄂渚에 놀러 갔다가 舊友 崔相國을 만나니 相國은 돈 二十萬錢을 주었다. 裵航은 그 돈으로 큰 배를 빌려 타고 돌아가면서 國色의 樊夫人을 함께 태웠는데 夫人은 언제나 휘장 속에 들어가 있어 접근할 수가 없었다. 그녀의 侍妾 褭烟에게 뇌물을 주어 詩 한 首를 보냈지만 반응이 없어 다시 名醞珍果를 구해 선물하니 그제서야 만나 주었다. 그런데 그녀는 남편이 漢南에 있는데 관직을 그만두고 깊은 산 속으로 들어간

---

13) 같은 책, p.316.

다고 하여 남편에게 급히 가는 길이라고 하면서 "一飮瓊漿百感生 玄霜搗盡
見雲英 藍橋便是神仙窟 何必崎嶇上玉淸"이라는 뜻모를 詩 한 首를 주고 간
다. 그런데 이 詩는 裵航의 앞일을 예언해 주는 시였다. 그 후 裵航은 詩의
내용대로 藍橋에서 노파로부터 玉漿을 얻어 마시고 雲英도 만나 請婚을 하
니 노파는 百日內에 玉杵臼를 구해 오면 혼인을 허락하겠다고 말한다. 그리
하여 裵航은 온갖 고생 끝에 玉杵臼를 구해 노파를 찾으니 이번에는 百日間
藥을 찧으라고 하였다.

다시 어려움을 이겨내고 百日을 마치니 仙洞으로 인도하여 앞서 만났던 樊夫人
도 만나고 雲英과 결혼, 得仙하여 玉峰洞에 들어가 살았다 한다.

　언뜻 보면 <운영전>과의 공통점이란 여주인공의 이름이 같은 것뿐인 것
같은 위 설화를 金鉉龍은 <운영전>형성에 상당히 영향을 미친 작품이라고
주장했는데 그는 그 근거로 '雲英'이라는 이름이 등장한다는 것과 <운영
전>에서 무녀를 통해 편지를 전한 것같이 侍妾을 통해 戀詩를 전한다는 것,
<운영전> 끝에 김진사가 준 神冊을 받아온 것처럼 <裵航>說話의 末尾에
友人 盧顥가 得道한 航을 만나 藍田美玉과 紫府雲丹을 받고 헤어진다는 것
을 들었다.[14] 그러나 이것은 아무리 생각해도 '雲英'이란 이름에 너무 집착
하여 빚어진 좀 무리한 추측이 아닌가 보여진다. 전체적인 내용도 전혀 다
른데다가, <裵航>說話 같은 낭만적인 神仙譚이 <雲英傳> 같은 사실주의
적 悲劇小說에 직접적으로 영향을 미쳤다고 보기는 어렵기 때문이다. 설령
미쳤다 해도 앞의 두 설화에 비해서는 그 정도가 훨씬 미약했을 것이라는
것이 필자의 생각이다.

　이것으로 소루하나마 <雲英傳>에 대한 기존의 '太平廣記影響說'을 검토
해 보았다. 검토한 결과 <崑崙奴>說話와 <非烟傳>과 같은 說話는 내용상
구체적으로 <雲英傳>과 비슷한 데가 있음으로써 어느 정도의 영향관계는

---

14) 같은 책, pp. 316~317.

인정할 수 있지만 그 중 어느 작품도 <雲英傳>과 같이 남녀 주인공의 죽음으로 종결지은 것은 없었기에 그 영향의 한계도 확인할 수 있었다.

■■ 3. 剪燈新話와의 關係에 대한 考察

지금부터는 「전등신화」와의 관련성에 대하여 살펴보도록 하겠다. 필자는 序言에서 밝힌 바와 같이 「전등신화」 중 <운영전>에 영향을 준 작품으로 <綠衣人傳>, <滕穆醉遊聚景園記>, <翠翠傳>의 세 편을 꼽고 있는데 그 가운데에서도 <綠衣人傳>은 <雲英傳>과 핵심 줄거리가 같음으로써 <雲英傳>의 형성에 결정적 영향을 준 것으로 보고 있다. <綠衣人傳>의 내용을 소개하면 다음과 같다.

延祐年間에 天水에 사는 趙源이라는 사람이 宋 賈秋壑平章의 舊宅에 갔다가 한 미녀를 만나 사랑을 나눈다. 이후 그들은 밤마다 사랑을 나누었는데 어느 날 趙源이 여자의 이름과 주소를 물으니 그녀는 대답을 피하고 가르쳐 주려고 하지 않았다. 趙源이 계속 조르니 그녀는 자기가 항상 초록색 옷을 입고 있으니 그냥 綠衣人이라고 불러 달라고 하였다. 그렇게 지내던 어느 날 趙源이 술에 취해 그녀를 희롱하는 말을 하자 그녀는 슬픈 표정을 지으며 자기를 천한 여자로 취급하지 말아 달라고 하면서 자신과 趙源의 前生에 대하여 말하는데 그녀의 이야기는 다음과 같다. 그녀는 옛날 宋 賈秋壑댁 시녀였는데 본래 양갓집 딸로 어려서 바둑을 잘 두었기 때문에 棋童으로 뽑혀 그 집에 들어갔다고 한다. 賈平章은 매일 조정에서 돌아오면 半閒堂에서 그녀를 불러 바둑을 두며 귀여워하였는데 그때 趙源은 그 집 하인으로 茶를 달이는 일을 맡아 했기 때문에 늘 茶를 달여 들고 半閒堂에 들어왔다고 한다. 그때 趙源은 나이 어린 미소년이라 그녀가 사모했는데 어느 날 사람의 눈을 피하여 그에게 비단 돈주머니를 던졌더니 趙源도 연지분갑을 주었다 한다. 서로 생각은 있었지만 내외가 엄중하여 어쩔 수 없었는데, 뒤에 같은 또래에게 들켜 결국 賈平章에게 알려져서 두 사람은 西湖의 斷橋 밑에서 죽임을 당했다고 한다. 그 후 趙源은 인간 세상에 다시 태어나 인간이 되었지만 자기는 아직도 鬼錄에 남아 있다고 하면서 흐느껴 울었다. 趙源은 그녀의 이야기를 듣고부터는 그녀를 사랑하는 마음이 더욱 깊어져 그녀를 계속 자기 숙소에 머물게 하고 그녀로부터 바둑도 배우면서 지냈는데 그녀는 늘 賈秋壑에 대한 옛 이야기를 본대로 자세히 말해 주곤 했다. 언젠가는 다음과 같은 이야기를 했다. 秋壑이 하루는 많은 시녀들을 거느리고 樓臺에 올라가 한가로이 주위를 바라보고 있을 때에 마침 검은 두건의 흰 옷차림을 한 두 소년이 배를 타고 호수를 건너와 언덕에 올라오는 것이 보이자 한 시녀가 "아름답기도 하구나 저 두 소년은!"이라고 했다. 그러자 秋壑은 "그들을 모시는 것이 네 소원이냐? 마땅히 그들에게 시집을 보내 주리라."하고는 잠시 뒤에 사람을 시켜 합 하나를 받쳐 들고 들어오게 하여 시녀들 앞에서 열어보니 그 시녀의 목이었다. 또 언젠가는 秋壑이 소금을 수백 척의 배에 실어 도시로 팔러 보내자 한 선비가 그를 비난하는 詩를 지었다. 이 소식을 들은 秋壑은 그를 비방죄로 잡아 옥에 가두었다. 한 번은 어떤 사람이 公田法을 비난하는 詩를 지어 길 가에 붙였는데 秋壑이 그것을 보고 그를 먼 곳으로 귀양 보내었다. 그러나 이렇게 포악한 짓을 많이 하던 秋壑도 결국은 漳州의 木綿庵에서 피살되었다 한다. 그녀는 이렇게 趙源과 지내다가 3年이 지난 어느 날 병이 들어 일어나지 못하더니 "저는 陰界에 있는 몸으로서 당신을 모실 수 있었고, 당신은 저를 버리지 않으셨습니다. 지난날 잠깐 당신을 사모하다가 죽음을 당했으니 바다가 마르고 돌이 썩어 문드러져도 이 원한은 풀리지 않았고, 하늘과 땅이 다 소멸된다 하더라도 이 情念만은 없어지지 않았습니다. 지금 다행히 전생에 못 다한 사랑을 이을 수 있었고 3年間에 걸쳐 원하던 것을 다 풀었습니다."라는 말을 남기고 숨겨 갔다. 趙源은 너무 슬퍼 통곡했다. 염하고 장사지내려 관을 들었더니 관이 너무 가벼웠다. 놀라 관 뚜껑을 열어보니 시체는 없고 다만 옷과 비녀와 귀고리만 남아 있었다. 그는 北山 기슭에 빈 관만 장사지내고 다시 장가들지 않고 靈隱寺에 들어가 중이 되어 일생을 마쳤다 한다.

<운영전>의 내용을 한 마디로 요약한다면 '엄한 속박 속에 살아가던 궁녀가 몰래 사랑을 나누지만 끝내 발각되어 애인과 함께 죽고 만다는 슬픈 이야기'가 될 것이다. 그리고 이것은 <녹의인전>에서 녹의인의 前生譚과 똑같다. 두 작품이 다른 점이 있다면 <녹의인전>은 前生에서 못 다한 사랑을 비록 잠시지만 次生에서 이루는 것으로 되어 있는 반면 <운영전>은 끝내는 비극으로 끝날지라도 남자가 궁장을 넘는 모험 속에 사랑의 실현을 감행한다는 점일 것이다. 핵심구조와 관계없는 이러한 차이는 다른 소설이나 설화의 영향15)인 것으로 보인다.

두 작품의 영향관계는 작품 도처에서 보여진다. 두 작품이 여자 주인공의 회상형식으로 전개되는 것도 같다. 이 회상부분은 <운영전>에 있어서는 작품의 거의 대부분을 차지하고 있고 <녹의인전>에서도 비슷한 양상을 보여주고 있다. 따라서 두 작품은 이 회상부분을 內話로 하는 액자소설이라는 공통점을 가지고 있다. 이와 같은 소설전개방식상의 공통점은 <녹의인전>이 내용뿐만 아니라 형식면에서도 <운영전>에 영향을 미쳤다는 것을 확인해 주는 것이라 할 수 있다.

두 작품은 등장인물의 성격에서도 유사성을 보여주고 있는데 그 대표적인 인물은 가추학과 안평대군이다. 작품 속에서 공포의 대상인 두 사람은 각각 平章과 大君16)이라는 막강한 권력자로서 궁궐 같은 私邸에서 많은 美

---

15) 앞서 언급한 <滕穆醉遊聚景園記>, <翠翠傳>, <崑崙奴>說話, <非烟傳>과 같은 작품.
16) 宋代의 平章은 宰相보다 높았고 朝鮮의 大君은 임금의 아들이었음. 〔平章 : 宋因之 專由年高望重的大臣擔任, 位宰相之上(漢語大詞典2卷, 漢語大詞典出版社, 上海, 1993, p.937.)〕

女들을 시녀[17]로 거느리고 풍류를 즐기며 사는데 시녀들에 대한 독점욕과 잔인성 면에서도 같은 모습을 보여주고 있다. 안평대군의 말 즉 "시녀가 만일 한 번이라도 궁문 밖을 나간즉 그 죄 마땅히 죽을 것이요, 밖의 사람이 궁녀의 이름을 알아도 그 죄 또한 죽으리라."[18]는 것은 추학이 그러한 상황에서 실제로 시녀를 죽인 것과 관계가 있다.[19] 이 같은 독점욕으로 두 남녀 주인공들을 죽인 것도 같고 또 피살로 생을 마감한 것[20]도 같으니 두 사람은 실로 닮은 데가 너무 많다고 하지 않을 수 없다.

녹의인과 운영도 마찬가지다. 두 사람 다 원래 괜찮은 집안 출신으로 어려서 高官의 시녀가 되어 귀여움을 받으며 지내지만,[21] 사랑의 감정은 어쩔 수 없어 금지된 사랑을 속삭이다가[22] 비극적 최후를 맞은 완전 같은 삶을 산 여인들이기 때문이다.

조원과 김진사 역시 같은 사랑의 희생자들이고 끝까지 의리를 지킨 인물들이다. 조원은 此生에서 그녀가 떠난 후 다시는 장가들지 않고 중이 되어 생을 마침으로 陰鬼의 몸으로 자신을 다시 찾아준 그녀의 사랑에 보답했고, 김진사는 前生에서 운영이 죽은 것을 알고 절망 끝에 따라 죽음으로써 의리를 지켰다.

---

17) <녹의인전>에서는 '侍女', <운영전>에서는 '宮人', '宮女', '侍女' 등으로 나오는데 편의상 하나로 부른 것임.

18) 侍女一出宮門 則其罪當死 外人知宮女之名 其罪亦死 (雲英傳)

19) <운영전>에서 궁녀들이 浣紗갈 곳을 의론할 때에 金蓮이 "번화한 城內에 가면 遊俠 少年들이 그녀들을 보고 비록 가까이 하지는 못하더라도 손가락으로 가리키고 눈길을 보내도 辱이 된다."고 말하는 장면이 있는데 <녹의인전>에서는 내용소개에서도 나왔듯이 美少年을 보고 감탄한 시녀를 추학은 죽이고 있다.

20) 작품에는 나오지 않지만 安平大君은 首陽大君에 의해 계유정란 때 피살되었음.

21) 本臨安良家子 少善奕棋 年十五 以棋童入侍 每秋塗回朝宴坐半閒堂 必召兒侍奕 備見寵愛 (綠衣人傳)
父母初敎以三綱行實 七言唐音 年十三 主君招之 ··· 夫人愛之 無異己出 主君亦不以尋常視之 (雲英傳)

22) 두 사람은 남자에 접근하는 적극성 면에서도 같은 모습을 보여주고 있다. 녹의인이 조원에게 먼저 비단 돈주머니를 던져 뜻을 전한 것처럼 운영은 김진사에게 戀詩를 던진다.

두 작품은 이와 같이 핵심 줄거리, 인물의 성격 및 역할, 소설전개의 방식이 같은 외에도 부분적으로 많은 공통요소를 가지고 있어 그 영향관계를 더욱 확실히 나타내 주고 있다. 작품 서두에 나오는

　　　其側卽宋賈秋壑舊宅也 (綠衣人傳)
　　　壽聖宮卽安平大君舊宅也 (雲英傳)

와 같은 표현이라든가 추학과 안평대군이 각각 '半閒堂'과 '匪懈堂'에서 시녀들과 놀았다는 이야기라든가

　　　海枯石爛 此恨難消 地老天荒 此情不泯 (綠衣人傳)
　　　海枯石爛 此情不泯 地老天荒 此恨難消 (雲英傳)

처럼 똑같은 대사는 이를 증명해 주는 것들이다. 그리고 두 작품은 비극적 前生譚을 들은 聽者가 비감한 마음에 표연히 속세를 떠나는 것으로 같이 끝을 맺고 있다.

　다음은 <滕穆醉遊聚景園記>와의 관계에 대하여 살펴보기로 하겠다. <滕穆記>[23)]는 <雲英傳>의 앞쪽 外話部分에 많은 영향을 준 것으로 보이는데 작품의 내용은 다음과 같다.

　延祐初 永嘉에 사는 滕穆이라는 사람이 전부터 臨安(오늘날의 杭州)의 산수가 뛰어나다는 말을 듣고 한 번 놀러 가야겠다고 생각하던 차에 甲寅年에 科擧를 보려고 그곳에 가게 되었다. 湧金門 밖에 여관을 정하고 매일 西湖 주변의 유명한 산과 절을 두루 찾아다녔다. 그러다 7월 보름날 밤에 술에 취해 호숫가를 걷다가 자기도 모르게 옛날 宋나라의 離宮이었던 聚景園에 들어가게 되었다. 그때는 宋나라가 망한지 40년이 지난 뒤라 聚景園 안의

―――――――――――――――

23) 이하 <滕穆記>는 <滕穆醉遊聚景園記>를 의미한다.

누대나 전각들은 모두 허물어져 없어졌고 다만 瑤津·西軒만이 우뚝 서 있을 뿐이었다. 滕穆이 난간에 기대고 잠시 쉬고 있으려니까 한 아름다운 여자가 시녀를 데리고 들어오는 것이 보였다. 그 미인은 "호수나 산은 옛날과 같은데 세상이 바뀌어 사람으로 하여금 슬픔을 느끼게 하는구나."라고 말하고 西湖 북쪽의 큰 바위에 앉아 詩 한 首를 읊는 것이었다. 滕穆은 이 詩를 듣고는 자신도 화답하는 詩를 읊고 여자가 있는 쪽으로 갔다. 그러자 여자는 놀라지 않고 말하기를 자기는 宋나라 理宗 때의 궁녀인데 이름은 芳華이고 나이 스물 셋에 죽어 聚景園 옆에 묻혔다면서 滕穆을 만나기 위해 일부러 찾아온 것이라고 하였다. 그리고는 시녀를 시켜 술과 안주를 가져 오게 하고는 즉석에서 새 노래를 지어 시녀로 하여금 부르게 했다. 이렇게 詩酒를 즐기다가 둘은 자연히 마음이 통해 西軒 아래에서 사랑을 나누게 되었다. 날이 샐 녘에 둘은 헤어졌는데 滕穆이 낮에 聚景園 옆에 가 보았더니 과연 그녀와 시녀의 무덤이 있었다. 날이 저물어 西軒으로 찾아가니 그녀는 이미 기다리고 있었는데 그녀는 낮에 찾아주어 고마웠다면서 자기는 밤에만 나올 수 있고 낮에는 나올 수 없어 인사를 드리지 못했다면서 며칠 지나면 밤낮을 가리지 않아도 될 것이라고 하였다. 얼마 안 가 滕穆은 과거에 떨어져 집으로 돌아가게 되었는데 그녀는 함께 가기를 원했다. 그래서 시녀는 집을 지키라고 두고 그녀와 함께 집에 가서 행복하게 살았다.

함께 산지 3年이 지나 滕穆이 다시 과거를 보러 가게 되자 그녀는 자기도 함께 가고 싶다고 하였다. 그리하여 둘은 다시 聚景園을 찾았는데 그날은 마침 3年 前 그들이 만난 바로 그날이었다. 둘이 西軒에 이르렀을 때 그녀는 뜻밖에도 이제 인연이 다해서 헤어져야만 한다는 말을 하는 것이었다. 滕穆은 기가 막혔으나 그녀는 저승의 법도는 어쩔 수가 없다면서 울면서 떠나갔다. 滕穆은 芳華가 떠난 후 그녀의 무덤에 가서 글을 지어 弔喪하고 장가들지 않고 있다가 雁蕩山에 약을 캐러 들어갔다가 돌아오지 않았다 한다.

두 작품은 등목이 취경원에 가서 오래전에 죽은 두 여인을 만나 詩酒를 즐기는 부분과 유영이 수성궁에 가서 역시 오래전에 죽은 두 남녀를 만나 詩酒를 함께하는 부분에서 사건의 전개 과정과 장면묘사, 심지어는 표현 어귀에 이르기까지 많은 일치성을 보여주고 있는데 이에 대해 차례로 살펴보도록 하겠다.

작품 서두에서 滕穆과 柳泳은 각기 臨安과 壽聖宮의 경치가 빼어나다는 말을 듣고 한 번 놀러가야겠다는 생각을 갖는다.

素聞臨安山水之勝 思一遊焉 (滕穆記)
飽聞此園之勝槪 思欲一遊焉 (雲英傳)

이어 滕穆이 聚景園에 들어가니 宋이 망한지 40년이라 園中의 臺館은 다 허물어져 버렸고 다만 瑤津과 西軒만 외롭게 남아 있었다고 나오는데 柳泳이 들어가 본 壽聖宮도 같은 모습으로 그려져 있다.

園中臺館 如會芳殿 淸輝閣 翠光亭皆已頹毁 惟瑤津西軒 巋然獨存 (滕穆記)
長安宮闕 滿城華屋 蕩然無有 壞垣破瓦 廢井堆砌 草樹茂密 唯東廊數間 巋然獨存 (雲英傳)

柳泳이 金進士를 만나 "당신은 누구시기에 낮에는 다니지 않고 밤에만 다니시오?"하고 묻는데 그 대사는 <滕穆記>의 芳華의 말에서 따온 것이다.

然而妾止卜其夜 未卜其晝 (滕穆記)
秀才何許人 未卜其晝 只卜其夜 (雲英傳)

雲英이 시녀에게 오늘밤은 귀한 손님을 만났으니 헛되이 보낼 수 없다고 하며 술자리를 준비하라고 시키는 것은 역시 <滕穆記>에서 芳華의 말과 같다.

卽命侍女曰 翹翹 可於舍中取裯席酒果來 今夜月色如此 郎君又至 不可虛度
(滕穆記)

女謂其兒曰 今夕邂逅故人之處 又逢不期之佳客 今日之夜 不可寂寞而虛度 汝可備
酒饌兼持筆硯而來 (雲英傳)

시녀가 차린 술과 음식들, 유리잔 같은 器物들이 이 세상의 것이 아니었
다는 표현도 같이 나온다.

設白玉碾花樽 碧琉璃盞 醹醴馨香 非世所有 (滕穆記)
琉璃樽盃 紫霞之酒 珍果奇饌 皆非人世所有 (雲英傳)

勸酒歌를 새로 지어 부르는 것도 두 작품이 같다.

美人曰 對新人不宜歌舊曲 卽於座上自製木蘭花慢一関 命翹翹歌之 (滕穆記)
酒三行 女口新詞 以勸其酒 (雲英傳)

세월의 덧없음을 한탄하는 내용의 노래가 끝난 후 芳華와 雲英은 서글픔
에 눈물을 흘린다.

歌竟 美人潸然垂淚 (滕穆記)
歌竟 欷歔飮泣 珠淚滿面 (雲英傳)

이상의 비교를 통해 알 수 있듯이 <운영전>에서 유영이 수성궁에 놀러
갔다가 운영과 김진사를 만나 그들의 과거를 듣게 되기까지의 과정은 <滕
穆醉遊聚景園記>에서 취한 것이 확실한 것 같다. 이것은 다음 사실로도 뒷
받침된다. 운영과 김진사가 자기들의 슬픈 죽음에 관한 이야기를 마치고 서
로 마주하여 서럽게 울자 유영이 위로하며 말하기를 "두 사람이 다시 만났
으니 바라던 뜻을 이루었고 원수인 특도 이미 죽었으니 분함이 풀렸을 터인

데 어찌 그렇게 비통해 하기를 그치지 않는가? 인간 세상에 다시 나갈 수 없는 것이 한스러워 그런가?"[24]라고 하자 김진사는 두 사람이 無罪하게 죽은 것을 冥府에서 불쌍히 여겨 인간세계에 다시 내 보내려 하였지만 天上의 樂이 크기에 세상에 나가기를 원치 않았다고 하면서 "但今夕之悲傷 大君一敗 故宮無主人 烏雀哀鳴 人跡不到 已極悲矣 況新經兵火之後 華屋成灰 粉墻摧毀 而唯有階花芬菲 庭草藪榮 春光不改昔時之景 而人事之變易如此 重來憶舊 寧不悲哉"라고 다소 엉뚱한 대답을 하고 있다. 이 말은 安平大君 盛時의 화려함이 폐허로 변한 것을 보고 슬픔을 느낀다는 것인데, 자신을 죽인 원수에 대하여 동정심이나 향수를 갖는다는 것은 말이 되지 않기 때문에 이해가 되지 않는 답변이라고 할 수 밖에 없다. 그러나 이것은 <滕穆記>에서 芳華의 말 "湖山如故 風景不殊 但時移世換 令人有黍離之悲耳"에서 가져온 것이라는 것을 알면 의문이 풀릴 수 있다. 즉 芳華는 宋 왕실에 원한이 없었기 때문에[25] 別宮의 폐허를 보고 傷歎할 수 있었으나 김진사와 운영은 그럴 수 없는데도 그대로 갖다 썼기 때문에 문제가 되었던 것이다.[26] 따라서 이것도 두 작품의 영향관계를 입증해 주는 한 例라 할 수 있다.

다음은 <翠翠傳>과의 관계에 대하여 알아보도록 하겠다. <翠翠傳>은 <雲英傳>에서 두 사람의 幽魂이 生人에게 출현하여 冤訴하는 모티프와 일부 내용에 영향을 주었는데 줄거리는 다음과 같다.

淮安에 사는 어느 평민의 딸인 翠翠는 같은 서당에 다니는 동갑내기 金定과 서로 장래를 약속한다. 그러나 婚期가 되어 부모가 다른 사람에게 시집 보내려 하자 翠翠는 金定이 아니면 죽어도 시집을 가지 않겠다고 우겨 부모는 할 수 없이 중매장이를 내세워 金定과 혼인을 시킨다.

---

24) 兩人重逢 志願畢矣 讐奴已除 憤惋洩矣 何其悲痛之不止耶 以不得再出人間而恨乎 (雲英傳)
25) 작품에는 그녀가 그냥 23歲에 죽었다고만 나오고 누구에게 살해되었다는 말은 없다.
26) 위 金進士의 술회 중에 '重來憶舊 寧不悲哉'라는 구절은 芳華의 詩 중 '湖上園亭好 重來憶舊遊'에서 따온 것이다.

그로부터 1年이 못되어 張士誠형제가 군사를 일으켜 淮水 연안의 여러 고을을 점령하매 그 지방의 여자들은 모두 그 휘하에 있는 李장군의 포로가 된다. 翠翠가 잡혀가자 金定은 아내를 찾기 위해 길을 떠난다.

李장군이 주둔하고 있는 곳을 갖은 고생 끝에 찾은 金定은 자신을 翠翠의 오라비라고 속여 아내를 대청에서 잠깐 볼 수 있었다. 그는 李장군의 비서로 일하면서 아내를 구출해 낼 기회를 기다리지만 몇 달이 지나도록 아내의 얼굴조차 볼 수 없어 애를 태운다. 그러던 그는 아내를 그리는 애절한 詩 한 首를 지어 종을 통해 아내에게 보낸다. 그랬더니 翠翠도 역시 詩 한 首를 보내왔는데 내용은 이승에서는 어쩔 수 없으니 저승에서나 만나자는 절망적인 것이었다. 이에 희망을 잃은 金定은 몸져 눕고 생명이 위험한 지경에 이른다. 남편의 소식을 들은 翠翠는 李장군의 허락을 얻어 그를 찾지만 金定은 아내의 두 팔에 안겨 숨을 거둔다. 남편의 장례를 마치고 온 翠翠는 그날 밤부터 병으로 자리에 누워 약도 먹지 않고 앓다가 오라비 옆에 묻어달라는 부탁을 남기고 역시 죽고 만다. 그녀가 道場山 金定 옆에 묻힌 뒤 어느 날 翠翠네 집에 있던 한 옛 하인이 산 밑을 지나다가 이들을 만났다. 그들은 붉은 대문을 한 화려한 집 앞에 서로 어깨를 기댄 채 서 있었는데 하인을 불러 부모님의 안부를 묻고, 하룻밤 잘 대접하여 보내면서 부모님께 드리는 편지를 맡겼다. 편지의 내용은 戰亂으로 다른 사람에게 몸을 바쳤지만 목숨은 부지하여 살아왔다는 것과 지금은 남편이 찾아와 함께 있다는 것이었다. 편지를 받은 翠翠의 아버지는 하인을 데리고 딸이 있는 곳으로 찾아갔다. 그러나 집이 있던 자리는 무덤만 동서로 나란히 있을 뿐 찾을 수가 없어 지나가는 중에게 물어보니 바로 翠翠와 金定의 무덤이라 했다.

翠翠의 아버지는 그제서야 딸과 사위가 죽은 것을 알고 딸의 무덤에 엎드려 통곡을 했다. 그러면서 딸에게 혼백이라도 보여 달라며 그날 밤 무덤가에서 잤는데 三更이 지나자 翠翠와 金生이 아버지 앞에 나타나 몸을 가누지 못하며 통곡했다. 아버지 역시 울면서 달래어 물으니 翠翠는 그동안 있었던 사실을 자세히 설명하였다. 즉 戰亂 중에 몸을 더럽혔으나 부끄러움을 무릅쓰고 목숨을 이어왔다는 것, 도망치려고 해도 방법이 없어 하루를 3年처럼 보냈다는 것, 남편이 찾아왔어도 오누이라고 잠깐 만났을 뿐 그리던 정도 풀어보지 못했다는 것, 남편이 먼저 죽고 자기도 따라 죽어 소원대로 함께 묻혔다는 것 등이었다. 이 말을 들은 아버지가 그들의 뼈나 先塋으로 옮기겠다고 하자 그녀는 그곳 땅속이 이미 편안히 안정되었으니 그대로 두어달라고 말하며 아버지 품에 안겨 큰 소리로 통곡했다. 아버지가 깜짝 놀라 잠을 깨어 보니 한바탕 꿈이었다. 이튿날 아버지는 술과 고기로 묘 앞에 제사지내고 하인과 함께 돌아갔다.

이 작품은 사랑하는 두 남녀가 억울하게 죽고 그 사정을 他人에게 冤訴하는 모티프에서 <운영전>에 미친 영향이 크다고 보여진다. <운영전>의 작자는 금지된 사랑을 나누던 두 남녀가 함께 죽고 死後에 나타나 冤訴한다는 핵심구조는 <녹의인전>에서 취했으나 두 사람의 죽는 방법과 冤訴의 형태는 <취취전>을 본뜬 것 같다. 그것은 <녹의인전>에서는 두 사람이 함께 처형을 당하고, 나중에 녹의인의 冤訴를 듣는 사람이 함께 죽었던 남자의 還身인 趙源이었던 데 비하여, <취취전>에서는 <운영전>과 같이 한 사람이 먼저 죽고 그 소식을 들은 나머지 한 사람도 충격과 절망감으로 병이 나 그 뒤를 따라 죽는 것으로 되어 있을 뿐 아니라 死後 둘이 함께 나타나 제3의 인물에게 冤訴하는 형태를 띠고 있기 때문이다. <운영전>의 末尾에 유영이 술에 취해 잠시 잠들었다 깨어 보니 두 사람은 간 데 없고 새벽빛만 창망하더라는 장면처리도 <취취전>에서 취취의 아버지가 겪은 모든 것을 꿈으로 처리한 것과 상통하는 것이다.

두 작품은 冤訴의 형식뿐만 아니라 그 분위기 면에서도 매우 흡사한 면모를 보여 주고 있어 그 영향관계를 더욱 확실히 하고 있다. <운영전>에서 이미 解冤하고 得仙한 두 사람이 과거사를 이야기하며 지나칠 정도로 비감해하는 것도[27] <취취전>에서 아버지 앞에 나타나 맺힌 恨을 토로하

는 두 사람의 태도가 또한 그렇기[28) 때문이다. 그리고 진술을 마친 김진
사가 취하여 운영의 몸에 기대어 詩 한 句를 읊는 장면도[29) 취취와 김정
이 서로 어깨를 기댄 채 서서 옛 하인을 부르는 장면[30)을 연상케 한다. 운
영이 죽음을 예감하고 김진사에게 준 마지막 편지[31)는 절망 속에 來世의 만
남을 약속하며 김정에게 준 취취의 詩[32)와 그 비장한 情調가 같다. 김진사
가 죽는 순간을 <운영전>에서는 "長吁一聲 因遂不起"라 표현하였는데 김
정의 죽는 순간을 <취취전>에서는 "長吁一聲 奄然命盡"으로 서술했다. 이
상의 유사점들을 종합해 볼 때 <취취전>이 <운영전>에 미친 영향은 형식
과 내용 양면에 걸쳐 적지 않았던 것으로 생각된다.

▌ 4. 結言

이상에서 「太平廣記」와 「剪燈新話」가 <운영전>에 미친 영향관계에 대

---

27) 雲英引古而叙 甚詳悉 兩人相對 悲不自抑 (雲英傳)
　　寫畢擲筆 兩人相對悲泣 不能自抑 (雲英傳)
　　乃揮淚而執柳泳之手 (雲英傳)
28) 翠翠與金生拜跪於前 悲號宛轉 (翠翠傳)
　　因抱持其父而大哭 (翠翠傳)
　　사실 억울한 정도로 본다면 운영은 취취와 비할 수 없다. 운영은 어쨌든 떳떳치 못한
　　사랑을 하다 죽은 반면 취취는 엄연한 남의 부인인데 강제로 납치되어 욕을 당하다
　　죽었기 때문이다. 그런 면에서는 김진사와 김정도 마찬가지라 할 수 있다.
29) 進士醉倚雲英之身 吟一絶句 (雲英傳)
30) 翠翠與金生方凭肩而立 遽呼之 (翠翠傳)
31) 薄命妾雲英 再拜白金郎足下 妾以菲薄之資 不幸以爲郎君之留意 相思幾日 相望幾時
　　幸成一夜之交歡 未盡如海之深情 人間好事 造物多猜 宮人知之 主君疑之 禍迫朝夕死
　　而後已 伏願郎君 此別之夜 毋以賤妾置於懷抱間 以傷思慮 勉加學業 擢高第 登雲路
　　揚名於世 以顯父母 而妾之衣服寶貨 盡賣供佛 百般祈祝 至誠發願 使三生未盡之緣分
　　再續於後世 至可至可矣 (雲英傳)
32) 一自鄕關動戰鋒 舊愁新恨幾重重 腸雖已斷情難斷 生不相從死亦從 長使德言藏破鏡
　　終敎子建賦游龍 綠珠白玉心中事 今日誰知也到儂 (翠翠傳)

하여 고찰해 보았다. 고찰 결과 <운영전>의 핵심구조를 이루고 있는 액자
의 內話部分은 「剪燈新話」所載 <綠衣人傳>의 영향이 가장 컸고, 여타 다
른 부분들은 앞에서 살펴본 다른 몇 편의 소설 및 설화의 영향을 복합적으
로 받은 것이 밝혀졌다.

　　<녹의인전>은 절대권력자의 억압 속에 살아가던 시녀가 금지된 사랑을
속삭이다가 끝내는 발각되어 두 사람 다 죽고 만다는 비극적인 내용뿐만 아
니라 죽고 난 뒤 여주인공의 회상을 통하여 사건이 전개되는 소설전개방식
에 이르기까지 <운영전>과 酷似한 면모를 지니고 있는 점에서 가히 <운
영전>의 남상적 작품이라 할 수 있다. 필자는 <운영전>의 작가가 <녹의인
전>에 등장하는 두 남녀의 슬픈 이야기에 감응하여 같은 정서를 작품화하다
보니 형식과 내용에서 <녹의인전>과 같은 액자소설과 비극소설을 구현한
것이라 본다. 그것은 같은 「전등신화」를 效則한 金時習이 「금오신화」 속에
<만복사저포기>나 <이생규장전>과 같은 비극작품들을 형상화하여 登載
한 것을 보아서도 알 수 있는 일이다. 그리고 작가는 이에 더하여 다른 몇
편의 작품으로부터 흥미 있는 요소들을 추출 배합하여 한 편의 새로운 작품
을 형성시켰다 할 수 있다.

<등목취유취경원기>는 폐허가 된 수성궁에 유영이 놀러 갔다가 이미 오래
전에 죽은 운영과 김진사의 혼령을 만나는 부분에 많은 영향을 준 것으로
보인다. 수성궁의 황폐한 모습, 시녀로 하여금 술자리를 준비시키는 장면,
차린 술과 음식에 대한 형용, 권주가를 새로 지어 부르는 것 등 유사점이
너무 많기 때문이다. <취취전>은 운영이 죽고 김진사가 따라 죽은 뒤 제3
의 인물인 유영에게 나타나 冤訴하는 모티프에 관계가 깊다. <취취전>도
김정이 죽자 취취가 따라 죽고 후에 두 사람이 취취의 아버지 앞에 나타나
冤訴하는 똑같은 구조로 되어 있음을 우리는 주목하지 않을 수 없다.

　　「태평광기」所載 <곤륜노>설화는 김진사의 종인 특의 역할 중에서 주인
을 배신하기 전까지의 행동양상에 영향을 준 작품이다. 주인을 도와 담을

넘게 한다든지 여자의 재물을 밖으로 옮긴다든지 하는 행동이 그것이다. 그러나 뒤에 특이 배신하는 부분은 작자의 창작의식이 드러난 부분으로 볼 수 있다. <비연전>은 내용 전반에서 <운영전>과 유사한 점이 많아 영향관계가 주목되는 작품이다. 두 남녀가 담을 넘나들며 情을 나누고 종의 밀고로 발각되어 죽임을 당하는 등의 내용이 <운영전>과 같기 때문이다. 그리고 죽어가면서까지 자기의 행위를 후회하지 않는 비연의 애정의지는 운영의 의식구조와 무관하지 않은 것으로 보인다. 그러나 한편으로는 여자가 죽고 난 뒤 남자가 變服逃亡하는 것을 비롯해 상이점도 많기에 그 영향의 정도를 절대적인 것으로 볼 수는 없으리라는 것이 필자의 생각이다. <배항>설화는 작품 속에 '雲英'이라는 이름이 나타남으로써 <운영전>과 관련되어 거론되는 작품이지만 내용면에서는 공통점이 거의 없기 때문에 영향관계는 논하기 어려운 작품이라 생각된다.

이것으로 <운영전>발생론에 관한 小稿를 마치며 필자는 이 작업이 <운영전>의 작품적 가치를 훼손할 의도는 전혀 없었다는 점을 밝히고 싶다. 기왕 학계에서 그 영향관계가 논의되고 있어 나름대로의 생각을 피력하고 싶었고, 또 그것이 액자소설·비극소설이라는 특이성을 이해할 수 있는 관건이 된다고 생각했기 때문이다.

<운영전>은 비록 소재는 중국으로부터 구했지만 다른 어느 작품보다도 먼저 인간성해방의 정신을 표현한 선구적 작품으로 그 가치가 크다고 보며 이에 대하여는 稿를 달리하여 논하고자 한다.

王세창(王世昌)　송음서옥도(松陰書屋圖)

■ 1. 序言

　<운영전>의 발생에 관하여는 그간 오랫동안 「태평광기」 영향설 만이 존재해 왔었다.[1] 그러던 중 필자가 <운영전>의 「태평광기」 영향설에 대한 재론적 차원에서 「전등신화」 영향론[2]을 주장함으로써 논의의 폭이 넓어지게 되었다. 필자는 「태평광기」 및 「전등신화」의 몇 작품에 대한 비교분석을 통하여 <운영전> 발생에 미친 영향관계를 비교적 소상히 고찰해 본 바가 있는데 이를 간략히 정리해 보면 다음과 같다.

　첫째, <운영전>의 핵심구조라 할 수 있는 額子의 內話 부분에 가장 큰 영향을 준 작품은 「전등신화」의 <綠衣人傳>이다. 금지된 사랑을 나누다 비명에 죽은 綠衣人의 前生譚은 운영의 그것과 일치하며, 환생한 여주인공이 전생을 회상해 나가는 형식 또한 일치한다.

　둘째, 外話의 앞부분인 壽聖宮에서 운영과 金進士가 몽유자 柳泳과 만나는 장면은 「전등신화」의 <滕穆醉遊聚景園記>에서 취한 것이다. 수성궁의 황폐한 모습과 시녀에게 술자리를 준비시키는 장면, 술과 음식에 대한 형용, 권주가를 새로 지어 부르게 하는 부분 등은 거의 근사하다.

　셋째, 억울하게 죽은 운영과 김진사가 함께 제삼의 인물인 유영에게 冤訴하는 모티프는 「전등신화」의 <翠翠傳>에서 영향 받은 것이다. 역시 억울

---

1) 金鉉龍 (「한중소설설화비교연구」, 일지사, 1976.)이 주장한 이래 다른 견해가 없었다.
2) 拙稿, "운영전의 발생론적 고찰", 배재대학교 인문논총 제10집, 1996. 12.

하게 죽은 翠翠와 金定이 死後에 친정아버지 앞에 나타나 원소하는 형식이 같을 뿐 아니라 맺힌 恨을 토로할 때의 그 비감해 하는 情調 또한 거의 비슷하다.

넷째, 김진사의 종인 特이 주인을 도와 담장을 넘게 하고, 운영의 재물을 궁 밖으로 옮기는 부분은 「태평광기」의 <崑崙奴>의 영향으로 보인다. <崑崙奴>의 종 磨勒은 두 사람을 등에 업고도 담장을 자유롭게 넘나드는 초인으로 나오는데 <운영전>의 特도 주인을 배신하기 전까지는 접이식 사다리로 월장을 도와주는 매우 유능한 종으로 나온다.

다섯째, 운영이 特의 밀고로 부정이 드러나 죽게 되는 모티프는 「태평광기」의 <非烟傳>의 영향으로 보인다. 종의 밀고로 여자가 죽는 것도 같지만 죽어가면서도 자기의 행위를 후회하지 않는 非烟의 태도는 운영의 의식과 무관한 것 같지 않다.

필자는 <운영전>이 중국의 설화와 소설로부터 받은 영향관계는 이것으로 상당부분 규명되었다고 본다. 그러나 필자는 한 작품의 비교문학적 연구는 단순한 영향관계의 규명에 그쳐서는 큰 의미가 없고, 한 걸음 더 들어가 受容과 變改樣相을 분석하여 작가의식을 추출하고 나아가 작품의 가치평가까지 이루어질 때 비교연구가 완성된다고 생각한다. 그러므로 필자는 본고를 前稿에 이어 <운영전>에 대한 비교문학적 연구의 마무리 작업으로서, 남본이 되는 다섯 작품을 바탕으로 작중인물별 수용과 변개양상을 고찰해 나가고자 한다. 작가의식은 이 과정에서 드러날 것이고 작품에 대한 문학적 평가 역시 글 마무리 부분에서는 가능하리라 본다.

연구를 위한 대본은 전고와 같이 한문본 중 가장 善本으로 여겨지는 「韓國漢文小說全集」[3]에 실려 있는 <壽聖宮夢遊錄>으로 하기로 한다.

---

3) 林明德 主編, 「한국한문소설전집」3卷, 한국정신문화연구원·중화민국 중국문화 학원출판부 共同發行, 1980.

▌ 2. 雲英

'운영'이라는 이름은 작품이 「태평광기」의 영향을 일부 받은 것이 분명하기 때문에 <裵航>설화의 여주인공인 '운영'에서 취한 것으로 보아도 좋으리라고 생각한다. 그리고 운영의 신분을 궁녀로 설정한 것은 수성궁에서 운영과 김진사가 유영과 만나는 장면에 영향을 준 <등목취유취경원기>[4]의 위방화가 궁녀신분인 것과 관계가 있지 않나 보여진다.

<운영전>에서 운영이라는 인물의 성격 중 가장 두드러지는 것은 비록 죽을 위험이 있어도 이를 감수하고 사랑을 실현하고야 마는 과감성이라고 할 수 있다. 외부인과의 접촉을 죽음으로 금지한[5] 엄한 속박 속에서도 戀情의 대상인 김진사에게 먼저 사랑의 시를 전하고, 巫女의 도움을 얻어 궁 밖에서 김진사를 만나고, 마침내는 김진사로 하여금 宮牆을 넘게 하여 애정을 실현시키는 것들은 이를 말해 주는 것이다. 이와 같은 운영의 성격형성에 직접 영향을 미친 작품에는 <녹의인전>과 <비연전>이 있다.

<녹의인전>은 송나라 賈秋壑이라는 세도가의 시녀로 있던 한 여인이 秋壑의 茶童이었던 趙源과 금지된 사랑을 시도하다가 같은 또래의 밀고로 발각되어 죽임을 당하고 마는, <운영전>의 핵심 줄거리에 가장 결정적 영향을 준 작품이다. <녹의인전>에 등장하는 녹의인[6]이라는 여인은 운영과는 많은 공통점이 있어 운영의 성격형성에 크게 영향을 준 것으로 보인다. 두 사람 모두 본래 良家 출신으로 어려서 高官의 시녀가 되어[7] 主君의 각별한 사랑을 받았고[8], 금지된 사랑을 시도하다가 발각되어 비극적으로 생을 마

---

4) 이하는 前稿와 같이 <滕穆記>로 약칭하기로 한다.
5) 侍女一出宮門 則其罪當死 外人知宮女之名 其罪亦死 (雲英傳)
6) <녹의인전>의 여인은 상대역인 조원에게 자신의 이름은 밝히지 않고 녹색 옷을 입고 있으니 '녹의인'으로 불러 달라고 말한다.
7) 本臨安良家子 少善奕棋 年十五 以棋童入侍 (綠衣人傳)
　　父母初教以三綱行實 七言唐音 年十三 主君招之 (雲英傳)

첫다고 하는 것 등은 이를 뒷받침해 주는 것들이다. 운영이 김진사에게 戀詩를 던지는 데서 드러나는 적극적 성격은 녹의인이 조원에게 먼저 비단 돈주머니를 던져 뜻을 전하는 장면에서 영향 받은 것이라 할 수 있다.

君時年少美姿容 兒見而慕之 嘗以綵羅錢篋乘暗投君 (綠衣人傳)
妾穴壁作孔而窺之 進士亦知其意 向隅而坐 妾以封書 從穴投之 (雲英傳)

이에 대하여 <비연전>은 工曹參軍으로 있는 武公業의 애첩 비연이 옆집에 사는 서생 趙象과 담을 넘나드는 위험한 사랑을 하다가 원한을 품은 종의 밀고로 발각되어 죽임을 당하는, <운영전>과 상통하는 부분이 많은 작품이다. 이 작품은 여인이 마음에 없는 사람에게 감금되어 살고 있던 중 情人이 담을 넘어 사랑을 나누게 되고, 종의 밀고로 여자가 죽는다는 점에서 <운영전>에의 영향관계를 추측해 볼 수 있다. 그러나 <운영전>에서는 먼저 연정을 표시한 쪽이 운영이었던 반면 <비연전>에서는 남자인 조상이었고, 밀고를 한 종도 <운영전>에서는 김진사의 남종이었지만 <비연전>에서는 비연의 여종이었으며, <운영전>의 김진사는 운영이 죽고 난 뒤 운영을 위하여 불공을 드려 주고 식음을 폐하다가 따라 죽은 반면 <비연전>의 조상은 變服易名하고 도망한 것으로 되어 있는 등 상이점도 많아서 그 영향은 제한적이었을 것으로 생각된다. 다만 죽는 순간까지도 자신의 행위에 후회하지 않는 태도를 보인 비연의 애정의지는 운영의 의식형성에 일정한 영향을 미쳤을 것으로 보인다. 이를 지적하여 金鉉龍[9]은 운영이 기어이 사랑을 위하여 죽고 마는 내용은 비연이 문초를 받고 사랑하는 사람을 만났으니 죽어도 여한이 없다면서 죽어 간 비연의 열렬한 애정표현에서 영향 입은 것이라고 하였다.

---

8) 每秋翮回朝宴坐半閒堂 必召我侍弈 備見寵愛 (綠衣人傳)
夫人愛之 無異己出 主君亦不以尋常視之 (雲英傳)
9) 金鉉龍, 앞의 책, pp.314~315.

운영이라는 인물이 대개 이와 같은 受容樣相을 보였다면 다음에는 그 變改樣相에 대하여 살펴볼 차례이다. 여기서 變改란 '본래의 모습을 고침'의 뜻으로서 영향을 준 중국 작품에는 없는 운영의 다른 모습을 가리킨다. 변개된 운영은 수용된 운영보다 더 큰 의미를 지닐 수가 있다.

수용된 운영도 작가의 선택에 의한 것이겠지만, 변개된 운영이야말로 조선적 풍토 속에서 작가의 가치관이 작용하여 만들어 낸 독창물이기 때문이다.

변개된 운영의 모습 중에 우선 눈에 띄는 것은 운영이 비록 深宮에 갇혀 사는 궁녀이지만 主君인 安平大君의 엄명에도 불구하고 대군으로부터 몸을 지키고 있는 童貞女라는 언급이다.

> 主君傾心已久 而雲英以死拒之 無他故也 不忍負夫人之恩也 主君之威令雖嚴 而恐傷雲英之身 故不敢近之 (雲英傳)

궁녀 金蓮의 말을 통해 드러나는 이 부분은 약간 생뚱스런 감이 없지 않다. 대군의 뜻이 기운 지가 오래 되었지만 운영이 죽음으로 거절하고 있는 것은 부인의 은혜를 저버릴 수 없어서이고, 대군이 명은 엄하게 하면서도 감히 가까이 하지 못하는 것은 운영의 몸이 상할까 두려워서라고 설명하고 있기 때문이다. 궁녀로서 최고의 행복은 주군의 총애를 획득하는 것이요, 불행은 그 반대라고 할 때 주군의 명에 목숨을 걸고 항거하는 이유로서는 선뜻 수긍이 가지 않는 것이라 할 수 있다. 그러나 이것은 우리 고소설의 문법을 적용한다면 오히려 당연한 설정이 된다.

주지하다시피 우리 고소설사에는 毁節한 여인이 없다. 일부 惡女를 제외하고 善人 주인공 여성으로 훼절은 금기이자 죽음보다 더한 불행이었다. 그러므로 <이생규장전>의 崔氏女는 도적의 겁탈에 저항하다 죽임을 당했고 부정을 의심받은 <숙영낭자전>의 淑英은 자결로 결백을 주장했고 처녀임신의 누명을 쓴 <김인향전>의 仁香도 어쩔 수 없이 죽음의 길을 택했던 것이다.

만약 운영이 대군에게 이미 몸을 허락한 처지였다면 김진사를 만나는 순간 운영은 부정녀의 오명을 면할 수 없었을 것이고 두 사람의 사랑은 衆人의 지탄을 받는 무분별한 탈선행위 이상은 아닌 것으로 치부되었을지도 모른다. 운영이 동정녀였기에 촉망받는 사대부 김진사의 짝이 될 수 있었고 그들의 행위에 정당성이 부여될 수 있었다고 할 수 있다.

그러나 이러한 관념은 다분히 조선적인 것이라 할 수 있다. 우리 고소설이 오로지 善男善女들의 순결무구한 사랑만 노래한 반면 중국소설은 여주인공들을 인위적으로 貞節女로 분식하지 않았다. <녹의인전>의 녹의인이 가추학의 시녀로 있으면서 동정을 유지했다는 말도 없고, <곤륜노>의 홍초기는 기녀이고 <비연전>의 비연은 무공업의 첩이라 했으니 더 말할 것도 없다.

「전등신화」 속에는 우리 기준으로 볼 때에는 결코 주인공이 될 수 없는 소위 훼절한 여인들이 셋이나 당당히 여주인공으로 등장한다. <애경전>에서는 지체 높은 가문에 상당한 부호의 아들인 趙子가 고을 명기인 愛卿의 재색에 반하여 그녀와 결혼한다. 애경에게 있어 조자가 첫 번째 남자가 아니었음은 물론이다. <취취전>에서는 반군 李將軍에게 잡혀가 8년간이나 그의 첩살이를 하고 있는 취취를 남편 김정이 찾아가지만 끝내 구해내지 못하고 결국 죽어 함께 묻히는 것으로 만족하고 만다. <추향정기>에서는 전란으로 헤어진 약혼자 采采를 商生이 10년 만에 찾지만 이미 다른 사람과 결혼하여 살고 있는지라 서로 간에 애틋한 정을 편지로 주고받는 것으로 그치고 만다.[10]

중국소설들이 이처럼 훼절한 여인들을 거침없이 작품의 주인공으로 내세운 이유는 그들이 동화적 이상보다는 현실성과 개연성을 더 중요시했기 때

---

10) 拙稿, "이생규장전의 비교문학적 고찰", 배재논총 제1권, 1996. 8, pp.16~17.

문이다. 운영도 만약 중국소설들처럼 정절녀 콤플렉스로부터 자유롭게 풀어 주었다면 어떠했을까. 비극소설이라는 聲價에 더하여 우리 고소설사에서 또 하나의 破天荒의 한 획을 그을 수도 있었지 않았을까 가정해 본다.

변개된 운영 중 다음으로 도드라지는 모습은 안평대군의 의심에 대응하는 그녀의 태도이다. 운영은 대군이 의심하는 말을 할 때면 언제나 강하게 부인할 뿐 아니라 자신의 결백을 증명하고자 自害까지 감행하는 특이행동을 보여 주고 있다. 운영이 처음에 賦烟詩로 인해 대군의 의심을 샀을 때 그녀는 마당에 엎드려 울면서 "詩를 지을 때에 우연히 발한 것이오니 어찌 다른 뜻이 있겠습니까. 이제 대군의 의심을 샀으니 저는 만 번 죽어도 아까울 것이 없습니다."11)하며 죽음을 두고 결백을 주장했고, 다시 김진사의 詩로 의심을 사 추궁을 받게 되자

대군에게 한 번 의심을 보이고는 곧 스스로 죽고자 하였으나 나이가 아직 이십 미만이고 또 부모님을 보지 않고 죽으면 九泉之下에 죽어도 유감이 있는 까닭으로 살기를 도적질하여 여기까지 이르렀지만 이제 다시 의심을 받으니 한 번 죽는 것이 어찌 아깝겠습니까. 천지 귀신이 환히 살피시고 시녀 다섯 사람이 잠시도 떠나지 않았는데 더러운 이름이 홀로 저에게만 돌아오니 살아도 죽는 것만 같지 않사오니 저는 이제 죽을 바를 얻었습니다.12)

라고 하며 이번엔 정말로 죽으려고 목을 맨다. 이와 같은 자해적 행동은 자신의 결백을 주장하고, 상대방에 대한 반격으로서의 효과가 커 작품에 자주 나타나고 있지만 자신의 부정행위를 덮기 위한 방편으로 자해를 감행하는 경우는 대중의 지지를 얻지 못하는 것이 보통이다.

李能和의 「朝鮮解語花史」 畜妓妾必有後門客條에는 부정을 감추기 위해

---

11) 追辭之際 偶然而發 豈有他意乎 今見疑於主君 妾萬死無惜 (雲英傳)
12) 主君之一番見疑 卽欲自盡 而年未二旬 且以更不見父母而死 九泉之下 死有餘憾 故偸生至此 又今見疑 一死何惜 天地鬼神 昭布森列 侍女五人 頃刻不離 淫穢之名 獨歸於妾 生不如死 妾今得所死矣 (雲英傳)

손가락을 잘라 결백을 주장하는 여인이 둘 나오는데 내용을 간략히 소개하면 다음과 같다.

먼저 첫 번째는 監司 南袞의 妓妾의 이야기이다. 남곤이 어느 날 술에 취하여 첩의 집에 들어가니 한 남자가 뒷문으로 나가는 것이 보였다. 남곤이 놀라서 누구냐고 첩에게 물으니 그녀는 거짓 눈물을 흘리면서 "당신이 저를 내치시려면 버려도 되고 죄를 주셔도 되지 뒷문의 남자라니 무슨 말씀입니까?"하며 칼을 들어 손가락 하나를 내리쳐 잘랐다. 남곤은 이에 크게 놀라 "기녀의 두 마음을 크게 꾸짖어선 안 된다고 하지만 그 흔적을 가리기 위해 사람으로서 차마 할 수 없는 짓을 하는 것은 옳으냐."하고는 이튿날 그녀를 보내 버렸다는 것이다.[13]

두 번째는 金兵使의 愛妓에 관한 이야기이다. 武臣 金某가 平安兵使가 되어 한 기녀를 매우 사랑했는데 그녀에게는 전에 좋아하던 武倅 鄭好信이란 사람이 있었는데 두 사람은 호신이 公事로 兵營에만 오면 몰래 만나 정을 나누었다. 마침 이를 밀고한 자가 있어 병사가 힐문하니 妓는 잡아 뗄 뿐만 아니라 칼로 손가락을 잘라 맹세하였고 이를 본 사람들은 민망히 여겨 탄식하지 않는 사람이 없었다. 호신이 이 소식을 듣고 분개하여 "이 계집은 요물이니 내가 숨겨 둘 수 없다."하고 兵使를 만나 사실을 밝히고 중죄로 다스리게 하니 사람들이 모두 그를 칭찬했다는 것이다.[14]

두 이야기 모두 不貞女의 自害行爲를 비판한 것들이라고 할 수 있다. 운영의 자해는 그런 면에서 숭고하지도 아름답지도 당당하지도 않은 행위로 보이기도 한다. 진정 목숨을 걸 만큼 값진 사랑을 했다면 비연처럼 "살아서 서로 친하였으니 죽은들 무슨 한이 있겠는가?"[15]하고 담담히 파국을 받아들이는 편이 더 감동적이지 않았을까. 生에 집착하여 거짓을 주장하고 자

---

13) 李能和, 「조선해어화사」, 민속원, 1981. 6, 影印, p.53.
14) 같은 책, pp.53~54.
15) 生得相親 死亦何恨 (非烟傳)

해의 몸짓까지 시도하는 운영의 모습은 그녀를 돕기 위해 눈물로 절규하는 다른 궁녀들의 용기에 비겨 구차하고 초라해 보이기까지 한다. 그러나 그것이 바로 조선적 풍토였으니 작가가 이를 넘어서기는 어려웠는지 모른다.

▌▌ 3. 金進士

김진사는 작품 시종을 통하여 운영의 성실한 동반자였지만 운영에 비해 수동적 인물로 그려지고 있다. 그는 작품에서 주도적인 모습은 거의 보이지 않고 운영이 이끄는 대로 따라가기만 하는 순진하고 착한 書生이다. 운영의 戀詩를 받고 답장을 하고 운영의 월장 청유에 따라 월장출입을 하고, 운영의 유언에 따라 佛事를 행하는 것 등은 그의 성격을 말해 주는 것이다. 그런데 김진사의 이러한 수동적 성격은 <운영전>에 영향을 준 위의 몇 작품에서 기인한 것 같다.

<滕穆記>에서 궁녀 위방화는 등목이 자신을 숨어 지켜보고 있는 것을 알면서 등목을 유혹하는 시를 지어 부른다.

生於軒下屛息以觀其所爲 ··· 遂詠詩曰 湖上園亭好 重來憶舊遊 徵歌調玉樹 閑舞按梁州 徑狹花迎輦 池深柳拂舟 昔人皆已歿 誰與話風流 (滕穆記)

<녹의인전>에서 녹의인은 조원에게 먼저 비단 돈주머니를 던짐으로 뜻을 표하고[16] <곤륜노>의 紅綃妓는 崔生에게 手話로 만날 것을 제의한다.[17] 그리고 <비연전>의 비연은 조상에게 남편 무공업이 야근하는 날 밤에 담장을 넘어오라고 노파를 통해 알린다.[18] 김진사라는 인물은 이상의 중

---

16) 兒見而慕之 嘗以綉羅錢篋乘暗投君 (綠衣人傳)
17) 生回顧 妓立三指 又反三掌者 然後指胸前小鏡子云 (崑崙奴)

국작품 속의 소극적인 남성상에 문약한 조선의 선비상이 더해져서 만들어
진 것이라고 할 수 있다. 김진사는 운영의 입을 통해서 드러나듯 '세상 물정
모르는 선비'이다.

　　蓋特意 得此重寶而後 妾與進士 引入山谷 屠殺進士 而妾與財寶 自占之計 而進士
迂儒 不可知也 (雲英傳)

　그렇기에 운영이 흉몽을 꾸고 특의 인간성을 의심했을 때도 그는 그럴 리
가 없다고 일언으로 부인했고,[19] 결국 영악한 특에게 속아 운영의 재물을
다 빼앗기고도, 어쩔 수 없이 다시 특에게 그녀의 불공을 부탁하는 답답하
리만큼 무능하고 나약한 모습을 보였던 것이다. 그의 소심한 성격은 자신의
종으로부터도 "대장부가 죽으면 죽었지 상사의 원한을 맺어 아녀자처럼 마
음을 상해 천금의 몸을 던지려 하느냐?"[20]고 핀잔을 듣게 하기도 한다. 작품
종반에는 운영도 재물도 다 잃고, 배신한 종 특도 자신의 힘으로는 당할 수가
없어 부처에게 특을 죽게 해 달라고 비는 가련한 처지로까지 전락한다.

　　上淸寧寺 留數日 細聞特之事 不勝其憤 而無特如何 沐浴潔身 而就佛前面拜 叩頭
薦香 合掌而祝曰··· 伏望世尊 殺特奴 着鐵枷 囚于地獄 (雲英傳)

　그러나 나약해 보이는 그의 성격이 김진사라는 인물 전체를 대표하는 것
은 아니다. 그에게는 또 다른 면이 있으니 수려한 외모에 才學을 겸비한 조
선의 이상적 선비의 모습이 그것이다. 오히려 작가가 김진사를 당대의 이상
적 선비로 형상화하다보니 그에 따라 자연히 그를 심약한 성격의 소유자로

---

18) 一日將夕門嫗促步而至 笑且拜曰 趙郞願見神仙否 象驚連問之 傳烟語曰 今夜功曹直
　　府 可謂良時 妾家後庭郞君之前垣也 若不踰惠好 專望來儀 (非烟傳)
19) 進士曰 此奴素頑兇 然於我則前日進忠 今日與娘結此好緣 皆此奴之計也 豈獻忠於始
　　而爲惡於後乎 (雲英傳)
20) 大丈夫死則死矣 何忍相思怨結 屑屑如兒女之傷懷 自擲千金之軀乎 (雲英傳)

그리게 되지 않았나 생각되기도 한다. 김진사의 외모에 대한 언급은 모두 세 차례나 나오는데 '옥 같은 얼굴에 신선의 풍모'라는 조선조 영웅소설의 남주인공상과 크게 다르지 않다.

布衣革帶士 趨進上階 如鳥舒翼 當席拜坐 容儀神秀 若仙中人也
布衣革帶士 玉貌如神仙 每從簾間望 何無月下緣
上年秋月之夜 一見君子之容儀 意謂天上神仙 謫下塵寰 (雲英傳)

이는 중국의 다섯 작품 중 두 편에서만 남주인공의 인물 소개가 나오고, 그것도 간략히 한 차례씩만 거론하고[21] 넘어간 것에 비하여서는 이례적인 것이다.

이와 함께 김진사라는 인물의 가장 큰 특성은 詩文에 조예가 깊은 촉망받는 유생이라는 사실이다. 작품에서 김진사의 詩文과 筆力에 관한 언급은 과하다 싶을 정도로 많이 나온다. 김진사가 안평대군을 처음 만나 대군의 청을 받아 五言四韻 한 수를 지어 바치자 대군이 놀라 "참으로 천하의 기재로다. 어찌 서로 보는 것이 늦었는가."[22]라 했고 궁녀들도 낯빛을 바꾸며 "이는 반드시 王子晉이 학을 타고 塵世로 온 것이니 어찌 이런 사람이 있을까."[23]라고 경탄한 것은 그 시작에 불과하다. 김진사가 다시 七言四韻詩 한 首를 짓자 이번에는 대군이 김진사의 손을 잡으며 "진사는 금세의 재주가 아니어서 내가 그 高下를 논할 수 없소.

문장 필법이 능할 뿐 아니라 극히 신묘하여 하늘이 그대를 동방에 내었음은 반드시 우연이 아니오."[24]라고 극찬하기까지 한다. 김진사의 문장과 필법에

---

21) 君時年少美姿容 兒見而慕之 (綠衣人傳)
　　生少年容貌如玉 性稟孤介 擧止安詳 發言清雅 (崑崙奴)
22) 眞所謂天下之奇才也 何相見之晚耶 (雲英傳)
23) 此必王子晉 駕鶴而來于塵寰 豈有如此人哉 (雲英傳)
24) 進士非今世之才 非余之所能其高下也 且非徒能文章筆法 又極神妙 天之生君於東方必
　　非偶然也 (雲英傳)

대한 작가의 찬사는 이에서 그치지 않는다. 뒤에 대군의 간청에 따라 匪懈堂 현판에 쓸 시를 써 주었더니 "글에는 점하나 더할 곳이 없고, 산수의 경치와 당구의 형용을 다하지 않음이 없어 가히 風雨를 놀라게 하고 귀신을 울릴 만 했다."[25]고 칭찬하는 장면도 나온다. 이 밖에도 안평대군에게 설파한 詩人論과 운영에게 준 서간문을 통하여 재삼 김진사의 문재를 현양하는 것은 남본들에는 없는[26] <운영전>만의 특색이라고 할 수 있다. 그리고 이는 극도의 崇文社會였던 조선의 사회 환경에 기인한 것이라 볼 수 있다.

신선의 외모, 탁월한 文才와 함께 남본들과 차별되는 김진사의 모습은 범상치 않은 그의 죽음이다. 김진사는 운영이 죽자 운영의 생전의 부탁대로 재물을 팔아 불공을 드려 주고 絶穀하다가 따라 죽는데 중국 작품들에는 없는 설정이므로 이 부분도 조선적 풍토에 맞게 변개된 것이라 할 수 있다.

<등목기>에서 등목은 3년간 동거하던 연인 위방화가 저승으로 돌아가자 그녀를 위해 제문을 지어 弔喪하고 다시는 장가들지 않고 雁蕩山에 들어가 약초를 캐며 여생을 보낸다. <녹의인전>의 조원은 전생의 연인 녹의인이 저승으로 떠나가자 靈隱寺에 들어가 중이 되어 생을 마친다. <취취전>에서 김정은 아내보다 먼저 죽고, <곤륜노>에서는 아무도 죽지 않고, <비연전>의 조상은 여자가 죽고 난 뒤 變服에 易名까지 하고 도주한다. 중국 작품의 경우 남자가 여자를 따라 죽은 경우는 하나도 없고 <비연전>처럼 의리 없는 남자도 있는 것에 비한다면 김진사의 殉死는 다분히 조선적인 설정이라 할 수 있다. 이와 같은 殉死男은 <이생규장전>에도 나타나고 있어[27] 그 조선적 전통을 확실히 하고 있다. 그러므로 우리 소설상 인물의 특징은 貞節女와 義理男이라 할 수 있고 운영과 김진사는 그 원칙을 따른 것

---

25) 文不加點 而山水之景色 堂搆之形容 無不盡焉 可以驚風雨 泣鬼神 (雲英傳)

26) <등목기>, <취취전>, <비연전>에도 남주인공들의 시문이 몇 수 나타나지만 모두 의사전달을 위한 것일 뿐 김진사의 경우와 같은 현학의 의미는 아니다.

27) <이생규장전>의 이생은 아내가 저승으로 돌아가자 부모 무덤 옆에 장사를 지내 주고, 아내를 그리는 마음에 병이 생겨 수개월 만에 죽는다.

이라 할 수 있다.

▌ 4. 安平大君

안평대군은 작중 주요인물 중 유일한 실존인물이며 운영과 김진사를 죽음으로 몰아간 부정인물이다. 안평대군의 남상적 인물은 중국의 몇 작품에서 찾을 수 있는데 <녹의인전>의 가추학은 그 중에서도 안평대군의 성격형성에 가장 큰 영향을 미친 인물이라 할 수 있다. 平章이라는 절대 권력자의 자리에 있으면서 시녀들을 죽음의 공포로 억압하고[28] 끝내는 연정을 나누던 두 남녀를 처형하기까지 한 잔인한 主君이었기 때문이다. <취취전>의 李將軍은 전란 중 취취를 납치하여 첩으로 삼고, 남편 김정과의 재결합을 불허함으로 부부를 죽음에 이르게 한 부정인물이다. 그러나 이장군은 안평대군과 달리 武將이고, 두 사람이 부부라는 사실을 숨기고 남매로 위장하고 지내다 재결합의 가망이 없다는 체념에 차례로 병사하는 등 내용 자체의 상이점이 많아 안평대군과의 관련성은 커 보이지 않는다. <곤륜노>의 一品은 愛妓인 홍초기가 이웃 총각 최생과 도주, 최생의 집에서 2년간 은신생활한 후 찾았으나 둘의 죄를 묻지 않았다 함으로써 <운영전>의 비극적 결말과는 다르고 안평대군의 성격과도 좀 다르다고 할 수 있다. <비연전>의 무공업은 애첩인 비연과 이웃 총각 조상의 애정관계를 알고 여자를 고문 끝에 죽이고 만다는 점에서 안평대군의 위압적 성격에 어느 정도는 영향을 준 인물로 보인다.

---

28) 가추학은 질투심이 강하여 시녀 중 한 명이 밖에서 두 미소년을 보고 "아름답기도 하구나. 저두 소년은!"하고 관심을 보이자 "그를 모시는 것이 네 소원이냐? 마땅히 그에게 시집보내 주마." 하고는 잠시 뒤 그녀의 머리를 베어 시녀들에게 보여주는 잔인한 인물이다.

이상에서 보듯 각 작품의 세도가들은 자기가 거느리고 있는 여성들에 대하여 극히 위압적이고 그녀들의 일탈행위에 대하여는 죽음으로 징벌하는[29] 잔인한 성격의 소유자들이어서 안평대군의 성격형성에 크던 작던 영향을 미쳤으리라는 것은 의심의 여지가 없다. 그러나 어느 작품도 안평대군처럼 실존인물을 내세우고, 自殺하는 여자와 殉死하는 남자를 설정한 경우는 없기 때문에 우리는 여기서 남본과는 다른 작가의 창작의도를 찾아볼 수 있을 것으로 생각한다.

안평대군은 다 아는 바와 같이 世宗의 셋째 아들로 詩文이 뛰어나고 名筆로 이름이 높아 중국에까지 알려진 당대 최고의 문인이며 예술인이다. 말년에 형인 首陽大君과의 권력투쟁에서 패하여 賜死된 불우한 정치가이기도 하다. 필자는 이처럼 유명한 역사적 인물을 작품에 등장시킨 작가의 의도는, 소재는 비록 중국에서 취했지만 인물과 배경은 조선을 배경으로 한 우리식의 소설을 만들고자 한 것이 아니었겠는가 짐작해 본다. 「전등신화」를 效則한 金時習이 「金鰲新話」는 순전히 우리나라를 배경으로 제작한 것도 같은 이유에서였으리라. 안평대군이 등장하다 보니 시간적 공간적 배경까지도 역연히 우리의 것이다. 유영이 수성궁에 놀러간 도입부에서는 萬曆辛丑年 (1601년) 임진왜란이 끝난 직후라는 시간적 배경이 제시되고 있고, 작품 전체에 산견되는 仁旺山·社稷·慶福·蕩春臺·昭格署洞·三淸·匪懈堂 등 지명, 건물명도 서울에 실재했던 그대로의 것이다. 이것도 부족하여 또 하나의 역사적 인물인 成三問까지 가세하여 우리식 색채를 강화하는 데 힘을 보탠다. 작가는 이처럼 역사적 인물들, 실재한 공간배경을 통하여 현실감 있는 사실주의적 작품을 추구했고 또 그것에 성공한 것으로 보인다.

작가가 우리식 정서를 작품에 담다 보니 안평대군이라는 인물의 성격도

---

29) <곤륜노>의 一品만 예외. 一品은 최생의 부친이 고위 관리인 데다가 자신과 친분이 깊었기에 두 남녀에게는 시비를 묻지 않고 그들을 도운 곤륜노를 잡아 죽이려 하지만 실패한다.

중국 작품 속의 인물들과는 다른 독자적 개성을 갖게 되었다고 할 수 있다. 안평대군은 비록 운영과 김진사를 죽게 만든 장본인이지만 같은 상황에서 위법자들을 잔인하게 처형한 가추학이나 무공업과는 다른 차원의 인물이다. 그의 폭군적 이미지는 다분히 그 유명한 "시녀가 한 번 궁문을 나서면 그 죄는 마땅히 죽을 것이요 외인이 궁녀의 이름을 알아도 그 죄 또한 죽을 것이다."30)라는 그의 命에서 비롯된 면이 없지 않다. 그러나 그의 이 말은 작가가 <녹의인전>의 핵심구조를 차용하다보니 가추학의 포악성까지 잠시 차입하여 나타난 돌출발언일 뿐 그의 진면목과는 거리가 먼 것이다. 실제로 그는 작품 전체를 통하여 그의 말처럼 명을 어긴 궁녀들을 무자비하게 처벌한 적이 한 번도 없다. 운영에게 마음을 둔 지 오래건만 억지로 가까이 하지 않은 것은 운영의 몸이 상할까 두려워서라고 했고,31) 운영이 김진사의 상량문으로 의심을 받아 목을 맸을 때도 자란으로 하여금 그녀를 구하게 한 것도 화는 크게 났지만 실제로는 그녀가 죽는 것을 바라지 않았기 때문이라고 했다.32) 이러한 그의 성격은 운영이 죽는 순간까지 이어진다. 특의 발설로 운영의 행위를 안 그는 처음에는 西宮의 다섯 궁녀들을 죽을 때까지 치라 명하였지만33) 운영을 변호하는 그들의 호소를 듣고는 화가 좀 풀리어 운영을 별당에 가두고 나머지 궁녀들은 풀어주기에 이른다. 그런 연후에 운영 스스로 목숨을 끊은 것이니 위법자들을 잔인하게 처단한 가추학이나 무공업 같은 인물들과는 대비된다 할 수 있다. 안평대군의 이처럼 위압적이면서도 한편으로는 너그러운 성품은 분명 작가의식의 발로로 밖에는 볼 수 없다. 작가는 안평대군이라는 절대 권력자를 역사 속에서 불러내어 운영을 억압하는 부정인물의 배역을 맡겼지만 그를 단순한 악인이 아닌

---

30) 註 5)와 같음.
31) 主君之威令雖嚴 而恐傷雲英之身 故不敢近之 (雲英傳)
32) 大君雖盛怒 而中心則實不欲其死 故使紫鸞救之而不得死 (雲英傳)
33) 大君招致西宮侍女五人于庭中 嚴具刑杖於眼前 下令曰 殺此五人以警他人 又教執杖者曰 勿計杖數以死爲準 (雲英傳)

선악의 양면성을 갖는 복합적 인물로 창조하여 작품으로 하여금 한층 생동 감과 현실감을 갖도록 의도한 것으로 보인다.[34]

안평대군의 이러한 성격은 어쩌면 실존했던 안평대군에 대한 작가의 인식 에서 비롯한 것일 수도 있다. 詩·書·畵에 조예가 깊었던 안평대군에 대한 당대 지식층 사이에서의 호평과 그의 불행한 말로에 대한 동정 여론이 자연 히 작가로 하여금 전형적 악인이 아닌 선악 공유의 복합적 인물로 형상화하 게 했는지도 모른다. 그래서 그런지 작품 속 안평대군에 대한 작가의 시선은 작품 서두부터 매우 호의적이다. 운영이 유영에게 안평대군의 인물 됨됨이를 설명하는 부분은 오히려 칭송에 가깝다.

> 莊憲大王子 八大君中 安平大君最爲英睿 上甚愛之 賞賜無數 故田民財貨 獨步諸 宮 年十三 出居私宮 宮名卽壽聖宮也 以儒業自任 夜則讀書 晝則或賦詩 或書隸 未嘗 一刻之放過 一時文人才士 咸萃其門 較其長短 或至鷄叫參橫講論不怠 而大君又工於 筆法 鳴於一國 (雲英傳)

작가의 인식이 그렇다 보니 안평대군은 운영과 김진사의 명확한 敵이 아 니다. 작품에서 두 사람이 토로하는 恨도 안평대군 개인보다는 둘의 사랑을 금하고 용납하지 않았던 중세적 제도와 관습에 대한 것으로 보이기도 한다. 궁녀들의 호소도 안평대군 개인이 아닌 궁중이라는 창살 없는 감옥을 운영 하고 있는 중세사회를 향한 것으로 보는 것이 옳을 것이다. 이들의 이와 같 은 인식은 김진사의 다음의 말을 통해 잘 나타난다. 前生의 서술을 마친 김 진사가 계속 비감해 하자 다시 인간 세상에 나지 못해 한스러워 그러냐고 유영이 물으니 그는 "오늘 저녁에 슬프고 아픈 것은 대군이 한 번 패함으로

---

34) 이에 대하여는 성현경(「고전소설연구」, 화경고전문학연구회編, 일지사, 1993, p.856.)도 안평대군을 학문과 예술을 사랑하고, 여성의 재주를 아낄 줄 아는 낭만적 다정다감한 긍정적 인물이기도 하지만, 궁녀들의 삶을 구속하고 억압하는 부정적 인 물이기도 하다고 말한 바 있다.

고궁에 주인이 없게 되어 烏雀이 슬피 울고 인적이 닿지 않으니 이미 극히
슬픕니다. 하물며 새로 兵火를 겪은 후라 화려한 집들이 재가 되고 아름다
운 담장들이 꺾이고 무너졌으니···어찌 슬프지 않겠습니까?"[35]라고
하고 있다. 이 말을 통해 보아도 운영과 김진사의 비극은 안평대군 개인이
아닌 그 사회로 인한 것임을 알 수 있다. 안평대군도 두 사람과 함께 그 구
성원이었을 뿐이며 어쩌면 그도 그 사회의 희생자였는지도 모른다. 작가는
善惡을 共有한 복합적 성격의 안평대군이라는 인물을 창조하여 자칫 개인
의 문제로 그칠 수도 있는 두 남녀의 비극을 사회적 문제로 확대했다고 볼
수 있다.

▌▌ 5. 아홉 궁녀

<운영전>에 등장하는 아홉 명의 궁녀들[36]은 운영이나 김진사처럼 주역
은 아니지만 시종여일하게 운영을 돕는 조력자들이다. 그들은 남본 중 <녹
의인전>의 가추학댁 시녀들을 수용하여 변개한 인물들로 생각되는데 그것
은 앞서 설명한 바와 같이 두 작품의 핵심구조가 같고, 작품에 등장하는 궁
녀들이나 시녀들이 모두 안평대군이나 가추학 같은 절대 권력자의 사저에
서 외부와 격리된 채 억류생활을 하는 여인들이라는 점에서 가능한 추론이
다. 하지만 <녹의인전>의 시녀들이 단지 가추학의 잔인성을 드러내게 하
기 위한 객체적 역할에 머문 반면[37] <운영전>의 아홉 궁녀들은 각성된 여

---

35) 但今夕之悲傷 大君一敗 故宮無主人 烏雀哀鳴 人跡不到 已極悲矣 況新兵火之後 華
屋成灰 粉墻摧毀···寧不悲哉 (雲英傳)
36) 본래 운영을 포함하여 열 명이지만 운영은 별도로 언급하였기에 본장에서는 이렇게
지칭하기로 한다.
37) 가추학의 폭압 아래 전전긍긍 살아가는 시녀들은 그의 횡포에 대한 반감도 자의식
도 없어 보인다. 동료가 처형당하는 것을 보고도 공포에 떨기만 할 뿐 누구도 그 부

성의식을 바탕으로 안평대군에게 운영 일탈의 무죄를 적극 주장함으로써 작품에 진보적 색채를 불어넣은 주체가 되었다는 점에서 그 의미와 비중은 크게 다르다 할 수 있다.

<운영전>이 이처럼 <녹의인전>의 시녀들을 변개·수용한 것은 작가의식과 관계가 있고 작품의 주제와도 관련이 있다. <운영전>의 작가는 기본적으로 페미니즘적 시각에서 작품을 쓰려 한 것으로 보인다. 중세의 강고한 남성중심의 사회에서 노예적 삶을 강요당했던 궁녀들에게 여성으로서의 자의식을 부여하고, 본성을 억압하는 부당한 제도에 용감히 맞서는 자존성을 허여한 것은 이를 말해 주는 것이다.

> 하늘이 재주를 내리는데 어찌 남자에게만 넉넉히 하고 여자에게는 인색하게 하겠는가?[38]

이 말은 안평대군의 말이면서 동시에 작가의 생각이기도 하다. 이 말이 비록 궁녀들로 하여금 詩文을 닦아 안평대군의 高雅한 취향을 만족시키게 하기 위한 데 목적이 있었다 해도 이 속에 여성에 대한 작가의 인식이 내재해 있다는 것을 부인할 수는 없다. 여성을 남성과 대등한 능력을 가지고 태어난 존재로 보는 것, 이것이 작가의 여성관이고 문제의식의 발로라고 할 수 있다. 평등해야 할 관계가 차별받는 현실, 그것은 부당한 것이고 이에의 저항은 정당한 것이라는 것이 작가의 생각이다.

> 하늘이 人才를 내는 것은 원래 한 시대의 쓰임을 위한 것이다. 그런데 인재를 내는 것은 고귀한 집이라 하여 그 賦命을 넉넉히 하지 않고 미천한 집이라 하여 그 주는 것을 인색하게 하지 않는다.[39]

당함을 제기하려는 여인이 없다.
38) 天之降才 豈獨豊於男 而嗇於女乎 (雲英傳)
39) 天之生才原爲一代之用 而其生之也不以貴望而豊其賦 不以側陋而嗇其稟 (遺才論)

이것은 인재에 대한 許筠의 인식이다. 그가 소설을 통하여 적서차별의 부당성을 주장한 것도 위와 같은 문제의식이 있었기 때문이었다는 것은 다 아는 사실이다.

남녀불평등의 현실에 문제의식을 가진 작가는 마침내는 정욕은 남자들만 있는 것이 아니라는 폭탄선언을 하기에 이른다.

　　남녀의 정욕은 음양으로부터 받은 것이어서 귀함도 천함도 없고 사람은 누구나 가지고 있는 것입니다.[40]

라는 銀蟾의 말이나

　　첩들은 모두 길거리의 천한 계집들로서 아비가 大舜이 아니고 어미가 二妃가 아닌즉 남녀의 정욕이 어찌 홀로 없겠습니까? 穆王은 천자로 매양 瑤臺의 즐거움을 생각했고, 項羽는 영웅이면서 帳中의 눈물을 금하지 못하였는데 주군은 어찌 운영으로 하여금 홀로 운우의 정이 없다고 하십니까?[41]

라는 자란의 호소는 이러한 작가의식의 직접적 표출이라 할 수 있다. 운영의 일탈행위는 남녀 공히 가지고 있는 정욕이라는 본성에서 비롯한 것이니 가혹한 처벌은 억울하다는 항변이다. 작가는 이들의 호소를 들은 안평대군으로 하여금 궁녀들을 풀어주고 운영의 처형도 중지하게 함으로써 그들의 주장이 옳았다는 것을 분명히 하고 있다. 이것으로 운영 일탈의 불가피함과 그 처벌의 부당함을 제시하고자 했던 작가의 의도는 이루어졌다고 할 수 있다. 다만 운영을 끝내 죽게 만든 것은 작가가 받은 남본의 영향이 컸기 때문으로 보인다. 하지만 그럼으로써 한국 고소설의 공식인 해피엔딩에서 탈출하여 희

---

40) 男女情欲 稟於陰陽 無貴無賤 人皆有之 (雲英傳)
41) 妾等皆閭巷賤女 父非大舜 母非二妃 則男女情欲 何獨無乎 穆王天子 而每思瑤臺之樂 項羽英雄 而不禁帳中之淚 主君何使雲英獨無雲雨之情乎 (雲英傳)

귀하게도 비극소설의 자취를 남길 수 있었던 것은 우리 古小說史를 위해서는 다행한 일이었다 생각된다.

<운영전>에서 궁녀들의 호소를 통해 작가가 전하고자 했던 메시지는 정욕이라는 본성에 대한 긍정이라고 할 수 있다. 윤리나 규범은 근본적으로 본성의 발현을 억압하고 통제하는 속성이 있으므로, 본성적 욕구를 충족시키고자 하는 행위는 그 자체가 반사회적 반윤리적 행위로 지탄받을 수가 있다. 그러므로 궁녀들이 아무리 운영 행위의 정당성을 주장했어도 내심으로는 그 죄의 중함을 인정하여 운영대신 죽여 달라고 하기도 했고 관대한 처분을 구하며 읍소하기도 했고 운영 자신은 책임을 지고 자결하기도 했던 것이다. 운영은 본성의 이끌림에 따라 행동하다가 궁녀로서의 규범을 어겨 불행히 꽃다운 나이에 세상을 등진 여인이다. 그녀의 행위는 공감할 수 있는 면이 있었고 그녀의 죽음은 동정할 만 했지만 그녀가 倫理的 善人이 아니라는 점은 분명하다.42) 그리고 이것은 우리 고소설사에서 또 하나의 중요한 의미를 가지는 설정이라고 할 수 있다. 해피엔딩과 함께 우리 고소설의 또 하나의 공식인 善惡對立의 구조와 勸善懲惡의 주제에서 동시에 벗어나게 하였기 때문이다.

<운영전>에는 뚜렷한 善人도 惡人도 존재하지 않는다.43) 각자 자기가 처한 현실에서 수긍할 수 있는 정도로 행동하는 생동감 있는 인물들이 있을 뿐이다. 이것이 이 작품이 시대를 앞서간 근대성이라 할 수 있다.

---

42) 운영이 윤리적 善人이라면 궁녀로서의 규범을 잘 지키고, 안평대군과 그 부인의 총애에 감사하면서 묵묵히 인고의 세월을 보내는 인물로 그려졌을 것이다.
43) 특은 악인이지만 운영과 김진사의 주된 갈등대상도 아니고 부정인물의 대표도 아니다.

▌▌6. 特과 巫女

특과 무녀는 작품 속에서 서로 간에 직접 관계는 없지만 각각 운영과 김진사가 만나는 데 매개 역할을 하는 인물들이기에 한 카테고리에서 논의하기로 한다.

김진사의 종인 特은 처음에 '能而多術'한 인물로 소개된다. 그는 김진사가 궁장을 넘어 운영과 밀회를 갖게 되는 과정에서는 접이식 사다리와 표범가죽버선 등으로 주인을 돕는 忠僕으로 행동하지만, 운영의 財寶를 밖으로 옮겨 내는 시점부터는 재물에 욕심이 생겨 주인을 밀고하여 죽게 만드는 간악한 叛奴로 변신하는 인물이다. 특은 그 교활하고 불의한 처신으로 작중 유일한 악인이라는 오명을 쓰고 懲治됨으로써 극악한 악인은 하늘이 벌한다는 독자의 믿음을 만족시키게 한다.

그런데 특의 원형은 남본의 몇 작품에서 찾을 수가 있는데 忠僕으로서의 특은 <곤륜노>의 마륵을 수용한 것으로 보인다. 마륵은 주인과 그의 여자 두 사람을 등에 업고 담장을 넘나드는 괴력을 발휘하는데 특도 접이식 사다리로 김진사의 월장을 돕고, 나중에 운영을 궁 밖으로 탈출시킬 계책을 논의할 때에도 "밤이 깊어 조용해졌을 때에 담을 넘어 들어가 솜으로 입을 막고 업고 넘어 나오면 누가 감히 저를 쫓아오겠습니까?"[44]라고 마륵의 행적을 연상케 하는 발언을 함으로써 그 영향관계를 잘 보여준다.

반노로서의 특은 조원과 녹의인의 관계를 밀고한 <녹의인전>의 시녀와, 조상과 비연의 밀회를 고발한 <비연전>의 여종으로부터 모티프를 차용한 것으로 생각된다. 그러나 <녹의인전>의 시녀는 아무 동기도 없이 고자질하고,[45] <비연전>의 여종은 비연에게 맞은 것이 분하여 밀고한 데 대하

---

44) 半夜入寂之時 踰墻而入 以綿塞其口 負而超出 則孰敢追我 (雲英傳)
45) 爲後同輩所覺 讒於秋壑 遂與君同賜死於西湖斷橋之下 (綠衣人傳)

여,46) 특은 재물에 대한 욕심 때문에 피습을 위장하여 보물을 가로채고47) 맹인을 이용하여 둘의 관계가 교묘히 안평대군에게 알려지도록 한 것은48) 작가의 창의성이 발휘된 결과라 할 수 있다. 작품에는 근대적 소설기법 중의 하나인 伏線도 등장함으로써 작가적 역량이 상당한 수준이었음을 알 수 있게 해 주고 있다. 운영의 꿈에 특이 나타나 자신을 冒頓單于라 칭하고 "묵은 약속이 있어 장성 아래에서 오랫동안 기다리고 있다."라고 한 것은49) 자기 아버지를 죽인 모돈선우처럼 특도 자기 주인인 김진사를 해칠 인물이라는 것을 암시하는 복선이라 할 수 있다.

특을 반노로 형상화한 것에 대하여 金鉉龍은 소설자체를 비극으로 진행시켜 이상과 현실의 갈등을 추구해 보겠다는 예술적 의도50)로 보았고, 車溶柱는 임병양란 후 노비들의 의식변화에 따라 주인에 대한 맹목적 순종보다는 자신의 이익을 먼저 생각하는 사회변동의 추세가 반영된 것51)으로 보았다. 하지만 필자는 가치관의 변화로 인하여 붕괴되어가는 전통적 인간관계와 그로부터 야기되는 각박한 현실을 드러내고자 한 것은 아니었나 생각한다. 그러나 의도는 무엇이었건 헌신과 배신의 이중적 양태를 통하여 인간의 불완전성을 고발하고, 운영과 김진사를 에워싼 적대적 세계의 견고함을 제시하려 한 작가에게는 득의한 인물 설정이었다고 생각된다.

巫女는 수성궁을 드나들면서 두 사람 사이에서 편지도 전해 주고 궁 밖에서의 만남도 주선해 주는 등 두 사람이 애정을 실현할 수 있도록 돕는 역할

---

46) 烟數以細過撻其女奴 奴陰銜之 乘間盡以告公業 (非烟傳)
47) 一日 特自裂其衣 自打其鼻 以其流血 遍身糢糊 被髮跣足奔入 伏庭而泣曰 吾爲强賊所擊 (雲英傳)
48) 其隣在旁 多聞其語 謂特曰 汝主何許人 虐奴如是耶 特曰 吾主年少能文 早晚應爲及第者 而爲貪婪如 此他日立朝 用心可知 此言傳播 入於宮中 告於大君 (雲英傳)
49) 昨夕夢見一人 狀貌獰惡 自稱冒頓單于曰 旣有宿約 故久待長城之下 (雲英傳)
50) 金鉉龍, 앞의 책, p.315.
51) 車溶柱,"운영전의 갈등양상에 반영된 작가의식",「한국고소설의 조명」, 아세아문화사, 1972. 7, p.77.

에서는 특과 같지만 끝까지 배신하지 않는다는 점에서는 특과 다른 긍정인
물이다. 또한 여타의 모든 인물들과 달리 남본들에는 전혀 없는 순수한 우
리식의 캐릭터라는 점에서 작가의 창작의식이 만들어 낸 독창물이라고 할
수 있다.

유교를 통치이념으로 하던 조선에서 巫覡의 사회적 위상은 佛僧과 함께
八賤의 하나로 천시 당했고 그 이미지는 매우 부정적인 것이었다.
따라서 무당과 관계가 있는 속언들도 "선 무당 사람 죽인다."라든가 "무당이
제 굿 못하고 소경이 제 죽을 날 모른다."라든가 "한 량짜리 굿하다가 백 량
짜리 징 깨진다."와 같은 부정적인 것뿐이었고 고소설 속에서의 무당에 대
한 인식도 이와 별반 다르지 않았다. <홍길동전>에서는 무녀가 길동을 죽
이려는 음모에 가담했다가 도리어 죽임을 당하고, <호질>에서는 巫가 호
랑이들에 의해 惑世誣民者로 지탄을 받기도 하였다. 그러나 그럼에도 불구
하고 민간에서는 복을 빌고 액을 물리치는 방편으로 그들을 이용했고, 심지
어는 궁중에서도 治病을 위해 그들의 궁중출입을 허락하기도 하였으니[52]
무속의 생명력은 실로 끈질긴 면이 있었다. 그러므로 작가가 궁 내외를 연
결해 주는 메신저로 무녀를 설정한 것은 현실에 바탕을 둔 것이었다고 할
수 있다.

작품 속의 무녀는 단순한 메신저로 머물지 않고 자의식이 강하고 감정이
풍부한 개성 있는 여성인물의 역을 수행함으로써 작품을 흥미롭고 활력 있
게 만드는 데 한 몫을 하고 있다. 작중에서 무녀는 김진사가 운영으로부터
戀詩를 받고 답서를 보낼 궁리를 하던 중 동문 밖의 한 무녀가 靈異함으로
이름을 얻어 궁중을 출입한다는 말을 듣고 그녀를 찾는 것에서 나오기 시작
한다. 이때 그녀는 삼십이 안됐는데 姿色이 뛰어나게 아름답고 일찍 과부가
되어 淫女로 자처한다고[53] 심상치 않게 소개된다. 이런 그녀가 운영도 한

---

52) 我朝凡百文爲彬彬可觀 巫佛祈祝尙有夷俗故 祖宗朝 自上如有疾病則 僧徒巫覡誦經
   禱於仁政殿 (燃黎室記述別集)

번에 반한 脫俗한 선비인 김진사를 보았으니 예사롭게 넘어갈 수가 없음은 당연하다. 김진사에게 호의를 품은 그녀가 酒饌을 성대히 하여 대접했지만 김진사는 술도 안마시고 바빠서 내일 다시 오겠다며 가 버린다. 다음날 다시 온 김진사는 서신 이야기를 감히 꺼내지 못하고 똑같은 말을 하고 또 가고 만다. 이때 그녀는 김진사가 자기에게 뜻이 있지만 나이가 어려 부끄러워 말을 못한다고 생각하여 자기가 먼저 유혹하여 동침해야겠다고 생각한다. 목욕하고 요염하게 화장을 하고 김진사를 맞은 그녀는 그가 자기에게 온 본뜻을 알고 실망하지만 김진사의 애원에 마침내는 그를 도와주겠다고 말한다.

작품에서 무녀는 통념적인 부정적 인물이 아니다. 여성으로서의 본성적 욕구를 감추려 하지 않고 오히려 능동적으로 그것의 충족을 위해 행동하는, 어떤 면에서는 운영과도 비견되는 자기실현욕구가 강한 한 여성일 뿐이다. 그러면서도 이기적이지 않고 동정심도 있는 보편적 심성의 소유자이기도 하다. <운영전>의 무녀는 작가가 고정관념의 늪에서 건져내어 새롭게 생명을 불어넣어 만들어 낸 해방된 여성의 한 표상이라 할 수 있다.

▌ 7. 結言

이상으로 작중인물별 수용과 변개양상을 살펴보았다. 이를 통하여 우리는 작가가 <운영전>을 창작함에 있어 중국의 「전등신화」와 「태평광기」로부터 많은 흥미있는 요소들을 소재로 받아들였고, 그에 더하여 우리 고유의 정서와 가치관을 접목시키기 위해 노력했다는 사실을 확인할 수 있었다. 위에서 논의한 내용을 정리하면 다음과 같다.

---

53) 進士訪至其家 其巫年未三旬 姿色殊美 早寡 以淫女自處 (雲英傳)

雲英은 <녹의인전>의 녹의인과 <비연전>의 비연을 수용하여 만들어진 인물이다. <녹의인전>은 세도가의 시녀가 금지된 사랑을 나누다 죽임을 당한다는 핵심 줄거리가 <운영전>과 같을 뿐 아니라 녹의인이 연정을 품은 조원에게 먼저 비단 돈주머니를 던지는 데서 드러나는 적극적 성격도 운영과 같다는 점에서 운영의 성격형성에 가장 큰 영향을 미친 작품이라 할 수 있다. <비연전>의 비연도 옆집에 사는 조상과 담장을 넘나드는 사랑을 나누다 종의 밀고로 죽임을 당하는데, 죽음도 불사하는 그녀의 애정의지는 운영과 통하는 면이 있다. 중국의 여주인공들과 다른 운영의 모습은 먼저 그녀가 안평대군으로부터 몸을 지키고 있는 동정녀라는 사실이다. 이는 사실 비현실적인 설정이지만 선남선녀끼리의 사랑만 용인한 우리의 정서로 보면 당연한 것일 수도 있다. 그리고 또 하나는 결백을 주장하기 위해 자해하는 그녀의 행동이다. 이것도 여러 문헌에 전해오는 우리식의 특이한 행태이지만 당당하게도 아름답게도 보이지 않는 것은 아쉽다.

金進士는 <등목기>의 등목, <녹의인전>의 조원, <곤륜노>의 최생, <비연전>의 조상과 같은 수동적 남성상에 조선의 문약한 선비상이 결합하여 창조된 인간형이다. 수려한 외모에다 시문에 능한 선비인 그가 운영의 주도에 몸을 맡기고, 자신의 종에게도 배신당해 파멸하는 것은 이 때문이다. 작가는 그를 운영을 따라 죽게 함으로써 중국과는 다른 우리식 종결법을 선택했다. 여성의 절개와 남성의 의리를 賞歎하는 것은 <이생규장전>에서도 보이듯 우리만의 전통적 관념이다.

安平大君은 작중 유일한 역사적 실존인물이다. 작가가 그와 같은 역사적 인물을 내세운 이유는 <운영전>을 사실주의적 작품으로 만들 의도에서였다고 볼 수 있다. 그러므로 작품의 시간적 공간적 배경은 모두 우리의 것이다. 안평대군의 인물의 성격은 <녹의인전>의 가추학을 수용한 것이지만 그처럼 잔인하고 완전한 악인인 것만은 아니다. 그는 억압적 주군이면서도 예술을 사랑하고 운영을 배려해 주고 궁녀들의 호소에 귀를 기울일 줄도 아는 선악 양면성을 갖고 있는 복합적 인물이다.

작가는 그를 복합적 인물로 창조하여 공식적 선악대립구조를 회피하고 운영과 김진사의 비극을 개인의 문제가 아닌 사회의 문제로 확대하고자 했다고 할 수 있다.

宮女들은 <녹의인전>의 侍女들을 수용한 것이지만 시녀들이 가추학의 포악성을 드러내기 위한 객체적 존재에 불과한 것에 비해 궁녀들은 여성으로서의 자아의식을 가지고 여성의 본성을 억압하는 부당한 질서에 항거하는 주체적 인물들이라는 점에서 작품에서의 위상이 전혀 다르다고 할 수 있다. 작가는 궁녀들로 하여금 여성도 정욕이 있는 인간으로 사랑할 권리가 있음을 선언하게 함으로써 여성해방의 진보적 시각을 나타내고자 했다고 본다.

特은 선악 양면을 보여 주지만 작품 후반에 간악한 반노로 변신함으로써 유일하게 징치되고 악인으로 낙인찍힌 인물이다. 전반 충복으로서의 특은 <곤륜노>의 마륵을 수용했고 후반 반노로서의 특은 <녹의인전>의 시녀와 <비연전>의 여종을 수용한 것이다. 작가가 특을 결국 반노로 형상화한 것은 임병양란 후 가치관의 변화로 붕괴되어 가는 전통적 인간관계와 그로부터 야기되는 각박한 현실을 나타내고자 한 것이었다고 필자는 생각한다.

巫女는 남본에는 없는 작가의 독창적 캐릭터이다. 작가는 무녀를 인습적 부정인물에서 건져 올려 자의식이 강하고 감정이 풍부한 한 여성인물로 재창조하여 작품을 보다 흥미롭고 활력이 넘치도록 촉매역할을 맡겼다고 할 수 있다. 그녀는 본성적 욕구를 감추지 않고 능동적으로 그것을 충족시키고자 행동하는 진보적 여성상을 보여줌으로써 페미니즘적 주제를 구현하는데 한 몫을 담당했다고 할 수 있다.

<운영전>은 「전등신화」와 「태평광기」의 몇 작품에서 기본적 소재를 취하고 우리의 전통 관념을 附加하여 페미니즘적 주제를 구현한 작품이라고 할 수 있다. 작품의 주요 플로트인 절대 권력자의 私邸에서 예속생활을 하

던 궁녀가 금지된 사랑을 나누다가 비극적 최후를 맞는 것은 <녹의인전>을 비롯한 중국작품들로부터 가져온 것이다. 운영을 貞節女로 김진사를 殉死하는 남자로 안평대군을 善惡共有의 복합적 인물로, 그리고 궁녀들과 무녀를 여성의 정욕을 긍정하는 인물들로 형상화한 것은 오롯이 작가의식의 소산이다. 작품이 해피엔딩에서 탈피하여 비극성을 띠게 된 연유는 비극적 원본의 영향 때문이라고 볼 수 있다.

그러나 완전한 비극으로 결말짓지 못하고 두 사람을 天上으로 회귀하는 것으로 만든 것은 비극을 추구하려는 작가의식이 비극을 꺼리는 대중적 정서와 타협한 결과라 할 수 있다. 天上 부분을 뺐더라면 하는 아쉬움은 있지만 그렇다하여 고소설사상 최고의 비극적 情調를 담아낸 <운영전>의 가치가 貶毁될 이유는 아니라고 본다.

畵譜滿籠淨如洗終日行吟頗
立門到地夕陽微有遠村天秋水
岸草痕近中樹密參相亂
一湖平淌不盡千載欣謀託
畵橐猩湖郡淺朝子
庚申七吾民 蔡嘉并題

VI. 興夫傳研究

─ 文學 및 社會史的 側面에서의 考察 ─

채가(蔡嘉) 추수석양도(秋水夕陽圖)

▓ 1. 序論

1) 연구사의 검토

<흥부전>[1]에 대한 지금까지의 연구는 대체로 根源說話에 관한 연구, 판소리와 관련한 연구, 異本에 관한 연구, 主題에 대한 연구, 人物의 性格에 대한 연구, 人物의 身分에 대한 연구, 諧謔的 특성에 대한 연구, 硏究史에 대한 연구, 其他 등의 방향에서 다양하게 진행되어 왔다.

本項에서는 상기 분야별 연구업적들을 개략적으로 검토해 봄으로써 간략하게나마 <흥부전> 연구의 현황을 알아보고 문제의 제기 및 논의의 출발점으로 삼고자 한다.[2]

먼저 소설화 과정과 관련이 있는 근원설화에 대하여는 日本人 田中梅吉의 民間童話起源論 이후 크게 나누어 外來說話根源論, 固有說話根源論, 外

---

1) 本稿에서 말하는 <흥부전>의 개념은 판소리 唱本까지를 포함한 모든 異本을 통칭하는 '興夫傳群'으로서의 의미이다. 많은 異本들이 <흥보전>(興甫傳)으로 되어 있지만 본 論考가 특정 대본에 국한된 연구가 아니기 때문에 대중 속에 굳어진 <興夫傳>을 대표명칭으로 사용하는 것이 옳다고 본다. '흥부', '놀부'의 칭함도 같은 논리에서이다. 따라서 앞으로 <興夫傳>이라 함은 '興夫傳群'을 뜻함이고 특정 대본을 지칭할 때는 당해 대본의 명칭을 밝힐 것이다.
2) 論考들이 대개 한편의 글에서 위에 열거한 연구방향 중 몇 가지를 함께 다루고 있기 때문에 필자가 내용을 보아 임의적으로 추출·분류할 수밖에 없으며 같은 논문이 여러 분야에서 중복되어 거론되는 것도 이 때문이다. 되도록 철저를 기하려고 애썼지만 혹 누락된 논고가 있다면 이는 필자의 불민의 탓이다.

來說話・固有說話混形論으로 주장되어 왔다. 그러나 숫자상으로 보면 後兩者를 주장하는 쪽은 2명[3] 및 1명[4]뿐이고 나머지 모든 논자들은 외래설화근원설을 말하고 있어 쟁점은 오히려 그 안에서 자리 잡아 가고 있는 형편이다. 외래설화론은 다시 둘로 나눌 수 있는데 몽고・중국・일본설화론이하나이고 인도에 근거한 佛典說話論이 다른 하나이다. 前者의 경우는 金台俊이 「조선소설사」에서 "鄕土特有의 것은 아니요 대륙으로부터 朝鮮・日本에까지 廣布된 것인 줄을 알겠다. 일본의 '舌切省・花咲爺', 몽고의 '박타는處女'의 說話가 그것이다."라고 말한 이후 이를 그대로 수용한 견해들[5]이 이에 속하고 後者는 문화의 전파과정과 인과응보사상을 중요시하여 佛敎說話論을 주장한 張德順[6]과 印權煥[7]이 이에 속하는데 특히 印權煥은 기존의 說

---

3) 孫晋泰는 「한국민족설화의 연구」(을유문화사, 1947.)에서 몽고의 '박타는 처녀설화'를 元代에 허다히 몽고에 귀화한 高麗女性들을 통해 몽고에 전파된 것으로 보아 고유설화근원론을 주장했고 李秉岐는 「국문학전사」(李秉岐・白鐵共著, 신구문화사, 1957.)에서 「酉陽雜俎」와 「東史綱目」에 실려 있는 新羅人 '旁㐌'의 이야기를 근원설화로 보아 같은 주장을 폈다.

4) 李相翊은 "설화소설론"(서울대, 석사학위논문, 1961.)에서 上記 '旁㐌說話'와 외래설화로서의 '박(瓠) 설화'를 혼합한 것으로 보아 混形論을 주장했다.

5) 金台俊, 「조선소설사」, 학예사, 1933.
周王山, 「조선고대소설사」, 정음사, 1947.
金起東, 「이조시대소설론」, 정연사, 1959.
高晶玉은 우리어문학회刊 「국문학사」에서 "<흥부전>은 책에 따라 다소 다르나 前半 흥부가 형 놀부의 집에서 쫓겨나 갖은 고생을 다하는 이야기와 後半 報恩박과 報讎박 이야기로 大分된다. 後半은 동양일대에 유포된 童話로서 조선특유의 것이 아니다."라고 하여 특정한 설화를 거론하지는 않았지만 외래설화근원론을 지지했고 具滋均(「국문학논고」, 박영사, 1966. p.319.)과 朴晟義(「국문학통론・국문학사」, 예그린출판사, 1978, p.415.)는 이를 일점도 가감 없이 그대로 수용하였다.

6) 張德順은 「국문학통론」(신구문화사, 1963.)에서 佛典 「賢愚經」의 박설화를 근원설화로 제시하면서 "비록 外糸說話를 소재로 하였으나 향토특유의 소설로 잘못 알 정도로 잘 윤색되었다."고 소설적 변모를 강조하였다.

7) 印權煥("흥부전의 소설적 고찰", 어문논집 16집, 고려대 국어국문학연구회, 1975.)은 몽고근원설은 더 많은 韓國 說話小說의 몽고근원론이 밝혀져야만 개연성을 가질 수 있을 것이라고 말하고 반대로 고유설화의 몽고전파설에 대해서는 국내적 淵源이 없음을 들어 부정했다. 그리고 일본설화근원론에 대하여는 문화의 전래이동상 있을 수 없는 일이라고 일축했다.

들을 논리적으로 조목조목 반박하고 張德順의 주장 외에 佛典所載 '善求惡求說話'와 '跛脚道人說話'를 추가로 제시함으로써 근원설화연구에 활력을 불어 넣었다.

이 밖에 특정한 근원설화연구가 아닌 작품의 설화적 성격을 구명한 논자로는 趙東一,[8] 徐大錫,[9] 柳光秀,[10] 李勳鍾[11]이 있는데 趙東一은 '혹떼러 갔다가 혹 붙이고 온 이야기', '부자방망이 이야기', '금도끼 은도끼 이야기'와 같은 民譚이 <흥부전>의 核話와 구조가 같다는 점을 들어, 徐大錫은 인물의 성격, 작품의 구성, 배경, 주제면에 있어서의 민담적 특징을 근거로 民譚起源의 견해를 밝혔다. 그리고 柳光秀는 근원의 복합성을 인정하는 바탕 위에서 설화적 토대의 모든 양상들이 소설화되면서 어떠한 변모를 거치게 되었는지의 변모양상에 대한 고찰의 중요성을 강조했고, 李勳鍾은 놀부박의 장비모티프의 근원을 中國笑話에서 찾음으로써 모티프별 근원탐구의 새로운 가능성을 제시했다.

판소리와 관련한 연구는 金東旭[12]이 申在孝의 박타령에 들어가 있는 揷入歌謠를 분석한 것을 시작으로 하여 趙東一[13]은 설화에서 판소리를 거쳐 소설로 발전해 갔다는 金東旭의 說을 재확인함과 아울러 '部分의 獨自性'은 판소리로 불리는 과정에서 생긴 것이라고 논증했다. 이어 洪顯植[14]은 장면에 따른 唱調의 변화 등 음악적 기교를 논했고, 薛盛璟[15]은 桐里의 박타령 사설에 반영된 신재효의 개작의식을 규명하였다. 그리고 徐種文[16]은 '박사

8) 趙東一, "흥부전의 양면성", 계명논총 5, 계명대, 1969. 「한국고전소설연구」, 새문사, 1983. 再錄. (本稿에서 인용하는 페이지는 계명논총 5에 실린 것으로 한다.)
9) 徐大錫, "흥부전의 민담적 고찰", 국어국문학 67호, 국어국문학회, 1975.
10) 柳光秀, "흥보전연구", 고려대 박사학위논문, 1989.
11) 李勳鍾, "흥부전 삽화 편고", 을유문화사, 1961.
12) 金東旭, 「한국가요의 연구」, 을유문화사, 1961.
13) 趙東一, 앞의 논문.
14) 洪顯植, "판소리 흥보가의 연구", 논문집 1집, 전북대 문리과대학, 1974.
15) 薛盛璟, "동리의 박타령사설 연구", 한국학논집,계명대 한국학연구소, 1979.
16) 徐種文, "흥보가 박사설의 생성과 그 기능", 백영정병욱선생환갑기념논총, 신구 문화

설'의 생성과 기능을 분석하여 '박사설'은 판소리가 독서물로 정착되는 과정에 확대되었으며 심리적 보상의 기능과 오락적 기능을 갖는다고 하였고, 정병헌[17]은 박타령의 未分離→分離→統合의 과정이 보여 주는 것은 한 인간이 依存的 自我에서 獨立된 自我로 변화하는 社會化의 과정이라고 규정했다. 또한 柳光秀[18]는 <흥부전>작품군에 수용된 가요들을 時調, 雜歌, 民謠, 巫歌, 民俗信仰謠, 假面劇, 다른 판소리 등의 요소로 분류 분석하고, 전승되고 있는 판소리 더늠이 소설본 <흥부전>에 투영된 양상을 검토한 바 있다.

異本에 관한 연구는 1966년 金泰俊[19]이 京板本, 一簑本, 燕의 脚, 申在孝本 등 4異本의 내용을 단순 비교한 것으로부터 비롯된다. 비교 결과 그는 申在孝本의 내용에 가장 독창성이 많다는 결론을 내렸다. 이후 趙東一[20]은 世昌本, 京板本, 一簑本, 申在孝本, 啓大本, 李昌培本, 朴憲鳳本 등 7개의 이본에 대하여 核話段落, 內話段落, 外話段落의 단락구분방법을 적용하여 상호간의 同異点을 비교 분석한 바 있다. 이어서 薛盛璟[21]은 前記 趙東一이 분석한 7개의 이본에 林熒澤本을 함께 비교하여 흥부의 가난과 고생으로 나타나는 현실구조가 차지하는 비율이 林熒澤本이 가장 크게 나타나 있다는 점을 밝혀 이본들 가운데서 차지하는 林熒澤本의 위상을 높여 놓았다. 그 뒤 權寧浩[22]가 10개의 이본을 대비 계통을 분류해 봄으로써 이본 연구에 한 획을 그었고, 김홍균[23]은 申在孝本과 林熒澤本의 대비를 통해 申在孝本은

사, 1982.

17) 정병헌, 「신재효 판소리사설의 연구」, 평민사, 1986.
18) 柳光秀, 앞의 논문.
19) 金泰俊, "흥부전의 비교고찰", 동악어문논집 제4집, 1966.
20) 趙東一, 앞의 논문,
21) 薛盛璟, "흥부전의 필연성과 당위성", 연세국문학 3집, 연세대 국어국문학과, 1972.
22) 權寧浩, "흥부전 이본연구", 경북대 석사학위논문, 1984.
   그가 대비한 이본은 京板 25張本, 20張本, 新文館本, 世昌本, 燕의 脚, 金東旭本, 金文基本, 史在東本, 林熒澤本, 一簑本이다.
23) 김홍균, "흥부전의 구성과 갈등양상 분석시론", 한국정신문화연구원 부속대학원 석사학위논문, 1984.

신재효 개인의 의식이 형상화된 작품으로, 林榮澤本은 구비문학적 집적성을 유지한 작품으로 성격규정을 내렸다. 이러한 중에 柳光秀[24]는 최근 내용이 같은 이본을 제외하고 唱本, 筆寫本, 木版本, 舊活字本을 망라한 14종의 이본들을 대비하여 개별적 특성을 밝히고 각 이본들 간의 계통과 형성연대까지 고찰함으로써 이본연구의 수준을 한 차원 높여 놓았다.

主題에 대한 연구에 있어서는 작품의 주제를 파악하는 관점에 두 개의 큰 흐름이 있어 왔는데, 하나는 작품이 초기소설의 존재가치였던 교훈적 효용성[25] 즉 주제의 윤리성을 계승한 것으로 보는 관점이고 다른 하나는 표방가치보다는 작품의 저변에 흐르는 강한 사회성을 주제로 인식하려는 관점이다. 張德順이 말한 바 "이조적 유교사상인 우애를 목적으로 하는 권선징악의 理를 밝힌 것이며 이조시대 모든 소설이 가지는 고진감래식의 공통적인 주제성을 그대로 상속받은 데 지나지 않는다."[26]와 같은 시각은 前者의 흐름[27]을 대변하는 것이고 "賤富의 대두로 가난해진 양반과 모든 기존관념이 얼마나 심각한 곤경에 빠지게 되었는가를 여실히 보여 주는 것"[28]이라든가 "흥부라는 인물이 피나는 노력에도 굶주려야 되는 반면에 놀부라는 인물이 악질적인

---

24) 柳光秀, 앞의 논문.
　　그가 대비한 이본은 唱本에 申在孝·李善有·金演洙·朴東鎭·朴奉述·丁珖秀·朴憲鳳本, 筆寫本에 金東旭·林榮澤·史在東·吳永順本, 木版本에 京板本, 舊活字本에 燕의 脚·博文(世昌)本이다.

25) 崔喆은 "이조소설 독자에 관한 연구"(연세어문학 제6집, 연세대 국어국문학과, 1975.)에서 小說 後記의 내용 ('傳之子孫 守而勿失'과 같은)을 분석하여 이조인들은 소설이 자손들에게 유익한 교훈적 도덕물이 되어 효용성이 있기를 기대했다고 밝혔다.

26) 張德順, 앞의 책, p.252.

27) 이와 같은 관점을 보인 논자는 李秉岐(李秉岐·白鐵, 앞의 책, p.80.), 金起東(앞의 책, p.548.), 朴晟義(앞의 책, p.415.)와 같은 이들이 있다.

28) 趙東一, 앞의 논문, p.123.
　　趙東一은 위에 말한 주제를 裏面的 主題라 하고 "선량한 자는 복을 받고 탐욕스러운 자는 벌을 받으니, 사람은 선량하고 도덕적이어야 한다."가 表面的 主題라 하여 두 개의 주제가 있음을 말했지만, "결국 우세한 쪽은 裏面的 主題이다."라고 하여 사실상 이면적 주제가 참주제임을 분명히 했다.

행위에도 부자로 잘 살고 있는 현실의 모순"29)과 같은 관점은 後者의 흐름30)을 대변하는 소견들이다. 후기소설들이 종전의 그것들과는 다른 강한 개아의식과 인간성 해방의 사상을 보여 주고 있다는 사실을 인정하지 않을 수 없을 때 주제의식의 고찰이라는 면에서 경직된 고정관념을 탈피하여 자유롭고 다양한 접근이 시도되고 있는 것은 바람직한 일이라 하겠다.

人物의 性格에 대한 연구는 어느 분야보다도 활발히 진행되어 왔고 그에 비례하여 논란도 많았던 문제이다. 인물의 성격규정문제 즉 인물에 대한 평가문제는 작품의 주제의식의 파악에까지 연결되는 중요성을 갖는 것이기 때문에 <흥부전>을 논하는 논자치고 이에 대해 한번 쯤 언급을 하지 않는 사람이 없을 정도라는 것은 당연한 일일 것이다. 흥부에 대한 평가는 세 유형으로 나눌 수 있는데31) 그의 가난이 개인적 결함에 의한 것이 아니라 사

---

29) 林㷆澤, "흥부전의 현실성에 관한 연구", 문화비형4, 아한학회, 1969. (「한국고전소설」, 계명대출판부, 1974, 再錄, p.255. 本稿에서 인용하는 페이지는 「한국고전소설」에 실린 것으로 한다.)

30) <흥부전>의 주제를 권선징악적 차원을 넘어 약자의 꿈의 실현이라는 쪽으로 시야를 넓힌 첫 번째 논자는 高晶玉이다. 그는 앞의 책 144面에서 다음과 같이 말했다. "<흥부전>과 <심청전>의 현실은 그 비참하고 가련한 前半뿐이다. 後半은 그 비참하고 가련한 현실을 그대로 내버려 둘 수 없는 민중의 염원의 달성인 것이다. 여기에도 약한 자의, 정신으로라도 현실을 바로잡으려는 꿈이 있는 것이다. 이것을 단순히 권선징악이라고 보아 치워버려서는 중세기문학을 바로 보는 所以가 아닐 것이다." 그 후 金泰俊(앞의 논문, p.51.)은 <흥부전>의 주제를 "유교윤리의 획일적 규제에 대결하는 인간상을 여실히 보여준 것"이라 했고, 李相澤("고전소설의 사회와 인간", 「한국고전소설」, 계명대출판부, 1974.)은 "피탈계층의 수탈계층에 대한 적대의식과 부에 대한 열망의 극대화현상을 구현하려 한 것"으로, 徐大錫(앞의 논문, p.346.)은 "먹는 문제를 해결하기 위한 투쟁"으로, 林用植("흥부전 주제의 고찰", 우리문학연구 4, 우리문학연구회, 1981, p.141.)은 "失農民들의 비참한 삶을 고발한 것"으로, 李文奎("흥부전의 문학적 특질에 대한 고찰", 선청어문 11·12합집, 서울대 사대 국어교육과, 1981, p.338.)는 "기존 가치관과 새로운 가치관의 대립을 통하여 기존 가치관이 승리해야 한다는 민중의 소망을 표현한 것"으로, 정병헌(앞의 책, p.114.)은 "가난하지만 착한 사람이 갖는 꿈의 형상화"로, 柳光秀(앞의 논문, pp.194~195.)는 "당대 일반 민중의 현실적 경험과의 동질성으로 인한 공감대 유지, 당대 서민들의 꿈의 반영 혹은 이상의 실현, 부정적 현실의 역설적 드러냄을 통한 정당한 경제의 기원"으로 보았다.

31) 놀부에 대한 평가는 흥부에 대한 것과 대조적인 것이기 때문에 같이 논하지 않더라도

회의 구조적 모순에 기인한다고 보아 긍정적 인물로 보는 견해가 하나이고,[32] 무기력하고 형식주의적인 삶의 태도를 비판하여 부정적 인물로 보는 견해가 다른 하나이고,[33] 흥부·놀부 모두 긍정·부정의 양면성을 갖고 있는 인물로 보는 견해가 또 다른 하나이다.[34] 이 같은 관점의 차이는 李相澤이 말한 바 "연구자가 이익사회적 능률주의편에 자리하는가 아니면 공동사회적 情誼主義편에 자리하는가에 따라 나타나는 결과"[35]일 수도 있으나 대본의 차이가 가져온 영향도 적지 않았으리라 생각된다. 뒤에 상론하겠지만 京板本과 林榮澤本의 서술은 대체로 흥부에 대하여 동정적이고, 世昌本은 비판적 서술이 자주 보이고, 申在孝本은 "형편없이 타락하고 파탄된 인간"[36]으로 그리고 있어 대본선정의 차이에 따라 인물에 대한 평가도 달라질

자연 알 수 있으리라 본다. 그리고 긍정론과 부정론 중에는 각각 강·약의 차이가 있고 개중에는 명시적으로 표현하지 않고 암시적으로 주관을 드러내고 있는데 이러한 경우까지 필자가 판단하여 분류했음을 밝힌다.

32) 林榮澤, 앞의 논문.
　　薛盛璟, 앞의 논문.
　　李石來, "긍정과 부정", 백영정병욱선생환갑기념논총, 신구문화사, 1982.
　　김성두, "짓밟힌 자의 팔자타령", 문학사상, 문학사상사, 1983. 6.
　　李相澤, "흥부 놀부의 인물평가", 「한국문학사의 쟁점」, 집문당, 1986.
　　柳光秀, 앞의 논문.
33) 金光淳, "흥부전의 주인공에 관한 인성분석", 청계김사엽박사송수기념논총, 동 간행위원회, 1976.
　　徐大錫, 앞의 논문.
　　김진원, "고대소설에 나타난 비평의식", 새국어교육 22·23호, 한국국어교육학회, 1975. 12.
　　陳榮煥, "흥부전연구", 대전공전논문집 19, 대전공전, 1976.
　　梁淳珌, "흥부의 인간상", 교육제주 31, 제주도교육위원회, 1976. 6.
　　李御寧·鄭炳昱, "흥부전 대담", 「고전의 바다」, 현암사, 1977.
　　金治弘, "놀부의 현대적 의미", 국어국문학 82호, 국어국문학회, 1980. 4.
34) 趙東一, 앞의 논문.
　　이밖에 李文奎(앞의 논문)를 긍정론자로 분류하는 논자들(李相澤, 柳光秀)도 있지만 필자로서는 그의 논고에서 당시 민중들이 흥부를 긍정적으로 보았다는 분석 결과만 볼 수 있었을 뿐 논자 자신의 주관적 평가는 발견할 수 없었기 때문에 분류에 넣지 않았음을 밝힌다.
35) 李相澤, 앞의 논문, p.549.
36) 林榮澤은 "흥부전에 반영된 임노의 형상" (「한국고전산문연구」, 동화문화사, 1981,

수밖에 없는 것은 명확하다 하겠다. 이것은 긍정론을 편 林熒澤, 薛盛璟, 李石來가 모두[37] 京板本 또는 林熒澤本을 대본으로 했고 부정론과 긍·부정론을 편 논자 중에 김진원[38]을 제외한 徐大錫, 陳榮煥, 趙東一이 모두[39] 世昌本을 대본으로 했다는 사실에서도 입증되고 있다. 따라서 어느 특정 대본에 기초한 인물의 평가는 그 대본에 한정된 개별성을 가질 뿐 보편성을 갖지 못한다는 점을 고려할 때 보다 객관적 실체에 접근하기 위해서는 몇 가지 중요 대본에 대한 종합적 고찰이 이루어져야 할 것으로 생각된다.

人物의 身分에 대한 논란 즉 흥부가 양반이냐 평민이냐에 대한 논쟁은 1969년 趙東一과 林熒澤의 공방으로부터 시작되었다. 그 전까지는 흥부와 놀부를 모두 양반으로 보던지,[40] 흥부는 양반으로 보지만 놀부의 신분에 대해서는 언급을 않는[41]것이 통례였었다. 그런 중에 趙東一[42]은 흥부는 양반이지만 놀부는 천민이라는 매우 파격적인 규정을 내리고 형제간 신분의 相異라는 모순을 부분의 독자성의 원리로 해명하고자 하였다. 그의 이러한 노력은 그동안 애매했던 두 사람 간의 신분문제를 드러내 놓고 정면에서 해결하고자 한 첫 번째 시도였다는 점에서 큰 의미를 갖는다고 할 수 있다. 그러나 林熒澤[43]은 이에서 한 걸음 더 나아가서 흥부 놀부 모두 평민이라는 새로운 주장을 폈다. 하지만 그의 주장은 京板本을 토대로 한 것이어서 趙東

---

p.319.)의 後記에서 申在孝本에서는 흥부를 형편없이 타락하고 파탄된 인간, 파렴치한 거지, 룸펜, 정신파탄자에, 제 목구멍만 생각하고 처자식도 잊어버린 인간으로 꾸며 놓았다고 말했다.

37) 나머지 논자들의 참고대본은 미상.
38) 京板本을 대본으로 했음.
39) 나머지 논자들의 참고대본은 미상.
40) 張德順, "흥부전의 재고", 국어국문학 13집, 국어국문학회, 1955. 6, p.55.
41) 우리어문학회, 앞의 책, p.143.
　　孫洛範 校註, 「흥부전」, 문헌사, 1957, p.191.
　　具滋均, 앞의 책, p.319.
　　朴晟義, 앞의 책, p.415.
42) 趙東一, 앞의 논문, pp.95~97.
43) 林熒澤, 註29)의 논문, p.259.

―이 문제로 삼은 世昌本에서의 흥부의 의문적 태도까지 설명해 줄 수는 없는 것이었다.[44] 따라서 世昌本의 의문은 여전히 남아 지금까지 대다수의 논자[45]들이 흥부를 몰락양반으로, 놀부를 평민으로 보는 兄弟相異身分의 不自然性이 지속되고 있는 상황이다.[46] 林榮澤 이후 몇 몇 논자[47]들이 상이신분문제를 극복하기 위해 흥부 평민론의 논지를 전개했으나 명백한 실증적 논거가 부족해 입론에 그치고 있는 실정에 있다. 필자는 이 문제에 대해 章을 달리해 고찰해 볼 생각이다.

作品의 諧謔的 特性에 대한 논의는 金台俊[48]의 언급이 있은 후 張德順에 와서 일약 <흥부전>의 가장 큰 특질로 부각되기 시작했다. 그는 "흥부전의 근본 문학정신은 해학이다. 슬픔이든 설움이든 빈곤이든 困厄이든 복수든 간에 그 모든 인간생활을 웃음으로 뒤범벅을 만들자는 데 있는 것이다."[49] 라고 말하고 <흥부전>의 유능한 작가는 애초부터 유머를 목적으로 했기 때문에 박속에서 나오는 군상들도 동·식물·무생물이 아니라 한 결 같이

---

44) 4章 3節 '흥부 놀부의 신분문제'에서 상술하겠지만 흥부 신분이 양반인 듯 보이는 부분은 京板本에는 없고 世昌本에서 吏房과 만나는 장면에서 나타나고 있다.

45) 金光淳, 앞의 논문.
   김진원, 앞의 논문, p.243.
   金治弘, 앞의 논문, p.199.
   鄭鉒東, 「고대소설론」, 형설출판사, 1981, p.337.
   李石來, 앞의 논문, p.99.
   金起東, 「한국고전소설연구」, 교학연구사, 1983, p.873.
   김홍균, 앞의 논문, p.74.

46) 李相澤〔註30)의 논문, p.321.〕은 "흥부는 양반일 수도 있고 아닐 수도 있다."며 중요한 것은 획득신분이라고 하여 명확한 신분규명을 유보했다.

47) 徐大錫, 앞의 논문, p.332.
   林用植, 앞의 논문, p.125.
   柳光秀, "흥부전의 연구사와 검토", 어문 논집 27집, 고려대 국어국문학연구회, 1987. 12, p.294.

48) 金台俊, 앞의 책, p.136.
   "사건발전은 너무도 頑朴하고 부자연한 점도 있으나 세세한 점까지 신랄한 풍유와 골계로 묘사한 것은 쌩기전과 함께 동화에서의 소설화한 작품으로서는 완전히 성공된 것이다."

49) 張德順, 앞의 논문, pp.52~53.

웃음의 대상이 되는 인간 군상들로 만들었다고 해학성을 강조했다. 이후 李龍得[50]은 작품의 골계적 특질을 해학, 풍자, Wit, Irony로 구분 고찰했고, 趙東一[51]은 작품의 골계의 관점이 흥부와 놀부 모두에게 각각 해학과 풍자가 복합적으로 나타난다고 주장했다. 이에 대해 林熒澤[52]은 흥부는 긍정적 인물이기에 해학적 대상이고 놀부는 부정적 인물이기에 풍자의 대상일 뿐이라고 반박했고 李石來[53]도 같은 견해를 표명했다. 그러나 이 논란도 앞서 인물의 성격평가와 마찬가지로 대본의 차이에서 오는 영향이 적지 않은 것이라 본다. 李源周[54]와 김진원[55]도 내용면의 해학성과 언어사용의 기교적 측면을 분석했으나 관점상 새로운 것은 없었다.

<흥부전>의 硏究史에 대한 연구는 논자들이 개별 논문을 집필할 때 관련 분야에 대한 연구사를 언급한 것은 더러 있었으나 연구사 한 주제만 가지고 단일 논문을 작성한 이는 柳光秀[56]가 처음이었다. 그는 그 논고에서 時代順에 의한 연구진행과정의 검토와 문제별 연구현황의 검토라는 二元的 방법으로 연구사를 정리했는데 그로써 <흥부전>연구사가 일목요연하게 드러났고 앞으로 연구자들이 연구방향을 설정하는 데에도 많은 도움을 줄 것으로 본다.

위의 어느 연구방향에도 속하지 않아 기타로 분류할 수밖에 없는 논자에 申相澈의 "놀부의 현대적 수용과 그 변형"[57]과 崔賢燮의 "흥부전의 교육적 수용"[58]이 있다. 申相澈은 위 논문에서 고소설 <흥부전>과 현대소설 <太

---

50) 李龍得, "흥부전을 통해 본 골계미학적특성", 국어국문학연구논문집 14, 동아대 국어국문학회, 1963. 6.
51) 趙東一, 앞의 논문, pp.100~101.
52) 林熒澤, 註29)의 논문, pp.275~276.
53) 李石來, 앞의 논문.
54) 李源周, "고대소설의 골계적 특질", 어문학 25, 한국어문학회, 1971.
55) 김진원, "흥부전의 해학성연구", 명지대 석사학위논문, 1974.
   "고대소설의 해학미", 새국어교육 29·30합집, 한국국어교육학회, 1979. 9.
56) 柳光秀, 앞의 논문.
57) 「한국고전소설연구」, 새문사, 1983.

平天下>를 문체, 인물, 구성면에서 대비하여 <태평천하>가 어떻게 <흥부전>의 전통을 계승 발전시켰는지를 규명함으로써 전통계승의 새로운 가능성을 제시했고, 崔賢燮은 1935년 이후 지금까지 초등학교 교과서에 실린 <흥부전>의 개작양상과 그 문제점을 검토하고 원작의 주제가 손상되지 않는 범위 내에서 신중히 개작에 임할 것을 촉구했다. 이와 같은 논의는 <흥부전>연구의 방향과 방법이 더욱 다변화할 수 있음을 말해주는 것으로 무척 고무적 성과라 할 수 있을 것이다.

　이상으로 <흥부전>연구의 현황에 대하여 살펴보았다. 그동안 많은 연구자들의 노고로 작품의 실체파악에 한걸음 다가서 있음을 느끼며 그럼에도 아직도 미진한 분야가 있음을 부인할 수 없다. 연구자 상호간의 이견이 해소되지 않고 있는 이유 중의 하나가 대본선정문제에 있음을 감안할 때 연구결과의 개별성을 극복하기 위한 노력이 경주되어야 하리라고 생각된다. 그리고 방법론적 측면에서도 인접학문의 도움을 얻어 보다 실증적이고 심층적인 접근이 필요할 것으로 본다.

2) 연구의 방향과 방법

　필자는 수년전에 <흥부전>에 관한 논문을 쓴 적이 있다.[59] 필자로서는 본격적인 첫 번째 논문이어서 고심 끝에 이루어냈고 결과는 得意한 부분도 있었고 미흡하다고 느낀 부분도 있었다. 그리고 문제의 제기에 그친 부분도 있었다. 따라서 언젠가는 전의 미진한 점을 보완하고 쟁점사항들을 분석·검토하여 궁극적으로 작품의 가치평가까지 내림으로써 <흥부전>에 대한 필자의 관점을 분명히 정리해야겠다는 생각을 가지고 있었다. 본 논고는 필자의 이러한 작은 바람의 실현이며 <흥부전>에 대한 연구의 일차적 마무

---

58) 선청어문 16·17 합집, 서울대 사대 국어교육과, 1988. 8.
59) 拙稿, "흥부전에 나타난 서민의식", 연세대 석사학위논문, 1978.

리의 의미를 갖는다.

본고의 연구방향은 다음과 같이 네 개의 분야로 나누어진다.

첫째는 '作品에 投影된 社會相'으로 전근대적 봉건사회에서 자본주의적 근대사회로 移行해 가는 조선후기사회의 실상을 작품을 통하여, 역사기록을 통하여 실증적으로 분석할 것이다. <흥부전>만큼 조선후기의 사회상을 핍진하게 반영하고 있는 작품이 없다고 할 때 작품의 社會思想史的 가치를 도출해 내기 위해서는 반드시 거쳐야 하는 작업이라 생각한다. 이에는 흥부로 상징되는 貧農과 놀부로 대변되는 富農이 점차 그 격차를 넓혀가는 빈부 양극화현상, 놀부의 신분내력에서 나타나는 신분제도의 동요, 작품전체를 통해 부각되는 상품화폐경제의 발달, 흥부와 吏房・흥부와 營門使令들과의 대화에서 드러나는 관리의 부패, 놀부박의 군상들로 표현되는 유랑배의 폐해, 동네사람들과 놀부와의 관계에서 나타나는 공동사회의 붕괴현상 등이 고찰의 대상이 될 것이다.

둘째는 '作品에 投影된 人間像'으로 논쟁의 초점인 흥부・놀부의 인물평가가 이 章에서 이루어질 것이다. 아울러 그동안 별 주목을 받지 못했던 두 명의 여성 흥부의 妻, 놀부의 妻에 대한 성격분석도 함께 행해질 것이다. 이 네 사람의 성격분석을 통해 우리는 前時代의 化石人物이 아닌 개아의식을 갖고 살아 움직이는 근대지향적 인간상들을 발견하게 될 것이다.

셋째는 '作品의 內容分析'으로 작품에 있어 핵심적인 몇 가지 문제를 구명해 보는 章이다. 우선 흥부 놀부의 대립이 의미하는 바가 무엇인지를 밝히고 대립과 해소를 통해 나타나는 작가의식의 검출에 목표를 둘 것이다. 다음에는 所望構造로 나타나는 박의 기능과 의미를 고구하고, 쟁점중의 쟁점인 신분문제의 명확한 해결을 시도할 것이다. 그리고 작품의 희극구조적 특성에 대해서는 '작가의 의도적 창작'이라는 張德順[60]의 말에 동의하여 해학

---

60) 張德順, 註40)의 논문.

성 뒤에 숨은 작가의 의도를 해부하고 방법론에서는 해학성의 단순한 검증이 아닌 희극이론에 입각한 원론적 고찰을 시도하게 될 것이다.

넷째는 '作品의 文學史的 位置'로 작품에 대한 가치평가를 내려 문학사적 자리매김을 해 주는 章이다. 비평의 궁극목표가 작품의 가치평가에 있다고 보면 本章이야말로 本稿의 핵심이며 결론이라고 할 수 있을 것이다. 지금까지 <흥부전>의 문학적 가치에 대해서는 몇몇 논자들이 단편적으로 언급한 적은 있으나 심도 있게 분석된 적은 없었다. 그런 면에서 本章의 試論은 일정한 의미를 갖게 될 것으로 생각된다. 本章에서 작품의 가치를 측정하는 기준은 흔히 하는 바대로 작품에 내재된 近代性의 有無 여부로 삼기로 했다. 일반적으로 유럽에서 근대문학의 특성을 "절대적 권위와 도덕을 배척하고 자아중심주의·자유주의·합리주의적 경향"[61]으로 근대의 시점을 "자본주의의 형성이나 시민사회의 성립"[62]으로 보는데 필자는 이와 같은 관점을 우리 문학에도 적용할 수 있다는 전제아래 <흥부전>을 분석한 결과 근대적 성격과 전근대적 성격이 공존하고 있음을 발견할 수 있었다. 그리고 前者의 것으로 '인간성옹호정신의 구현', '선악공유의 인간상 창조', '사회비판의식의 표출', '갈등양상의 轉移'의 네 요소를, 後者의 것으로 '권위주의로부터의 미탈피', '행복추구의 초현실성'의 두 요소를 분류해 낼 수 있었다. 따라서 本章에서는 위의 요소들을 命題로 내세우고 이를 입증하는 연역적 논증법을 사용하여 작품의 가치를 평가하고 문학사적 위치를 탐색해 볼 것이다.

3) 연구의 대본

연구를 위한 대본의 선정문제는 연구결과가 개별성을 갖느냐 보편성을 갖느냐를 결정하는 중요한 문제이기 때문에 신중을 기하지 않으면 안 된다.

---

61) 「동아세계대백과사전」 5권, 동아출판사, 1982, p.489. 근대문학條.
62) 같은 책, p.486. 근대條.

연구결과가 보편성을 획득하기 위해서는 되도록 많은 수의 이본들을 함께 검토하는 것이 필요하겠으나 너무 많은 이본을 한꺼번에 다룬다면 오히려 논의의 초점이 흐려지고 통일성을 잃게 되는 역효과를 가져올 수도 있을 것이다. 따라서 개별성을 극복하면서 동시에 통일성을 잃지 않고 어느 정도의 보편성을 얻을 수 있는 적정 수, 적정 대본의 선정이 무엇보다 중요하다 하겠다.

필자는 이와 같은 조건을 만족시킬 수 있도록 하기 위하여 舊活字本, 木版本, 筆寫本, 판소리唱本에서 각 1種씩, 구체적으로 世昌本, 京板25張本, 林熒澤本, 申在孝本의 4種을 대본으로 정하였다. 각 대본별 선정 이유를 든다면 첫째, 世昌本은 量이 가장 많은데다가 그 줄거리 체계가 유일하게 完型[63]으로 나타나기 때문이다.[64] 둘째 京板25張本은 같은 내용의 京板20張本보다 보존상태가 양호하여 可讀性이 좋기 때문이다.[65]
셋째 林熒澤本은 筆寫本 중 極貧의 초점이 되는 흥부와 그 가족의 관계를 가장 구체적으로 표현하고 있고, 現實構造와 理念構造를 연결함에 있어 가장 강한 당위성을 보여 주는 名地挿話가 있고, 挿入歌謠와 肉談 등 完板系 小說과 판소리적 성격을 함께 지니고 있어 타 이본보다 대본으로서의 가치가 높기 때문이다.[66] 넷째 申在孝本은 신재효 개인에 의해 창작된 것이 아니라 여러 창본을 종합 정리 개작하여 이상적인 판소리 사설로 만들고자 하는 의도에서 이루어진 것[67]이기에 다른 판소리 창본보다 完整된 형태이기

---

63) 趙東一, 앞의 논문, p.73.
64) 博文本이 世昌本의 藍本〔柳光秀, 註10)의 논문, p.24.〕이지만 필자가 世昌本을 대본으로 정한 것은 내용이 같기 때문에 연구결과에 차이가 없기 때문이고 世昌本을 대본으로 한 많은 논자들과 논의의 場을 함께 하기 위해서이다.
    本稿에서 사용할 대본은 世昌書館刊(출판년도 미상) 「홍보전」으로 하기로 한다.
65) 本稿에서 사용할 대본은 「景印古小說板刻本全集」三(金東旭編, 연세대 인문과학연구소, 1981.)에 轉載된 「흥부전」으로 하기로 한다.
66) 薛盛璟, 註21)의 논문, pp.26~27. 참조.
    本稿에서 사용할 대본은 「古典小說選」(韓國語文學會編, 형설출판사, 1984.)에 轉載된 「흥부전」으로 하기로 한다.

때문이다.

上記 4 대본의 선정은 위와 같은 特長이외에도 보편성의 획득에 가장 유리한 점이 있기 때문이기도 하다. 그것은 지금까지 <흥부전>연구자들이 가장 많이 사용한 대본이 위의 4 대본이고 거의 대부분의 쟁점들이 4 대본 안에서 생겨난 것이라는 사실에 근거한다. 柳光秀[68])는 <흥부전>연구자들이 사용한 대본의 빈도수를 조사한 적이 있는데 그 표를 인용하면 다음과 같다.

대본	京板本	世昌本	一簑本	林熒澤	新舊書林	新文舘	金東旭	金文基	啓大本
빈도수	13	9	3	3	1	1	1	1	1
	申在孝	李善有	朴憲鳳	金演洙	朴奉述	한농선	李昌培	朴綠珠	강도근
	10	2	2	2	2	2	1	1	1

一簑本은 京板本을 底本으로하여 필사하는 과정에 결말 부분만 다르게 처리한 것[69])이어서 京板本의 아류로 보고 京板本에 함께 넣는다면 연구자들이 사용한 대본의 빈도수는 京板本, 申在孝本, 世昌本, 林熒澤本의 순이 된다.

다음은 각 대본간의 내용을 비교해 보도록 하겠다. 趙東一은 단락구분법을 사용하여 몇 종의 이본들의 줄거리 체계를 분석한 적이 있는데 여기서 그의 단락구분법을 인용하면 다음과 같다.

　A 작중인물이 아닌 話者가 이야기를 소개하는 序頭.

---

67) 李秉岐, 「국문학개론」, 일지사, 1976, p.172.
68) 柳光秀, 註47)의 논문, p.291.
69) 柳光秀, 註10)의 논문, p.22.

B 놀보와 흥보를 소개하다.
C 놀보의 탐욕과 인색을 보여주다.
D 놀보가 흥보를 내어쫓다.
E 흥보의 가난과 고생.
F 흥보가 제비를 구해주다.
G 제비가 흥보에게 보은하다.
H 놀보가 흥보를 찾아와 치부한 내력을 알고 가다.
I 놀보가 제비를 해치다.
J 제비가 놀보에게 복수하다.
K 놀보가 이웃 양반에게 혼나다.
L 흥보가 놀보를 구해주고, 놀보는 改心하다.
M 그 후 흥보는 잘 살다 죽다.
N 이런 이야기가 전해 온다는 뒷말.[70]

다시 위의 구분법을 각 대본에 적용하여 대비하면 다음과 같이 된다.

世昌本   A B C D E F G H I J K L M N
京板本   B C D E F G H I J   L
林燨澤本 A B C D E F G H I J   L   N
申在孝本 A B C D E F G H I J   L   N[71]

위의 대비표에서 보면 기본적 내용면에서 世昌本이 가장 완전하고, 林燨澤本과 申在孝本은 똑같이 K와 M이 없고, 京板本은 A·K·M·N이 없어 가장 소략한 대본임을 알 수 있다.

다음은 주요 에피소드별 각 대본간의 차이를 살펴보도록 하겠다. (4 대본에 공통적으로 있는 것은 제외했음.)

---

70) 趙東一, 앞의 논문, p.74.
71) 世昌本, 京板本, 申在孝本은 趙東一의 분석을 따온 것이고 林燨澤本은 필자가 분석한 것이다. 단 京板本의 'H'는 趙東一의 분석에서는 없었지만 필자가 대본을 면밀히 검토한 결과 분명히 있음을 발견하고 보충해 놓은 것이다.

	世昌本	京板本	林熒澤本	申在孝本
대전 놓고 제사지내기	O	X	X	X
놀부 농사짓는 방법 소개	X	X	O	X
흥부 선행 소개	O	X	O[72]	O
놀부, 흥부 나가 살 곳 지정	X	X	O	X
수숫대로 집짓는 광경	O	O	O	X
흥부아내, 흥부 의관 둔 곳을 모름	X	X	O	X
흥부아들 장가타령	O	O	O	X
흥부아들 밖에서 봉변	X	X	O	X
흥부아내 자식 구타	X	X	O	X
흥부, 놀부집 늙은 종과 대화	X	X	X	O
흥부 매맞고 똥쌈	X	X	O	X
흥부아내 주걱으로 침	O	X	X	X
흥부 환곡 얻으러감	O	X	O	X
볼기내력타령	O	X	O	X
흥부아들 송아지 사달라 조름	X	X	O	X
흥부 자진해서 엉덩이 내림	X	X	O	X
헐장하라는 부분	O	X	X	X
흥부 매 못 맞고 와 화냄	O	X	O	X
김부자 조카 흥부방문	O	X	X	X
흥부 짚신장사	O	O	X	X
흥부아내 자살소동	X	X[73]	X	O
도승 명당점지	X	X	O	O
흥부아내 박타다 기절	X	X	O	X
흥부아내 과식하고 똥쌈	X	X	O	X
양귀비 나옴	O	O	X	O
놀부, 흥부집 별감들에게 맞음	X	X	O	X
놀부, 흥부아내에게 권주가시킴	X	X	O	X
놀부 화초장지고 감	O	O	O	X
놀부 돈궤가지고 감	X	X	X	O
놀부 제비망보는 사람 고용	O	X	X	O
놀부박에 동네 지붕 무너짐	X	X	X	O
능천낭 등장	X	X	O[74]	O
당동소동	O	O	X	X
똥소동	O	O	X	X

위의 표를 통해 우리는 대본별로 몇 가지 특징을 발견할 수 있는데 첫째
는 京板本이 다른 대본에 비해 에피소드의 가지 수가 현저히 적다는 점이

---

72) 흥부가 부자가 된 다음에 나옴.
73) 죽겠다고 가슴만 치는 것으로 나옴.
74) 기능은 申在孝本과 같으나 '능천낭'이라는 말은 없음.

다. 그것은 앞의 단락별 분석에서도 나타났던 현상으로 판각단계에서의 대폭적인 축약이 그 원인이라 할 수 있을 것이다. 薛盛璟은 京板本의 축약성에 대해 다음과 같이 밝힌 바 있다.

경판계의 각 이본이 보여주는 큰 흐름은 축약된 내용을 통하여 저렴한 소설을 제공함에 있다. 이러한 현상은 축약지향으로 나타나서, 후기의 이본일수록 장수가 줄어들어 자연 본문도 많은 결함을 드러내었다. 즉, 한글 <구운몽>의 경우 32장本이 29장本으로 축약되었고, <춘향전>의 경우 35장本이 30장을 거쳐 결국은 16장本으로까지 축약되었다. 특히 <춘향전>은 판소리계 소설로서 일반적 판소리 사설이나 소설이 확대의 변이를 보였기에, 20세기 초에 최종으로 판매되던 完板은 84장本이었고, 京板은 16장 내지 17장本이었으므로 京板의 상대적 가치를 손상시키는 결과를 낳았다.75)

京板의 에피소드가 世昌本에는 전부 들어있고 世昌本에 있는 것이 京板에는 없는 것이 많은 것을 보면 世昌本은 京板과 같은 本을 母本으로 했지만 축약하지 않고 원본에 충실하게 활자화했다는 것을 알 수 있다. 世昌本이 확대·부연된 것이 아니고 京板本이 축약된 것이라는 근거는 몇 군데서 발견되지만 가장 확실한 곳은 '당동소동' 부분이다.

---

75) 薛盛璟, "방각고소설의 본문비평", 「고소설의 구조와 의미」, 새문사, 1986, p.427.

世　　昌　　本	京　板　本
원 집안 식구대로 한사발식 감식하야 먹은 후 놀부난 배가 붕긋하야 계트름을 하며 계집다려하난 말이 그 국맛이 매우 죠왜 당동 놀보계집이 대답하되 글셰요 그 국맛이 매우 유명하오 당동 놀보 자식들이 어미를 부르면서 이 국맛이 죳소 당동 놀보 하난 말이 그 국을 먹더니 말긋마다 당동당동하니 가장 고이하도다 당동 놀보쳐 대답하되 글셰요 나도 그 국을 먹더니 당동쇼래가 절노 나오 당동 놀보 자식이 여보 어머니 우리덜도 그 국을 먹더니 당동쇼래가 절노 나오 당동 오냐 글셰 그러하다 당동 놀보 쑤지겨 왈 너난 요망시리 구지마라 당동 무신 국을 먹엇다고 당동하리 당동 놀보계집은 그 말이 올소 당동 놀보쌀도 당동 아달도 당동 머슴아해도 당동 놀보아쥬미도 당동 왼 집안이 모다 당동당동 무신 개약고 쯧고 풍류하는 것처럼 거겨 당동당동 셔로 나무라며 당동당동 이러트시 당동당동하니 울너머 왕생원이 드른즉 놀보집의서 별별 야릇한 풍류소래가 나거날 왕생원이 이곳 놀보를 불너 뭇난 말이 여보와라 놀보야 너의가 무어를 먹엇건대 그런 소래를 하난다 놀보 엇자오되 소인의 집의서 박을 심엇더니 박이 열이 여 국을 쓰려 먹엇더니 그 소래가 절노 나옵내다 생원이 밋지 아니하여 왈 네말이 무소로다 박국을 먹엇기로 무슨 그러할 리가 잇스리 그 국 한사발만 쩌 오너라 놀보 국 한 그릇을 쩌다 쥬니 생원이 바다 맛을 보매 국 마시 가쟝 아름다온지라 그 국을 감식하고 여보와라 놀보야 그 국맛이 유명하고나 당동 아차 나도 당동 엇지하야 당동하노하며 쏘 당동 당동당동소래가 절노 나거날 생원이 국먹은 거를 뉘웃쳐 놀보를 쑤짖고 당동당동하며 계집으로 도라간 후 놀보 역시 신셰를 생각하니 부자가 되랴으로 박을 심엇다가 다슈한 재산을 다 패하고 견후 하업난 고생과 매마진 일이며 슷헤와셔난 왼 집안 사람이 당동소래로 병신이 되니 이런 분하고 원통한 일이 어대 잇스리오 일변 낫을 가지고 동산으로 올나가셔	국을 쓰려 마슬 보고 ᄒᆞ는 말이 이런 국맛슨 본 ᄇᆞ 쳐음으로다 ᄒᆞ며 당동당동ᄒᆞ다가 미쳐서 쏘 집우희 올느가 · · ·

　　놀부12박을 차지하고 있는 '당동소동'을 世昌本에서는 다른 박과 마찬가지로 충분히 묘사하여 박의 기능을 다하게 하고 있는 반면에 京板本에서는 막판에 張數 줄이기에 급급하여 단 한 줄로만 언급하고 넘어감으로써 京板만 본 독자는 '당동당동'이 무슨 뜻인지도 모를 정도로 무리한 축약을 단행

했음을 알 수 있다.76) 이는 4 대본의 분량을 비교해 보면 더욱 분명해진다.

世昌本　　35字 x 18行 x 56面 = 35,280字
京板本　　25字 x 14行 x 50面 = 17,500字
林燊澤本　30字 x 12行 x 52面 = 18,720字
申在孝本　37字 x 15行 x 60面 = 33,300字

　위의 수치를 통해 보면 京板本은 世昌本의 절반에도 못 미치는 분량으로 축약되었음을 알 수 있다. 그런데다가 놀부9박 '日字' 부분은 약 3,300字나 되게 부연하여 전체의 거의 1/5을 이에 할애하였으니 나머지에 대한 축약은 어느 정도가 되어야 할지 짐작할 수 있는 것이다. 한마디로, 京板本은 같은 계통인 世昌本이 원본에 충실하여 디테일을 유지한 善本인 데 대하여 상업성을 염두에 둔 무리한 축약으로 원래의 가치를 망실한 損本이라 할 수 있다.

　다음 林燊澤本을 보면 우선 분량에 비해 話素가 매우 풍부함이 눈에 띈다. 林本77)에는 他本에 있는 話素가 대개 들어있고 他本에 없는 林本만의 독특한 話素도 많이 있기에 그런 것이다. 그리고 林本은 성격상 京板系보다는 唱本系에 가까운 것으로 보인다. 世昌本, 京板本에는 없는 '도승명당점지' 揷話와 '능천낭' 揷話가 申在孝本과 같이 들어있음이 이를 시사하고 있고 문장자체에도 창본의 특징인 욕설과 肉談이 많이 섞여있기 때문이다.

　申在孝本은 주요 단락의 내용은 他本과 다르지 않지만 세부 장면에 들어가면 申本78)만의 독창성이 풍부한 대본이다. 흥부가 놀부집에 찾아갔다가 놀부를 만나기 전에 늙은 종과 수작하는 장면, 흥부아내가 목을 매어 자살

76) 京板本이 원본에 가깝다고 볼 수는 없다. 왜냐하면 京板 자체의 서술로만 보면 독자가 아무런 흥미도 느낄 수 없고 뜻도 알 수 없는 것이기에 그런 무의미한 부분을 원본의 작가가 작품에 포함시켰을 까닭이 없기 때문이다. 따라서 京板本이 底本으로 한 대본은 世昌本과 같이 묘사가 자세한 것이었겠으나 상업상 가격을 낮추기 위해 축약한 것임이 확실하다 하겠다.
77) 이하 林本이하 함은 林燊澤本을 가리킴.
78) 이하 申本이라 함은 申在孝本을 가리킴.

168 고소설의 모색

하려는 장면, 놀부가 돈궤를 빼앗아 가지고 가서 봉변당하는 삽화, 놀부박에
동네집 지붕이 무너지는 삽화 등은 小說本에는 없는 판소리 사설로서의 특
성을 보여주는 부분들이다. 그러나 申本은 다른 판소리 사설과는 또 다른
특성을 가지고 있으니 그것은 申本이 演唱者가 직접 창을 한 소리책이 아니
라 현장에서의 변용을 염두에 두고 제작된 극본, 다시 말하면 기록문학적
성격79)을 갖는 판소리 대본이라는 것이다. 그러므로 구비문학적 躍動性
과 기록문학적 該備性을 겸비한 점, 그것이 申在孝本의 특성이라고 말할
수 있다.

■ 2. 作品에 投影된 社會相

1) 빈부양극화현상의 심화

작가가 투시하고 작품에 수용할 수 있는 현실은 있는 현실과 있어야 하는
현실의 둘80)이라면 <홍부전>은 이 두 가지를 모두 구현한 작품이라 할 수
있다. 그것은 興夫苦生部分에서는 있는 현실이 興夫幸運部分에서는 있어야
하는 현실이 잘 表現되었기 때문이다. 本章에서는 이 있는 현실이 작품에
어떻게 투영되고 있는지를 살펴보고자 한다.

먼저 작품을 통해 시종 강조되는 현실은 貧富의 문제이다. 삼십여 간 줄
행랑에 솟을대문(申,81) p.336.) 안에서 쾌돈과 섬쌀(世, p.7.)을 쌓아 놓고 호
의호식하는 富者가 있는가 하면 동지섣달 설한풍이 살 쏘듯 들어오는 말만
한 집(京, 1~2장)에서 싸라기 한 줌(世, p.5.)이 없어 굶기를 밥 먹듯 하며 사

79) 정병헌, 앞의 책, pp.18~19. 참조.
80) 丘仁煥, "작가정신과 현실", 관악어문연구 제3집, 서울대, 1978, p.51.
81) 앞으로 본문인용표시는 대본의 머릿글자로만 하기로 한다.

는 貧者가 있는 현실, 그것은 바로 貧富兩極化로 分解되던 조선 후기 농촌
의 현실 바로 그것이었다.

이와 같은 놀부의 富와 흥부의 貧은 社會經濟史的 고찰을 통해 보면 매우
현실성 있는 설정이었음을 알 수 있게 된다. 조선후기의 농촌사회에서는 농
업노동력의 상대적 부족현상이 나타나고 있었다. 농업노동력의 부족은 戰
亂이나 虐政으로 말미암은 농촌인구의 감소, 그리고 당시 완만하게나마 진
행되던 都市化의 과정에서 일어난 현상이었다. 농업노동력의 감소는 농업
생산력의 저하와 직결될 수도 있는 문제였다. 그러나 제한된 인력을 최대한
으로 활용하여 농업생산력을 증가시키려던 농민의 노력에 의해 農法이 개
량되어 나갔다. 또한 당시의 실학자들도 農學을 연구하여 農法을 개량시켜
농업생산량의 향상에 기여하게 되었다.[82] 논농사에서는 논에 직접 볍씨를
뿌리는 직파법이 점점 사라지고 못자리에서 모를 길러 옮겨 심는 이앙법이
전국적으로 보급되었다. 이앙법으로 농사를 지을 경우 모내기철에 가뭄이
덮치면 그 해의 농사를 완전히 망쳤기 때문에 정부에서는 이를 적극 억제하
였으나 이 새로운 농사법은 무서운 기세로 번져갔다. 왜냐하면 직파법을 쓸
경우에는 적어도 너 댓 번은 김매기를 해야 하지만 이앙법으로 하면 두세
번의 김매기만으로도 충분했으므로 노동력을 절약할 수 있었고, 뿐만 아니
라 두 땅의 地力을 이용하게 되므로 소출도 훨씬 많았기 때문이다. 이앙법
은 이밖에도 二毛作이라는 획기적인 농법개량을 가져왔다. 즉 추수가 끝난
논에 가을보리를 심어 이듬해 봄에 거둬들임으로써 벼농사를 망치더라도
보리농사로 기근을 면할 수 있게 된 것이다. 밭농사에서는 종래 밭이랑에
씨를 뿌리는 壟種法에 대신하여 밭고랑에 줄을 이어 씨를 뿌리는 畎種法이
서서히 자리를 잡아가기 시작했다. 견종법은 김매기가 쉽고, 농작물에 통풍
이 잘되며, 비료의 낭비가 줄어드는 등 여러 가지 장점이 있어 이앙법과 마

---

82) 趙珖, "사회경제적 변화와 신분제의 동요", 동국 18집, 동국대 교지편찬위원회, 1982,
p.60.

찬가지로 힘을 덜 들이고도 많은 수확을 거둘 수 있었다. 이와 같은 농업기술의 향상, 노동생산성의 증가는 농촌사회에 커다란 변화를 가져왔다. 일정한 수확량을 확보하기 위해 드는 노동력이 크게 줄어들자 廣作이라는 大土地經營이 널리 보급되어 일부 농민들은 수십 마지기의 小作地를 빌어다가 자기 가족이나 품삯을 주고 고용한 일꾼들의 손으로 농사를 지어 막대한 富를 축적해 가는 현상이 생겼던 것이다.[83]

金容燮은 이러한 농민들을 經營型富農이라고 칭했다. 그는 經營型富農을 봉건적인 地主層이나 地主型富農과는 달리 농지의 借耕을 통해서 富를 축적하고 수익성 있는 농산물의 재배를 통해서 富를 축적하는 농민[84]이라 하였다. 그리고 이들 경영형부농은 보통 自·小作을 겸해서 했는데 이들이 전체 부농 중에서 차지하는 비율은 5분의 1 내지 3분의 1이나 되었다[85]고 하였다.

그러면 여기서 놀부의 致富過程에 대해 살펴보도록 하자. 놀부의 재산은 애초에 부모로부터 물려받은 것으로 되어 있다.[86]

> 부모의 물녀준 재산 만만견재와 남견복답 노비우마를 혼자 다 차지하고
>
> (世, p.2.)
>
> 부모 싱젼 분지견답을 홀로 ᄎ지ᄒ고 (京, 1장)
> 부모의 분지견답 져혼ᄌ 차지ᄒ고 (林, p.2.)

그리고 그는 농토를 남에게 맡기지 않고 알뜰히 自耕했던 것 같다.
'웃물 됴혼놈의 모을 붓고 노픈 놈의 물을 갈나 집푼 논의 물갈이와 구렁논의 찰베ᄒ고 살른밧틔 면화ᄒ기 자갈밧틔 셔숙갈고 황토밧틔 참외노며 빈

---

83) 한국민중사연구회(編), 「한국민중사 I」, 풀빛, 1986, pp.315~316. 참조.
84) 金容燮, 「조전후기농업사연구 I」, 일조각, 1976, p.440.
85) 같은 책, p.291.
86) 申本에서만 놀부 스스로 장만한 것으로 되어 있는데 이는 신재효의 改作意圖와 관련하여 그렇게 만든 것으로 보인다.

탈밧틔 담비흐기 토옥한 밧틔 파슬을 갈아 울콩 물콩 청되콩이며 돔부 녹두 지장이며 창씨들씨 피마즈를 셔이셔이 심어 두고 씩을 츠져 지슴민여 츄슈 동장 노적ᄒ야(林, p.2.)에서 보듯이 벼농사 뿐만 아니라 자갈밭, 비탈밭까지 놀리지 않고 면화·담배·피마자 등의 특용작물들을 재배하여 수입을 높였음을 알 수 있다. 그가 자경농민임을 알 수 있는 것은 '큰 농우가 네 필'(世·京)이 있다는 것과 화초장을 하인 시켜 보내겠다는 흥부의 말을 듣지 않고 직접 질방 걸어 지고 가는(世·京·林), 노동에 대한 익숙한 태도에서이다. 이렇게 본다면 그는 지주형부농보다는 경영형부농에 가깝다고 할 수 있을 것 같다. 경영형부농의 특징 중의 하나인 借耕을 통한 富의 축적 여부는 분명치 않지만 수익성이 높은 농산물을 재배했다는 점과 박을 탈 때에서 보듯이 賃勞動者들을 고용하여 廣作했으리라 여겨지는 점 때문이다.[87]

농업생산성의 향상은 경영형부농의 출현을 가져온 한편으로 토지소유의 편중화를 불러오기도 했다. 농업소득의 향상으로 富를 축적한 자가 그것을 투자할 수 있는 가장 안전한 곳은 농지였으며 농지는 富를 확대재생산하는 데에 확실한 보장을 주고 있었기 때문이다. 농지를 매입하여 集積해 가는 자는 양반층을 포함하여 평민이나 천민 중의 부농들과 상인, 수공업자들에 이르기까지 다양했다. 그리고 이러한 토지집적은 물론 정당한 매매를 통해서 이루어지는 것이 통례이지만 경우에 따라서는 고리대로 인한 부채에 몰려 放賣에 의해 이루어지는 경우도 있어 부농에의 토지집적과 영세빈농의 小作佃戶化를 급속히 촉진시키는 요인이 되기도 했다.[88] "農利는 倍에 불과하고 또 거기에는 豊凶이 있다. 商利는 비록 크나 실패하는 수가 많으므로 원금을 흩어 이자를 긁어 들이는 이익만 못하다. 이렇게 힘들이지 않고 앉

---

87) 이에 대해 林熒澤 [註29]의 논문은 놀부를 경영형부농으로 경제력을 향상시켜 自作地를 확대시킴으로써 경영형부농보다 우위의 조건을 확보한 상승된 經營型庶民富農의 한 반영으로 보았다.
88) 金容燮, 앞의 책, pp.272~274. 참조.

아서 많은 이익을 보기 때문에 閻巷의 가난한 선비들도 문을 닫고 돈세기에
바빠하며 졸지에 千金을 번다. … 봄에 돈을 빌리면 쌀을 사는 것이 많지
않지만 가을에 가서 이자가 붙으면 곡식을 많이 팔아 소비하는 것이 많다.
이렇게 점점 불어나가고 보면 집도 팔아야 하고 밭도 돈과 바꿔야 하며, 나
중에는 아무것도 없어야 그만두게 된다. 그렇기에 백성 열 戶에 망해 없어
지는 것이 八·九 戶는 되니 모두 돈 때문에 그런 것이라 이것이 돈의 해로
움을 고쳐야 하는 까닭이다."[89]라고 한 李瀷의 말은 貧農의 無田化에 고리
대가 얼마나 크게 작용하였느냐를 알게 해 주는 것으로 가난한 농민들이 糊
口를 위해 고리대를 썼다가 결국 얼마 안 되는 농토마저 유지하지 못하고
소작인으로 전락해 가던 당시의 실상을 그대로 보여 주는 말이다.

金容燮[90]은 17·8세기의 충청도 懷仁, 경상도 義城, 전라도 全州地方의
量案(토지대장)을 토대로 신분별, 계층별 토지소유실태를 분석하여 懷仁地
方의 경우 6.5%의 富農이 전체 토지의 33.6%를, 68%의 貧農이 전체 토지의
22%를 점유하고 있고 義城地方은 11.5%와 51.6%의 농민들이 각각 40.9%와
14%의 토지를, 全州地方은 14.9%와 43.3%의 농민들이 각각 53.2%와 8.8%의
토지를 점유하고 있음을 밝힌 바 있는데 그의 분석을 통해서도 나타나듯이
10%안팎의 부농이 전체 농지의 40~50%를 점유하고 있는 데 비해 50%가
넘는 빈농은 10~20%밖에 차지하지 못하고 있으니 그 격차가 얼마나 심한
지 알 수 있다. 게다가 그의 통계는 단 1負라도 농지를 소유한 농민만을 숫
자로 잡은 것이니 무전농민의 수는 얼마나 될 지 짐작할 수조차 없는 일이
다. 다만 "오늘날 땅을 많이 가지고 있는 者는 열 중의 하나이고 땅 없는

---

89) 李瀷, 「星湖僿說類選」 四卷, 錢害條.
　　農利不過於倍 而有豊凶不同 商利雖多 屢患折閱 都不及斂散子母 不勤力而坐致厚利
　　故閻巷措大閉戶算緡 俄致千金 財非天降 此益則彼損 民如何不貧 春而貸錢 得米不多
　　而秋而償息 賣穀費廣 駸駸滋長 賣宅輪田 彈窮乃休 故民戶之破落八九 是息錢爲之也
　　此皆錢之妨治也
90) 金容燮, 앞의 책, pp.78~188.

者는 여덟이나 아홉은 된다."[91]라든가 "부자는 토지가 한 들판을 連하고 가난한 者는 송곳 꽂을 땅도 없다."[92]는 柳馨遠의 탄식을 통해 어느 정도 헤아릴 수 있을 뿐이다.

丁若鏞은 지금 국내의 田畓은 약 80萬 結이고 인구는 약 800萬 名이기 때문에 10名을 1戶로 계산하면 每 1戶에서 1結의 땅을 경작하면 공평한 것이 된다고 하면서 文武高官들과 항간의 부자들 중에 100結이 넘는 땅을 가지고 있는 사람들이 많은데 이는 990名의 생명을 빼앗아 1戶를 살찌게 하는 것이고 경상도의 崔氏와 전라도의 王氏같이 400結의 땅을 갖고 벼 1만석을 추수하는 것은 3990名의 생명을 빼앗아 1戶를 살찌게 하는 것[93]이라고 富農의 토지독점의 부도덕성을 비판했다. 한 개인이 광대한 토지를 소유한다는 것은 그로 인하여 토지를 상실하는 수많은 사람들의 생명을 빼앗아 가는 것이나 같은 것이라는 痛言이다. 그러나 그 같은 양심적 지식인들의 주장에도 불구하고 토지의 집적은 度를 더해 갔고 이에 비례하여 토지를 상실한 무전농민들은 소작농화해 갔던 것이다.

그러나 무전농민들에게는 소작지차경의 기회조차도 그리 쉽게 주어지는 것이 아니었다. 이 시기에는 高率小作料에 대한 소작인의 抗租運動과도 관련하여, 지주들의 농지대여는 생활이 비교적 넉넉한 自小作兼營人에게 집중하고 있었으며, 무전농민들이 그것을 얻어서 경작하기는 극히 어려운 형편이었다. 여기에 경영형부농들은 더욱 성장하고 그 그늘 속에 零落하는 농

91) 柳馨遠, 「磻溪隨錄」 卷二, 田制 下.
　　今多田者十居其一 而無田者常爲八九者 (이하 띄어쓰기 필자)
92) 같은 책, 같은 곳.
　　富者連洛阡陌 貧者無立錐之地
93) 丁若鏞 「與猶堂全書」 제1집, 제11권, p.3.
　　今國中田地 大約爲八十萬結 人民大約爲八百萬口 試以十口爲一戶則 每一戶得田一結然後其産爲均也 今文武貴臣 及閭巷富人 一戶粟數千石者甚衆 計其田不下百結 則是殘九百九十人之命 以肥一戶者也 國中富人 如嶺南崔氏湖南王氏 粟萬石者有之 計其田不下四百結則是殘三千九百九十人之命 以肥一戶者也

민은 점점 증대하였다. 그리하여 농지소유의 대열에서 배제된 이들 무전농민들 가운데는 소작지조차도 얻지 못하고 농업노동자로 전전하는 농민이 생기고 있었다.[94] 그리고 이렇게 전락한 무전농민들은 품을 팔 수 있으면 하루 배를 채우고 그렇게 못하면 사방으로 구걸을 하여 糊口하였는데 그나마 풍년이 들어야 목숨을 부지했고 흉년이 닥치면 결국 죽을 수밖에는 다른 도리가 없었던 것이다.[95]

이상의 사회경제사적 고찰을 통해 본 결과 흥부 가난의 원인도 자연 밝혀진 셈이다. 결국 흥부 가난의 핵심 요인은 그가 토지로부터 遊離된 데 있었던 것이다. 소유는 고사하고 차경조차 허용되지 않은 상황에서 그의 성격적 결함[96]은 가난의 부차적 원인일 뿐이었다. 토지로부터 유리된 흥부와 흥부처는 굶어 죽지 않기 위해 다음과 같은 온갖 품팔이를 다하지 않을 수 없었다.

97)

·農事에 관한 품팔이	이월동풍 가래질하기 삼사월에 부침질하기 일등전답 무논갈기 두푼받고 똥재치기 입화전의 면화갈기 더운날에 보리치기 상하평전 길쌈매기 상평하평 김매기 원산근산 시초베기 봉산가서 모내기 품팔기 용정하여 방아찧기 해빙하면 내물캐기 춘모갈아 보리놓기

94) 金容燮, 앞의 책, pp.27~28.
95) 「承政院日記」제1802책, 正祖 22年 12月 22日.
凡厥其民 本無片土 雖欲倂作 攀囑無路 或賣傭而飽肚於一日 或行乞而糊口於四方 豊年幸免死亡 荒歲終塡溝壑 此皆無田土 無恒産之故也
96) 성격적 결함에 대해서는 3章 '人物의 性格分析에서 자세히 논급될 것임.
97) 중복된 것은 제외하고 4대본에 실려 있는 흥부 부부의 품팔이 종류를 망라한 것임.

	시궁발치 오줌치기 못자리 때 망초뜯기 보리갈 제 망웃놓기 밀맷돌갈 제 밀어 넣기 용정방아 키질하기 오뉴월 밭매기 구시월 김장하기 한말받고 벼훑기 삼삶기 물레질 베짜기 절구질 채소밭에 오줌주기 소주고고 장달이기
· 冠婚喪祭에 관한 품팔이	상부군의 대상메기 닷냥받고 송장치기 초상난 집 부고전키 출상할 제 명정들기 초상난 집 제복짓기 기고있는 집 그릇닦기 굿하는 집 떡만들기 상고에 빨래하기 혼장가에 진일하기 부자집 어린 신랑 장가들 제 안부서기
· 工事場에서의 품팔이	이집 저집 이엉엮기 이집 저집 나래엮기 낡은 집의 토담쌓기 새집짛고 왕토하기 두푼받고 쥐구멍막기 방뜯는 데 조역군 담쌓는 데 자갈줍기 보막기
· 市場에서의 품팔이	시장가의 나무베기 무곡주인 역인서기 각읍주인 삯길가기 술밥먹고 말짐싣기 오푼받고 마철박기 한푼받고 비매기 북경장사 편지전키 한말 두말 말질하기 먹고 닷돈받고 장 서두리 십리에 돈 반 승교메기 신산 석어 밤짐지기

	대구령에 약태전 대장간에 풀무불기 들병장수 술짐지기 술집에 가 술거르기
·官廳에서의 품팔이	전주감영 돈짐지기 대구감영 태전지기 시매긴 공사 급주가기 공관되면 상직하기
·其他	날궂은 날 멍석매기 이웃집 물긷기 멋있는 기생아씨 타관애부 편지전키 초라니판에 무투놓기 군치리집 종노릇 머슴의 헌 옷짓기 식전이면 마당쓸기

　위와 같은 흥부 부부의 품팔이를 통해 볼 때 조선후기 농촌사회에서 얼마나 다양한 賃勞動이 행해졌는지를 짐작할 수 있다. 賃勞動의 종류가 다양했다는 것은 토지로부터 유리된 임노동자들이 그만큼 많았다는 것을 의미하고 동시에 그들의 노동력을 필요로 하는 부유한 계층이 존재했다는 것을 뜻하는 것이다. 그들은 흥부와 같은 처지에 있던 째보·곱사등이(世昌本), 김지위·이지위·동리 머슴·이웃 총각·건너집 쌍언청이(京板本), 청보·실보·흑보·묵보·택보·깔보(林本), 앉은뱅이(申本)와 같은 인물들이었을 것이다.

　그리고 그들은 품을 팔 수 있는 일이라면 무엇이든 가리지 않고 했었음을 알 수 있다. 농사일은 그들에게 가장 많은 일 할 기회를 제공했던 것 같고, 마을에 婚禮와 喪禮가 있을 때, 工事가 벌어질 때도 품을 팔 수 있었을 것이다. 그러나 사람이 많이 모여드는 市場만큼 그들에게 좋은 일터는 없었을 것이다. 또한 그들은 품을 팔 수 있는 곳이라면 어디라도 찾아 갔던 것 같다. 모내기 품팔이하러 황해도 鳳山까지 갔었고(申, p.350.), 돈짐지러 전라도 全州까지, 태전지러 경상도 大邱까지(世, p.11.) 갔을 뿐 아니라 하루에 일백칠

십리씩 며칠을 걸어서(世, p.14.) 매품도 팔러 갔고, 군치리집[98]에 종노릇하러 서울까지(申, p.350.) 갔던 것을 보면 알 수 있다. 그들은 농촌보다는 일거리가 많은 도시로 서울로 몰려가 봤지만 굶주리기는 그곳도 마찬가지였었다. "京城飢民 至於五千餘名 此後亦不知幾許 而以此推之 外方可知"[99]나 "諸道流民 四集京城 仍以毒癘死亡相継 委棄道路 驚心慘目"[100]과 같은 기록이 이를 말해 주는 것이다. 그들은 賃勞動을 하기도 했지만 여의치 않을 때에는 流民이 되어 걸식을 하거나 작당하여 도적이 되기도 하였다.[101] 그러한 역사적 배경을 놓고 보면 申本에서 흥부를 한 때 거지행각을 하는 것으로 그리고 있는 것은 개연성 있는 상황설정이라 하겠다.

　　홍보가 흐난 말리 우리 신세 이리 도여 이왕 비러먹을터면 젼곡이 만흐듸로 가볼 박긔 슈업스니 포구 도방 츠즈가시 일 원산 이 강경 삼 포쥬 스 법셩이 낙안 부원 다리 부안 줄늬 근방 다 츠져 딩겨보니 비린 늬의 속 뒤집펴 암만히도 별슈업다 산즁의로 딩겨 볼가 우복동 슈인셩 쳥학동 빅학동 두류산 쇽이산 슌창 복흥 틱인 산안 흔다는 죠흔듸를 다츠져 딩겨보되 소곰업셔 살 슈 업쓴 고향 근쳐 도로 츠져 한 곳슬 당도흐니 … (申, p.332.)

위와 같은 흥부의 구걸행각은 당시 無田農民들의 流亡하던 실상을 그대로 보여주는 것이다. 흥부가 놀부 집에 양식을 얻으러 갔다가 실패하고 돌아와서 자기 아내에게 변명할 때 둘러댔던 그 도적들도 근본은 餓死를 면하려고 어쩔 수 없는 길을 택했던 流民에 다름 아니었을 것이다. 그러므로 英祖도 그들에 대하여 "今日適見秋曹覆奏 諸道强盜 其數夥然 好生惡死 人誰不欲 而或困於官長或苦於身役 有此不忍之擧　究其本 則可矜也"[102]라 하며

---

98) 개고기를 안주로 하여 술파는 집.
99) 「英祖實錄」 卷11, 21張表 英祖3年 3月 17日 甲辰條.
100) 「肅宗實錄」 卷59, 17張裏 肅宗43年 3月 7日 癸亥條.
101) 註83)의 책, pp.316~317.
102) 「英祖實錄」 卷6, 11張裏 英祖 元年 5月 17日 甲寅條.

가련히 여겼던 것이다.

이상에서 살펴보았듯이 흥부와 놀부의 관계로부터 제기되는 빈부의 문제는 부농의 토지겸병으로 인해 貧富의 兩極으로 分解되어 가던 조선후기 농촌의 한 사실적 반영으로서의 의미를 갖는다고 할 수 있다.

2) 신분제도의 동요

작품에서는 모두 놀부의 신분이 先代에 賤民(奴婢)이었다가 놀부代에 와서 平民으로 상승된 것으로 나오는데 이는 조선후기사회에서 과거의 엄격한 신분제도가 허물어져 가던 실상을 보여 주는 것으로 역사적인 의미가 있다.

놀부신분의 내력은 박 속에서 나오는 兩班의 입을 통해 처음으로 밝혀진다.

> 이놈 놀보야 네 아비 개불이와 네 어미 괴똥녀가 댁 종으로 드난하다가 모야무지 도망한지 슈십년에 인제야 차잣구나 (世, p.37.)
> 네 이 문서를 보라 삼더가 우리 종이로다 오늘이야 너를 츠츠스니 (京, 17장)
> 네 이놈 놀보야 네 흐라비 을돌쇠 네 할미 막덕이 네 아비 마당쇠 네 어미 음덕이 모도 덕집 종으로디 간 고셜 몰느써니 이놈 일정 상전을 모을ㄱ (林, p.46.)
> 이놈 놀보야 구승젼을 모로나냐 네 하라비 덜넝쇠 네 흘미 헛든덕이 네 아비 썰덕놈이 네 어미 허천예 드 모도 덕종이라 병즈 팔월 일의 과거보러 셔울가고 덕 사룽이 뷔여실제 슝영흔 네 아비놈 가슨 모도 도적흐여 부지거쳐 도망흐니 젹연을 탐지흐되 죵젹 아지 모로더니 (申, p.410.)

놀부의 先代가 종으로 있다가 놀부 父母代에 도망 나온 것으로 되어 있다.[103] 그러니까 양반들은 도망간 종들을 잡으러 찾아온 것이다. 그리고는

---

103) 申本에서는 그냥 도망 나온 것이 아니라 家産을 모두 도둑질해 가지고 나온 것으로 되어 있어 특이하다.

놀부에게 같이 가서 종살이를 하든지 贖錢을 바치든지 택일하라고 윽박지른다.

> 네 어미 아비 몸갑이 삼천냥이니 당장에 밧치렷다 (世, p.37.)
> 네 속냥을 ᄒᆞ던지 년년이 공을 ᄒᆞ던지 작정ᄒᆞ고 그러치 아니커든 너를 잡ᄋᆞ다가 부리리라 놀뷔 엿ᄌᆞ오되 소인이 과연 잔속을 몰ᄂᆞ수오니 속냥을 홀진되 언마ᄂᆞ ᄒᆞ리잇가 냥반이 ᄒᆞ는 말이 엇지 과히 ᄒᆞ랴 오천냥만 밧치고 문셔를 ᄎᆞᄌᆞ가라 (京, 17장)
> 여보 ᄉᆡ안임 살여 쥬오 이놈 속을 밧칠아 얼마ᄂᆞ 밧치올익ᄀ 천양을 밧치라 (林, p.46.)
> 아무 말ᄉᆞᆷ 마옵시고 쇽젼으로 바치옵게 송양ᄒᆞ여 주옵쇼셔 … 네 마리 그러ᄒᆞ니 ᄎᆞ역인ᄌᆞ라 가션우지로다 공돈 쇽돈 밧칠테면 지쳐말고 썩 되려라 (申, p.412.)

이와 같은 양반의 요구에 놀부는 아무 이의도 제기하지 못하고 속전을 바치고 있다.

> 놀보 긔맥혀 돈 삼천냥을 은근히 드리며 용셔하야 주옵소셔 그 생원이 못 이긔난 체하고 (世, p.38.)
> 놀뷔 즉시 고문을 열고 오천냥을 ᄂᆡ여 듀니라 (京, 17장)
> 천양을 되리니 구신의 됴화라 간 곳 읍거날 (林, p.46.)
> 놀보가 황겁ᄒᆞ여 칠천양 쏘 바치니 져 양반 그 돈 바더 쥬먼이에 드르치니 경각의 간되 업다 (申, p.414.)

그리고는 놀부의 아내가 "이고 이고 원슈의 박일ᄂᆡ 난되업슨 샹젼이라고 곡절업슨 속냥은 무슴 일고 이만냥 돈을 일흠업시 풀수워스니 나의 못홀 노릇 그만ᄒᆞ오"(京, 17장)하고 놀부를 원망하니 놀부는 "에라 이년 물넛거라 쏘 일이 틀니깃다 이번 돈 드린 거슨 앗갑지 아나ᄒᆞ다 샹젼을 두고야 살 슈 잇ᄂᆞ냐 종용흔 판의 아는 듯 모로는 듯 잘 씨여 ᄇᆞ렸다"(京, 17~18장)라고 꾸짖으며 속양하는 데 들인 돈은 아깝지 않다고 말하고 있다.

이러한 양반에 의한 놀부 逢辱장면은 설정동기로 보면 놀부징벌에 있는 것이지만 역사의 사실적 반영이라는 측면에서 보면 사회사상사적 의미를 갖는 것이다. 이제 작품의 내용과 역사적 사실을 대비하여 그 사회사적 성격을 고찰해 보도록 하겠다.

소수의 양반 지배층과 다수의 평민 · 천민 피지배층으로 유지되던 조선의 신분체제는 壬 · 丙兩亂을 거쳐 17 · 8세기에 접어들면서 그 근간이 흔들리기 시작하였다. 그것은 국가전란과 흉년으로 피폐해진 국가재정을 백성들에게 上位身分을 판매하는 것으로 해결하려 하였기 때문이다. 그 결과 하위계층이 대거 상위계층으로 상승해 감으로써 소수 양반의 지배라는 전통적 지배체제에 변화를 가져오기에 이르렀다. 즉 財力을 가진 평민 · 천민들이 그들의 부를 사용하여 계속 양반으로 신분을 상승시켜 감에 따라 숫자가 대폭 늘어난 양반계급은 종전의 특권을 계속 누릴 수가 없게 되었고 정권에 참여한 소수를 제외한 대다수의 양반들은 몰락의 길을 걷게 된 것이다.

신분상승을 가져온 이러한 시책을 納粟策이라 하였는데 평민이 국가에 돈이나 쌀을 바치고 관직을 얻는 것을 納粟受職이라 했고 천민이 이와 같이 하여 평민으로 상승하는 것을 納粟免賤, 納錢免賤, 또는 納贖從良이라 했다. 그런데 우리가 本項에서 관심을 갖고 있는 것은 천민이었던 놀부의 신분상승문제이므로 여기서는 평민은 제외하고 천민의 免賤過程에 대해서만 논의해 보도록 하겠다.

조선후기사회에서 천민이 신분을 상승시키는 합법적인 방법은 上記한 納贖免賤을 비롯하여 代口贖身, 奴婢從母法 등이 있었다.

納贖策은 국가재정의 곤핍에 기인하는 것이었기에 수시로 행하여졌다. 그러므로 특히 戰後의 재정난으로 시달리던 광해군시대에는 納錢免賤者를 많이 내게 되었다. 노비의 입장에서도 그것은 편리하였다. 노비신분은 役重名賤한 것이었는데, 합법적으로 그 고역에서 벗어날 수가 있었기 때문이었다. 여기에 재력 있는 자는 '輒圖贖免'하게 되고 이로써 賤籍은 날로 감소되었다.[104) 英祖 20년의 續大典에 이르러서는 免賤의 代價를 법제화하여 公·私奴婢의 贖良價를 100兩까지로 정했는데 이 돈은 당시의 米價를 1石 7兩으로 보면 公·私奴婢는 대략 米 13石 정도로써 천민신분에서 벗어날 수 있어 贖良者가 속출하여 賤籍이 日縮한다는 비명이 연발하였었다.[105)

代口贖身이란 贖身할 노비가 자기 자리에 他奴婢를 대신 밀어 넣고 자기는 빠져나오는 것을 말한다. 이러한 제도를 통해서도 많은 노비가 免賤되었는데, 특히 公賤의 경우에 그러하였다. 代口贖身의 제도는 신분제가 동요하는 가운데서 최소한의 노비의 수는 확보해 가려는 봉건왕조당국의 의도였다. 그러므로 제도상으로 본다면 代口贖身에 있어서 국가가 장악하고 있는 노비의 절대수는 언제나 변함이 없었을는지 모른다. 그러나 실제에 있어서 贖身과 代口의 교체가 잘 되어진 것은 아니었다.[106) 원래의 노비는 贖身되어 나가고 代口될 노비는 채워지지 못하게 되어 결국 노비수의 대폭적인 감소를 가져오게 되었다.

奴婢從母法은 母가 良女일 경우에는 그 所生子女는 母의 신분을 따라 良人으로 삼는다는 규정이다. 종래에는 良·賤間의 혼인에 있어서 자녀의 신분은 원래 천민신분을 따라 노비가 되고 있었다. 그런데 조선후기에 오면 良·賤間의 신분상의 차이는 사실상 그 의의를 상실하고 양 계층 간에는 혼인을 통한 결합이 잦아져 이러한 현상은 결과적으로 良民身分의 감축을 가져오고 있었다. 그러므로 軍役擔當者의 감소로 곤경에 처해 있던 국가에서는 노비의 납전면천문제와 아울러 이러한 개혁을 단행함으로써 그 대책을 강구한 것이었다.[107) 이러한 규정은 良·賤間의 혼인이 광범위하게 행해지던 현실 때문에 신분제도에 미친 영향도 컸었다.

---

104) 金容燮, 앞의 책, p.414.
105) 같은 책, pp.430~431. 참조.
106) 같은 책, p.415.
107) 같은 책, p.416.

이상의 합법적 방법이 아닌 비합법적 免賤의 방법으로는 상위신분을 冒稱하는 방법과 도망하는 방법이 있었다. 冒稱은 官爵을 冒稱한다거나 幼學·功臣後裔·校生良民 등을 假稱하는 것이고 이 같은 현상은 英·正朝 이후에 이를수록 심해졌다. 그것은 조선후기에 오면서 몰락양반이 많아짐에 따라 그들이 돈을 받고서 자기들의 族譜에다 평민층이나 천민층을 기입하여 양반의 후손으로 만들고 이어서 호적도 고치는 일들이 벌어졌기 때문이다.108) 그러나 가장 흔히 사용되는 방법은 도망이었다.

주위 사람들의 천대와 과중한 身貢부담을 견디다 못한 노비들은 멀리 다른 마을로 도망쳐 신분을 속인 채 살아갔다. 정부에서는 끊임없이 奴婢推刷令을 내려 이들을 잡아다가 다시 노비로 만들려 했지만 이들은 얼마 지나지 않아 다시 도망가 버려 노비의 도망과 추쇄는 끊임없는 악순환을 되풀이하고 있었다. 이 같은 현상은 18·9세기에 이르러서는 한 마을의 노비 중 절반가량이 도망가고 없을 정도로 심화되고 있었다.109) 도망노비는 주로 海島로 모여들고 있어서 조선후기의 海島는 도망노비의 가장 좋은 은신처가 되었다.110) 그러나 이 같은 사실을 알고도 海島로 그들을 推刷하러 가는 자는 없었다. 그것은 노비들의 항거 때문이었다.

이상에서 노비들이 신분을 높여 가던 몇 가지 방법에 대해서 간략하나마 살펴보았다. 그런데 우리가 주목할 것은 그 여러 방법 중에 奴婢從母法과 逃亡의 방법 외의 것은 모두 경제적인 富力과 밀접한 관계가 있다는 점이다. 다시 말하면 노비신분상승의 근원적 힘은 개량된 農法의 적용과 借地의 경영으로 富를 축적할 수 있었던 노비의 경제력 바로 그것이었다고 할 수 있다. 앞서 '빈부양극화현상'에서도 살펴보았지만 빈부양극화는 양반층과

108) 같은 책, pp. 416~417. 참조.
109) 한국민중사연구회(編), 앞의 책, p.325.
110) 「英祖實錄」 卷73, 英祖 27년 2월 己丑
    湖南均稅使 李厚上湖海島圖 奏曰 島中居民繁盛 生理優足勝於陸民 次次深入 則有
    等萊州相望處矣 蓋島民無非犯科逃避 或私奴隱避者矣

평민·천민층 내부에서 각각 진행되었기 때문에 양반 중에서 富農과 貧農이 생겨나고 평·천민 중에서 또한 그러하였기에 상당수의 평·천민들은 오히려 양반들보다 경제적으로 우월한 위치를 차지하게 되는 현상이 일어나게 되었다. 이렇게 富를 축적한 천민들은 자기 스스로의 힘으로 자신의 신분을 상승시켜 갈 수 있었던 것이다.

金容燮은 앞의 量案의 연구에서 懷仁, 義城, 全州地方의 농지소유상황을 신분별로 분석한 바 있는데[111] 그는 1結[112] 이상의 농지를 가진 농가는 富農層, 그 이하는 中農層, 50負 이하를 가진 농가는 小農層, 25負 이하의 농지를 가진 농가는 貧農層으로 보고 분류하여 懷仁地方의 경우 富農의 비율에서는 兩班層이 12名(兩班 전체의10.3%)으로 평민(4名, 2.9%)·賤民(8名, 7%)層보다 우세하고 中農과 小農에서도 兩班層이 각각 16名(13.9%)·21名(18.1%)으로 평민(11名·7.9%, 23名·16.5%)·賤民(10名·8.8%, 14名·12.3%)層보다 우세하지만 貧農에서는 반대로 平民(101名·72.7%)과 賤民(82名·71.9%)層의 비율이 兩班層(67名·57.7%)보다 높다는 사실을 제시한 바 있다.

그의 분석에 의하면 양반층이 평·천민층보다 우월한 위치에 있었음은 분명한 셈이다. 그러나 평·천민 중에는 양반보다도 우월한 경제력을 갖고 있던 者들도 많았다는 사실도 함께 나타나 있다. 천민의 경우만 보아도 中農·富農에 속하는 18명(천민전체의 15.8%)은 小農·貧農에 속하는 兩班 88명(양반전체의 75.8%)보다 경제력에서 앞선 농가들인 것이다. 그들은 이 같은 富力을 바탕으로 계속 上層으로 상승해 갔을 것이다. 천민의 이러한 신분상승은 조선후기에 올수록 가속화되어 노비제도 자체를 유명무실한 것으로 만드는 지경에까지 이르게 하였다. 肅宗 16年(1690年)에 전체 인구 중에서 8.3%를 차지하던 양반의 비율이 哲宗 9年(1857年)에 와서는 65.5%로 증가하고 같은 기간에 노비의 비율은 40.6%에서 1.7%로 감소한 사실[113]은 이

---

111) 金容燮, 앞의 책, pp.136~137.
112) 1結은 약 3,000坪임.

러한 상황을 극명히 보여 주는 것이다.

그러나 이와 같은 신분상승이 아무 문제 없이 순조롭게 진행된 것은 아니었다. 천한 신분을 벗어나려고 하는 노비들과 그들을 붙잡아 두고 계속 노동력을 착취하고자 하는 政府나 上典들 사이에는 이해관계의 상충으로 인한 갈등과 대립이 없을 수 없었기 때문이다. 그리고 그것은 기득권을 지키려는 强者의 侵虐과 자기 권리를 찾으려는 弱者의 抗拒라는 형태로 나타나는 것이 보통이었다.

납전면천의 현상이 일반화되어 가면서 그에 따른 폐단도 적지 않게 발생하였다. 上典과 奴婢, 즉 主從間에는 계약이 잘 이행되지 못하는 일이 속출하였다. 납전하였다고 해서 면천이 쉽게 되는 것은 아니었다. 권력자인 노비의 상전들은 납전면천을 허락한 후에도 선물이란 명목으로 물품을 강요한다든가, 先世에 贖給한 노비를 자손대에 와서 撓奪한다든가, 속량한 지 數代가 지난 뒤에 舊上典이란 이름으로 換面來侵하는 자가 비일비재하였다.[114] 그리고 이 같은 일은 세력 있는 양반들이 재력 있는 노비들을 상대로 행하던 일반적인 행패였는데 그 중에서도 속전을 바치고 속량한 노비를 찾아가 再贖을 강요하는 것이 가장 흔한 일이었다. 英祖 38年 禮山縣에서 巡營에 올린 牒報에는 다음과 같은 사례가 보고되고 있다.

이달 초아흐렛날 申秉天이 呈狀하여 이르기를 저의 어머니는 본디 金生員宅의 婢로 김생원에게 속량하였사온데, 김생원이 鄭生員에게 팔아버려 저의 아버지는 다시 정생원에게 贖身했습니다. 그 후 김생원의 三從兄弟가 舊上典이라 칭하며 서로 번갈아서 왕래하면서 (재물을) 징구하여 마음에 차지 않으면 見辱했다고 거짓 呈狀하여 제가 刑을 받고나면 또 이와 같이 侵責하여 이 몸은 마치 傷弓之鳥와 같습니다. 마음에 두려움이 있어 10餘貫씩, 5·6貫씩 돈을 바쳐 그의 마음을 기쁘게 해 준

---

113) 四方 博, "이조인구에 관한 신분계급별적 관찰", 조선경제연구3, 1938. (金容燮, 앞의 책, p.158.에서 참고.)

114) 金容燮, 앞의 책, pp.414~415.

것이 수를 셀 수 없습니다. … 그런데 丁丑年에 또 見辱했다 칭하면서 25兩을 바치면 무사하리라 하여 이 몸은 아무 말 없이 備納했습니다. 그 후 庚辰年에 또 와서 40兩을 바치면 다시 來侵하지 않겠다 하여 또 其數를 備納하였사온데 … 그가 이달 초엿새날 홀연히 奴僕을 거느리고 나타나 네가 三百金을 損出하여 너와 너의 子姪 6명을 贖身하면 다시는 橫侵하지 않겠다고 하였습니다. 이 몸의 道理로 어찌 舊主를 원망하겠습니까? 단지 팔자가 奇險한 탓이라 여기고 家財를 기울여 再贖하려 하나 저의 어머니가 이미 속량했고 이 몸 형제 모두 贖後所生이니 이번의 再贖은 法外의 일이라 어찌해야 할지 모르겠습니다.[115]

노비에 대한 상전의 行惡이 얼마나 극렬했는지를 알게 해주는 글이라 하겠다. 그러면 여기서 다시 놀부이야기로 돌아가 보기로 하자. 앞서도 나왔지만 놀부는 도망노비의 자식인 것으로 보인다. 그러나 놀부의 태도로 보면 명확히 그런 것 같지도 않다. 그 부모가 천민이었던 것은 분명하나 도망 나왔는지 속량을 받았는지에 대해서는 의문이 있다. 世昌本에서는 '일변 업쇠를 불너 결박을 하난대 참바 짐바 쌜내줄로 아래 위를 잔득 묵거 낙낙장송에 놉히 다라매고 참나무 절구꽁이로 함부로 짓지며'(世, p.37.) 누이를 妾으로 달라고 협박함에 못 이겨 돈을 내놓고 있다. 속량한 노비를 후대에 찾아가 재속을 강요하던 사례는 앞에서 보았다. 京板本에서는 놀부 부부가 자신들의 출신성분에 대해 전혀 모르고 있었던 것으로 나온다. 양반이 농을 열고 문서를 내어 보여주면서 잡아다 부리겠다고 하자 놀부는 '잔속'을 몰랐다

115) 「鳥山文牒」(藏書閣古圖書 No. 2-3364) 壬午(1762) 3月 報巡營.
爲牒報事 今月初九日 本縣居 申秉天呈狀內 矣母以金生員婢子 贖於金生員 金生員 又賣於鄭生員 則矣父贖身於鄭生員矣 金生員三從兄弟 稱以舊上典 迭相往來 每有徵求而若不滿則 稱以見辱 誣呈議送 彼此受刑之後 又複如前侵責 故矣身傷弓之鳥 餘悸在心 或以十餘貫 或以五六貫 以悅其心者 亦不可記其數矣 丁丑年又稱見辱 … 若給二十五兩則可以無事云 故矣身無一辭 依數備納 庚申年 又來曰 四十兩若又備納則此後永不來侵云 矣身又如其數備納 … 忽於今月初六日 率奴來到 出示議送曰 營題若此 吾當到付於汭川 而別有好樣處置之道 汝可損出三百金 贖汝身及汝子姪六口則更無橫侵云 在矣身道理 何敢一毫怨尤舊主 而只恨八字之奇險也 人生到此 豈有可惜 方欲傾家再贖而 矣母旣已贖良 矣身兄弟 俱是贖後所生 則今此再贖 恐是法外 未知何以爲 云云是去乙… (全炯澤, 「조선후기노비신분연구」, 일조각, 1989, pp. 180~181.에서 재인용.)

면서 속전을 바치고 있다.

잔속은 자세한 내용이란 뜻이다. 그런데 놀부처는 속량에 승복하지 않고 있다. "난듸업슨 상젼이라고 곡졀업슨 속냥은 무슴일고"(京, 17장)라고 하면서 난데없는 상전에 곡절 없는 속량이라고 반발하고 있다. 申本에서는 놀부가 도망노비출신이 아니라는 좀 더 강한 심증이 가는 부분이 있다. 兩班이 자칭 舊上典이라 하면서 드난하라고 호통치자 놀부는 "아니라 ᄒ즈 흔들 숨듸나 되여씨니 징인 셜 스룸 업고 쓰와나 보즈 ᄒ되 이 양반 싱긴 거시 불의너도 안탈티요 송스를 ᄒ즈ᄒ니 죠치안인 그 근본을 읍쵼이 다 알테니 엇지 ᄒ면 무스홀고"(申, p.410.)하며 고민하고 있다. 위에서 보면 놀부는 결코 도망노비출신이 아님이 틀림없다. 그야말로 '난데없는 상전'이기에 이에 대항하여 자신을 방어할 궁리를 하게 되는 것이다. 놀부가 생각한 위의 세 가지 저항의 방법은 그 같은 경우를 당한 노비출신들이 사용했던 바로 그것이었을 것이다. 그러나 놀부는 그 세 가지 모두 여의치 않음을 안다. 첫째 자신이 도망노비의 자손이 아니라는 것을 증명해 줄 증인을 내세우면 해결할 수 있으나 3代 前에 그 양반집의 종이었다는 주장의 허구성을 밝힐 만큼 나이 먹은 사람은 살아있지 않다. 대본에서는 놀부부모代에도 종살이를 한 것으로 되어 있어 3代가 지난 것은 아니지만 속량한지 數代가 지난 뒤에 換面來侵하던 실상을 그렇게 보여준 것이 아닌가 생각된다. 상대가 만만해 보이면 힘으로 싸워서라도 물리치련만 그 양반은 불에 넣어도 타지 않을 것 같은 몸에다가 '범강', '장달', '허져' 같은 하인들을 여럿 데리고 왔기 때문에 그럴 수도 없다. 관가에 소송이라도 하여 억울한 사정을 밝히고 싶으나 그렇게 되면 과거의 신분을 감추고 모모한 양반댁과 사돈을 맺고 著冠하고 지내는 터에 온 동네에 그 좋지 않은 근본이 알려지게 되니 그것도 못할 일이다. 그래서 할 수 없이 놀부는 돈을 바치게 된다.

이상에서 검토해 본 것처럼 놀부가 도망노비의 자손이 아닌 것 같은데도 구상전을 자칭하는 양반들에게 속절없이 당하고 마는 것은 피해의 대상이

미운 놀부였을 뿐 사실은 당시 양반층의 노비출신들에 대한 파렴치한 행패를 고발하는 의미가 더 강한 것이다. "근래 京外의 推奴하는 무리들이 逃亡婢의 자손이라 칭하거나 奴良妻所生이라 칭하여 推奴하는데 이는 거의가 非理之事로 遺士殘民을 挾勢橫侵하여 이미 속량한 자 가운데 재산이 있는 자들이 그 해를 입는다."[116]는 기록에서도 보듯이 놀부의 逢辱은 이와 같은 역사적 사실의 진솔한 반영이라 할 수 있다.

당시 노비출신자들에 대해 자행되던 推奴客들의 횡포는 공권력까지 등에 업고 있어 끝간 데를 모를 정도였다. 그들의 횡포에 비하면 '쌀내줄로 아래위를 잔득 묶거 낙낙장송에 놉히 다라매고 참나무 절구꽁이로 함부로 짓찔는다'(世, p.39.)든가 '쵸당젼 마쥬셔의 써쓸노 미여달고 딕쵸나무 방망이로 두 발목 복수화쎄 쌍쌍 우려 ᄯᅩ리는 것'(申, p.412.)은 물론이거니와 '수미로쳐 죽이기'(京, 17장)까지도 결코 과장된 것이 아니었다.

　　저녁에 許鑽이 韓山으로부터 婢를 잡아들여 와서 나로 하여금 그 婢를 때리게 하고 곧 결박하여 倒置하고 足掌을 5·60여 度 때리고 그 입고 있는 長衣와 儒裙을 벗겼다. 전일에 鑽이 친히 나아가니 전혀 허접치 않고 또 역시 修貢치도 않았으며 인하여 피하고 나타나지도 않았으니 지극히 痛甚하다. 한산쉬 전에 칭하여 그 接主人을 가둔 다음에야 來現 하였다.[117]

修貢을 제대로 않는 韓山地方의 外居婢를 韓山郡守의 협조를 얻어 붙잡아 들여서는 한 겨울에 옷을 벗겨 거꾸로 매달고 매질을 하는 잔인한 광경을 보여주는 기록이다. 놀부가 당하는 방식과 너무나 흡사한 데 놀라게 된다. 奴婢들은 이와 같이 인간이하의 대접을 받았기 때문에 도망감으로써 고

---

116) 「南原縣公事」丙辰 正月.
　　　近來京外推奴之輩 或稱奴良妻所生 太牟以非理之事 挾勢橫侵 遺土殘民之已 贖從良少有家計者 輒被其害(全炯澤, 같은 책, p.193.에서 재인용)
117) 「鎖尾錄」下, p.122. 丙申日錄 丙申條. 鄭奭種, 「조선후기사회변동연구」, 일조　각, 1983, p.188.에서 재인용.

통의 질곡으로부터 벗어나고자 하였다. 흥부가 굶다 못해 형 놀부를 찾아갔을 때 놀부가 모르는 척 딴청을 부리면서 "흥보 흥보 일연 시경 몬져 박고 모시물 씩 도망흔 놈 그놈은 황보엿다 중기질 보닉써니 쇼가지고 도망흔 놈 그놈은 슝보엿다 흥보 흥보 암만 히도 기역지 못ᄒ것쇼"(申, p.340.)라고 한 황보와 슝보는 신분이 雇工인 것 같으나 놀부의 이 말도 사실은 당시 심각한 사회문제였던 노비 도망의 사태를 표현한 것이다. 노비의 도망은 당시 일상적인 것이었고 도망노비를 찾아 붙잡아 들이는 일은 奴婢主에게는 사활이 걸린 중요한 문제였다. 따라서 도망노비를 찾으면 다시는 그런 시도를 못하도록 혹독한 징벌을 가했던 것이다. 아래의 기록은 그러한 실태를 잘 보여주고 있다.

　　아침에 宋奴가 亡走하였다. 근일에는 힘써 芸草치도 않고 오래도록 稱病하고 누워 일어나지 않아서 매양 痛憤한 것을 속에서 삭이면서 한번 그 태만한 것을 다스리려 생각하며 참은 지가 오래되었다. 이 같은 農月에 除草를 끝마치지 못하고 버리고 도망갔으니 더욱 지극히 痛甚하다. 他日 잡아오면 마땅히 그 惡을 懲治할 것이다. … 逃亡간 奴 宋伊와 그의 동생 加應伊金이 來現하였다. … 그의 어미와 叔 朴守連과 그의 四寸兄 守銀등이 잡혀 갇혔기 때문에 곧 來現하였으니 가히 쾌하다. 바로 宋奴를 杖70으로 警責하고 加應伊金은 荅狀을 받아 遷送하였으며 하여금 다음 달 안으로 그의 동생 鄭林과 함께 修貢來現할 것을 嚴敎하여 보냈다.118)

　　노비는 지배계층의 경제생활에 있어 기계의 부속품같이 없어서는 안 될 존재였다. 그렇기 때문에 갑자기 맡은 일을 버리고 달아나버리면 奴婢主로서는 낭패가 아닐 수 없었다. 위에서는 농번기에 除草일을 하다 말고 도망하여 그 주인을 격노케 하고 있다. 그리고 주인은 노비의 가족을 인질로 하여 도망노비를 다시 잡아들여 예의 징벌을 가하고 있음을 보여 준다.
　　그러나 그것이 자유를 향한 그들의 집념을 잠재울 수 있는 것은 아니었

118)「鎖尾錄」上, p.472. 482. 488. 乙未錄 乙未 6월 9일, 7월 16일, 8월 7일條. (鄭奭種, 같은 책, pp.191~192.에서 재인용.)

다. 그들은 잡히면 다시 달아나고 또 잡히면 다시 달아났다.[119] 그리고 멀리 숨어 살다가 주인이 그곳까지 찾아오면 주인을 殺害하기까지[120]하며 저항했다. 그리고 경제적 富를 축적한 노비들은 그 재력을 십분 이용해 속속 천한 신분을 벗어나갔다. 納粟이나 訴訟[121]과 같은 합법적 방법으로, 冒稱과 같은 비합법적인 방법으로 그들은 경제력을 바탕으로 봉건지배체제의 근간인 신분제도의 붕괴를 주도해 갔던 것이다. 兩班에 의한 놀부 逢辱場面은 이와 같은 신분제도의 동요상을 사실적으로 보여주고 있다는 점에서 사회사적 의미가 있는 것이다.

3) 상품 화폐경제의 발달

작품에 나타난 사회현상 중 특히 두드러지는 것은 상품·화폐경제의 발달이다. 먼저 화폐경제에 대해 살펴보면 흥부전은 돈으로 시작하여 돈으로 끝난다고 해도 좋을 만큼 돈(화폐)은 경제생활의 가장 중요한 매개수단이 되어 있고 모든 것은 돈으로 그 가치가 환산되고 있다. 굶주리고 있는 흥부 가족에게 당장 필요한 것은 쌀이겠지만 그것이 아닐 때는 돈도 좋았다. 돈은 즉시 쌀로 바뀔 수 있는 것이었기 때문이다. 따라서 작품에서 돈은 쌀과 같은 것으로 나온다.

   져 건너 아지바님댁의 가셔 쌀이되나 돈이되나 양단간의 어더옵소 (世, p.5.)

119) 「鎖尾錄」下, p.315. 戊戌年日錄 戊戌 6월 26일條에는 婢가 도망했는데 한 두 번이 아니고 4번째나 도망가 더욱 괘씸하다는 기록이 있다.
120) 「增補 輿猶堂 全書」第5集 欽欽新書 卷5, 祥刑追議三 自他之分 '金川 民鄭先伊 殺金奉秋'條. 人奴之叛主者 最讐陳告之人 故推奴之客 陳告之人 袋殺者滔滔 而其徒 相與秘 諱 其事最難鉤覈(鄭奭種, 앞의 책, p.194,에서 재인용.)
121) 鄭奭種 (앞의 책, p.295.)은 경제력이 있는 노비들은 奴婢主들을 상대로 소송을 하여 승소하는 경우가 많았다고 하였다. 그리고 그는 그러한 경우가 생기는 것 은 금력을 가진 자가 승소하는 것이 당시의 현실이었기 때문이라고 덧붙였다.

홍보 온 일이 젼곡간에 구걸하러 온 줄 알고 (世, p.6.)

양식이 만일 못되거든 돈 셔돈만 주시오면 (世, p.7.)

돈이되나 쌀이되나 양단간의 어더오면 (世, p.9.)

쌀이거든 밥을 짓고 돈이거든 겨근너 김동지 집에 가셔 (世, p.9.)

돈 밧치라면 돈 밧치고 쌀 밧치라면 쌀 밧치고 (世, p.49.)

돈이되ᄂ 쌀이되ᄂ 냥단간의 어더 오면 (京, 4장)

돈이되ᄂ 쌀이되ᄂ 젼곡간의 되ᄂ듸로 어더다ᄀ (林, p.4.)

형님틱의 건네갓다ᄀ 젼곡간의 죠금 쥬면 (林, p.4.)

되ᄀ 되면 닷되 돈이되면 두 돈만 쥬옵시면 (林, p.5.)

긔와 갓치 이결ᄒ면 젼곡간의 싱각홀 거신듸 (林, p.6.)

우리 형임 젼곡만 싱각ᄒ고 형제윤리 져바리니 (林, p.8.)

이왕 비러먹을 터면 젼곡이 만흔 되로 가 볼 박긔 (申, p.332.)

형님틱의 건너가셔 젼곡간의 어더다ᄀ (申, p.334.)

인근이 ᄉ졍ᄒ야 돈이되나 쌀리되나 쥬시면 죠컨이와 (申, p.334.)

형님젼의 왓사오니 젼곡간의 죠금 쥬면 (申, p.342.)

흥연의 젼곡 쥬쇼 목안의 소리ᄒ며 (申, p.344.)

홍보가 형의 집의 젼곡 타라 왓다가 (申, p.344.)

젼곡간의 어더 오면 굴문 ᄌ식 먹일 쥴노 (申, p.344.)

굴문지 여러 날의 젼곡이 업ᄉ오니 (申, p.354.)

임금은 대개 돈으로 지급되었다. 두 푼 받고 똥 재치기, 닷 냥 받고 송장 치기, 두 푼 받고 쥐구멍 막기, 오푼 받고 마철 박기, 한 푼 받고 비 매기, 먹고 닷 돈 받고 장 서두리(장날에 뒤에서 일을 보아 주는 일), 십리에 돈 반 승교 메기 등[122] … 그 밖에도 남의 매를 대신 맞는 代杖, 말 빌려 주기,[123] 越川하기[124](시냇물을 업어서 건네주는 일), 박타기, 제비 싹보기[125] 등 모든 用役의 代價는 돈이었다. 뿐만 아니라 홍부박에서는 衣·食·住에

---

122) 4 대본에 있는 것을 합친 것임.

123) 홍부가 매품 팔러 갈 때 삯말을 타고 가지 않고 걸어갔다거나(世, p.14.) 마삯 닷 냥을 받았다는 (林, p.17.) 말에서 삯말이 있었음을 알 수 있다.

124) 申本에 홍부선행으로 '장마 찐 큰 물가의 삭 안박고 월쳔ᄒ기'가 나오는 것으로 미루어 알 수 있다.

125) 世昌本, pp.32~33.

관한 모든 조건이 갖춰진 외에 돈이 추가되고 있고, 놀부박에서 나온 **群像**들은 장비만 제외하고는 모두 놀부로부터 돈을 뜯어내고 있다. 그리고 놀부는 제사도 **代錢**을 놓고 지냈다 한다.[126] 이 모든 사실들은 당시 화폐의 유통이 얼마나 활발했는지를 보여 주는 단적인 예들이라 하겠다. 그리고 이러한 현상들은 다음과 같은 역사적 배경에서 그 연원을 찾을 수 있다.

조선왕조 정부는 그 초기부터 금속화폐를 전국적으로 유통시키기 위하여 정책적 노력을 거듭해 왔으나 16세기경까지는 큰 진전을 보지 못하고 米, 布 등으로 대신 사용해 왔었다. 그러나 1651年(孝宗 2)에 金堉의 발의에 의하여 금속화폐를 통용시킨 후, 1678년(肅宗 4)에는 금속화폐의 전국적 유통을 법으로 결정하게 됨에 따라 금속화폐의 유통은 점차 일반화되어갔다.[127] 17세기 후반기부터 본격화되기 시작한 화폐의 유통은 18세기에 들어서면서 급격한 발전을 보이게 되는데 1716년(肅宗 42)에 **右議政 李頤命**은 "今則行錢已三十年矣 流行遍於遠方"[128]이라 말하여 당시 화폐가 이미 농촌지역에까지 널리 보급되었음을 지적했다.

그러나 18세기의 동전주조발행은 동전원료의 확보난으로 수요를 충족시킬 만큼 충분하지를 못하였다. 기록을 통해 보면 1730年代부터 1799年까지 총 3,220,000 餘兩을 주조 발행했으나 그 액수는 당시 유통경제가 필요로 하는 화폐수요량에는 크게 미치지 못하는 것이었다. 그러다가 19세기에 들어서서는 함경도 甲山銅鑛의 개발과 日本銅의 수입으로 원료난이 해소되어 동전주조량이 증가하게 되었다.[129] 그리하여 19세기 전반기에만도 1806年(純祖 6)에 300,000兩, 1814年(純祖 14)에 326,400兩, 1825年(純祖 25)에 367,500兩, 1830年(純祖 30)에 733,600兩, 1832年(純祖 32)에 784,300兩, 1855년(哲宗

126) 世昌本 (p.2.), 申本 (pp.336~338.)
127) 姜萬吉,「조선후기 상업자본의 발달」, 고려대출판부, 1973, pp.162~163. 참조.
128)「肅宗實錄」卷58, 肅宗 42年 10月 癸丑條.
129) 元裕漢, "조선후기 화폐사 연구", 연세대 박사학위논문, 1975, pp.100~104. 참조.

6)에 1,571,500兩, 1857년(哲宗 8)에 916,800兩 등 5,000,000兩이 넘는 돈이 주조되어 통화량 부족현상이 해결되면서 화폐경제는 비교적 활기 있게 발전하게 되었다.[130]

작품에서 나타나는 활발한 화폐유통의 현상은 바로 위와 같은 화폐정책으로 말미암은 결과라 할 수 있다. 그런데 화폐의 보급은 달갑지 않은 사회문제를 몰고 왔으니 고리대의 성행이 그것이었다. 1節에서도 언급한 바 있지만 화폐의 보급은 빈익빈 부익부현상을 심화시켜 貧農의 몰락을 재촉하는 데 一助를 하였던 것이다. "금속화폐 유통의 결과, 채소장수나 소금장수까지도 거래에 있어 곡식보다 돈을 원하므로, 농민들이 곡식으로는 물품을 구입할 수 없어 이 때문에 할 수 없이 싼 값으로 곡식을 처분하고 어려움에 빠지지만 부자의 집에는 돈이 산처럼 쌓이고 이것을 다시 가난한 사람들에게 빌려 주어 큰 이득을 얻는다."[131]고 한 正言 柳復明의 말이나 "近來 富民들이 利殖을 늘리는 방법은 甲利에 이르면 그 극에 달한 감이 있다. 이자는 한도가 없어서 혹자는 其利殖을 月捧하여 1年이 못되어 倍가 되고, 穀價가 비쌀 때 1말의 쌀값을 1兩으로 싸게 쳐서 꾸어 주고는 가을이 되어 2兩을 받으니 그것을 쌀로 바꾸면 5·6倍가 된다. 그러니 小民이 어떻게 곤궁해지지 않을 수 있겠는가?[132]라는 右議政 李健命의 말은 이러한 실상을 잘 말해 주는 것이다.

이와 같은 고리대의 횡행에 대해 작품에서는 구체적인 언급은 없으나 놀부심사 중 '빚값에 계집 빼앗기'[133]가 있음으로써 그 편모를 보여 주고 있고

---

130) 같은 논문, p.104. 참조.

131) 「肅宗實錄」 卷62, 肅宗 44年 8月 戊申條.
正言柳復明上書曰 … 甚至采婅鹽堅 亦皆棄穀而索錢 農民有穀 交易莫通 故不 得已 賤穀價而售錢路 欺換一疋之布 已貴數石之穀 無錢農民 安得不重困乎 富 家積錢如山 而假貸貧民 窮春出百錢之價 纔得斗米之糧 至秋用數斗之米 僅償 百錢之債

132) 「肅宗實錄」 卷62, 肅宗 44年 9月 庚寅條.
近來富民生殖之道 至於甲利而極矣 生殖無有限節 或有月捧其殖 歲未周而至倍 者 至於穀貴之時 一斗米折錢一兩 至秋索二兩 以米計之 殆過五六倍 小民安 得不困耶

"일수돈을 얻어왔소 월수 파수변을 얻어왔소 오푼 달변을 얻어왔소"[134]하
는 흥부처의 말을 통해 그 단면을 드러내고 있다.

화폐의 유통은 자연 상품경제의 발달을 촉진시키는 결과를 가져왔다.
그리하여 농촌에서는 농산물이 상품화되어 인근 도시로 팔려 나갔고 도시
에서는 수공업품이 상품화되어 농촌으로 판로를 넓혀 나갔다. 이 무렵 농촌
경제를 크게 바꾸어 놓은 것은 1節에서 말한 바 農法의 개선 외에 경제작물
의 도입이었다. 17세기에는 담배, 고추, 호박, 토마토 등의 새로운 작물이 도
입되어 일부 지역에서 재배되다가 18세기에는 전국 각지로 광범위하게 퍼
져 나갔다.[135] 농민들은 이러한 특용작물을 상품화하여 도시로 내다 팜으로
써 높은 소득을 올릴 수 있었다. 이 때 농민들 가운데서는 자신의 소비를
위해서가 아니라 상품으로 팔기 위하여 생산하는 기업농들도 나타나기 시
작했다. 이들은 채소를 비롯한 약재, 담배, 인삼, 목화 등 상품작물을 재배하
여 많은 이득을 볼 수 있었다. 서울 근교를 보면 왕십리의 배추·미나리, 살
곶이(箭串)의 무우, 石郊의 가지·오이·수박, 延禧宮 주변의 고추·마늘·
파, 靑坡의 물미나리, 利泰仁의 토란 등이 특히 유명하였다. 丁若鏞이 서울
안팎과 도회지 주변에 파밭·마늘밭·배추밭·오이밭 10畝(4마지기)만 있
으면 수백 兩을 벌 수 있다고 했을 만큼 상품작물의 재배를 통해 얻는 이득
은 적지 않았으며 특히 담배 재배는 벼농사의 10배의 이득을 볼 수 있다고
할 만큼 수익성이 컸다.[136] 1節에서 살펴본 바 있지만 林本에서 놀부가 벼 이
외에 면화·서숙·참외·담배·팥·콩·돔부·녹두·기장·참깨·들깨·
피마자 등의 작물을 재배하고 있는 것은 바로 이러한 농산물의 상품생산을
보여 주는 것이다. 그리고 흥부박에서 나온 각종 仙藥의 가치를 돈으로 환

133) 世昌本 (p.1.), 京板本(1장)
134) 世昌本 (p.12.)
135) 金勝錫, "조선후기 자본주의 맹아논쟁", 연구논문집, 제18권 제2호(인문·사회과학
편), 울산대, 1987, p.202.참조.
136) 한국민중사연구회編, 앞의 책, p.317.

산하고 있는 것도 藥材의 상품화 추세를 반영한 것이다.

> 져 동자 거동 보소 좌슈에 류리병 들고 우슈에 대모반을 가져 눈 우에 높이 드러
> 홍보전에 드리며 하난 말이 은병에 너은 것은 죽은 사람 혼을 불너 살녀내난 환혼쥬
> (還魂酒)오 옥병에 너은 것은 압못보난 소경 눈 쓰난 개안쥬(開眼酒)오 금젼지에 봉
> 한 것은 말못하는 사람 말하게 하는 능언초(能言草)와 곱싸등이 반신불수 졀노 낫는
> 소생초(蘇生草)와 귀먹어리 소래 듯는 총이초(聰耳草) 오이보의 싸인 것은 록용 인
> 삼 웅담 주사 각종이오니 갑스로 의론하면 억만환이[137] 넘사오니 매매하야 쓰옵소
> 셔 (世, p.23.)

童子의 이 말에 흥부처는 藥局을 열었으면 좋겠다고 하면서 사만 오백냥
어치는 되겠다(世, p.24.)고 계산하고 있다. 童子가 억만냥이 넘으니 매매하
여 쓰라는 말이나 "우리집이 가난하기 삼남의 유명터니 부자득명만만재를
일조의 어덧스니 엇지 안니 조흘소냐"(世, p.24.)하는 흥부의 말, 사만 오백냥
어치는 된다는 흥부처의 말에서 藥材를 그 본래적인 效用價値로보다는 交
換價値로 인식하고 있음을 알 수 있다.

화폐의 유통은 농산물의 상품화와 함께 수공업품의 상품화로 인한 수공
업의 발달을 가져왔다. 17세기까지만 해도 농민의 부업적인 수공업은 대개
자급자족적 성격이 강했고 잉여생산이 있다면 지방의 場市에서 物物交易의
資가 될 뿐이었다. 한편 專業的인 수공업자들은 工奴的 신분으로 官에 얽매
여서 官司의 각종 수요를 제작 납입해야 했고 良人수공업자들이라고 해야
公役의 의무를 채우고 난 나머지 초과생산물을 시장에서 교역할 수 있었으
니 수공업이 발달할 여지는 없었던 것이다.[138] 더구나 官이나 兩班勢道家들
이 그들의 권력을 이용하여 이들을 함부로 잡아다가 강제로 일을 시키고 보
수도 제대로 주지 않는 등 侵虐을 일삼아 그들은 자기의 기술이 남에게 알

137) 京板本에는 억만냥으로 되어 있고, 林本과 申本에서는 돈으로 환산하는 장면 은
없음.
138) 韓㳒劤, 「이조후기의 사회와 사상」, 을유문화사, 1961, pp.93~94. 참조.

려지는 것을 두려워할 정도였다고 하니[139] 수공업이 발전할 수 없었음은 당
연한 일이라 하겠다. 그러나 18세기에 들어 官에 예속되어 있던 수공업자
(工匠)들이 官의 통제에서 풀려나 雇傭내지 자유수공업자로 전환되면서는
관영체제가 무너지고 민간수공업자들의 활동이 활발하게 되었다. 그들은
소속 기관에서 빠져 나와 자기가 만든 물건을 팔아 베나 쌀 등으로 소속 기
관에 匠稅를 바쳤다. 그러면 관청에서는 이 匠稅로 필요한 물건을 민간수공
업자들로부터 사들이거나 상인에게 납품하도록 하였다. 그러다가 18세기
말경에는 匠人등록제도 자체가 폐지되고 관영수공업에 종사하던 공장들이
독립하여 민간수공업자로 되면서 민간수공업은 더욱 활기를 띄게 되었다.
놋그릇을 만드는 鍮器店, 무쇠를 만드는 水鐵店, 사기그릇을 만드는 沙器店,
칠그릇을 만드는 漆器店, 銀을 제련하는 銀店 등이 우후죽순처럼 곳곳에 들
어서게 되었다.[140] 그리고 작업과정도 개선되어 작업장 내부의 분업이 발전
하고 품종별 전문화가 이루어져 노동자들 사이에 협업이 이루어졌다. 이에
따라 노동도구도 부문 노동자자 수행하는 역할에 따라 적합하도록 세분화
되고 개선되었다. 예를 들면 유기생산과정에 사용되는 쇠망치가 15가지, 집
게가 21가지에 이르는 정도였다.[141] 이와 함께 농촌에서 부업으로 하고 있
던 수공업이 專業化하는 경우도 적지 않았다. 직물수공업의 경우 특히 농촌
수공업이 활발하였는데 물레나 씨아의 보급으로 일손이 훨씬 적게 들자 부
녀자들이 직물업에 달려들어 농촌 가내수공업이 크게 번성하였다.[142]

이와 같은 수공업의 발달상을 작품에서는 흥부박에서 나온 세간 집물들을
통해 잘 보여 주고 있다. 자개함농·반다지·용장·봉장·뒤주장·경대·

139) 柳馨遠, 「磻溪隨錄」卷1, 田制 上 .
    今則京中工匠 皆無常稅 而只官有役 隨聞捉致役之 稱以官役 少給其價 外方則 勿
    論有稅無稅 直隨所聞 威勒役之而已 公府旣如此 勢家兩班又從而效之 償不 　當直
    是以業工匠者 猶恐其技之聞於人 此所以百工無度麤惡 不成樣也
140) 한국민중사연구회編, 앞의 책, p.321. 참조.
141) 金勝錫, 앞의 논문, p.202. 참조.
142) 한국민중사연구회編, 앞의 책, p.321. 참조.

문갑 등의 **家具類**, 운단이불 · 대단요 · 핫이불 · 누비이불 · 잣베개 등의 **寢
具類**, 화문보료 · 왕골세석 · 족자 · 주렴 · 방장 · 휘장 · 모기장 · 병풍 등의
房內裝飾物類,   용연벼루 · 거북연적 · 호박필통 · 진묵 · 당묵 · 순황모무심
필 · 낙곡지 · 별백지 · 도침지 · 간지 · 주지 등의 **文房具類**, 순금반상 · 천은
반상 · 놋쇠반상 · 화기반상 · 주걱 · 국자 · 놋동이 · 양푼 · 유합 · 탕기 · 쟁
반 · 전골판 · 노구솥 · 남비 등의   **廚房用品類**, 일광단 · 월광단 · 공단 · 대
단 · 모초단 · 한단 · 왜단 · 영초단 · 우단 · 모단 · 화한단 · 상사단 · 와룡
단 · 운문단 · 조개단 · 모본단 등의 **緋緞類**, 길주 명천 가는 베 · 회령 종성
고은 베 · 당포 · 춘포 · 육진포 · 바리포 · 사승포 · 중산포 · 가는 무명 · 굵은
무명 · 강진 해남 극세포 · 가는 모시 · 굵은 모시 · 임천 한산 극세저 등의 **布
木類**, 두명 · 쟁기 · 따래 · 써레 · 발판 · 괭이 · 가래 · 호미 · 살포 · 지게 · 도
끼 · 낫 · 자귀 · 벼훑이 · 갈퀴 · 도리깨 등의 **農具類** 등 실로 수많은 수공업
품들이 나열되고 있는 것이다.[143]

상품 · 화폐경제의 발달은 상업과 시장의 발달과 무관한 것이 아니었다.
朝鮮前期의 상업은 주로 도시의 市廛과 닷새마다 열리는 지방의 場市를 중
심으로 제한적으로 이루어지고 있었다. 시전은 중앙정부의 필요에 의해 설
치된 것으로, 중앙정부는 시전으로부터 필요한 물품을 조달했고 시전상인
들은 정부의 비호 아래 독점적 상업 활동을 전개할 수 있었다. 그러나 16세
기 후반부터 시전중심의 상업체제가 흔들리기 시작했다. 도시의 인구가 늘
어나면서 私商, 즉 亂廛이 곳곳에 들어서서 상업계의 판도가 바뀌게 된 것
이다. 그렇게 되자 시전상인들은 정부로부터 난전의 설립을 금하는 禁亂廛
權이라는 독점권을 얻어내어 이들의 활동을 막으려 하였다. 그러나 난전은
이미 관청이나 시전상인들의 힘으로는 억제할 수 없을 정도로 커가고 있었
다.[144] 17세기 이후 서울의 중심가인 鐘樓 근방과 南大門밖의 七牌(지금의

---

143) 4대본에 있는 것을 합친 것임.
144) 한국민중사연구회編, 앞의 책, p.318~319. 참조.

青坡洞), 西大門밖의 梨峴에는 자연발생적인 시장이 형성되어 번창해 갔고 私商들의 세력은 커져만 갔다.[145] 이 같은 추세가 계속되다가 18세기 말 (1791년)에 와서는 정부로서도 어쩔 수 없이 六矣廛을 제외한 모든 시전상 인들로부터 금난전권을 박탈하기에 이르게 된다.[146]

이러한 상업정책의 변화를 전후하여 국내 상업은 상당히 발전되어 갔다. 도시 상업의 경우 시전체제가 점차 몰락해 가고 새로운 사설시장이 등장했 으며 지방상업의 경우에도 새로운 양상이 생겨나고 있었다. 즉 18세기에는 전국에 1,000여개의 場市(定期市)가 이루어졌고 이 場市의 발 전을 통해 市場圈이 전국적인 규모로 형성되어 갔던 것이다.[147]

이러한 상황을 반영하듯 작품에는 상인이나 시장과 관계있는 부분이 여 러 군데 나온다. 먼저 상인에 대해서는 놀부심사 중에 '옹기 장사 작대치 기'[148], '사기장사 작대기차기'[149]가 나오고 놀부박에서는 등짐장수[150]가 나 온다. 그리고 世昌本에서는 놀부가 똥을 치우기 위해 왕십리·이태현·청 패·칠패에 있는 거름장수들을 동원하는 장면이 있고 申本에서는 놀부박에 서 나온 寺黨 하나가 잦은 방아타령을 하는데 "유각골 處子는 쌈지장수 處 女, 往十里 處子는 미나리장수 處女, 淳潭陽 處子는 바구니장수 處女, 靈巖 康津 處子들은 참빗장수 處女"라고 부르고 있다. 다음 시장에 관한 부분을 보면 역시 놀부심사 중에 '장에 가면 억매흥정'[151]이 있고 흥부 품팔이 중에 '시장가에 나무베기'[152], '닷 돈 받고 장 서두리'[153]가 있다. 그리고 申本

---

145) 韓㳓劤, 「한국통사」, 을유문화사, 1970, p.339. 참조.
146) 金勝錫, 앞의 논문, p.207. 참조.
147) 趙珖, 앞의 논문, p.62. 참조.
148) 世昌本, (p.1.), 申本 (p.326.)
149) 林本, p.2.
150) 世昌本, (pp.42~43.), 京板本(15장)
151) 世昌本, (p.1.), 京板本(1장), 申本(p.326.)
152) 世昌本, p.10.
153) 申本, p.350.

(p.380.)에서는 흥부박에서 세간 집물이 쏟아져 나오자 '적막한 산중이 불시에 종로되어 六注比廛, 東床廛, 馬床廛, 博物판이 되었다'고 서술하고 있고, 같은 페이지에서 흥부처는 흥부를 '邑內 場에도 다녔으니 매우 博覽한 줄'로 생각한다고 하는 장면이 있다. 또한 같은 本 430페이지에서는 놀부박에서 나온 잡색군들이 전라도 場打令을 부르는데 "흰 오얏꽃 玉果場, 노란 버들 金堤場, 夫唱婦隨 和順場, 時和年豊 樂安場, 쑥 솟았다 高山場, 철철 흘러 長水場, 三道都會 錦山場, 一色 春香 南原場, 十里 五里 長城場, 애고애고 谷城場, 누릇누릇 黃肉廛, 펄펄 뛰는 生鮮廛, 울긋불긋 荒貨廛, 얼걱 덜걱 甕器廛, 딸각딸각 나만신廛"이라 하여 당시 장시의 盛況을 묘사하고 있다.

　朝鮮後期 상업의 발달은 국내 시장의 발전에 그치지 않고 외국과의 무역을 촉진시키는 결과를 가져오기도 했다. 조선왕조는 16세기 말경부터 淸國과의 교역을 위해 정부통제하의 官貿易場으로 中江開市를 설치했으나 민간 상인이 주도하는 中江後市에 밀려 1700年(肅宗 26)에는 폐지되고 이후 使臣의 왕래와 관련하여 柵門에 後市가 생김으로써 對淸貿易의 중심지가 되었다. 이 때 가장 활발히 활동을 했던 상인들은 義州와 開城의 상인들이었다. 그들은 銀·人蔘·皮物·紙物 등을 가지고 使臣一行에 混入해 가서는 柵門에서 淸國商人들과 교역을 하였는데 그들이 수입한 물품은 帽子, 針子, 物貨, 雜卜, 馬尾, 白三升, 采蓮皮, 櫃卜, 衣服, 藥材, 白絲와 각종 사치품 등 매우 다양한 품목들이었다. 그리고 교역의 규모도 종전의 開市貿易이 해마다 두 번씩의 정기적인 것이었던 데 대하여 後市貿易은 使行이 있을 때마다 이루어지므로 1년에 4·5차례, 한 차례에 銀 10萬 兩分이 거래되는 큰 규모였다.154)

　對淸貿易이 이와 같이 발전해 간 것처럼 對日貿易에도 변화가 따랐다. 종

154) 姜萬吉, 앞의 책, pp.113~118.
　　金漢翼, "조선후기 상업과 농업의 신경향 연구", 교육논총 2집, 동국대 교육대 학원, 1982, p.312. 참조.

래에는 倭館開市를 東萊府의 大廳에서 열고 訓導와 別差 및 戶曹의 收稅算員, 東萊府의 開市監官 등이 倭人과 마주 앉고 교역할 쌍방의 물품을 마당에 진열해 두어 서로 교환케 하였으나 1637년(仁祖 15) 이후에는 이 관례가 무너져서 상인들이 동래부의 각 房으로 흩어져서 비밀리에 거래함으로써 원칙적으로는 開市貿易이면서도 점차 私貿易으로 변해 갔던 것이다.155) 이때 일본인들이 교역해 간 물품 중 大宗은 人蔘이었다. 기록에 의하면 당시 일본의 습속은 어떤 병이든 人蔘만 쓰면 효과가 있다 하여 가격의 고하를 막론하고 다투어 이를 사들였는데, 이 때문에 서울에서 70兩으로 살 수 있는 量의 인삼이 일본의 江戶에서는 300餘 兩에 팔리고 있는 실정이었다 한다.156) 상인들은 또한 중개무역을 통하여 이익을 얻기도 했는데 淸國에서 白絲 100斤을 60金에 사오면 倭館을 통해 일본인들에게는 160金을 받을 수 있어157) 막대한 수입을 올릴 수 있었다 한다.

이러한 對淸·對日 교역의 실상은 작품에서도 그대로 나타나 있다.
世昌本(p.29.)에서 흥부가 부자가 되었다는 말을 듣고 흥부집에 찾아와 구경하던 놀부가 부아가 치밀어 벽에다 가래침을 뱉으니까 흥부처가 성천 놋타구, 광주 사타구, 의주 당타구, 동래 왜타구를 갖추어 놓았는데 왜 벽에다 침을 뱉느냐고 항의하고 있다. 國産 名品과 輸入品이 같이 쓰였음을 알 수 있다. 같은 페이지에서 놀부가 심술이 나서 수저로 그릇을 함부로 두드리자 또 흥부처가 당화기는 性이 말라 자칫해도 톡톡 터지니 너무 치지 말라고 한다. 京板本에서는 당화기, 왜화기 외에 왜솥도 나온다.158) 申本에서는 놀

---

155) 姜萬吉, 앞의 책, pp.160~161. 참조
156) 「備邊可贍錄」81冊 英祖 3年 5月 27日條.
    倭俗 每病輒用蔘而見効 故不計價之高下而爭買 且以七十兩貿於京市者 入往 江戶
    則三百餘兩(姜萬吉, 같은 책, p.120.에서 재인용.)
157) 顯宗改修實錄」 卷22,顯宗 11年 3月 庚申條.
    我人之貿白絲於淸國者 皆入倭館 則輒得大制 白絲百斤 貨以六十金 而往市倭 舘
    則價至一百六十金
158) 京板本, 11장.

부가 찾아왔을 때 흥부가 하는 말이 자기 집에 있는 것은 밥이나 옷이나 器物이 다 江南 것이라고[159] 말한다. 이 말을 통해 당시 서민들이 갖고 있던 외래품에 대한 선망의식을 알 수 있고 일부 부유층에서는 수입품의 求得이 어느 정도 보편화 되어 있었음을 짐작할 수 있다.

이상에서 보았듯이 18·9세기 조선후기에 있어 사회경제적 특질은 상품·화폐경제의 발달이었다. 그리고 그것은 화폐유통의 활발화, 노동력의 상품화, 농산물의 상품화, 수공업의 발달, 시장 및 상업의 발달, 무역의 확대 등의 제 현상을 수반하는 것이었다. 작품은 이와 같은 사회현상들을 놓침없이 보여 주고 있다.

4) 지배층의 부패와 유랑배의 폐해

작품에서는 당시 사회에서 농민을 괴롭히던 두 부류의 인물들이 등장하고 있는데 그 중 하나는 부패한 官吏들이고 다른 하나는 작당을 하여 몰려 다니며 농민들로부터 돈을 뜯어내던 流浪輩들이 그들이다. 이들은 모두 농촌에서 힘없는 농민들을 상대로 토색질과 망나니짓을 업으로 하여 자신의 배를 채우면서 가뜩이나 어려웠던 농민들을 더욱 곤경으로 몰고 갔던 부정적 존재들로서, 사회사의 한 면을 차지하는 군상들이다.

먼저 부패한 관리의 모습은 흥부가 읍내에 還穀을 얻으러 갔을 때 길청에 있는 吏房을 통해 나타난다.[160] 흥부가 吏房에게

환곡이나 좀 어더 먹자고 왓난대 쳐분이 엇더할난지 (世, p.11.)
얼인 즛식들 달이고 굴머 죽던 못ᄒᆞ고 환상 셤이ᄂ 타 먹ᄌ고 왓네만은 안이주면

---

159) 申本, p.390.
160) 還穀 얻으러 가는 장면은 世昌本과 林本에만 있고 京板本과 申本에는 나오지 않는다.

굴머 죽건난듸 (林, p.16.)

라고 말하자 吏房은

　　가난한 사람이 막중 국곡를 엇지하자고 달나 할가 (世, p.11.)
　　업눈 스람이 환상 먹눈이 … (林, p.16.)

라고 하며 일언지하에 거절하고 있다. 본래 환곡제도의 목적은 春窮期 絶糧
農家의 구제에 본뜻이 있었던 것인데 가난한 사람이 어찌 국곡을 달라 하느
냐는 吏房의 말은 顚倒된 현실을 보여 주고 있다. 그런데 이 장면은 다음과
같은 역사적 사실을 배경으로 하고 있다.

　환곡은 원래 窮民救濟와 産業助成에 의의가 있어서 흉년에 당하여 饑民
에게 식량을 급여하여 賑恤하고, 또는 자본으로 대부하여 生業을 復活하게
하는 역할을 하게 마련인 것이었다. 그리하여 흉년에 遭遇하였을 때 窮民에
관곡을 대여하고 利息을 취하여 이를 官에 회수하게 하였던 것이다. 그러나
국가재정이 궁핍하게 된 조선후기에 이르러서는 그 利收는 오히려 국가의
주요 재원이 되어졌을 뿐 아니라 국가적인 하나의 영리사업으로 화하게 되
었고, 일종의 고리대로서 困憊된 농민을 더욱 파탄의 지경으로 이끌어 간
것이 되었다.161) 이와 같이 환곡제도가 본래의 목적과 달리 조선후기에 와
서 국가재정을 위한 영리사업으로 변질된 가운데 환곡의 운용에 의해 얻어
진 利息이 전액 국가의 수입으로 되기만 했어도 나름대로 존재의 의의가 있
었겠으나 기실 그것의 대부분이 수령과 아전의 사복을 채우는 데로 들어가
게 되어서는 국가에도 농민에도 유해무익하기만 한 萬惡의 근원으로 전락
하게 되었던 것이다.

"처음에 법을 설정한 본의는 반은 백성의 식량을 위함이고 반은 거기에서

161) 韓㳓劤, 註138)의 책, p.112.

생기는 利息으로 國用에 쓰려고 한 것이니 어찌 반드시 백성을 학대하고 백성에게 가혹하게 하기 위하여 설정된 제도이겠는가. 그러나 지금은 온갖 폐단과 문란이 겹치고 쌓여서 천하에 그 협잡의 내용을 누구도 다 알아볼 수 없는 것이 되어 버렸다. 나라의 경비에 충당하는 것은 십분의 일, 官衙가 自家의 경비에 충당하는 것이 십분의 이에 불과하고 고을 아전들이 농간하는 것이 십분의 칠이 된다. 한 톨의 곡식도 백성은 일찍이 본 일도 없는데 터무니없이 쌀과 좁쌀을 바치는 것이 1년에 千이고 萬이니 이것이 어찌 賦斂이며 어찌 振貸이겠는가. 이것은 강탈인 것이다."[162]라고 한 丁若鏞의 지적은 이를 말해 주는 것이다. 그는 수령과 아전의 농간에 대해 예를 들어가며 자세히 설명하였는데 그 중 몇 가지만 소개하면 다음과 같다.

반작(反作)이란, 겨울에 환곡을 받아들이는 것은 본래 연말까지가 기한인데 연말까지는 未收된 것을 징수한 것처럼 문서를 꾸며 상사에 보고하고, 봄에 환곡을 펼 때에 본래 받지 않았던 것을 새로 대부한 것처럼 허위문서를 만들어 상사에 보고하는 것이다. 이것을 臥還이라고도 한다. 西道에서는 臥還一石에 대하여 백성에게서 돈 한 냥씩을 받아먹는다. 이것을 臥還債라고 한다.

가분(加分)이란 利息을 탐내어 당연히 창고에 남겨두어야 할 곡식을 더 대부하여 그 利息을 착복하는 것이다.

암류(暗留)란 나누어 줄 것을 나누어 주지 않고 留置하는 것이다. 穀價가 장차 등귀하는 추세에 있으면 아전은 수령과 짜고 환곡을 나누어 주지 않았다가 쌀값이 비싸진 뒤에 팔아버리고 다음에 穀價가 쌀 때에 사서 충당하고 이익을 착복한다.

분석(分石)이란 겨와 쭉정이를 섞어서 한 섬을 두 섬으로, 혹은 석 섬으로 만들고 上品의 알곡을 훔쳐 먹는 것이다.

집신(執新)이란 백성에게서 받아들인 새 곡식은 아전들이 훔쳐 먹고 백성들에게 나누어 주는 것은 창고 속의 오래 묵은 곡식을 내주는 일이다.

---

162) 丁若鏞, 「牧民心書」第12卷, 第3條, 穀簿
原初設法之本意 半爲民食 半爲國用 豈必爲虐民厲民而設之哉 今也 弊上生弊 亂 上添亂 雲淪霧洩 沙滾波滴 爲天 下不可究詰之物 上之所用 以補經費者 十之一 諸衙門所管以自爲廩者 十之二 郡縣小吏 飜弄販賣 以自作商賈之利者 十之七 一 粒之穀 民未嘗微見末 而自輪米若粟 歲以千萬 此時賦斂 豈可曰賑貸乎 此是勒奪

탄정(呑停)이란 큰 흉년의 연말이 되면 언제나 조정에서 還米의 수납을 연기하라
는 명령이 내린다. 노회한 아전이 미리 그것을 짐작하고 민간에서 환곡을 징수하는
것을 배나 급박하게 하여 매질을 하고 급박하게 거두어들인다. 그리하여 동짓달 안
으로 수납이 끝나게 한다. 감사의 연기하라는 통첩이 오면 아전들은 몰래 저희들의
逋欠(官物을 私用한 것)을 未收라고 일컫고 문서를 속여 수납의 연기 혜택을 받는
다. 백성에게는 한 톨의 연기도 없는 것이다. 그리고 연기한 환곡은 대개 나라에 경
사가 있을 때에는 全減 되는 것이다.163)

이와 같이 수령·아전들이 온갖 농간을 다 부리고 흉년에도 자신들의 私
利를 위해 혹독하게 징수함으로써 백성들이 견디다 못해 流散하는 사태까
지 벌어진 것은 당연한 결과라 할 수 있다. 景宗 3年 11月 李光佐가 奏言에
서 "南中峽峽邑尤被水灾而因催督糴穀 民多流散"164)이라 말한 것은 이러한
사정을 잘 나타낸 것이다.

환곡 운용의 목표가 수령·아전의 私利의 추구로 바뀐 이상 대여농민선
정의 기준도 환곡의 상환능력여부에 의해 결정되는 것은 또한 당연한 일일
것이다. 그렇기 때문에 상환능력이 전무한 흥부 같은 無田農民에게 차례갈

---

163) 같은 책, 같은 곳.
　　反作者 何也 冬而收糧 本限歲末 乃以未收 詐稱畢收 假飾文書 以報上司 及至　新春
　　原不頒糧 詐稱還分 假飾文書 以報上司 此之謂反作 此之謂臥還 西路之法　臥米一
　　石 討錢一兩 名之曰臥還債
　　加分者 何也 利其耗穀 頒其應留也
　　暗留者 該頒而不頒也 穀價將貴 則吏與官議 留而不頒 及時直旣貴 乃行商販 穀　價
　　方賤 則吏與民議 留而不頒 糴以輕價 徐圖後利
　　分石者 … 入庫中 取粟和穗 遂以一苫 分爲二石 甚者分爲三石四石 以充原數　竊其
　　完苫 歸于其家 此之謂分石也
　　執新者 何也 反作立本加執暗留 則舊穀不頒 陳陳相因 旣腐旣蠹 乃以頒民 吏所　執
　　用 皆新穀也
　　呑停者 天下之冤也 每大饑之年 及到歲末 朝廷始下停退之令 老吏解事先已逆　揣
　　民間收糧 一倍火急 面謾縣官 雜 施笞棍 陰囑鄕甲 酷行搜括 已於至月之末　收納已
　　畢 唯榷吏料販之物 浪吏逋欠之數 虛額以待之 營關旣到 吏乃 告之 曰　外村旣盡收
　　入 唯邑中未收尙此夥 然居末之厄 在所不免 天幸有此停退之令 邑　自此無事矣 官
　　亦欣然以爲 宦福 聽吏所爲 遂以吏販吏逋 充此停退之額 一粒之　停 不及於民戶
164) 「景宗實錄」 卷13, 景宗 3年 11月 22日 己亥條.

환곡은 애초에 없었던 것이다. 그러나 兩班들의 사정은 달랐던 것 같다. 朴趾源의 <양반전>에 나오는 한 양반은 몇 년에 걸쳐 千 섬의 환곡을 타 먹은 것으로 되어 있다.[165] 비록 가난한 양반일지라도 양반의 체면을 걸고 청탁을 해 올 때는 일반 평민들처럼 가볍게 거절하기는 어려웠던 때문인 것 같다. 그러므로 丁若鏞도 "其有一二士民 私乞倉米 謂之別還 不可許也"[166]라 하여 양반들의 私乞을 허락해서는 안 된다고 하였던 것이다.

다음, 흥부의 請을 거절한 吏房은 흥부에게 代杖을 맞을 것을 권한다.[167]

> 리방이 하난 말이 환곡을 엇지 말고 매를 마지시오 이 고을 김부자를 어늬 놈이 영문에 무쇼를 하야 김부자 압상관자 왓난대 김부자 맛참 병이 나고 친척도 바이 업셔 대신을 보내고자 하야 나를 보고 의론을 하니 연생원이 김부자의 대신 영문에 가셔 매을 마지면 그 삭으로 돈 삼십냥을 줄 터이오 (世, p.11.)
> 우리골 좌슈ㄱ 병영츌인을 당ㅎ여 일엽아광을 츌인시길이가 잇난가 주늬가 병영 가셔 곤장 열만 마지면 흐긔의 셩양식 숨십양을 줄거시오 마삭 단양을 줄거시니 주늬 그노릇 ㅎ여 보소 (林, p.17.)

이 말을 통해 당시 돈 있는 사람들은 罪도 남에게 대신 지우던 부조리한 사회였음이 나타나 있고 그 중간역할을 아전들이 했음을 알 수 있다. 그러나 관리의 부정은 여기서 끝나지 않는다. 흥부가 응락하자 吏房은 營門에 가는 보고장을 흥부에게 주면서 자기 편지를 營門 使令에게 갖다 주면 매를 쳐도 歇杖을 할 것이요 김부자가 뒤로 장청에 돈 백이나 보낼 테니 염려 말고 다녀오라고 말한다.[168] 그리고 흥부가 營門에 가자 과연 도사령이 아래

---

165) 旌善之郡 有一兩班 … 家貧 歲食郡糶積歲至千石
166) 丁若鏞, 앞의 책, 같은 곳.
167) 世昌本·林本에서는 吏房이 권하는 것으로 나오지만 京板本에서는 김좌수가 직접 부탁하여 감영에 갔다가 나라에서 敕가 내려 허탕을 치는 것으로 나오고 申本에서는 아무 설명 없이 "미품 팔너 갓다가난 비교 밀이여셔 틱즁 흐긔 못맛고셔 뷘 손 쥐고 도라오니"라고 되어 있다.
168) 헐장에 관한 부분은 4 대본 중 世昌本에만 있음.

사령들에게 편지와 돈 백이 왔으니 매를 치더라도 헐장을 하라고 당부하고 있다. 代杖에서 歇杖에 이르기까지 아전과 사령의 검은 손이 어김없이 개재해 있음을 잘 보여 주고 있다. 그런데 이 代杖과 歇杖 부분도 과장 없는 현실의 반영이었으니 林熒澤[169]이 成大中(1732~1812)의 「靑城雜記」에서 뽑아 소개한 이야기 두 개를 다시 인용하면 다음과 같다.

안州의 매품팔이는 兵營에서 어정거리며 볼기로 살아가던 자이다. 궐놈이 삯전 5 꿰미 (緡)로 어떤 고을 아전의 곤장 7대를 대신 맞기로 들어갔다. 執杖 使令은 궐놈이 인정도 잘 안쓰고 노상 나타나는 꼴이 얄미워서 곤장질을 호되게 했다. 궐놈은 곤장 두 대에 견뎌내지 못하고 얼른 다섯 손가락을 꼽아 보였다. 엽전 다섯 꿰미를 바치겠다는 신호이다. 집장사령은 못 본 척하고 더욱 세게 내리쳤다. 이번에는 그 다섯 손가락을 모두 펴 보였다. 그 곱 즉 열 꿰미를 바치겠다는 신호이다. 그 다음부터 헐장이 떨어져 죽을 고비를 넘겼다. 궐놈은 영문을 나오면서 "오늘에야 돈이 귀한 줄 알았다. 돈이 없었다면 나는 오늘 꼭 죽을 사람이다."라고 중얼거렸다.
서울의 매품팔이는 刑曹에 기생하는 자이다. 수입도 제법 괜찮았던 것 같다. 어느 운수 좋은 날 하루 두 번 매품을 팔고 비척비척 제 집으로 돌아왔다. 또 한 건이 들어와서 이미 선금을 받아 놓고 있었다. 그 계집이 "돈이 요행히 들어왔는데 거절할 수 있느냐."고 하도 성화를 대어 세 번째 매품을 팔다가 마침내 杖下에 즉사하고 말았다.

위의 이야기를 보면 흥부처가 "영문의 올나갓다 여러날 굴문 몸에 영문 곤장 맞게 되면 몃 안 마져 죽을 터이니"(世, p.13.)라 한 것도 현실성 있는 말이었음을 알겠다.

申本에서는 代杖부분을 아주 간단히 처리한 반면 놀부가 부자가 된 흥부의 재산을 빼앗아 올 궁리를 하는 중에 "몹슬 아젼 뒤를 듸여 영문염문 져거 주고 츌피를 돈 빅 멕여 향즁의 발통ᄒ고 도회까지 부쳐시면 이놈의 사름ᄉ리 단쳠의 쎨어업졔"[170]라고 하여 민간의 私事에까지 관여하여 돈을 챙기던

169) 林熒澤, "흥부전에 반영된 임노의 형상", 「한국고전산문연구」, 동화문화사, 1981. 9, pp.314~315.

'몹슬 아전'의 부패상을 폭로하고 있다.

그런데 이와 같은 관리의 부패도 그 원인을 캐고 들어가면 그들이 받는 祿俸이 生活給에 미치지 못한 데 있었다는 사실에 이르게 되는데 이렇게 보면 문제의 원인은 관료층 내부의 구조적 모순에 기인한다고 볼 수 있다. "가만히 생각컨대 我國의 祿俸이 너무 박해 群僚胥徒가 모두 먹고 살기에 부족한 형편에 있다. 그리하여 부득이 법에 없는 加歛을 하게 되는 것이니 그렇지 않고는 살 수가 없기 때문이다."171)라고 한 李瀷의 말은 이를 뒷받침해 주는 것이다. 許筠은 보다 구체적으로 이를 지적하고 있다.

지금 우리나라는 祿을 절감하면서 청렴하기만 요구하는데 天下에 이런 이치는 없다. 新羅 때에 一品이 받던 祿은 一年에 四百 石이었고 高麗 때는 그 半으로 했는데 대개 東京에 벼슬이 많았던 까닭이었다. 我朝에 와서 벼슬이 세 곱절로 불어나서는 祿을 깎지 않을 수가 없었다. 三分의 二를 깎으니 녹봉이 모자라서 선비마다 섬기고 기르기에 곤란하다. 청렴할 겨를이 없음도 당연하다. 난리 후에 달마다 주던 料를 다시 祿으로 만들게 되어서는 또 예전보다 半을 줄였고, 말(斗)수도 깎으니 받는 자가 능히 열흘도 지탱하지 못한다. 그 祭祀를 받드는 규모와, 산 사람을 奉養하며, 죽은 이를 送葬하는 제구는 평시보다 줄인 것이 없고, 의복은 빛나게, 말(馬)꾸밈은 훌륭하게, 음식은 사치하게 해서 존절하지 않음은 祖宗 때보다 열 곱절이나 심하다. 그리하여 할 수가 없으니 小民과 利를 다투고, 또 부득이해서는 뇌물을 받는다.172)

그의 말을 빌릴 것 같으면 관리 부정의 원인은 박한 녹봉에 있고 국가에

170) 申本, p.390.
171) 李瀷, 「星湖先生文集」 卷47, 雜著 論括天條.
竊念我國俸祿太薄 群僚胥徒 皆不足以自養 其勢不得已法外加歛 不然將無以爲生也
172) 許筠 「惺所覆瓿藁」卷11, 論篇 厚祿論.
今我則節其祿而責其廉 天下無是理矣 新羅之祿則一品一年四百 王氏半之 蓋以官濫於東京也 至我朝濫官三倍 而祿不得不削 削三之二 而俸則缺矣 夫夫士困於事育 宜其 暇廉也 亂後以月料之 及復設祿 則又減舊之半 而剋其豆數 受者不能支旬朔 其奉享之規 養生送死之具 視平時無損 而華衣馬腆食侈 而不節十倍於祖宗 日不獲已 與小民爭利 又不得已受其饋賄

서 祿을 박하게 줄 수밖에 없는 이유는 官員의 數가 지나치게 많다는 데 있다는 것이다. 그러므로 그는 불필요한 관직을 줄이고 여기서 생기는 財源으로 녹을 후하게 주면 염치가 확립되어 부정도 제거할 수 있다고 하였다.[173]

그러나 그의 주장대로 시정되지 않았기 때문에 관직은 늘어만 갔고 이에 따른 부작용도 커져만 갔던 것이다. 농민에게 가장 큰 해악을 끼쳤던 아전의 경우만 보아도 正祖 때 이미 '毋論大小邑 吏額多而害及生民'[174]이란 말이 나올 만큼 그 수가 많아져 사회문제화 하였음을 보면 조선후기사회에 있어 관원의 과다가 얼마나 심각한 문제였었는지 짐작할 수 있다.

다음으로는 부패한 관리와 함께 농민의 생활에 고통을 안겨 주던 존재들이었던 流浪輩의 弊害에 대하여 살펴보도록 하겠다. 작품에서 이들의 행태는 놀부박에서 나온 群像들을 통해 보여지고 있다. 먼저 世昌本에서는 13개의 박에서 양반, 개얌고·소고·징·꽹과리 든 놈, 노승, 상여꾼, 무당, 등짐장수, 초라니패, 사당거사, 왈자, 소경, 장비 등의 인물들이 나오는데[175] 이는 순서만 다를 뿐 京板本과 똑 같다. 林本에서는 다섯 개의 박에서 양반,[176] 사당거사, 상여꾼, 장비가 나오고 申本에서는 양반, 봉사, 사당패, 검무장이·북잡이·풍각장이·각설이패·초라니 등의 잡색꾼들, 상여꾼, 장비 등의 인물들이 나오고 있어 林本과 申本의 등장인물들은 世昌本과 京板本의 그것들에 모두 포함돼 있다. 이들은 장비를 제외하고는[177] 모두 游衣

---

173) 같은 책, 같은 곳.
省冗官費而上牟以恭儉則斯可已

174) 「日省錄」正祖 22年 12月 22日.

175) 12박에서는 당동병이, 13박에서는 똥줄기가 나옴.

176) 1박과 2박에서 모두 양반이 나옴.

177) 洪以燮("홍부전의 단면", 김두헌박사 회갑기념논문집, 어문각, 1964, p.126.)은 장비의 행위를 武人의 행패로 보았지만, 유일하게 돈을 요구하지 않았고 놀부의 부도덕함을 질책만 하고 떠났다는 점에서 여타의 인물들과 같은 부류로 보기는 어렵다고 생각된다. 이에 대해 徐大錫("흥부전의 민담적 고찰", 국어국문학 67, 국어국문학회, 1975. 4, p.348.)이 장비를 놀부의 不義를 징계하기 위해 내세운 平民의 英雄으로 본 것은 正見이라 본다.

游食하며 농민에게 피해만 주던 자들이다. 당시 농촌에는 농사를 짓지 않고 游衣游食하면서 농민에게 부담만 주는 무리들이 너무나 많았었다. "지금 우리나라 농민을 보면 그 수는 매우 적지만 유의유식하는 백성은 10分의 7·8이나 된다. 그런데 征賦와 徭役이 농민으로부터 나오는 것은 10分의 6·7이나 되어 농민이 가난하고 굶주리게 된 것이 지금 같은 적은 없었다."[178)는 正祖時 靈光 進士 李大圭의 말은 이러한 사정을 잘 말해 준다. 전체의 7·8割이나 되는 游食人들은 편히 놀고서도 稅를 면하고 얼마 안 되는 농민들은 힘들여 일하고도 많은 稅를 내게 되어 가난이 극에 달하게 되었음을 알 수 있다.

각 本에 모두 나오는 兩班들은 遊食하면서 그들의 신분적 권세를 이용 농민을 侵虐하던 대표적 계층이었다. "몸값을 바쳐라.", "여동생을 妾으로 달라."[179) 하는 식의 행패는 놀부에게만 국한된 것이 아닌 피지배계층인 농민들 전체가 당하던 횡포였다. 이에 대해 洪以燮은 "양반신분의 人群이 민간에 어떠한 행패를 하였는지를 사실대로 보여 주는 데서 대상이 미운 놀부가 되었을 뿐이고 讀書官人의 身分人이 민간에서 토색과 겁탈을 자행함이 제시되고 있다"[180)고 하였고 徐大錫도 "평민부자를 토색하여 재물을 수탈하던 양반의 횡포를 그대로 반영한 것"[181)이라 하였다. "흥보네도 모르면 모르거니와 첫통에 양반이 나왓겟지 그 각다귀갓튼 양반쎄가 계라고 아니 갓겟나"(世, p.38.)하는 놀부의 말에서 당시 농민들이 양반들을 자신의 피를 빨아먹고 사는 각다귀(모기과에 속하는 곤충의 하나. 나무 그늘이나 숲속에 서식하는데, 주로 낮에 활동하면서 사람이나 짐승에 달라붙어 피를 빨아먹어

---

178) 李大奎 「農圃問答」卷 2.
　　顧今我國之農民 尤爲鮮少 而游衣遊食之民 居於什之七八 征賦徭役之出於農者　又居什之六七 則農民之貧且匱者 莫如今時也
179) 世昌本, p.38.
180) 洪以燮, 앞의 논문, p.124.
181) 徐大錫, "흥부전의 민담적 고찰", 국어국문학 67, 국어국문학회, 1975. 4, p.347.

몹시 괴롭힘.) 같은 존재로 인식하고 있었음을 알 수 있다. 당시 양반들이 농민들에 대하여 갖고 있던 특권의식과 그들에 대한 횡포는 朴趾源의 <양반전>에 잘 묘사되어 있다.

"대저 하늘이 백성을 낳으실 제 그 갈래를 넷으로 나누셨다. 이 네 갈래의 백성들 중에서 가장 존귀한 이가 선비이고 바로 선비를 불러 양반이라 한다. 이 세상에선 양반보다 더 큰 이문은 없음이라… 비록 궁한 선비의 몸으로 시골살이를 하더라도 오히려 無斷的인 행위를 감행할 수 있다. 이웃집 소를 몰아다가 내 밭을 먼저 갈고 동네 농민을 잡아내어 내 김을 먼저 매게 하되 어느 놈이 감힌들 나를 괄시하랴. 네놈의 코엔 잿물을 따르고 상투를 범벅이며 수염을 뽑더라도 원망조차 못하리라."[182)는 구절이 그것이다.

그리고 개약고·소고·징·꽹과리 든 놈, 초라니패, 검무장이·북잡이·풍각장이·각설이패 등의 藝能人들은 모두 일정한 住居가 없이 방랑생활을 하면서 때로는 演藝로, 때로는 구걸로, 때로는 행패로 생을 영위하는 부류들이었다.[183) 이들에 대한 기록으로 成宗實錄 3年 3月 丁卯條에는 "刑曹에 傳旨하여 가로되 諸道諸邑에 才人 白丁의 行乞하는 자가 무리로 다니면서 優戱를 하고 人家를 엿보아 도적질을 하고 일을 하지 않고 먹으니 차후는 무리가 되어 행걸하는 자를 금하라."라고 하고 있고 中宗實錄 36年 5月 己亥條에는 "呈才人 白丁은 본시 일정한 직업이 없는 사람으로서 오로지 優戱로써 業을 삼고 閭里를 횡행하며, 乞糧한다고 말을 하지만 실지로는 겁탈을 하며 一家가 民家에 기생하여 조금 不愜한 바 있으면 불을 지를 뿐 아니라 엿보아 도적질을 한다."고 하고 있다.[184) "박 속으로셔 우루루하고 개약고 든 놈 쇼고 든 놈 징 꽹가리 든 놈 한 패가 나오더니 하난 말이 우리가 놀보의 인

---

182) 維天生民 其民維四 四民之中 最貴者士 稱以兩班 利莫大矣 … 窮士居鄕 猶能 無斷
　　　先耕隣牛 借耘里氓 孰敢慢我 灰灌汝鼻 暈䯻汰鬚 毋敢怨咨
183) 徐大錫, 앞의 논문, p.348.
184) 金東旭, 「증보 춘향전연구」, 연세대출판부, 1985(증보2판), p.23.에서 재인용.

심이 좃탄 말을 듯고 일부러 왓스니 한바탕 놀고 갑셰 행하난 자연 후이 줄
터이니 둥덩 둥덩 사면으로 쮜놀며 함부로 욕하며 쌀 셤을 내노와라 돈 백
을 내노라 술 밥을 내노라 정신이 업시 지져귀니…" (世, p.39.)와 같은 행위
는 그들의 상투적 수법이었다.

놀부에게 재물이 생기도록 불공을 드렸다고 오천 냥을 뜯어가는 老僧은
혹세무민하는 타락한 승려의 橫行을 나타낸 것이다.

> 박 속으로셔 한 로승이 나오난대 셰대삿갓 숙여 쓰고 백팔염주 목에 걸고 먹장삼
> 썰쳐닙고 삼졀쥭장 손에 들고 나오며 남무아마불관셰음보살 남무대셰지보살을 쉴
> 새 업시 불너 염불하며 그 뒤에 상자즁들이 바라와 요령 경쇠북을 들고 나오며 이
> 놀보야 우리 스승님이 네 집을 위하야 수륙도쟝 칠칠이 사십구일을 정셩드리엿스니
> 재물로 의론하면 몃만량이든지 알니오 돈 오천 량만 밧치여라 (世, p.39.)[185]

"이놈 놀보야 대샹 진지난 백여상이니 소 잡고 잘 차려라.", "네 집터에 산소
를 모시자고 왓시니 밧비 안채를 헐고 젼답은 잇난대로 파라드리여라."(世,
p.41.)라고 난리치는 상여꾼들도 농민을 괴롭히는 존재들이었다.

굿 값이라고 오천 냥을 뜯어가는[186] 무당들도 神을 팔아 무지한 백성의
재물을 편취하는 농촌의 癌的 존재였다.

전국적인 조직망을 갖고 일사불란하게 행동하는 御用 暴力集団 등짐장수
들의 행패도 농민에게는 두려움이었다.

賣淫도 하고 노래도 부르면서 농촌을 돌아다닌 流浪唱者 사당거사들도
농민의 생활을 위협하는 우범집단이었다.

등짐장수들과 마찬가지로 전국적인 秘密結社的 조직망을 갖고 집단으
로 몰려다니며 행패를 부린 거지집단 왈자들도 농민에게 고통을 주는 존

---

185) 京板本에서는 "무슈흔 노승이 목탁을 두드리며 ᄂᆞ와 ᄒᆞ는 말이 우리는 강남황 뎨
     원당 시듀승이라 ᄒᆞ니 놀부놈이 어히업셔 돈 오빅 냥을 듀어 보ᄂᆡ거늘"(京, 14장)
     이라고 간단하게 나온다.
186) 世昌本(pp.41~42.), 京板本(14장)

재였다.

무당과 마찬가지로 讀經과 占을 業으로 삼던 소경들도 경 읽는 값을 내라고[187] 떼를 쓰는 등의 방법으로 농민을 괴롭히는 遊食人들이었다.

작가는 위와 같은 부정적 존재들의 힘을 빌려 놀부를 징계했지만 그 과정을 실감 있게 묘사함으로써 그들이 농민들에게 어떠한 행패를 자행했는지를 여실히 보여 주는 二重의 목적을 달성하였다고 할 수 있다. 이와 같이 조선후기 농촌 사회의 목을 죄던 온갖 부조리한 현상들을 사실적으로 摘示 고발하였다는 데에 작품의 社會史的 意味가 있는 것이다.

5) 공동사회의 붕괴와 이익사회의 도래

작품에서 나타나는 또 하나의 두드러진 사회상은 情誼로 맺어진 共同社會의 모습은 사라지고 打算만이 앞서는 利益社會로 변모한 현실이다. 모든 인간관계는 오직 돈에 의해서만 이루어지고 댓가가 없는 일은 결코 하지 않는 냉정한 사회, 그것이 작품에 나타난 사회현실이다. 그것은 화폐의 보급과 상업의 발달이 가져온 필연적 산물이었지만 역사발전과정에서 보면 근대사회로 이행해 가고 있음을 뜻하는 진보적 의미를 갖는 것이다.

독일의 社會學者 F. 퇴니스가 인간의 사회는 전통·관습·종교의 강력한 지배와 정서적 일체감 속에 융합적으로 살아가는 게마인샤프트(共同社會)에서 考量·打算을 먼저 생각하고 반대급부가 없는 일은 하지 않으려는 합리와 계약을 중요시하는 게젤샤프트(利益社會)에로 발전해 나간다[188]고 한 말을 적용해 보면 작품속의 사회는 분명 이익사회의 모습 그것이다.

동기간 우애를 강조하는 전통적 윤리관을 아랑곳하지 않고 糧食의 소비

---

187) 京板本, 23장.
188) 「동아세계대백과사전」 2卷, 동아출판사, 1982, pp.227~228. 게마인샤프트條, p.240. 게젤샤프트條 참조.

를 줄일 수 있다는 타산으로 아우를 내쫓는 놀부의 행위도, 삼십 냥의 반대
급부 때문에 관계도 없는 남의 매를 대신 맞으려는 흥부의 생각도 모두 이
익사회적 분위기에서 나온 것이다. 그러나 이러한 상황이 가장 잘 나타나는
것은 놀부의 박타는 장면에서이다. 각 本에서 놀부는 삯꾼을 얻어 박을 타
고 있는데 그 중 世昌本과 京板本에 나오는 째보는 단연 이익사회적 인간을
대변하듯 행동하여 우리의 관심을 끌고 있다.

世昌本과 京板本의 내용이 거의 같기 때문에 여기서는 좀 더 자세한 世昌本
을 위주로 째보의 행동에 대해 검토해 보도록 하겠다.

놀부가 박을 켜기 위해 삯꾼을 구하니 동네에서 힘깨나 쓰는 째보(언청
이)와 곱사등이 두 사람이 때를 만난 듯이 찾아와 한 통에 이십 냥씩 선금을
주어야 타겠다고 조건을 제시한다. 그러면서 "이거시 자네 일이고 동내 정
분으로 삭을 이처럼 렴하게 뎡하얏시니 그런 쥴이나 알고 재물 어든 후에는
다시 상급으로 생각하소"(世, p.36.)라고 말하여 놀부를 크게 생각해 주는 것
처럼 하면서 뒤에 가서 돈을 추가로 요구할 뜻이 있음을 내비친다. 열 통
값을 선금으로 받고 박을 타기 시작하여 첫째 박에서 양반이 나와 놀부를
족치자 그들은 숨어 있다가 양반이 물러간 뒤에야 나타난다.[189] 자신들은
돈을 받고 박만 켜 주면 됐지 놀부를 돕다가 피해를 입을 필요는 없다고 생
각했기 때문이다. 동네 정분으로 싸게 해 준 것이라는 앞서의 말이 허구였
음이 드러나는 부분이다. 놀부가 톱질도 잘 못하고 소리도 괴이하게 하여
그렇게 되었다고 째보를 나무라자 째보는 아무 대꾸도 못한다. 그러나 그것
은 째보의 신분이 놀부보다 못하여 그런 것이 아니고 삯을 받지 못할 것을
걱정하여 잠시 욕을 참는 것뿐이다.

놀보 할 말 업신잇가 언청이를 원망하난 말이 이는 네가 톱질도 잘 못하고 쇼리
도 괴이하게 한 까닭으로 보물이 변하야 사가 되여 내 지긔를 써 보노라고 그런가

---

189) 곱사등이 어대 가 숨엇다가 나오며 여보게 놀보야 … (世, p.38.)

보니 차후난 아모 쇼래도 말고 톱질이나 힘써 당기여라 쌔보가 삭 밧기에 골몰하야 아모 말도 못하고 그리 하마 하고 (世, pp.38~39.)

그러나 자신이 아무 소리도 하지 않았는데도 박에서 가얏고·소고·징·쟁과리 든 놈들과 老僧이 연달아 나와서 놀부의 돈을 뜯어가자 그동안 감정을 억누르고 있었던 쌔보는 드디어 "이번도 내 탓이오"(世, p.40.)하고 빈정대는 것으로 놀부에게 보복하고 있다. 비록 품팔이는 할망정 자존심까지 판것은 아니라는 賃勞 쌔보의 자세이다. 이 일련의 상황을 통해 놀부와 쌔보 즉 고용주와 고용인 사이에는 미묘한 갈등이 존재함을 느낄 수 있다. 양자의 갈등관계는 박을 계속 켜감에 따라 보다 심각한 양상을 띠게 된다.

뒤이어 켠 박에서 상여꾼들과 팔도무당이 쏟아져 나와 놀부의 재물을 약탈해 가자 놀부는 열이 받쳐 박 한 통을 또 따다 놓고 쌔보에게 부탁한다.

이왕 켠 박은 모도 헷일이니 신슈불길한 탓시라 다시난 너를 시비할 개자식 업스니 넘녀 말고 어셔 켜여다고 (世, p.42.)

이에 대해 쌔보는 "만일 켜다가 즁병이 나면 뉘게다 셰를 쓰랴고 이런 여럽의 아달 소래를 하나냐 우순 자식 다 보겟다"고 하면서 "복 업슨 날을 권치 말고 유복한 놈 으더 타라"(世, p.42.)고 배짱을 부리게 된다.
이미 여러 차례 난리를 겪은 지금 자기 말고는 박을 켜려는 사람이 없으리라는 판단에서 나온 계산된 행동인 것이다. 賃勞로 이력이 붙은 그가 이런 유리한 기회를 그냥 지나칠 리가 없다. 쌔보의 배짱에 놀부는 할 수 없이 "압다 이 사람아 내가 맹셰를 쥬홍갓치 하엿거든 다시 자네를 탓할가 만일 무삼 시비를 또 하거든 내 쌤을 개 쌤치덧 하쇼"(世, p.42.)하고 저자세로 사정하면서 공전 이십 냥을 삯전 외로 더 주고 쌔보는 못 이기는 체 받아 뒷주머니에 넣고 있는 것이다. 고용주의 약점을 구실로 한 푼이라도 더 뜯어내려는 임노 쌔보의 모습에서 인정어린 농촌공동체사회는 이미 가벼렸다는

것을 알게 된다. 林熒澤190)은 째보의 이러한 행위를 임금투쟁이며 노동쟁의
의 원초적인 형태라고 했다.

째보의 임금투쟁(방법이 옳던지 그르던지 간에 임금을 더 받으려는 것이
니 임금투쟁이라 해도 과히 틀린 말은 아닐지 모른다.)은 여기서 끝나지 않
는다. 이어서 켠 박에서 등짐장수들과 초란이패가 나와서 놀부에게서 돈을
갈취해 가자 가장 위로하는 척 "이 사람 그만 켜소 쵸란의 말을 엇지 밋을가
쏘한 일 봉변이 나면 돈 쓰난 거슨 예사여니와 자네 매 맛난 것을 참아 볼
슈 업네"하고 만류하고 있으나 그것이 본심이 아님은 물론이다. 놀부가 포
기하지 않으리라는 것을 잘 알기 때문에 그야말로 위로하는 척 한번 해 보
는 소리인 것이다.191) 아니 오히려 임금을 올려 달라는 다음 말을 하기 위해
꺼낸 序詞라 하는 것이 옳을 것이다.

놀부가 아직 돈 냥이나 있으니 또 당할 셈치고 마저 타고 끝을 보자고 하니
까 째보는 기다렸다는 듯이 "자네 마음이 져러하니 구지 말니지난 못하거니
와 이번 타난 삭은 더 생각하여야 하겟네"(世, p.44.)하며 진짜 하고 싶은 말
을 하고 있다. 놀부는 이리하여 돈 열 냥을 또 주고 만다. 이와 같이 기회만
있으면 그것을 기화로 수입을 늘려가던 째보는 놀부의 몰락이 임박해 오자
그곳으로부터 몸을 뺄 궁리를 하게 된다. 사당거사패가 나와 놀부를 족치고
전답문서를 강탈해 가는 광경을 본 째보는 더 남아 있어야 이로움이 별로
없을 것이라는 생각이 들어 놀부에게 집에 볼 일이 있어 잠깐 갔다 오겠다
고 말하고는 달아날 생각을 한다.

그러나 놀부가 다 된 벌이를 왜 그만두려 하느냐며 앞으로는 매 통마다 선
셈으로 삯을 더 주겠다고 제의하여 달아날 계획을 잠시 유보한다.

째보에게 있어 놀부는 무슨 방법으로든 돈을 뜯어낼 대상이었지 인간적

으로 동정하여 아픔을 같이하고 위험을 함께할 존재로는 눈곱만큼도 생각지 않았던 것이다. 그것은 놀부도 잘 알고 있는 사실이었다. 놀부도 째보를 움직일 수 있는 것은 돈 뿐이라는 것을 알기 때문에 째보가 그만두려 할 때마다 돈으로 달래고 있는 것이다. 째보의 이러한 의식은 장비가 나왔을 때 잘 나타난다. 놀부가 장비라는 말을 듣고 놀라서 "이야 째보야 이를 쟝차 엇지하잔 말이냐 이번은 밧칠 돈도 업시니 할 일업시 죽난 수 밧게난 다른 슈가 업나보다"(世, p.51.)하고 말하자 째보는 "너난 네 죄의 죽거니와 내야 무삼 죄로 죽난단 말고 그런 말을 다시 하다가난 내 손의 몬져 마져 죽으리라"라고 싸늘하게 대꾸하면서 우스운 말은 하지도 말라고 일축하고 있다. 너는 너고 나는 난데 내가 너의 불행에 동석할 이유가 어디 있느냐는 차가운 개인주의의 선언이다. 그리고 끝내는 소피하러 가는 체하고 달아나버리고 마는 것이다. 林熒澤은 이와 같은 인간관계를 보고 "놀부와 째보사이의 관계가 보여주는 사회는 농촌공동체적 봉건적인 그것이 아니고 차가운 이익사회"[192]라 하였다.

이상 째보의 행동양식을 통하여 이익사회로 변모한 사회상을 살펴보았다. 다음은 그 변모의 원인에 대해 간략히 상고해 보도록 하겠다.

조선후기에 있어 농촌공동체사회가 붕괴하고 이익사회로 변모하는 데 결정적인 역할을 한 것은 앞서도 언급한 바 있지만 화폐경제의 발달이었다. 조선후기 화폐가 전국적으로 보급 유통되면서부터 사회의 모든 부문에서는 변화가 일기 시작하였는데 그 중에서 가장 먼저 일어난 현상은 상업의 발달이었다. 화폐의 유통으로 價値移轉이 輕便해지자 상품유통이 활발해지고 각 지방에 場市가 증설됨으로써 상업발달이 촉진된 것이다. 상업의 발달은 상대적으로 농업의 위축을 가져왔다. 농촌사회에 화폐가 유통되어 營利感覺 내지는 射倖心이 높아지자 농민들이 보다 많은 영리를 추구하기 위해 농

---

192) 林熒澤, 註29)의 논문, p.269.

사를 버리고 상업에 뛰어드는 자가 속출했기 때문이다. 또한 고리대가 성행하여 영세 빈농들이 농토를 잃고 無田農民化, 賃勞動者化하게 된 것도 주요한 현상 중의 하나였다. 그리고 도적의 횡행과 관리의 탐학도 화폐경제의 발달과 무관하지 않다. 화폐가 유통되기 전에는 도적들이 곡식을 보고도 다량운반이 어려워 탐내지 않았는데 화폐의 보급으로 가치의 집적이 가능해지자 화폐를 노린 도적들이 대규모로 창궐하게 된 것이다. 관리들이 뇌물을 탐하게 된 것도 같은 이유에서이다. 종래 같으면 뇌물을 받고 싶어도 쌀이나 布·帛은 부피가 크고 무거운데다가 남의 눈에 잘 드러나는 것이어서 함부로 賄賂行爲가 이루어질 수는 없었다. 그러나 동전이 유통되고부터는 받아도 흔적이 없고 감추기에도 편리하여 지방수령과 아전들의 수뢰행위가 극히 용이해졌기 때문이다.[193)]

이와 같이 모든 것이 변하는 가운데 전통윤리만이 자기 자리를 지킬 수는 없었다. 화폐만능의 사회 속에서 순박하던 인심은 각박해지고 청렴·절의를 존중하던 유교적 가치관은 흔들리기 시작했다. 돈이면 양반도 될 수 있고 돈이면 죄도 남에게 대신 지울 수 있고 돈으로 못 할 일이 없는 판에 돈과 관계된 일이라면 체면이니 윤리니 하는 것은 문제 될 것도 없었다. 돈 때문에 부모형제간의 관계도 보존할 수 없게 되었다[194)]는 기록이 있을 만큼 전통윤리의 손상은 심각했던 것이다.

이러한 사회적 분위기를 감안하면 째보의 영악스런 행위는 오히려 상당한 현실성을 갖고 있음을 알 수 있다. 위에서도 살펴보았듯이 당시 사회는 이미 인정으로 얽혀 있는 공동사회가 아니라 타산을 앞세우고 반대급부가 없으면 남을 위해 어떠한 일도 하지 않는 이익사회로 변모된 상태였기에 놀부에 대한 째보의 냉정한 태도는 결코 상궤를 벗어난 것이 아닌 것이다.

---

193) 元裕漢, 註129)의 논문, pp.166~174. 참조.
194) 「承政院日記」 卷944, 英祖18年 6月 4日.
　　今京外錢貨大艱 父子兄弟 將至於不相保之境

더구나 째보는 놀부와 같은 富農에게 밀려 임노동자로 전락한 아픔을 간직하고 있는 일종의 피해자이다. 자신에게 일자리를 제공할망정 부자에 대한 감정이 좋을 리 없는 그는 놀부의 몰락을 동정하기는 고사하고 기원했다 해도 이상할 것이 없는 처지이다. 그렇기 때문에 망해가는 놀부를 은연중 부추기면서 냉혹하리만큼 철저히 자기의 이익을 추구하고 있는 것이다.

임노의 고용주에 대한 이 같은 적대행위는 당시로서는 일반적인 것이었다. 영악한 임노들에게 피해를 보는 고용주들이 늘어나자 고용주들로서는 근실한 임노를 구하는 것이 큰 일일 정도였다. "世人 중에 고용인에게 피해를 본 자가 10중 8·9나 되어 고용인을 잘 선택하지 않아서는 안 되고 伶俐心險한 자는 절대 써서는 안 된다."[195]와 같은 말은 이를 잘 말해 주고 있다. 그렇게 본다면 째보는 자신의 이익에 투철한 이익사회적 인간, 그 중에서도 伶俐·心險한 賃勞의 형상을 여실히 보여 준 셈이다.

▎3. 作品에 投影된 人間像

1) 흥부

善人의 代名詞와도 같은 흥부에 대한 인물소개는 "마음이 착하야 효행이 지극하고 동긔간의 우애 극진하다."(世, p.1.)고 시작된다. 작가가 작중인물을 제시하는 방법 중 소위 '틀에 박힌 방법(set-piece)'에 속하는 제시법이라 할 수 있다. 오늘날 대부분의 소설이 '展開(unrolling)'에 의해 작중인물을 제시하는 방법을 사용하고 있는데[196] 대하여 과거의 소설에 상투적으로 쓰였던 고

---

195) 趙禮錫, 「磐菴之稿」 誠家書 論用人.
　　世人之被害於雇者十居八九 不可不擇雇 而伶俐心險者 切不可使喚也
196) 로비 매콜리·죠오지 래닝,"인물 구성", 「현대소설의 이론」, 金炳旭 編, 崔翔

전적 수법을 따른 것이다. 申本에서는 흥부의 人性에 대하여 보다 구체적으로 설명하고 있다.

> 흥보의 마음씨는 제형과 달나 부모의게 효도ᄒ고 얼운을 존경ᄒ며 인리의 화목ᄒ고 친고의게 신이 잇셔 굴머셔 죽을 사름 먹던 밥 덜어쥬고 얼어셔 병난 사람 입엇뜬 옷 버셔 쥬기 늘근이 질머진 짐 ᄌ쳥ᄒ여 져다 쥬고 장마씩 큰 물가의 삭 안박고 월쳔ᄒ기 남무집이 부리 나면 셰간스리 직켜쥬고 길에 보물 빗져씨면 직켜셧다 임ᄌ 쥬기 쳥손의셔 빅골 보면 집픠 파고 무더쥬고 슈졀과부 보쑴ᄒ면 쑈차가셔 쎄여 노키 어진사람 모함ᄒ면 듸로 나셔 발명ᄒ고 이잔흔 놈 힝악보면 달여들어 구완ᄒ기 길 일은 어린아희 져의 부모 ᄎᄌ쥬고 쥬막의 병든 사람 본가의 기별젼기 (申, pp.326~328.)

남을 위해 헌신적인 그의 성격이 잘 나타나 있다. 世昌本에서는 그의 품성에 대하여 덧붙이기를 충후인자한 마음으로 그의 형의 행사를 탄식하고 때로 간하고자 하나 말하여야 쓸 데 없는 고로 緘口無言하고 주면 먹고 시키면 일이나 공손히 한다고 했고, 부모가 물려준 만만전재, 남전북답, 노비 우마를 형인 놀부가 혼자 다 차지하고 자기를 구박해도 어진 마음이 조금도 변함이 없었다고 했다. 聖人君子 같은 禮度가 잘 나타나 있다. 흥부에 대한 찬사는 여기서 끝나지 않는다.

> 흥보마음 인후한지라 청산류슈 곤륜백옥이라 셩덕을 본을 삼고 악한 일을 멀니 하며 물욕의 탐이 업고 쥬색의 무심한지라 마음이 이러하니 부귀를 발알소냐 (世, p.5.)
> 흥보ᄆ음 인후ᄒ여 청산뉴슈와 곤뉸옥결이라 셩덕을 본밧고 악인을 겨어ᄒ며 물욕의 탐이 업고 듀식의 무심ᄒ니 ᄆ음이 이러ᄒ매 부귀를 ᄇ랄소냐 (京, 2장)

聖人을 본받아서 物慾에도 貪이 없고 酒色에도 무심하고 부귀도 바라지

圭 譯, 대방출판사, 1983, pp. 253~254. 참조.

않는다고 했다. 이쯤 되면 인간의 단계는 벗어난 것 같이 보이기도 한다. 그러나 흥부의 이러한 聖人에 가까운 心德은 형의 집에 얹혀살면서 생활에 대한 책임을 지지 않아도 되었을 때에 한하여 미덕이었지 형의 집을 나와 자신이 가족의 생계를 책임지게 되고부터는 오히려 불행과 비극의 근원으로 轉變하고 만다. 생산적인 일이라곤 해 본 적이 없이 세상 어려운 줄 모르고 소비생활만 해 온 흥부에게 있어 독립생활은 곧 생존의 위기를 뜻하는 것이었다. 그러기에 흥부는 생존을 위해 사정을 하게 된다.

> 흥보 깜작 놀나 울며 왈 형데난 슈족 갓흐니 우리 단 두 형데 각산하야 살면 돈목지의 업스리니 형쟝은 다시 생각하옵소셔 (世, p.22.)

사실 이 말은 솔직한 말이 아니다. 함께 살아야 하는 이유를 자신의 경제적 무능함이 아닌 돈목지의라는 윤리에서 구했기 때문이다. 이것은 단지 흥부를 至善한 倫理的 人物로 粉飾시키기 위한 措辭일 뿐 진실과는 거리가 먼 말이라는 것은 뒤에서 밝혀진다.

흥부의 윤리지향적 성향은 다음 행위로 계속 이어진다. 같이 살게 해달라고 사정을 해도 놀부의 태도가 워낙 완강하자 "요란이 구러 남이 알진대 형의 흉이 더 드러날지라" 잠자코 자기 방으로 돌아와 아내와 의논한다는 부분이다. 형의 흉이 드러날까 봐 하고 싶은 말도 참는다는 이 장면은 마치 好童王子가 그 어머니의 악행을 드러낼까 봐 자신의 무고함을 밝히지 않고 자결했다는 역사적 사건[197]을 연상케 한다.

이와 같이 철두철미 윤리적 이유를 표방했음에도 이의 허구성은 바로 다

---

197) 「三國史記」 卷14, 高句麗本紀 第2 大武神王條.
冬十一月 王子好童自殺 好童王之次妃曷思王孫女所生也 顏容美麗 王甚愛之 故名好童 元妃恐奪嫡爲太子 乃讒於王曰 好童不以禮待妾 殆欲亂乎 王曰 若以他兒憎疾乎 妃知王不信 恐禍將及 乃涕泣而告曰 請大王密候 若無此事 妾自伏罪 於是 大王不能不疑 將罪之 或謂好童曰 子何不自釋乎 答曰 我若釋之 是顯母之惡 胎王之憂 可謂孝乎 乃伏劍而死

음 장면 즉 쫓겨나서 새로 집을 짓는 장면에서부터 밝혀지기 시작한다. 건너 산 언덕 밑에 움을 파고 식구가 하룻밤을 지내고서는 집터도 고르지 않고 그 자리에 집을 짓고 있다. 그것도 깊은 산 속에 들어가서 아름드리 통나무를 베어다가 쓸 만하게 짓는 것이 아니라 겨우 수숫대 반 뭇으로 한 나절에 꾸며 버리고 마는 것이다.[198] 이 장면에서 그가 家長으로서의 책임감이나 생활능력이나 삶에 대한 의욕이 결여돼 있음이 잘 나타난다. 그리고 그가 표방한 윤리적 명분도 한낱 구실에 불과했음이 입증되는 것이다. 그렇기 때문에 林本에서는 아예 처음부터 돈목지의니 우애니 하는 어설픈 이유는 대지도 않고 솔직하게 "지금까지 형임만 밋고 사는듸 어듸로 갈아 ᄒᄂᆫ잇가"(林, p.3.)하고 매달리게 함으로써 흥부에게 굳이 윤리적 外皮를 입히려 하지 않았다. 林本에서의 흥부의 이러한 성격은 환곡을 얻으러 가는 장면에서도 나타난다. 흥부처가 환곡을 타러 읍내에 들어갔다 오겠다는 흥부의 말을 듣고 환상미는 국곡인데 먹을 때는 좋지만 갚을 때는 어떻게 갚으려고 하느냐고 하자 흥부는 "여보소 그말 말소 갑다 갑다 못 갑푸면 몽동이 션넛 맛기로 관계잇ᄂ 형임게로 써넌기싀"(林, pp.15~16.)라고 하여 그의 의존적 태도를 잘 드러내고 있다.

그는 또한 자신의 무능과 무기력이 가난의 상당한 원인임에도 불구하고 모든 원인을 팔자 탓으로 돌리는 운명론적 세계관을 보여 주고 있다.

> 애고 답답 셔름이야 이 노릇을 엇지할고 엇던 사람 팔자 조와 대광보국 숙록대부 삼공륙경 되어 잇셔 고대광실 조흔 집의 부귀공명 누리면서 금의옥식 싸여 잇고 나 갓흔 팔자 어이 이리 곤궁하야 말만한 오막사리 일신을 난용하니… 참아 스러 못 살겟다 (世, p.4.)

말만한 오막살이를 지은 장본인이 그 책임을 팔자 탓으로 돌리는 데서 戱

---

198) 世昌本(pp.3~4.), 京板本 (1장).

畵的 悲劇性이 엿보이고 있다. 흥부의 팔자 푸념은 박을 타는 과정에서도 나온다.

> 슬근 슬근 톱질이야 당긔여 쥬소 톱질이야 가난타고 슬어를 마소 팔자 글너 가난 사주 글너 가난 벌리 못하야 가난 미련하야 가난 산소 글너 가난 밋쳔 업셔 가난한 걸 한탄 말소 (世, p.23.)

'미련하여 가난'이라는 한 마디를 제외하고는 모두 자기 탓이 아니다. 申本에서도 놀부집에 찾아갔을 때 늙은 종을 만나 하는 첫 말이 "복 업시면 헐 슈 업세"(申, p.336.)였다. 이처럼 매사를 팔자와 복, 사주와 산소 탓으로 치부하는 그에게 현실을 타개할 의욕이 있을 리 없다. 집은 수숫대로 만들었건 뭐건 간에 비를 가릴 만하면 족했고 밥은 당장 한 끼를 해결했으면 그것으로 되었다. 형네 집에 찾아가서 사정할 때도 "어린 자식들 다리고 굼다 못하야 형님 쳐분 바라자고 불고염치 왓사오니 양식이 만일 못되거든 돈 셔 돈만 주시오면 하로라도 살겟나니다"(世, p.7)하고 있다. 그에게는 내일을 위한 계획보다 그날 하루가 더 중요했던 것이다. 그래서 매 맞으러 영문에 갔다가 허탕을 치고 왔을 때 김부자의 조카가 지나가다가 7·8냥을 주고 가니까 쌀팔고 반찬 사서 며칠 동안에 다 먹어버리고 다시 굶기 시작하는 계획성 없는 생활을 반복하고 있다. 그가 생각하는 것은 언제나 항구적인 대책이 아니라 임시변통뿐이었다. 어렵게라도 벌어서 자식들 옷 해 입힐 생각을 하기보다는 큰 멍석에 자식들 수만큼 구멍을 뚫어서 한 번에 손쉽게 해결하고자 하는 안이한 생각, 그것이 그의 삶의 태도였다.

이와 같은 무계획적 안이한 삶에 대한 태도는 실제 행동에 있어서는 매사에 소극적·수동적인 형태로 나타난다. 형의 집으로 양식 얻으러 갈 때에도 자진해서 간 것이 아니라 아내의 强勸에 못 이겨 할 수 없이 갔다고 했다.

홍보 이 말 듣고 마지못하여 형의 집으로 건너간다. (世, p.6.)
홍보가 ᄒ릴업셔 형임집 건너갈 제 (申, p.334.)

자신이 주동적으로 어떻게든지 가족을 부양할 생각은 않고 자기 아내의 뜻에 마지못해 응하고 있는 수동적 태도를 보여 주는 장면이다. 홍부의 이러한 태도는 그 아내의 입을 통해서도 다시 확인된다. 홍부가 형의 집에 가서 매를 잔뜩 맞고 돌아오자 홍부처는 "애고 이것이 웬일인가 가기 실타 하난 가장 내 말 어려워 가시더니 져 모양이 웬일이오"(世, p.10.)하며 비감해 하고 있다. 수동적이고 일하기 싫어하는 그의 성격은 박을 켤 때도 나타난다.

홍보난 배가 곱하 누엇더니 홍보마누라 쵸마 씬을 쌔드드 졸나 매고 목수의 집에 가셔 톱 하나를 어더다 놋코 굴머 누은 가쟝을 흔들흔들 쌔이면서 이러나오 이러나오 박이나 한 통 짜셔 박속이나 지져 먹읍시다 홍보 마지못하야 이러나셔 (世, p.22.)

그러나 이렇게 매사에 소극적·수동적인 홍부도 결국 일을 하지 않으면 살 수 없는 지경에 이르게 되자 할 수 없이 일에 손을 대게 된다. 그리하여 '이월동풍 가래질하기·삼사월에 붓침질하기·일등전답 무논갈기·이집 저집 이영역기·날 구진 날 멍셕맥기·시장갓해 나무비기'(世, p.10.) 등의 온갖 품팔이를 하고 품을 팔아도 살기 어려우니까 짚신을 삼아 팔기도 하고 심지어는 매품까지 팔 생각을 하게 된다. 홍부로서는 일대 결단이라고 할 만한 사건들인 것이다. 그래서 或者는 이러한 홍부의 삶의 모습을 주목하여 홍부의 성격을 부지런하고 근면한 것으로 보기까지 하지만199) 그것은 좀 지나친 평가라 할 수 있다. 왜냐하면 성격이란 사람이 태어

199) 林熒澤은 注29)의 논문 p.255에서 홍부를 貧寒·성실·근면·양심적 인물로 보았다. 이에 대해 趙東一은 注8)의 논문 p.92에서 "게으르고 의욕이 없으면서도 근면하기 이를 데 없다."고 하여 일면 근면성도 있음을 인정하였다.

날 때부터 가지고 나온 본래적 성질을 뜻하는 것이지 겉으로 드러난 몇 개의 단편적인 행동양식을 지칭하는 것이 아니기 때문이다. 열심히 일하는 흥부의 모습은 흥부 본래의 모습이 아니다. 일을 하지 않으면 안 되니까 할 수 없이 하는 것이다. 가만있으면 당장 굶어 죽게 되었는데 일 안할 사람이 있겠는가. 그나마 申本에서는 아내가 술장사라도 해야 하겠다니까 그제서야 놀라서 자기가 품을 팔겠다고 나서는 것으로 되어 있다.

> 각결의 안히갓치 밧치나 미여 볼가 양홍의 안히갓치 물이나 길어 볼가 직녀셩의 결교ᄒ여 침ᄌ품을 파라 볼가 탁문군의 본을 바다 슐즁슈를 ᄒ여 볼가 흥보가 쌈쯤 놀라 자늬 그 것 웬 소린가 죽어씨면 그져 죽졔 ᄌ늬식켜 슐 팔것나 가스난 임즁이니 늬 늬 나셔 품을 팔게 ᄌ늬난 집의 잇셔 쳐젼이나 각구우고 ᄌ식딜 길너늬쇼 (申, p.350.)

申本에서 흥부가 일터에 나가게 되는 것은 집안형편을 고려한 본인의 판단에 의해서가 아니다. 아내가 술장사로 나서서 생계를 꾸려가게 되면 '家事는 任長'이라는 윤리를 자신이 어기는 것이 되므로 어쩔 수 없이 그 길을 택할 수밖에 다른 방법은 없었던 것이다. 그러니 열심히 일하는 것을 어떻게 그의 근면한 성격의 결과로 볼 수 있겠는가.

그런데 이와 같이 모든 일에 소극적인 그가 체면과 격식을 지키는 데는 유별나게 적극적인 모습을 보여 주고 있어 눈길을 끈다. 그 중 가장 두드러진 장면은 형의 집에 찾아갈 때와 읍내에 환곡을 얻으러 갈 때의 치장 차리는 모습에서 나타나는데 특히 형의 집에 찾아갈 때 치장 차리는 장면은 각 이본에 모두 나옴으로써 격식을 중요시하는 흥부의 성격을 부각시키는 데 결정적 역할을 하고 있다. 그 중 대표로 世昌本에 나오는 것만 소개하면 다음과 같다.

> 흥보 치장 차리고 가난 거동을 볼작시면 압살 터진 헌 망건에 물네줄로 당줄 다

라 쓰고 모자 째진 헌 갓을 실로 총총 얼거 매여 죽령을 다라 쓰고 깃만 남은 중치막의 동강동강 이은 술씌로 흥복통 눌너 매고 써러진 고의젹삼 청올치로 대님 매고 헌 집신 들메하고 셰 살 붓채 손에 들고 셔흡드리 오망자로 쏭문이의 비슥 차고 바람마진 병인쳐럼 비슥비슥 근너가셔 (世. p.6.)

밥은 굶어도 체면은 차린다는 **儒敎的 形式主義**가 잘 드러나는 장면이다. 홍부는 유교윤리의 철저한 신봉자였다. 그렇기에 유교윤리가 지시하는 것이면 그것이 무엇이든 간에 따를 수밖에 없었고 그것이 상황에 맞지 않는 것일 때 위와 같이 웃음거리가 될 수밖에 없었던 것이다.
尹泰林은 유교의 형식주의에 대하여 다음과 같이 말했다.

> 유교에서 말하는 이상적인 인간성은 군자이다. 군자의 가장 중요한 요소는 덕이다. 군자로서 갖추어야 할 도덕은 내면적인 것보다 외면적인 것에 더 치중한다. 의식적·의례적인 예를 지키고 권위를 갖추고, 행동을 신중히 하고, 말을 적게 하고, 보행이나 언어를 조심하고, 모든 것을 억제하고 억압하며, 외면 형식을 갖추는 것에 더 치중하였다. 자연적인 웃음도 참아야 하고 자유스러운 충동을 억제하는 소위 '외면적 존엄의 윤리'가 강조되어 왔다.[200]

위의 글을 통해 보면 홍부가 지키려 했던 **外面的 形式**은 **君子**가 갖추어야 할 가장 중요한 덕목인 것을 알 수 있다. 이와 같이 **君子**의 **意識**을 지니고 있는 홍부이기에 그의 행동이 유교윤리에 어긋나는 것은 있을 수 없었다. 형과 형수가 자기를 아무리 구박하고 학대해도 이에 반항하지 않은 것은 '**兄友弟恭**'이라는 유교의 가르침을 따른 때문이다. 그와는 대조적으로, **賢淑**한 부인이라던 자기 아내에 대해서는 조금만 비위에 맞지 않아도 욕까지 섞어가며 심하게 질책하는 것은 '**男尊女卑**'라는 **敎示**를 따른 것으로 **君子**가 지켜야 할 법도에서 조금도 벗어난 것이 아니다.

---

200) 尹泰林,, 「한국인」, 현암사, 1987, p.88.

나더러 쟝쳐를 뭇나니 네 진졍 하랴비더러 물어라 매 한 개 못 맛고 오난 사람다
려 이년아 쟝쳐니 상쳐니 다 무어시니 (世, p.16.)
    어라 인연 방졍마진 여슈년아 네가 나셔니 무슴 일이 되깃난야 가던 날도 게집이
방졍 써러 요란케 ᄒ야 셍돌아비 ᄲᆞ른 눈치 얼는 듯고 몬져 가셔 미 맛고 돈 바다
질머지고 닉쎄시니 닉 일은 엇칙게 되깃난야 (林, p.23.)

식구들에 대하여 전제적 횡포를 부리는 것은 家長이 누릴 수 있는 당연한
권리이다. 비록 가장의 책임은 다하지 못했지만 그렇다 해서 가장의 권위가
흔들릴 수는 없다.

    염치업난 흥보 쇼견 가장틱 ᄒᆞ느라고 가속이 더듸 왓ᄃ 집퍼쪈 집핑이로 미질도
ᄒᆞ여 보고 입의 맛난 반츤 업다 안졋던 물방익집 불도 노와 보랴 ᄒᆞ고 별시를 미양
부려 (申, pp.330~332.)

박에서 美女가 나왔을 때 그토록 고생을 함께했던 조강지처의 질투에도
아랑곳하지 않고 妾으로 삼을 수 있었던 것도 蓄妾이 용인되던 유교사회에
사는 남자로서 도저히 포기할 수 없는 권리이다. 흥부는 이와 같은 유교윤
리를 절대 진리로 알았고 이 윤리를 잘 遵行하면서 사노라면 하늘에서 반드
시 보상이 있으리라는 믿음이 있었다.

    부불삼셰오 빈불삼셰는 예로붓터 일넛나니 셜마 삼째까지 곤란할가 마음만 올케
먹고 불의지사 아니 하면 자연 신명이 도와 굴머죽지 아니하리니
(世, p.18.)

그는 그의 신념대로 不義之事 하지 않고 의로운 일만 하다가 끝내 제비다
리를 치료해 줌으로써 복을 받는다. 그리고 박에서 기다리고 기다리던 온갖
보물이 쏟아져 나오자 마치 어린아이처럼 기뻐 날뛰고 있다.

> 홍보에 거동보소 춤을 추며 얼시고 조흘시고 조타 지화자 조흘시고 셰상사람 드러보소 박쇽을 먹으랴다 금시 발복 되엿고나 인간천지 우주간에 부자 장자들이 재물은 만타 한들 이런 보배는 업슬지니 날갓흔 가진 부재 어대 쏘 잇스리 (世. pp.23~24.)

여기서 그의 감추어진 본성이 백일하에 드러나고 있다. 지금까지의 물욕에 탐이 없고 주색에 무심하고 부귀를 바라지 않는다던 그의 인간됨이 여기서 顚倒됨을 목격할 수 있다. 이 상반된 현상은 서로 어떤 관계에 있는가. 이 의문은 흥부의 의식구조를 분석해 봄으로써 풀어질 수 있다. 흥부의 의식구조는 表面意識과 內面意識의 두 가지 체계로 이루어져 있다고 봐야 한다. 표면의식은 道德的 理想을 추구하는 理想自我의 체계이다. 그런데 표면의식은 어디까지나 도덕적 이상을 추구하기 때문에 다분히 반도덕적 성향이 있는 본능의 체계 즉 내면의식의 발현을 억제하는 기능을 발휘하게 된다. 따라서 이 표면의식이 강력한 힘을 가지고 세력을 떨치는 한 그 밑에 자리 잡고 있는 내면의식 곧 그의 본성은 자신의 본체를 드러낼 수가 없는 것이다. 이러한 상태에서는 오직 표면의식만 겉으로 드러나기 때문에 자칫 표면의식이 그의 의식세계의 전부인양 보여질 수도 있는 것이다. 이러한 면에서 볼 때 흥부가 지금까지 물욕에 탐이 없고 청빈을 표방했던 것은 유교윤리사상으로 무장된 표면의식의 顯示였다는 것을 알 수 있다. 이와 같은 표면의식의 세력에 가려져서 그동안 본능적 욕구가 발현되지 못하였던 것이다.201) 그리고 무욕과 청빈을 표방했던 표면의식은 "君子는 밥을 먹되 배부름을 구하지 않고 居함에 편안함을 구하지 않는다."든가 "君子는 道를 구하지 밥을 구하지 않는다." 등과 같은 유교사상이 응집 형상화된 것으로 볼 수 있다.202)

---

201) 拙稿, 註,59)의 논문, pp.27~28.
202) 君子食無求飽 居無求安(論語, 學而)
　　　君子謀道不謀食(論語, 衛雲公)

에리히 프롬은 이처럼 윤리로 무장된 표면의식이 옳지 못한 충동의 발현을 억제하려는 심리적 성향을 '억압(suppression)'이라 불렀다. 그는 어떤 충동을 억압한다는 것은 그 충동을 의식 속에서 제거해 버리는 것을 의미하지만 그 충동은 완전히 말살되지 않고 억압된 상태에서 假裝을 하고 활동한다고 말하고 본인 자신은 그것을 깨닫지 못한다고 하였다.203) 흥부에게도 윤리의식에 의해 억압되어 본인 자신도 깨닫지 못하고 있었을망정 富·貴를 선망하는 욕구는 있었던 것이다.

그러나 갑자기 밀어닥친 충격 앞에서 본능적 욕구의 발현을 억압하던 억제력은 여지없이 붕괴되지 않을 수 없었다. 그래서 그는 본성적 욕구가 뜻하지 않은 기적에 의해 충족되어졌을 때 너무 기쁜 나머지 그동안 그를 억압해 왔던 윤리적 굴레에서 해방되어 춤을 추고, 밤낮 엿새를 밥 먹을 사이도 없이 보물을 퍼내는204) 등 평소의 그답지 않은 행동을 보였던 것이다. 그러나 재물을 앞에 놓고 좋아하는 흥부의 모습이야말로 참된 흥부의 모습이며 살아 숨 쉬는 인간의 모습이라 할 수 있다. 만약 보물이 쏟아져 나왔는데도 초연한 태도를 보였다면 그에게서 무슨 인간미를 발견할 수 있었겠는가. 재물에 탐이 없고 부귀도 바라지 않는다던 그 말은 그를 善人으로 부각시키기 위한 하나의 修辭에 지나지 않았음이 확인된 셈이다.

飯疏食飮水 曲肱而枕之 樂亦在其中矣 不義而富且貴 於我如浮雲(論語, 述而)
養心莫善於寡欲 其爲人也寡欲 雖有不存焉者寡矣 其爲人也多欲 雖有存焉者寡 矣
(孟子, 盡心下)

203) 에리히 프롬, 「인간상실과 인간회복」, 李克燦 譯, 현대사상사, 1976, p.307. 참조.
204) 世昌本, p.26.
申本에서는 박에서 밥이 나왔을 때 굶주렸던 흥부가 밥에 눈이 뒤집혀 倫紀를 잊고 자식 몇 놈이 싸우느라 죽어도 살릴 생각은 않고 혼자 밥 한 말을 먹어치우는 장면이 있다.

2) 놀부

놀부에 대한 인물 소개는 흥부를 소개할 때와 같이 작품 序頭에 나오는데 "오장이 달나 부모께 불효하고 동긔간의 우애 업셔 마음 쓰난 것이 괴상하다."(世. p.1.)고 하면서 이어서 유명한 '놀부심사'가 나열되고 있다.

심술보가 한 번만 뒤집히면 심사를 피우난대 썩 야단시럽게 피우것다 술 잘 먹고 욕 잘 하고 에테하고 싸홈 잘 하고 초상난대 춤추기 불붓난대 붓채질하기 해산한대 개잡기 쟝에 가면 억매흥졍 우난 아해 똥 먹이기 무죄한 놈 쌤치기와 빗갑셰 계집 쎄앗기 늙은 령감 덜미집기 아희 밴 계집 배 차기며 우물 밋해 똥 누어 놋키 오려논에 물 터 놋키 자친 밥에 돌 퍼붓기 패난 곡식 이삭 쎄기 론쑤랑에 구멍쓸키 애호박에 말쑥박기 숩사등이 업허 놋코 발바 주기 똥 누난 놈 주져안치기 안질방이 턱살 치기 웅긔쟝사 작대 치기 면례하난대 쎄 감추기 남에 양주 잠자난대 소래지르기 슈절과부 겁탈하기 통혼하난대 간혼 놀기 만경청파의 배 밋 쑬키 목욕하난대 흙 쑤리기 담 붓튼 놈 코침 주기 눈 알난 놈 고초가로 넛키 이 알난 놈 쌤치기 어린 아해 쏘집기와 다 된 흥졍 파의하기 즁놈 보면 대테 미기 남의 졔사 닭 울니기 행길의 허공 파기 비 오난 날 쟝독 열기

(世. pp.1~2.)

어느 本에나 다 있는 이 '놀부심사'는 世昌本에 38개, 京板本에 18개, 林本에 37개, 申本에 68개가 나오고 있어 惡人의 典型으로서의 그의 면모를 보여주고 있으며 거개의 논자들로 하여금 그를 反社會的·反道德的 人物로 규정하게 하는 결정적 근거를 제공하고 있다. 그러나 필자는 이를 액면 그대로 놀부의 행위로 인정하여 이를 기초로 그의 성격을 규정하는 것에는 동의하지 않는다. 그것은 그 많은 놀부의 악행이란 것은 당시 사회에서 慣用句처럼 일반화되어 불리던 악행(짓궂은 장난이란 표현이 더 적합할지 모른다.)의 종류를 망라한 것으로, 흥부를 善人으로 부각시키기 위해 사실과 다른 無慾·淸貧을 표방시켰듯이 惡人으로서의 놀부의 성격을 강조하기 위해

그와 직접 관계도 없는 사례들을 열거한 것에 불과하다는 관점에서이다. 이러한 판단은 다음과 같은 몇 가지 사실에 뒷받침되고 있다.

첫째는 '놀부심사'와 같은 내용이 관용적으로 쓰였다는 점이다. 그 例는 같은 작품 속에서도 나오는데, 박 속에서 수백 명 왈자들이 나와 수작을 하는 중에 변통이가 '기字타령'을 하는 부분이다.

> 변통이난 내다라 기자타령을 한다 곱쟝이 복쟝 차기 아희 밴 계집에 배 치기 옹긔쟝사 작대 치기 불 붓난대 붓채질하기 해산한대 개닭 잡기 역환 모신 집에 말둑 박기 다라 나난 놈 다리 차기 이럿트시 놀더니 (世. p.47.)

가짓수만 적을 뿐 내용은 '놀부심사'에 나오는 것과 똑같음을 알 수 있다. 이로 미루어 '놀부심사'와 같은 것은 그 내용면의 익살스러움으로 민간에 회자되던 것이었음을 짐작할 수 있다. 이 같은 관용구는 <심청전>에서 뺑덕어미의 행실을 묘사하는 중에도 나오고 있다.

> 이 계집의 버릇은 아조 인즁지말이라 그럿틋 어둔 즁에도 심봉스를 더욱 고싱되게 가셰를 결단닉는딕 쌀을 쥬고 엿 스먹기 벼를 쥬고 고기 스기 잡곡을낭 돈을 스서 술집에 술먹기와 이웃집에 밥 붓치기 빈 담비쩍 손에 들고 보는 딕로 담비 청키 이웃집을 욕 잘 흐고 동모들과 쌈 잘 흐고 졍즈 밋헤 낫잠 자기 술취흐면 흔밤즁에 목노코 울음 울고 동리 남즈 유인흐기[205]

'놀부심사'가 심술 많은 남자의 짓궂은 장난을 집대성한 것이라면 뺑덕어미의 행실은 지각없고 분수없는 여자의 行止를 나타낸 것으로 관용적으로 쓰이던 語句라는 점에서는 다를 바 없다.

둘째는 '놀부심사'에서 나열된 악행이 놀부의 것으로 인정될 수 있기 위해서는 작품 속에서 실제로 실현되는 것이 있어야 하는데 그런 것은 한 가지

---

205) 「교정 심청젼」, 광동서국, 1915, p.53.

도 없다는 점이다. 뿐만 아니라 논자들이 흔히 지적하는 반사회적 행위도
전혀 찾아볼 수 없다. 작품 어디에서고 남에게 피해를 주면서 자신의 이익
을 추구하는 모습은 보이지 않는다. 世昌本에서는 놀부의 박이 자라면서 동
네 집을 다 덮으니까 놀부가 이집 저집 돌아다니면서 집이 무너지면 새로
지어 줄 것이고 器物이 깨어지면 열 배로 값을 쳐 줄 터이니 박순을 다치지
말아 달라고 부탁하고 있고, 申本에서는 박 때문에 동네집이 여러 채 무너
져 배상해 준 돈이 3·4천 냥이 넘는다고 나오고 있다. 남에게 입힌 피해는
정당하게 보상해 주고 있음을 알 수 있다. 박을 탈 때도 동네 사람들을 다
청하여 술과 떡을 푸짐히 먹이고 박 타는 삯도 후히 정하고는 박을 다 탈
때까지 先金을 주기로 한 약속을 지키고 있다.[206] 이와 같이 작품 전체를
통하여 그의 反社會的 非行은 발견할 수 없다. 사실 당시와 같은 철저한 이
익사회에서 놀부의 신분으로 남에게 일방적으로 피해를 주는 행위를 한다
는 것은 불가능했을 것이다. 작품에서는 놀부의 非行대신에 오히려 영악한
동네 사람들이 그의 순진하고 어리석은 점을 이용하여 돈을 뜯어내는 장면
이 몇 군데 나오고 있다.

> 그중의 엇던 놈이 놀보를 속이랴고 놀보더러 이른 말이 제비를 아모리 기다린덜
> 제비 잇는 곳도 모르고 엇지 기다리리오 저긔 제비싹 일슈 보는 사람이 잇스니 다리
> 고 다니면 슈이 알니라 하거날 놀보 듯고 대희하야 제비 한 마리 보는대 이십 냥
> 식 정하고 놉흔 산의 올나 제비 싹을 바라보더니 그 사람이 놀보다려 왈 제비 한
> 마리가 강남서 몬져 나오니 불구의 자네 집으로 올 터이니 우션 한 마리 갑만 몬져
> 내소 놀보 대희하야 이십 냥을 준 후 쏘 한참 바라보다가 (世. p.32.)

이와 같은 터무니없는 詐欺로 놀부의 돈을 편취해 가고 있다. 또 申本에
서는 허망이란 者가 박에 든 물건을 미리 알아맞힌다면서 삼백 냥을 詐取해
가는 장면도 나온다.

---

206) 世昌本, pp.36~56.

동닉 스람더러 안지면 놀보 공논 놀보갓치 약은 놈이 박의다가 씨난 돈은 악기준
코 쎠닉이니 무슨 쇠를 닉여씨면 돈 천이나 씨게 하고 허망이가 즁담ㅎ여 나박끼
ㅎ리 업제 놀보 집의 건너가셔 여보쇼 놀보씨 박통 일을 몰나 걱정ㅎ신다니 날을
어이 안 츤난가 놀보가 반기 물어 즈닉가 알것난가 허망이 딕답ㅎ되 모슈즈쳔ㅎ난
말을 남은 암만 웃드릭도 노형이야 쇽이것나 갑 졍ㅎ여 쥬엇짜가 박 타보와 안 맛거
든 그 돈 도로 차져 가쇼 그리 할 일이로쇠 맛치면 쳔 양 결가 슴빅양 션폐ㅎ고 박
쇽 일을 알야 홀 제 (申, p.406.)

이 밖에 2章 5節에서도 살펴본 바 있듯이 째보를 비롯한 고용된 자들은
놀부의 약점을 이용하여 기회 있을 때마다 최대한의 이익을 챙기고 있다.
이 모든 사건은 물론 놀부의 탐욕이 부른 자업자득의 결과이지만 최소한 그
가 남에게 피해를 주면서 자신의 이익을 추구하고 있지는 않다는 反證은 되
는 것이다.

이상에서 살펴 본 바 첫째, '놀부심사'는 그 내용의 익살스러움으로 당시
일반적으로 쓰이던 관용구였다는 점과 둘째, 작품 전체를 통해서 '놀부심사'
에서와 같은 반사회적 행위가 한 件도 나오지 않는다는 점을 통해 볼 때 '놀
부심사'를 근거로 그의 성격을 규정하는 것은 옳지 않다는 사실이 확인되었
다. 그렇다면 놀부의 성격은 무엇을 근거로 어떻게 규정하는 것이 좋은가.
필자는 이에 대해 동생 흥부를 내쫓은 사건, 제비다리를 분지른 사건에 초
점을 맞추어 그의 가장 핵심적 성격을 탐욕으로 규정하고자 한다. 사실 탐
욕이야말로 동생을 내쫓고 무고한 제비다리를 꺾는 反倫理를 감행한 근본
원인이었으며 그를 파멸로 이끈 화근이었기 때문이다. 흥부가 無慾(사실은
가장된 것이었지만) 때문에 복을 받아 부자가 되고 놀부가 貪慾 때문에 벌
을 받아 패가망신한다는 것이 작품의 핵심적 줄거리라면 貪慾은 놀부의 성
격을 대표하는 핵심적 요소라 할 수 있다.

그의 재물에 대한 끝없는 욕심, 그것도 현재 부자로 살면서 거기에 한 푼
이라도 더 늘리겠다는 물욕 그것은 당시 대다수를 차지했던 가난한 민중들

에게는 도저히 용납할 수 없는 作態였고 혐오스런 사고방식이 아닐 수 없었을 것이다. 그렇기 때문에 작가는 이러한 민중의 분노를 감안 놀부에게 온갖 악행의 실천자라는 불명예를 들씌웠는지 모른다.

그의 貪心은 작품에서 友愛라는 가족윤리를 파괴하는 것을 시작으로 그를 예정된 몰락의 길로 인도한다. 제사상에도 음식 대신 代錢을 놓고 지내고 황초 값 닷 푼을 아까워한[207] 위인이 자식은 수십 명이나 낳아 놓고[208] 온 식구가 무위도식하여 피해만 주는 흥부네를 내쫓을 생각을 하는 것은 어쩌면 당연한 일인지 모른다.

놀부가 토지를 알뜰히 이용하여 富를 축적한 경영형부농이라는 사실은 前章에서 언급한 바 있다. 그는 본래적으로 노동을 두려워하지 않았고 검약을 최고의 미덕으로 여기며 살던 인간이다. 그러기에 그의 재산은 불어날 수밖에 없었다. 申本에서는 他本과 달리 재산을 부모에게서 물려받은 것이 아니라 놀부 스스로 장만한 것으로 설정해 놓고 있는데 이는 여러 가지 정황으로 미루어 보아 상당한 현실성을 띤 설정이라 여겨진다. 그의 노동에 대한 친숙성, 합리적 농업경영 등 그럴 가능성은 충분하다고 생각되기 때문이다. 이러한 가능성은 뒤에 가서 확신으로 바뀌게 된다. 흥부가 쫓겨나 고생하다가 곡식을 얻기 위해 형의 집을 다시 찾았을 때의 情景이다.

> 형의 문젼 당도ᄒᆞ니 그ᄉᆡ 셩셰 더 느러셔 가시 중이 웅중ᄒᆞ다 슴십여 간 줄힝낭을 일쯔로 지엿난듸 흔 가운듸 쇼슬 듸문 표연이 나라갈 쯧 듸문 안의 중문이요 중문 안의 벽문이라 (申, p.336.)

흥부네가 나간 사이에 재산을 더 늘린 것을 알 수 있다. 生의 유일한 목적인 富의 증대를 위해 근검과 절약이 생활화된 그에 있어 재산의 증식은 자

---

207) 世昌本, p.2.
208) 京板本에서는 서른 남짓 된다고 하였고 申本에서는 아들만 스물다섯이라 하였다.

연스런 현상에 불과할 것이다. 이런 그에게 굶어 죽을 사람 먹던 밥 덜어주고 병든 사람 입었던 옷 벗어주고 늙은이 짊어진 짐 자청하여 져다 주는 등 남의 일만 하느라 한 푼 돈을 못 버는[209] 흥부는 자신의 행복을 가로막는 훼방꾼으로 밖에는 생각되지 않았을 것이다. 그리하여 마침내 "사람이라 ᄒᆞ난 거시 밋는 거시 잇시면은 아무 일도 아니 된다 너도 나이 쟝셩ᄒᆞ야 게집ᄌᆞ식 잇난 놈이 사람 싱이 어려운 쥴 죡곰도 모르고셔 나 ᄒᆞ나만 바리보고 유의유식ᄒᆞᄂᆞᆫ 거동 보기 슬어 못ᄒᆞ것ᄃᆞ"(申, p.328.)고 하며 쫓아내고 말았던 것이다. 이러한 행위는 그의 가치관으로 볼 때는 충분히 정당성을 갖는 것이었으나 당시 사회의 통념으로 볼 때는 있을 수 없는 불륜행위였으니 넘어서는 안 될 선을 넘은 셈이었다. 그의 실수는 이후에도 계속된다. 흥부가 구걸하러 왔을 때 흥부에게 하는 말이다.

> 이놈아 들어보와라 쌀이 만이 잇다 한들 너 주자고 셤을 헐며 베가 만이 잇다 한들 너 쥬자고 노젹 헐며 돈이 만히 잇다 한들 너 쥬자고 쾌돈 헐며 가로ㅅ되나 쥬자 한들 너 쥬자고 대독의 가득한 걸 써내며 의복가지나 쥬자 한들 너 쥬자고 행낭것들 벳기며 찬밥술이나 쥬자 한들 너 쥬자고 마루 아래 쳥삽사리를 굼기며 지거미나 쥬자 한들 색기 나은 돗을 굼기며 콩셤이나 쥬자 한들 큰 농우가 네 필이니 너를 쥬고 소 굼기랴 (世, p.7.)

하나밖에 없는 동생을 행낭 것들·개·돼지·소만큼도 여기지 않는 反人倫性을 서슴없이 보여 주고 있다. 이는 위의 것들이 그의 致富에 도움을 주는 것들이지만 흥부는 그 반대이기 때문에 그런 것이다. 이와 같이 물욕에 눈이 먼 그는 결국 제비다리를 분지르는 무자비한 폭거를 자행한 끝에 神의 노여움을 사 파멸하고 마는 것이다. 생활인으로서는 나무랄 데 없던 그의 성격적 장점도 탐욕에서 비롯된 패륜적 실착을 가리지는 못했다 할 수 있다.

그러나 이러한 놀부의 죄과는 용서받을 수 없을 만큼 극악한 것은 아니었

---

209) 申本, pp.326~328.

다. 작가는 그를 징계함으로써 분명히 그의 행위를 惡으로 규정했지만 종국에 가서는 흥부로 하여금 그를 구제케 하여 개과천선의 길을 열어 주었던 것이다.[210] 그것은 그가 극악한 악인은 아니기 때문이다.

李在銑[211]은 놀부를 평하기를 심정적으로는 탐욕스럽고 악인의 자질을 구비하고 있는 인물이지만 적극적으로 악을 실천한 철저한 악인은 아니라고 하면서 형벌과 폭군의 주인공 중국의 桀紂에 비하면 오히려 善人에 가까울 정도라고 하였다. 그는 이어서 남자로서 철저한 악인의 대표자로 <趙雄傳>에 등장하는 李斗炳, <劉忠烈傳>의 鄭漢潭·崔一貴를 들면서 그들은 황제가 죽자 불충한 구테타를 일으켜 황태자를 축출하고 왕권을 찬탈하여 스스로 황제임을 잠칭함은 물론 충신을 모조리 죽이고 그 가문을 초토화시키는 음모와 폭력과 반역의 대리인이라 하였다. 또한 <洪吉童傳>에 나오는 特才나 <謝氏南征記>에 나오는 董淸과 같은 인간은 姦婦의 악행의 동반자로서 또는 간교와 음모·계략의 동참자로서 악의 하수인이며 잡역부와 같은 간악한 인간들이라고 말하고 그들은 자신들의 財富나 情慾 또는 權力慾을 충족시키기 위해 온갖 잔악스런 범죄를 서슴없이 자행하는 인물들이라 하였다.

그런데 여기서 우리가 주목할 것은 고소설에 등장하는 극악한 악인들은 예외 없이 천벌을 받아 죽임을 당한다는 점이다. 李在銑이 앞에서 열거한 李斗炳·鄭漢潭·崔一貴·特才·董淸은 물론이거니와 이 밖에도 <雲英傳>에서의 特, <薔花紅蓮傳>의 장쇠, <翟成義傳>의 翟抗義 등 주인공을 죽이려 했던 극렬한 악인들은 모두 죽음으로 그 죄과를 치른다는 사실은 고소설에 있어서 악인의 등급을 가늠하는 데 하나의 준거를 제공해 주고 있다

---

210) 世昌本, 林本, 申本에서는 마지막에 흥부가 놀부를 도와 함께 잘 사는 것으로 되어 있지만 京板本에서는 패가망신한 놀부가 식구를 거느리고 흥부를 찾아가는 것으로 마무리하고 있다.

211) 李在銑,「한국문학 주제론」, 서강대출판부, 1989, pp.69~71.

고 생각된다. 그러한 면에서 볼 때에도 놀부의 악행이란 앞서의 악인들의 그것과는 질적으로 다른 것이라는 결론을 얻을 수 있다.[212] 金烈圭[213]는 소설에 등장하는 反體制的 人物(anti-hero)을 Heroic Villain과 Picaro로 나누고 前者를 자신의 사회적 존재에 대한 공증을 쟁취코자 할 뿐만 아니라 기존 사회체제 및 관습적 관념이나 행동규범을 전복코자 하는 반체제정신의 소유자라 하고 後者를 기성윤리나 행동관습으로 볼 때 예외적이고 이단적인 행동을 하지만 도전적인 데까지는 이르지 못한 넓은 의미의 범법자이고 패륜아라 하였다. 그리고 그는 前者의 속성으로 비장성을, 後者의 그것으로 희극적 경쾌성을 말하고 그 대표적 인물로 각각 洪吉童과 <배뱅이굿>에 등장하는 上座, 전설적 인물인 봉이 金先達을 들었다. 또한 그는 Picaro型 인물을 '익살맞은 악인'이라고 덧붙였다. 그는 위의 대표인물을 거론함에 있어 놀부를 언급하지는 않았지만 그의 분류에 의하면 놀부가 Picaro型에 속한다는 것은 명확하다 하겠다. 기성윤리를 무시한 패륜아적 행태로 보나 희극적 경쾌성으로 보나 놀부만큼 완벽하게 이 조건들을 갖추고 있는 인물은 없기 때문에 필자는 오히려 소설 속의 인물도 아닌 위의 上座나 金先達 보다도 놀부를 그 자리에 내세우는 것이 적합하리라 생각된다.[214] 놀부는 악인의 유형 중에서 '익살맞은 악인'에 속한다 할 수 있다.

놀부라는 인물의 성격은 당시의 윤리적 관점에서 보면 분명 악의 편에 속하는 것이지만 역사발전과정을 통해 보면 진보적 성격을 가짐도 간과할 수

---

212) 혹 동생에 대한 악행이기 때문에 용서받은 것이 아닌가에 대한 의문은 <翟成 義傳>의 抗義는 친동생 成義를 죽이려 했기에 죽임을 당했다는 점으로 해결이 될 것이다.

213) 金烈圭 "이조소설에 있어서의 악인형의 검토", 「고전문학연구Ⅰ」, 한국고전문학연구회, 1971.

214) 놀부의 희극적 경쾌성은 화초장을 지고 가면서 이름을 잊어먹지 않기 위해 화초장 화초장 외면서 가는 모습 (世昌本, 京板本, 林本),이라든가 제비를 바라느라 길짐승은 족제비를 사랑하고 마른 그릇은 모제비만 사고 음식은 칼제비‧수제비만 해 먹고 종이 보면 簡제비를 접고 화가 나면 목제비를 한다(申本)고 하는 부분 등 도처에서 나타난다.

없다. 그것은 기존의 봉건유교윤리의 권위를 무시하고 오직 자기 자신의 본능이 요구하는바 자신의 이익만 추구하는 그의 삶의 태도 속에 근대에 접근하는 자본주의적 개인주의의 편린이 엿보이기 때문이다. 자본주의는 봉건적 권위주의적 질서를 배격하고 개인중심적 가치관을 앞세우고 나온 것이기에 봉건윤리로부터의 자유를 그 특성으로 한다고 할 수 있다.

자본주의는 다만 인간을 전통적인 속박에서 해방시켰을 뿐 아니라, 적극적인 자유를 증대시켜 능동적이고 비판적이며 책임을 가진 자아를 성장시키는 데 지대한 공헌을 했다. 자본주의하에서 개인은 그의 근면과 지성과 용기와 절약, 혹은 행운이 허용하는 한에서 경제적 富를 획득할 수 있게 되었고 성공의 기회나 실패할 위험도 모두 자기 자신의 것이 되었다. 자본주의 경제의 특성은 개인주의를 그 본질로 한다. 자본주의 경제는 인간이 하는 일은 그 자신을 위해 하는 것이고, 이기심과 자기중심주의라는 원리가 인간 활동의 가장 강력한 동기라는 사실을 전제로 하고 있다.215)

이와 같은 자본주의적 가치관은 놀부의 의식 속에 여실히 보여지고 있다. 놀부는 흥부처럼 착한 일만 하면서 복이 내리기를 기다리는 소극적 인물이 아니다. 그는 자기가 목적한 것은 무슨 수단과 방법을 써서든지 달성하기 위해 적극적으로 시도하는 사람이다. 그러기에 제비다리를 분지르는 잔인한 행위를 서슴지 않았던 것이다.

놀부에게 있어 기존윤리도덕은 무력한 허수아비에 지나지 않았다. 놀부는 이 기존윤리의 무력함을 비웃기라도 하듯 오직 자신의 가치관에 의해 행위를 결정하고 그에 따라 거침없이 실행에 옮겼다. 그렇기 때문에 그에게는 意識과 行動사이에 갈등이 있을 수 없었다. 그가 생각하는 것은 무엇이든지 행동으로 옮길 수 있었고 조금도 內的 갈등을 일으키지 않았다. 그런 면에서 그는 정말 自由人이라 할 수 있다. 흥부와 비교하면 그는 의식면에서 매

---

215) 에리히 프롬, 「자유에서의 도피」, 李相斗 譯 , 범우사, 1988, pp.108~110. 참조.

우 단순한 사람인 것이다. 그는 일체의 격식과 체면을 무시했고 자신의 가치관에 따라서 행동했다. 그는 당시 사회에서 그들을 구속하고 있던 유교윤리에 관심이 없었고 그 굴레에서 홀로 벗어난 사람이었다 할 수 있다.[216]

"자본주의하에서 인간은 이윤을 얻기 위해 일을 하지만 이러한 이윤은 소비하기 위해서가 아니라 새로운 자본으로 투자하기 위해서 존재한다. 자본주의의 전형적 대표자들은 일을 즐겨했지 결코 소비를 즐기지 않았다."[217]는 프롬의 말을 상기한다면 놀부의 인색도 이해할 수 있다.

그는 철저한 자본주의적 사업가였다고 할 수 있다. 놀부를 자본주의적 사업가로 볼 때 그의 파멸의 원인에 대해서 한번 생각해 봄직하다.

대개의 논자들이 놀부파멸의 원인을 그의 끝없는 탐욕에서 찾았고 사실 이에 어떤 이의를 제기한다는 것은 어려운 일이다. 林熒澤도 이에 대해 다음과 같이 말한 바 있다.

　　결국 놀부는 무한한 이익추구열 때문에 자멸한다. · · · 여기서 우리는 놀부가 합리적인 경제행위를 못했다는 점을 지적하지 않을 수 없다. 박속에서 財貨가 쏟아져 나오리라 믿는 심리, 이것은 곧 비과학적인 무엇, 우연이나 풍수, 사주, 운수 등을 믿는 요행심과 상통하는 것이요, 계속적인 실패에도 불구하고 가능성이 확실하리라는 근거도 없이 무작정 덤벼드는 모험성이다. 일종의 사행심이요, 도박근성이다.[218]

앞서 말한 바대로 그를 자본주의적 사업가로 인정한다면 이 문제에 대해서도 할 말은 있을 듯하다. 우선 그가 박을 탄 것은 단순한 사행심만 가지고 덤벼든 것은 아니라는 점이다. 그가 박을 타게 되기까지는 흥부의 성공을 확인하고 그 과정을 모방하려는 노력이 先行했다는 사실을 간과해서는 안된다. 남이 성공한 과정을 답습하려는 행위를 간단히 사행심으로 단정하는

---

216) 拙稿, 注59)의 논문, p.43.
217) 에리히 프롬, 앞의 책, pp.111~112.
218) 林熒澤, 注29)의 논문, p.248.

것은 무리가 아닐 수 없다. 설령 사행심이 있었다 해도 현대 인류의 문명이 숱한 모험과 실패를 밑거름으로 하여 이룩되었다는 사실을 감안하면 사행심 자체도 비난만 할 성질은 아닌 것이다.

그러나 사실은 이런 논란을 하는 것 자체가 무의미한 일일 수 있다. 왜냐하면 놀부의 파멸은 흥부의 성공만큼이나 비현실적이고 작위적인 사건이기 때문이다. 놀부같이 근면하고 빈틈없는 사업가가 하루아침에 망한다는 것은 현실 속에서는 있을 수 없는 일이다. 그러므로 그것은 작가의 소망이 만들어낸 환상일 뿐 놀부에게 귀책사유가 있는 것이 아닌 것이다. 따라서 그의 파멸의 원인을 그에게서 찾는 것은 비현실을 현실로 오인한 데서 비롯한 난센스라 하지 않을 수 없다.

놀부는 작가의 개입이 없었으면 더욱더 富益富했을 現實世界의 強者였다. 그리고 그를 그렇게 만든 것은 상품·화폐경제의 발달 속에 사회 일각에서 싹트기 시작한 자본주의적 가치관이었다. 그는 기존의 形式的 高踏主義를 배격하고 자기이익의 추구라는 본능에 충실한 결과 현실세계에서 확고부동한 強者의 위치를 차지할 수 있었다. 그럼에도 불구하고 個人主義를 넘어선 극단적 利己主義 때문에 민중의 반감을 사 마침내 몰락하지 않을 수 없었던 것이다. 그러나 비록 실패로 끝나긴 했어도 封建的 思考體系에 일대 충격을 가하며 도전했었다는 점에서 그의 反體制的 價値觀은 근대에 접근하는 진보적 성격을 갖는 것이라 할 수 있다.

3) 흥부의 처

흥부의 妻는 작품에서 남편 흥부와 함께 善人으로 나오고 있지만 체면과 격식에 얽매이지 않고 적극적으로 생을 타개해 나아간다는 점에서 흥부와는 다른 성격을 보여 주고 있다. 흥부가 놀부집에 錢穀을 얻으러 가는 것도 그녀의 독려 때문이다.

> 여보 아해 아버지 내 말삼 드러 보시오 부절업시 청념한 체 마오 안자의 궁향단
> 표 주린 염치 삼십에 조사하고 백이 숙졔 쥬린 염치 슈양산에 아사하니 청루 소부
> 우엇스매 부졀 업슨 청념말고 겨 자식들 살녀 보사이다 겨 건너 아지바님댁의 가셔
> 쌀이 되나 돈이 되나 양단간의 어더옵소 (世, p.5.)219)

체면이니 격식이니 하는 것은 현실에 아무 소용이 없으니 윤리적 가면을
벗어 버리고 삶의 현장으로 바로 뛰어들라는 재촉이다. 이에 대해 흥부가
매 맞을 것이 두려워 주저하자 동냥은 안 줄망정 쪽박이야 깨겠느냐고 하면
서 격려하여 마침내 그를 가게 만들고 있다.

그녀는 또한 생활에 대한 책임을 남편에게만 돌리고 남편의 무능을 탓하
기만 하는 나약한 여성이 아니다. 그녀는 가정에서 차지하는 자신의 위치를
분명히 인식하고 아내로서 어머니로서의 책임을 다하기 위해 최선을 다하
려는 의식이 확고한 여성이다. 그런 면에서 그녀는 '美貌'와 '淑德'을 겸비한
우아한 고전적 여성상과는 거리가 멀다. "아이 나코 첫 국밥을 졔손으로 ㅎ
여 먹고 운기를 방통ㅎ되 졀구질노 쌈을 늬고"(申, p.352.), "어린 것슬 등의
부쳐 식기로 쫙 동이고 박아지의 밥을 빌고 호박입의 건기"(申, p.330.) 엇으
러 다니는 등 가족을 먹여 살리기 위해 몸을 아끼지 않고 일하는 억척 여성
인 것이다.

그러면서도 식구들이 고생하는 것을 자신의 책임으로 인식 自責하고 심
지어는 자살까지 감행함으로써 자신이 依存的 附隨的 存在가 아닌 自主的
中心的 存在임을 자각하고 있는 모습을 보여 주고 있다.

> 팔자 그른 이 몹쓸 년 가장 하나 못 셤기고 이런 광경 당케 하니 잠시인들 살아

---

219) 흥부 아내가 흥부에게 錢穀을 얻어 오라고 촉구하는 장면은 各 本에 모두 나오고
있고 내용도 비슷하다.

무엇하리 (世, p.10.)

　가뫼 되어느셔 낭군을 못 살니니 녀주 힝실 참혹ㅎ고 유주유녀 못 출히니 어미도
리 업는지라 이를 엇지 흘고 이고이고 셜운지고 ··· 이런 셜움 겨런 셜움 다 후
리쳐 버려 두고 이졔 나만 듁고지고 ㅎ며 두 듀머괴롤 불근 뒤여 가슴을 쾅쾅 두드
리니 (京, 6쟝)

　어이ㅎ야 남디드런 복이 잇셔 ㅎ날 갓턴 가장이며 흔만 남여 주식들을 잘 먹이고
잘 입피여 호강으로 기늬난디 난은 견싱 무슴 죄로 ㄱ장 미품 팔아 먹고 스러나면 멋
흘야 이졔라도 죽즈ㅎ니 뭇칠 곳시 업셔구느 이고이고 셜운지고 (林, p.22.)

　나무 원망 쓸 듸 업늬 다 모도 늬 죄로쇠 국난의 수양숭 가빈의 수현쳐 늬 혈마
음젼ㅎ면 불ᄒᆞᆼ흔 우리 가즁 못 멕이고 못 입필가 가장은 쳐복 업셔 날 까닥의 굼쩐
이와 쳘모르난 주식 졍경 더구나 못 보겟늬 김싱은 미물이나 입으로 밥을 물어 주식
을 먹여 쥬며 치우면 날기 버려 주식을 덥난 거슬 나난 엇지 사람으로 슈다흔 주식
더를 굼기고 벅기난고 (申, p.350.)

　가즁은 부황나고 주식덜은 아스지경 사람 추마 못 보겟늬 추라리 주결ㅎ여 이런
쏠 안보고져 이고이고 셜운지고 (申, p.352.)

　그런 한편으로는 가난을 남의 탓으로 여기는 남편의 생각이 잘못되었음
을 지적하고 본인에게도 책임의 一端이 있음을 인정케 하여 반성하게 하는
성숙된 의식을 보여 주고 있다. "홍보 마누라 쵸마ᄭᅳᆫ을 쌔드드 졸나 매고
목수의 집에 가셔 톱 하나를 어더다 놋코 굴머 누은 가쟝을"(世, p.22.) 흔들
어 깨워 함께 박을 탈 때에 홍부가 소리를 메기기를 "가난타고 슬어를 마소
팔자 글너 가난 사주 글너 가난 ··· 산소 글너 가난 ···"(世, p.23.)云
云하자 그녀는 "산소 글너 가난하면 아쥬바님은 잘살고 우리난 가난한가 쟝
손만 잘되난 산소던가"하고 정면으로 반박하고 있다. 가난이 남의 탓만은
아니라는 각성된 의식의 표출이라 할 수 있다.

　홍부처의 이러한 삶의 태도는 남자의 처분만 좇아 말없이 순종하며 살던
과거의 수동적 의존적 여성상과는 확실히 다른 것이다. 그러므로 이 점을
주목하여 林熒澤도 홍부처를 <심청전>에서의 곽씨부인이나 <괴똥어미
전>에 등장하는 婦人과 함께 가족에서 여성의 위치를 각성하여 능동적으로

현실에 참여한 여성상으로 분류하고, 그들을 곤경에 당해서 굽히지 않고, 순종만을 강요하는 기성관념을 극복하고 현실에 뛰어들어 농사·길쌈·품팔이 등으로 가정을 이끌어 간 활동적인 여성들이라 규정한 바 있다.[220]

흥부처와 같이 남편을 독려하여 현실에 눈을 돌리게 하고 스스로 생활전선에 뛰어들어 능동적으로 삶을 헤쳐 갔던 적극적 여성상을 찾는다면 위의 인물들 외에도 조선후기소설 가운데에서 여럿 그 例를 찾을 수 있는데 우선 손꼽을 수 있는 인물은 燕岩小說 <兩班傳>과 <許生傳>에 나오는 兩班의 부인들이다. <양반전>의 부인은 스스로 일을 하지는 않지만, 무능한 남편을 향해 "平生子好讀書 無益縣官糴 咄兩班 兩班不直一錢"이라고 비판함으로써 부질없이 청렴한 척하지 말라고 한 흥부처와 같은 현실인식을 보여 주고 있다. <허생전>의 부인은 글 읽기만 좋아하여 집안 살림을 돌보지 않는 남편을 대신해 남의 바느질품을 팔아 생계를 꾸려가는 적극적 여성이다. 그녀는 그에 머물지 않고 남편에게 공장이나 장사치 노릇을 못한다면 도둑질이라도 하라고 痛罵하여, 현실을 도외시하고 책에만 매달려 있는 남편을 생활인으로 끌어내는데 성공하고 있다.

<李春風傳>에 나오는 春風의 妻 金氏도 흥부처에 비견되는 적극적 여성이다. 그녀는 남편이 주색에 빠져 재산을 탕진하여 가세가 기울자 남편에게서 治家의 주도권을 이양 받고 직접 생활전선에 뛰어들어 싸우게 된다. 그리하여 '서 푼 받고 헌 옷 깁기', '두 푼 받고 한삼 짓기'와 같은 방법으로

220) 林熒澤, 注29)의 논문, p.252.
薛盛璟 [(注21)의 논문, p.37.]은 이와 같은 흥부처의 성격은 京板本에 한정된 것이고 林本에서의 흥부처는 집을 지키는 일 뿐인, 소극적이고 체념적인 무능한 여인으로 나타난다고 이의를 제기한 바 있다. 그런데 林本에서의 그러한 모습은 흥부를 긍정적으로 그리다 보니 상대적으로 그의 처와 자식들이 모자란 인물들로 형상화된 것 같고 이러한 점은 申本에서 흥부를 '형편없이 타락하고 파탄된 인간'으로 만든 것과 같은 작가의식의 차이에서 연유한 결과로 생각된다. 그러나 林本을 제외한 나머지 대본들에서는 앞서 언급한 것처럼 매우 긍정적으로 나타나 있기 때문에 本稿에서는 보편성을 생각하여 다수에 속하는 쪽을 따르고자 한다.

밤낮없이 사오년을 일하여 가세를 복구시킨다. 그 뒤 남편이 平壤에 장사하러 갔다가 妓生 秋月에게 빠져 가지고 간 돈을 탕진하고 秋月의 집 하인으로 전락하자 그녀는 男裝을 하고 평양감사의 會計裨將으로 평양에 가서 秋月에게 복수하고 남편과 돈을 찾아온다. 그녀는 남편이 자기에게 돌아오기만 앉아서 기다리는 인종의 고전적여성이 아니었다. 남편을 찾고 집안을 일으키기 위해 자신이 처해 있는 불리한 사회적 조건을 딛고 일어나 과감하게 현실에 뛰어드는 적극적인 여성인 것이다.

이 밖에 이와 같은 적극적 여성상은 조선후기 한문 단편소설에서도 散見되고 있다. 林哲鎬[221]는 「李朝漢文短篇集 上」(李佑成·林熒澤編, 일조각, 1976.)에 실려 있는 작품 중에서 주인공이 富를 추구해 간 몇 작품을 분석하고, 그 중 여성의 적극적인 활동으로 富를 이룬 사례를 지적한 바 있는데 이를 간략히 소개하면 다음과 같다.

<甘草>에 나오는 남편은 무능하고 매사에 소극적이고 부정적인데 비해 부인은 갓 시집온 신부의 신분임에도 불구하고 당돌히 媤堂叔에게 千金을 빌려 藥材 甘草를 매점매석하는 방법으로 장사를 하여 부자가 된다.

<鹽>에서의 부인은 시집올 때 가져온 采緞을 팔아 자본을 마련하여 소금 장사를 하여 富를 모은다. 직접 장사에 나서는 사람은 남편이지만 부인은 배후에서 지혜로 남편을 도와 6년 만에 10만 냥이라는 巨金을 번다.

<讀易>에서의 남편은 國富 洪同知로부터 수만 냥을 빌어 아내에게 맡겨 治産하게 하고 자기는 독서만 한다. 부인은 머리를 써 장사하여 3年만에 幾萬 냥의 이익을 남긴다.

<三難>에서의 두 부부는 집을 팔고 야간도주하여 타향에서 신분을 속이고 술장사를 하여 富를 획득해 간다. 부인은 방에서 외간남자에게 술을 따르고 남편은 손님의 말에 먹이를 주는 등 수년간의 각고 끝에 이들은 수만

---

221) 林哲鎬, "이조후기 한문단편소설에 나타난 인간상[I]", 전주대학논문집, 제10집, 전주대학, 1981.

냥의 돈을 모아 양반의 신분으로 복귀한다.

이상이 조선후기소설 속에서 눈에 띄는 적극적 여성들이다.[222] 흥부처의 **現實價値指向的 性格**은 박을 타는 장면에서도 잘 나타난다. 박에서 보물이 쏟아져 나왔을 때 기뻐하는 것은 흥부와 같다. 그러나 그녀에게는 흥부처럼 그녀를 억압하는 표면의식이라는 것이 없었다. 그렇기에 그녀가 기뻐 날뛰는 것도 흥부보다 자연스럽다. 흥부처럼 청렴한 척 한 적도 없었고 부귀를 바라지 않는다고 한 적도 없으니 비록 갑자기 찾아온 행운이지만 사실은 오랫동안 그녀가 희구하던 것이었다. 그리하여 그녀는 悅樂에 젖어 본성적 반응에 몸을 맡긴 채 희열을 만끽하게 된다.

> 흥보 안해 조와라고 이리 쉬고 저리 쉬며 하난 말이 북경단 퍼렁단아 퍽도 만히 나온다. 우리가 한푸리로 비단으로 다 하야 입어 봅시다 비단머리 비단당긔 비단가락지 비단 귀개 비단져고리 적삼 초마 바지 쇽것 고쟁이 버선신지 비단으로 하야노으니 (世, p.25.)

한풀이로 온 몸을 비단으로 장식할 만큼 그녀의 본성적 반응은 거침이 없다.[223] 林本에서는 밥을 너무 많이 먹고 요란하게 설사하는 수선스런 모습도 나온다.

> 흥보안이도 밧턴 속의 밥을 엇지 먹어던지 밥셜스가 나것구나 숄여 업데여 익고 쫑이야 지지기을 불근 씨니 물쏭이 왈락 쏘다져서 스방으로 둘너듸여 물기게로 불스덧 ᄒ야 노니 열어 ᄌ식덜이 두셔를 못 칠이고 오뉴월 쏘닉기 맛 듯 눈코을 못 쓰고셔 후푸 후푸 ᄒ얏다더라 (林, p.33.)

---

222) 이 밖에도 <朴氏夫人傳>의 朴氏, <鄭秀貞傳>의 秀貞, <玉樓夢>의 江南紅, <女子忠孝錄>의 張小姐 등도 거론할 수 있겠으나 이들은 대개 女傑로서의 활동을 했을 뿐 家計를 꾸려가는 데 주도적 역할을 한 것은 아니므로 이에서 제 외하기로 한다.
223) 申本에서는 옷 해 입을 시간이 없다고 식구들이 비단 한 필씩 골라 머리부터 발끝까지 휘감고는 좋아하는 장면이 나온다.

그녀의 본성에서 우러난 거침없는 반응은 박에서 美人妾이 나왔을 때도 예외 없이 작동한다.

> 양귀비 대답하되 강남황뎨ㅣ 날더러 그대 부실이 되라 하시기로 왓나이다 홍보 ㅣ 듯고 대희하나 홍보안해 내색하고 하는 말이 에그 잘 되엿다 우리가 젼고의 업는 간고를 격다가 인졔 발복이 되엿다고 져 쏠을 누가 본단 말고
>
> (世, p.27.)

申本에서는 보다 더 강력하게 반발하고 있다.

> 부정탄 숀님갓치 불시의 틀이난듸 숀가락 입의 너코 고기를 외로 틀고 뒤로 도라 안지면셔 져것덜 지랄ᄒ졔 박통 속의셔 나온 셰간 뉘것신 줄 치 모로고 양귀비와 농탕친고 ··· 나난 열끼 곳 굴머도 시앗 꼴은 못 보것다 나난 즉금 곳 나가니 양귀비와 잘 ᄉ라라 (申, p.388.)

그런데 이와 같은 반응은 본성의 표출이라는 점에서는 앞서 비단이 나왔을 때 보인 태도와 상통하는 것이지만 엄연히 투기를 칠거지악 중 하나로 규정하여 금기시하던 당시로서는 반윤리적 행위로 지탄받을 수 있는 문제성 있는 태도라 할 수 있다. 투기를 범죄시하는 도그마는 일부다처제하에서 가정의 평화를 유지하기 위해, 근본적으로는 일부다처제의 존속을 위해 지배세력인 남성들에 의해 제정된 것으로 여성의 가장 강한 본능을 금압한 비인도적 장치임은 말할 나위 없다. 그러나 이 부당한 敎示는 처음 생겨난 아득한 고대로부터 여권의 신장으로 폐기되는 근대에 이르기까지 수많은 여성의 정당한 권리를 짓밟으며 그 위세를 뽐내었던 것이다. 그리고 그것을 어긴 데 대한 징벌은 고대에 있어서는 집에서 내쫓는 정도가 아니라 목숨까지 앗는 가혹한 것이었다. 예를 들어 夫餘에는 질투하는 婦人은 죽인 뒤 그 시체를 산에다 버려 썩게 하고 여자의 집에서 시체를 가져가려면 소와 말을

바쳐야 한다는 법224)이 있는 정도였다. 고대국가에 이와 같이 투기에 대한 엄한 징벌 법규가 있었던 것은 말할 것도 없이 일부다처제를 유지하기 위한 것이었다.

고대사회는 원시사회와는 달리 남자의 여자에 대한 지배권이 확립된 사회였다. 때문에 여자는 남자에게 貞節을 바쳐 섬겨야 했고 남자의 허락 없이 다른 남자와 관계하는 것이 엄금되었다. 그리고 고대국가에서 지배계급의 결혼양식은 일부다처제였다. 이 일부다처제를 유지하기 위해서는 인간으로서 자연스럽게 가질 수 있는 여자의 투기에 대하여 비정상적인 억압이 절대 필요하였던 것이다.225)

고대 이후 유지되던 一夫多妻制가 조선왕조에 들어와 一夫一婦制로 바뀌었으나 그것이 남녀평등이나 여권을 생각한 데서 출발한 것은 아니었고 妾을 공식적으로 인정하고서 비롯된 것이었다. 그리고 이것은 여러 아내로 인하여 야기되는 명분상의 혼란과 자식들 사이에서 벌어지는 재산권의 문제 등을 사전에 방지하기 위한 방법이었다. 즉 한 남성은 몇 여성과 계속적으로 性的 關係를 지속하여도 무방하다. 단 한 명의 여성만이 아내이고 나머지는 모조리 妾이라는 그런 식의 일부일처제였다.226) 妻 外에 妾이 용인되니 자연 妻妾간의 갈등이 없을 수 없었고 이 갈등을 해결하는 방법은 역시 고대 이래 써오던 질투에 대한 징벌뿐이었다. 징계방법만 死刑에서 逐出로 완화되었지 투기를 죄악시하는 사회통념은 그대로였다.

그렇기 때문에 고소설에서도 투기하는 여자를 악인으로 몰아 권선징악적 차원에서 죽이든지 개과천선하여 화합하게 만드는 플롯을 즐겨 사용하였던 것이다.227) <謝氏南征記>에서 本婦人 謝氏를 모함하던 妾 喬氏는 끝내 죽음으로 그 죄과를 치른다. <影善感義錄>에서 尹夫人과 南夫人을 질투하여 모함한 趙女도 죽임을 당한다.[228] 또한 <鄭乙善傳>에서 兪夫人을 모함한 趙夫人도 죽음으로 그 벌을 받는다. 이들 작품의 주제는 투기로 가정의 평화를 깨는 여자는 죽어 마땅하다는 것이다. 반면에 화합으로 갈등을 해소시키는 작품들도 있다. <玉樓夢>에서 妾 碧城仙의 미모를 시기하여 그녀를 없애려던 本妻 黃夫人은 계획이 실패로 돌아가 流配길에 오르기도 하지만 결국 자신의 잘못을 뉘우치고 碧城仙과 화해하게 된다. <玉麟夢>에서 자신보다 才色이 뛰어나고 生男을 먼저 한 柳夫人을 시기하여 그녀를 죽이려고 시도하던 呂夫人은 柳夫人의 한없이 넓은 아량에 감동하며 前非를 뉘우치고 그녀와 화합하게 된다.

<趙生員傳>에서도 <玉麟夢>에서와 마찬가지로 같은 妻인 金夫人을 시기하여 제거하려던 郡主는 金夫人의 寬厚함에 감복하여 회개하고 다시 화합하게 된다.

고소설에 있어서의 이와 같은 兩妻 혹은 妻妾間의 갈등요인에 대하여 車溶柱[229]는 兩妻間에서는 남편으로부터의 애정의 疎外에서, 妻妾間에서는 妾이 正室을 謀害하여 축출하고 그 지위를 차지하려는 데서 비롯되었다고 말하고 이러한 갈등양상에 반영된 작가의식은 兩妻間의 갈등에서는 화합으로, 妻妾間에서는 응징으로 나타나는데, 그것은 妻와 妾이 지니는 사회적인 신분이 다르기 때문이라고 하였다. <影善感義錄>과 <鄭乙善傳>처럼 이에서 벗어난 작품들이 있기는 하지만 대체적인 면에서 그의 견해는 공감을 주는 것이라 본다.

1983.)에 실려 있는 작품별 경개를 참고로 한 것이다.

228) 尹夫人과 南夫人은 花珍의 妻이고 趙女는 花珍의 이복형 花璘의 妾이다. 고소설에 이처럼 一夫兩妻가 나오는 것은 의식면에서 과거의 유습이 가시지 않았기 때문일 것이다.

229) 車溶柱, "양처 및 처첩간의 갈등양상에 대한 고찰", 「고소설논고」, 계명대출판부, 1985, p.198.

이상에서 살펴본 것처럼 여타의 소설에서는 여자의 투기문제를 죄악시하여 혹독한 징벌을 가하든지, 잘못을 뉘우치고 다시는 투기를 하지 않게 하는 것으로 내용을 끌고 나간 데 대하여 <흥부전>에서는 오히려 "부자셔방 죠타ㅎ고 욕심닐 연 만ㅎ리라 암키라도 얼는ㅎ면 늬 숌씨의 졀단나졔"(申, p.386.)하는 식으로 투기심을 거리낌 없이 나타내는 흥부처를 징계하기는커녕 부자가 되어 잘살게 해 주었으니 주목거리가 아닐 수 없다. 이 현상을 어떻게 해석해야 할 것인가.

필자는 <흥부전>에 나타난 위의 현상에 대하여 다음과 같은 두 가지 경우를 상정해 볼 수 있다고 본다. 첫째는 <흥부전>이 형성되던 19세기[230] 당시는 이미 女權이 신장되어 투기 같은 것은 문제시되지 않던 사회였기 때문에 그런가 하는 것이다. 이 문제를 정확히 규명하기 위해서는 보다 전문적인 검토가 있어야 하겠기에 여기서는 가능성만 제시하는데 그치겠다. 다음 둘째는 시대를 앞서가는 진보적 작가의식의 표현인가 하는 점이다. 이점에 대해서도 결론은 일단 유보하기로 한다. 그러나 분명한 것은 앞서의 소설들이 인간의 정당한 본능을 죄악시하여 윤리의 굴레에 잡아두려 했던 데 비하여 작품이 본성 자체를 긍정적으로 보고 이를 적극적으로 발현시키고자 했다는 점은 人間性의 解放이라는 면에서 근대적 의미를 갖는다는 점이다. 질투하는 흥부처의 모습은 그녀가 윤리에 맹종하는 꼭두각시가 아니라 살아있는 인간이라는 것을 선언적으로 보여 주는 것이다. 그리고 모든 체면과 격식을 배격하고 과감히 생활전선에 뛰어들었던 그녀의 성격에도 부합되는 것이다. 그녀가 보여 주는 의미는 이같이 覺醒된 意識을 가지고 적극적으로 삶을 열어간 조선후기의 여성상을 보여 주었다는 점에 있다고 할 수 있다.

---

230) 여기서 말하는 '형성'의 개념은 現傳하는 대본의 문자화과정을 의미한다. 柳光秀 [註10]의 논문는 現傳臺本의 문자화 시기를 申本은 19세기 중반 전후 京板本은 1880년 전후 여타 대본은 20세기 초반으로 추정한 바 있다.

4) 놀부의 처

놀부의 妻는 媤同生을 밥주걱으로 때린 사건으로 인하여 惡女로 인상지어진 인물이다.[231] 그녀의 이와 같은 無道한 행위는 물론 놀부에 못지않은 탐욕과 이기심에서 비롯된 것이다. 작품에서 작가는 그녀를 "조흔 것을 보면 긔절을 일슈하고 쟝의 갓다가 물건 노인 것을 보던가 돈 셰난 것을 보다가 죽어 업드져 업혀 와셔 셕달 후야 일어난 위인"으로, "엇지 욕심이 만턴지 남의 혼인 구경을 가면 신부의 새 금침을 덥고 쌈을 내여야 알틀 아니하는 년"(世, p.31.)으로 소개하고 있다. 실로 그 남편에 그 아내로 天定配匹인 것이다. 그렇기에 그녀는 남편의 行惡에 대해 만류하기는커녕 오히려 적극적으로 고무 동조하고 있다. 그녀의 이러한 태도는 놀부가 흥부로부터 화초장을 빼앗아 가지고 온 것을 보고 좋아하는 장면에서 잘 나타난다.

> 얼시고 곱기도 하다 우리 남편이 복인이지 어듸를 가면 그져 올 리 만무하지 슈져갓튼것을 보면 행젼 귀통의 질너 오거나 화져 부삽갓튼 것은 괴츔의 너어 온다 즁발을 갓모자의 너어 온다 강아지를 소매의 너어 온다 허행은 안커니와 가던 즁 제일일세 (世, pp.31~32.)

그녀는 물욕에 관한 한 남편 놀부에 지지 않는 위인이다. 그녀에게 생의 목적은 富의 축적이었고 이를 방해하는 사회규범은 그녀에게는 관심 밖이었다. 그러기에 양식 얻으러 왔다가 매만 맞고 돌아가는 시동생을 동정은 고사하고 "졀어한 쎄군놈을 단단이 쳐쥬어야 다시난 안 올 텐듸 엇터케 썩려관듸 예상으로 거러가늬 게집은 잘 줍 쥐졔 다리칼 공알쥬먹 동싱은 우익흐야 사정을 보와쑤만"(申, p.344.)하고 약하게 때려 如常으로 걸어간다고 오히려 남편을 힐책하였고 본인 자신이 직접 밥주걱과 부지깽이로 시동생을

---

231) 그러나 실제로 이 장면이 나오는 대본은 4 대본 중 世昌本 뿐이다.

치는232) 패악도 서슴지 않았던 것이다.

그러나 그녀의 이 같은 악행도 <사씨남정기>의 喬氏, <창선감의록>의 趙女, <정을선전>의 趙夫人과 같은 쟁총형 악녀들이나 <장화홍련전>의 許氏, <김인향전>의 鄭氏와 같은 계모형 악녀들의 惡性에 비하면 그 질적인 면에서 비교가 되지 않는 미미한 것에 불과하다는 사실은 그녀가 놀부와 마찬가지로 철저한 악인은 되지 못한다는 것을 뜻한다. 위에 열거한 인물들은 남편의 사랑을 독점하기 위해 간교한 음해로 戀敵을 죽이려다, 그리고 前室 자식을 증오하여 처녀임신이라는 잔악한 누명을 씌워 그들을 죽이려다 도리어 죽음으로 그 죄과를 치른 용서받지 못한 악녀들이다.

李在銑233)은 한국문학에 있어서 대표적인 악녀로 <사씨남정기>의 喬氏와 <장화홍련전>의 許氏를 꼽으면서 喬氏를 正室의 戶籍權을 쟁탈하기 위해 親子殺害의 잔혹한 범죄와 간통도 서슴없이 행하는 면죄 받을 수 없는 간교하고 노회한 악의 대리자로, 許氏를 간계로써 도덕적인 불륜을 위증하여 장화를 죽음으로 몰아가게 할 정도로 요악한 악의 화신으로 규정하면서 그들을 성격적인 악마 숭배(demonism)에 의해 가족과 가정을 파멸시켜버리는 여인들이라 했다. 그리고 납매(臘梅)와 십랑(十娘)과 같은 <사씨남정기>의 젊은 하녀들은 교채란의 하수인이거나 저들에게 간악한 지혜를 제공하는 악행의 동반자들이라 했다.

이들의 간교하고 잔인한 술수에 비하면 놀부처의 악행은 무식하고 순진하기까지 하다. 그녀의 악행에는 음험한 계략이 없으며 대단한 야욕이 숨어있는 것도 아니다. 그저 돈 몇 푼 나가는 것이 아까워 앞뒤 가리지 않고 손에 잡히는 것으로 시동생을 친 것뿐이다. 그 인색한 심사나 사회윤리를 무시한 시동생 폭행의 행위에도 불구하고 그녀가 고소설에서 대표적 악녀가 될 수 없는 것은 그녀의 이러한 陽性的 性格 때문이다.

---

232) 世昌本, p. 8.
233) 李在銑, 앞의 책, p.72.

그리고 시동생에 대한 악행을 제외하면 그녀의 행위는 지극히 정상적이다. 남편에 대해서도 아내의 역할을 충실히 다하고 있다. 그것도 맹목적으로 복종하는 봉건적 아내로서가 아니라 자아의식을 갖고 깨어있는 반봉건적 아내로서 말이다.

그녀의 그러한 면모는 특히 박을 타는 과정에서 두드러지게 드러나고 있어 우리의 눈길을 끈다. 보물이 나올 줄로 알았던 박에서 양반, 가얏고·소고·징·꽹과리 든 놈, 노승이 연이어 나와 돈을 뜯어 가자 그녀는 일이 잘못되었음을 알고 남편의 무모한 행위를 중지시키기 위해 앞을 가로막는다.

> 켜지 마오 제발 덕분 켜지 마오 그 박을 켜다가난 패가망신할 거시니 덕분에 켜지 마오 (世, p.40.)

그러나 물욕에 눈이 먼 놀부는 아내의 정당한 충고도 무시하고 "요사스러운 계집년이 무삼 일을 아노라 방정맞게 날쮜난고"하며 주먹으로 관자놀이를 쳐서 쫓아버리고 다시 박을 타는 것이다. 박을 타다가 몇 차례 더 봉변을 당하자 그녀는 맞을 것을 각오하고 다시 박타는 일을 중지할 것을 남편에게 간곡히 애원한다.

> 그만 두오 그만 두오 박의 신물도 아니 납나 만일 쪼 불냥한 놈이 나오면 엇지랴고 박을 쪼 싸 가지고 옴나 (世, p.54.)

그러나 놀부는 아내의 이 말까지도 "방정맞고 요사한 년 물넛거라 이 박은 정통 금박이니 재물 어드면 넨덜 아니 귀이 되랴"하며 계속 타다가 똥벼락을 맞아 완전히 패가망신하고 마는 것이다.

놀부처가 박타기를 말리는 장면은 各 本에 모두 나온다.

제발 덕분의 켜지 마오 그 박을 켜ᄃᆞ가는 픽가망신 홀거시니 덕분의 마오

(京, 14장)

이것 못씨것소 제가 쪽 아난 체하고 박씨의 ᄉᆞ긴 글ᄌᆞ을 보니 야달팔쏫 바람풍쏫 모모 이 ᄉᆞ긴ᄊᆞ니 팔풍이 이러나면 집안을 망홀테니 박씨 갓다 닉바리요

(林, p.44.)

맙쇼 맙쇼 타지 맙쇼 그 박씨의 쓰인 글쏫 가풀보ᄌᆞ 원슈구쏫 원슈 갑ᄌᆞ ᄒᆞ 말이라 탈슈락 망홀테니 간신니 모운 세간 편ᄒᆞ 쏠도 못보고서 즙것덜게 다 쓰끼니 일얼 쥴 알아쎅면 시아지 굴물 젹의 구완 아니 ᄒᆞ여씰가 만일 즙것 쏘 나오면 적슈공권이 신세의 무엇시로 감당홀가 가련ᄒᆞ 우리 부부 목슘까지 업씰 터니 그여이 타랴거든 닉 허리와 함ᄢᅴ 켜쇼" (申, pp.438~440.)

그녀의 호소에도 아랑곳하지 않고 놀부가 남편으로서의 권위만 앞세우고 도박을 계속하다가 돌이킬 수 없는 파멸을 맞게 되는 것은 말할 것도 없다.

그녀는 박타는 과정에서 현실을 옳게 판단하는 냉정함과 남편의 잘못을 바로잡아 주려는 적극성을 동시에 보여주고 있다. 그녀는 남편의 호통 한 마디에 할 말도 못하고 움츠러드는 전통적 봉건여성이 아니다.

남편과 가정을 위하는 길이라면 욕을 먹고 매를 맞아도 할 말은 한다는 자아의식을 갖고 있는 진보적 여성인 것이다. 그러한 면에서 그녀의 성격은 각성된 여성의식을 대변한다는 <장끼전>의 까투리와 상통하는 점이 있다.

<장끼전>에서 까투리가 남편 장끼로 하여금 덫의 미끼로 논 콩을 먹지 못하도록 만류하는 장면은 놀부처가 놀부에게 박을 타지 말라고 哀訴하는 장면과 같은 것이다. <장끼전>에서 까투리는 먹음직한 붉은 콩 한 개를 발견하고 "어화 그 콩 소담ᄒᆞ다 하날이 쥬신 복을 내 어이 마다하리 내 복이니 먹어보자"[234]하며 먹으려 덤비는 장끼를 "아즉 그 콩 먹지 마소 설샹(雪上)의 유인젹(有人迹)ᄒᆞ니 수상ᄒᆞ 자최로다 다시금 살펴보니 입으로 훌훌 불고

---

234) 京城書籍業組合 發行, 舊活字本 <장끼젼>.
　　이하 <장끼젼>의 本文引用은 같은 대본을 사용한 것이며 괄호 안의 漢字는 臺本에 있는 것임.

비로 싹싹 쓴 자최 심이 고이하미 제발 덕분 그 콩 먹지 마소"하고 말린다. 까투리는 놀부처가 그랬던 것처럼 불길한 조짐을 발견한 것이다. 그러나 장 끼는 눈앞의 먹이에 눈이 가려 까투리의 충고는 안중에도 없다. 놀부가 보 물에 눈이 멀어 아내의 충고를 무시한 것과 같이. 까투리가 夢事의 凶兆를 들어 간절히 만류해 보지만 이미 콩을 먹기로 작심한 장끼에게 그 말이 들 릴 리 없다. 결국 장끼는 자기 고집대로 나가다 덫에 치어 목숨을 잃고 만다. 놀부가 당한 종말과 같다. 다만 행위의 주체가 동물과 인간으로 다르기 때 문에 파멸의 형태가 죽음과 破産으로 갈라진 것뿐이다.

<장끼전>에서 작가가 전하고자 하는 메시지는 까투리의 다음과 같은 말 을 통해 나타난다.

> 져런 광경 당할 줄 몰나든가 남자(男子)라고 여자(女子)의 말 잘 드러도 패가(敗 家)하고 기집의 말 안 드러도 망신(亡身)하네 · · · 통감(通鑑)의 이르기를 독약(毒 藥)이 고구(苦口)나 이어병(利於病)이요 충언(忠言)이 역이(逆耳)나 니어행(利於行)이 라 하엿스니 자네도 내 말 드러면 져런 변(變) 당(當)할손가 답답(沓沓)하고 불상 (不詳)하다.

아무리 여자의 말이라도 들을 것은 들어야 한다는 것이다. 이 말은 뒤집 으면 여필종부가 아무리 절대윤리라 해도 남편이 잘못을 저지를 때는 아내 가 나서 이의 시정을 요구해야 한다는 것이다. 아내도 할 말은 하고 남편도 들을 말은 들어야 한다는 이러한 사고는 당시 사회가 복종과 인고만을 미덕 으로 여겨왔던 남성지배의 봉건사회였다는 점을 감안하면 가히 혁명적인 것이라 하지 않을 수 없다. 까투리의 이 말에는 또한 기존의 남성본위체제 에 승복하지 못하는 강한 자의식이 스며있다. 여성이 결코 남성의 부속물이 나 장식품이 아니라 독립된 인격을 가진 相補的 存在라는 인식이다. 이 의 식은 뒤에 가서 남성본위의 基幹倫理인 改嫁禁止法을 표연히 깨는 것으로 행동화된다. 여자의 충언도 무시하고 남자로서의 권위만 내세우다 죽은 남편을 위해 수절은 당치 않다는 것이다. 개가하는 태도도 수동적으로 업혀가듯이 가는 것이 아니라 여러 구혼자들 중에서 가장 마음에 드는 자를 골라 歡洽한 마음으로 가고 있다.

"내 나를 솝아보면 불노불소(不老不少) 즁(中) 늙으니라 수맛 알고 살림할 나이로다 오날 그듸 풍신(風信) 보니 슈절(守節)마암 전혀 업고 음난지심(淫亂之心) 발동(發動)하내 허다(許多)한 호라비가 예셔 졔셔 통혼(通婚)ᄒ나 왕상만리 각실너니 녯말의 일으기를 류류상종(類類相從)이라 ᄒ엿스니 ᄭᅡ토리가 장ᄭᅵ실랑 싸라감이 의당당(宜當當)한 상사로다 아모커나 살어 보세"하는 까투리의 말 속에 고전적 여성의 의식은 찾아볼 수 없다. 자신의 운명은 자신이 결정한다는 각성된 자아의식만 보일 뿐이다.

그러나 여기서 필자가 강조하고자 하는 것은 까투리의 개가사건이 아니다. 그것은 결과로 나타난 하나의 사건일 뿐 까투리라는 인물의 성격을 규정짓는 本源的인 것은 아니기 때문이다. 필자가 주목하는 것은 앞서 살펴본 것처럼 무조건적 순종만이 최선이라는 봉건적 사고에서 벗어나 남편이 잘못된 길을 가려할 때는 심한 질타도 감수하면서 그를 바른 길로 인도하려는 여성으로서의 각성된 자의식이다. 이 의식의 연장선 위에서 개가도 가능했다고 할 수 있다.

그리고 이와 같은 여성의 자아각성은 자연히 그들의 지위향상에도 영향을 미쳤을 것이다. "<장끼전>은 여성들의 입을 틀어막고 있는 장벽을 물리쳤다는 점과, 논쟁의 결과가 여인의 승리로 돌아갔다는 데에서 우선 여성의 지위를 浮彫시켰다고 보아야 한다."[235]고 한 張德順의 주장이나 "장끼가 콩을 먹으려 할 때 만약 아내인 까투리의 말을 들었더라면 죽지 않고 단란히 백년해로할 수 있었을 것이다. ··· 이 작품에선 부부생활에서 이미 여성의 지위에 변화가 옴을 암시하고 있다."[236]고 한 蘇在英의 견해는 이를 지적

235) 張德順, 「한국고전문학의 이해」, 일지사, 1973. p.221.
236) 蘇在英 編, 「한국풍자소설선」, 정음사, 1975, p.83. 장끼전 解題

한 것이다.

이상에서 살피건대 까투리와 놀부처는 유사한 점이 많음을 알 수 있다. 까투리가 남편으로 하여금 목숨을 앗아갈 콩을 먹지 말도록 극력 만류했다면 놀부처는 남편으로 하여금 패가망신할 박을 켜지 말도록 매를 맞아가며까지 애원했다. 까투리가 개가함으로 '烈女不更二夫'의 불평등 윤리를 깼다면 놀부처는 적나라한 질투심을 그대로 내보임으로써 '妬忌嚴禁'이라는 부당한 억압의 사슬을 끊었다.

> 다른 보화는 만이 나오되 흥보 아쥬버니갓치 첩은 행여 나오지 마옵소셔
> (世, p.52.)
>
> 나는 눌만 못ᄒ기예 ᄉ당 보고 미치나냐 (申, p.428.)

하는 그녀의 말 속에 자아에 눈 떠가는 근대여성의 면모가 나타나 있고 이러한 현상은 흥부처에서도 보인 바 있다. 그런데 까투리나 흥부처와 같은 인물에 대해서는 '근대적 여성의식의 대변자'니 뭐니 하며 요란스럽게 추켜세우면서 의식과 행동에서 같은 양태를 보인 놀부처에 대해서는 일언반구 언급이 없으니 그것은 무슨 까닭인가. 그 이유는 그녀의 작중 역할이 惡女라는 데 있을 것이다. 그러나 그녀의 악역이 처음부터 끝까지 계속되는 것은 아니다. 그녀는 남편 놀부의 악행에 협조하는 동안 악인이었지 박을 켜기 시작하고부터는 악인이 아니다. 남편의 허황된 욕심을 원망하며 망해가는 집안을 보고 안타까워하는 평범한 主婦일 뿐 아무것도 아니다. 오히려 "이럴 줄 알았으면 시아주버니 굶을 적에 구완이나 할 걸 그랬다."[237]고 잘못을 뉘우치기도 하는 보통여성인 것이다.

그러나 역시 한번 박힌 인상을 지우기 어려운 것이니 '功不能掩過'라고나

---

237) 申本, pp.438~440.
   간신니 모운 세간 편ᄒ 꼴도 못 보고셔 즙것덜게 다 쓱기니 일얼 줄 알아씩면 시아지 굴물 적의 구완 아니 ᄒ여씰가

할까. 하지만 아무리 악인이라도 그 긍정적인 면까지 무시할 필요는 없을
것이니 그녀의 惡女像의 裏面에 있는 또 다른 모습에도 관심을 기울여 볼
가치가 있다고 생각한다.

▌ 4. 作品의 內容分析

1) 흥부 놀부 대립의 의미

本項에서는 흥부와 놀부의 對立이 의미하는 바가 무엇이며 그것을 작가
는 어떠한 시각으로 바라보았는지에 대하여 고찰해 보도록 하겠다.

고소설은 모두 善惡對立構造로 되어 있다고 해도 지나치지 않을 정도로
善惡에 대한 이조인들의 好惡의 감정은 각별한 것이었다. 그리고 이러한
감정은 '積善之家必有餘慶 積不善之家必有餘殃'[238]의 교리에 맞추어 모
든 소설을 善者必勝으로 一色化하는 데 결정적 기여를 하였다.

그런데 그들이 사용한 선악판단의 준거는 물론 유교윤리였다. 유교윤리
는 고대 삼국, 신라, 고려, 조선 등 역대왕조를 포함한 10세기를 넘는 기간
동안 사회적 평가에 있어 조금도 동요되어 본 적이 없는 至高 至善한 價値
体系[239]였기에 이를 따르는 者는 善人이고 따르지 않는 者는 惡人이라는
공식을 그들은 당연한 것으로 받아들였다. 그리고 그들 자신은 유교윤리
의 절대성을 믿고 복종하기 때문에 善人에 속한다고 생각했고 따라서 작
품 속의 善人의 승리를 자신의 승리로 여겨 그것을 熱望하였다.

흥부와 놀부도 윤리·반윤리로 선인과 악인으로 갈린 인물들이다. 흥부

---

238) 「周易」, 坤.
239) 黃浿江, 「조선왕조소설연구」, 단국대출판부, 1978, pp.115~116.

의 행위가 어느 것 하나 유교윤리에 부합되지 않음이 없음은 전장에서 살펴
본 바 있다. 부모에게 효도하고 어른을 존경하는 것[240]은 말할 것도 없고
형의 학대에도 말 한마디 하지 않고 복종하는 것이며 돈목지의 때문에 같이
살아야겠다는 것이며 물욕에 탐이 없고 부귀를 바라지 않는다는 것이며 체
면과 격식을 유난히 따지는 것 등 그의 의식과 행동은 모두 철저히 유교윤
리에 기초한 것들뿐이다. 심지어 조강지처의 불평도 무시하고 미인첩을 얻
은 것조차 유교윤리의 용인 하에 이루어진 것이니 그는 가히 유교윤리의 화
신이라 해도 틀린 말이 아닐 정도로 윤리로 뭉친 인물인 것이다. 이에 반해
놀부는 양식을 절약하기 위해 동생을 내쫓는 불륜을 저지르고 보물에 눈이
어두워 제비다리까지 꺾는 무자비한 행동도 서슴지 않았던 악의 화신 바로
그것이라 할 수 있다.

　이렇게 볼 때 흥부 놀부의 대립은 例의 선악대립의 양상을 가장 선명히
보여주는 것이라고 볼 수도 있다. 그러나 이 두 인물의 대립을 단순히 개인
적 차원에서의 선악의 대립 또는 윤리·반윤리의 대립으로 보기에는 이들
이 表象하는 의식이 너무나 사회성이 강한 것이라는 데 문제가 있다. 즉 흥
부가 보여주는 의식과 행동은 같은 선인인 그의 아내로부터도 부질없이 청
렴한 척 한다고 비판을 들을 만큼 철두철미 유교윤리지향적인 것으로 기존
유교윤리를 추종하는 자들의 의식과 행동을 대변하는 것으로 볼 수 있고 놀
부의 그것은 단순한 반윤리를 넘어 당시 사회에서 새롭게 대두되던 개인주
의적·자본주의적 가치관을 추종하는 자들의 의식과 행동을 대변하는 것으
로 볼 수 있기 때문이다.

　당시 사회가 情誼로 맺어진 전통적 공동사회가 아니라 타산이 앞서는 근
대적 이익사회로 상당히 이행된 단계였다는 것은 2章 5節에서 밝힌 바 있
다. 다시 말하면 이미 당시 사회에는 놀부와 같이 오직 물질에 최고 가치를

240) 申本, p.326.

두고 富의 획득을 위해 비윤리적 행위도 마다 않는 개인주의와 이기주의가
만연돼 가고 있었던 것이다. 그리고 이러한 풍조가 전통 유교윤리의 정당성
을 의심치 않고 이에 순종하며 살아가던 대다수의 선량한 민중들에게 하나
의 충격으로 작용하였으리라는 것은 짐작하기 어렵지 않다.

　体制에의 복종과 無爲의 德을 도덕적으로 높이 평가하는 사회에 있어 개
인주의와 이기주의의 출현은 실로 중대한 사건이 아닐 수 없었을 것이다.
그것은 체제에의 도전을 의미하는 것이었으며 인간 삶의 방식의 근본적인
개혁을 요구하는 가치관의 혁명이었다고 할 수 있다. 유교윤리가 인간의 본
성의 발현을 억압하고 모든 행위를 권위주의적으로 정해진 규범에 따라 행
하게 하였는데 반해 오직 자신의 이익만을 위해 자신의 주관적 판단에 의해
거리낌 없이 행동할 수 있었던 이기주의적 생활방식은 그들이 보기에는 정
말 놀라운 것이었을 것이다.[241]

　　인간의 죠흔 거시 부즈박기 또 잇난가 욧인군은 엇지ᄒ여 다ᄉ타 마다시고 밍즈
　　난 엇지ᄒ여 불인ᄒ면 된다신고 다ᄉ히도 닉사 죠코 불인히도 닉사 죠히 · · · 지
　　물이 업시면은 잘난 ᄉ람쓸듸 업늬 · · · 빈금문입즈달의 인군도 ᄉᄅᆼᄒ고 일빅금
　　젼편반혼 귀신도 안 무셔워 (申, p.418)

　이 말은 "세상에 좋은 것은 부자밖에 없으니 부자가 될 수만 있으면 多事
해도 不仁해도 상관없다. 돈이 있으면 임금도 사랑하고 죽은 사람의 魂도
되돌릴 수 있다."는 황금지상주의자들의 가치관을 잘 보여 주는 것이다. 이
러한 배금주의적 가치관을 신봉하던 자들은 모든 유교적 도덕률과 형식주
의를 무시하고 오직 富의 획득에만 몰두하였을 터이니 유교적 교리만 따라
예의와 염치를 지키면서 윤리적인 삶을 살던 많은 일반 백성들보다 현실적
으로 强者의 위치를 차지하게 되었을 것은 당연한 일이었으리라.

---

241) 拙稿, 註59)의 논문, p.59.

그러므로 문제는 여기서 생기게 되었다. 마음만 옳게 먹고 不義之事를 아니 하면 자연 神命이 도와 굶어죽지 않을 뿐 아니라[242] 하늘에서 福을 내려 부자로 잘살게 될 줄로 굳게 믿고 윤리를 지켜 선하게 살아 왔는데 마땅히 복을 받아야 할 자기들은 점점 더 살기가 어려워져 糊口도 힘들게 되고 불의지사를 밥 먹듯 하며 부도덕하게 사는 자들은 적악지가필유여앙의 인과율에 따라 벌을 받아 망해야 함에도 불구하고 오히려 더욱 잘살게 되는 현실에 대하여 강한 모순을 느끼지 않을 수 없었던 것이다. 그리하여 그들은 架空의 세계에서나마 이러한 모순을 시정하고자 작품을 만들게 되었고 유교윤리적 가치관에 충실한 채 가난하게 살아가는 백성의 전형으로 흥부를, 개인주의적 · 이기주의적 가치관을 지니고 부유하게 사는 계층의 전형으로 놀부를 설정하였던 것이다. 따라서 흥부와 놀부의 대립은 단순한 선 · 악의 대립이 아닌 유교윤리를 옹호하는 기존의 가치관과 개인주의 · 이기주의를 지향하는 새로운 가치관의 대립이라는 양상을 띠게 된 것이다.

작품제작의 의도가 이러하기에 작품 속에서 이들을 바라보는 작가의 시각 또한 이미 정해진 것이나 같다고 볼 수 있다. 유교윤리라는 善의 가치체계를 추종하는 흥부와 흥부처에 대하여는 온정적이고, 개인주의 · 이기주의라는 惡의 가치체계를 지향하는 놀부와 놀부처에게는 적대적일 것이라는 것은 명약관화하기 때문이다. 실제로 작가는 작품을 통해 시종 표면에 나타나 인물에 대한 자신의 주관을 강하게 표출하고 있다.

    * 흥부
    흥보에 어진 마음 조금도 닷토미 업더라 (世, p.2.)
    흥보 마음 인후한지라 청산류슈 곤륜백옥이라 (世, p.5.)
    흥보에 어진 마음 질겁기 측량업것만 (世, p.6.)
    흥보의 착한 마음 형의 말은 아니 하고 (世 ,P.10.)

---

242) 世昌本, p.18.

흥부는 어진 사름이라 ᄒᆞ는 말이 (京, 5장)
가련한 홍보 신셰 지셩으로 비는 마리 (申, p.328.)
가련한 홍보 신셰 기구 다시 못ᄒᆞ고셔 (申, p.330.)
불숭흔 져 홍보가 졔 형 셩졍 아난구나 (申, p.344.)

* 놀부
무거한 놀보놈이 일분 개회함이 업스니 (世, p.2.)
텬하의 몹슬 놈이 일일은 생각하니 (世, p.2.)
놀보난 원악 무도한 놈이라 홍보 온 일이 (世, p.6.)
씨져 죽여도 죄가 남을 놈의 심술이 (世, p.27.)
놀보의 불칙흔 마음 요만ᄒᆞ고 둣더니 (林, p.6.)
불양흔 져 놀보놈 고셩으로 마을 ᄒᆞ되 (林, p.7.)
졔 어미 부틀 놈이 삼강을 아느냐 오륜을 아는야 (申, p.326.)
져 싸려 쥭일 놈이 홍보를 도라보며 (申, p.392.)
져 몹슬 놀보놈이 졔비다리 가물얄졔 (申, p.400.)

* 흥부처
홍보안해 쏘한 현숙한 부인이라 쟝부의 ᄯᅳᆺ을 바다 (世, p.3)
홍보안해 착한 마음의 보리라 하닛가 먹난 보리로만 알고 (世, pp.5~6.)
불상흔 홍보딕이 부ᄌᆞ의 며나리로 먼 길 거러보앗난야 (申, p.330.)

* 놀부처
이년 쏘한 몹슬 년이라 왈악 도라스며 하난 말이 (世, p.8.)
이 몹슬 년이 밥주걱은 놋코 부지껭이로 (世, p.8.)
이연의 마음씨난 놀보보단 더 독ᄒᆞ여 (申, p.344.)

이처럼 흥부네에 대한 好意와 놀부네에 대한 敵意를 그대로 드러내고 있다. 그리고 이러한 시각은 작품 종결부에까지 연장되어 결국 흥부의 승리와 놀부의 패배로 작품을 마무리 짓고 만다. 기존 가치관의 승리를 선언한 셈이다. 이에 대해 李文奎[243]는 "결국 기존 질서에 충실한 선한 흥부는 현실에

---

243) 李文奎, 註30)의 논문, p.338.

서 승리하고, 새로운 가치를 추구하는 악한 놀부는 현실에서 패배하는 것이
다.‥‥이렇게 볼 때 흥부전의 주제는 '기존 가치관과 새로운 가치관의 대
립을 통하여 기존 가치관이 승리해야 한다는 민중의 소망을 표현한 작품'이
라 규정지을 수 있다."고 밝힌 바 있다. 부인하기 힘든 洞見이라 할 만하다.
그러나 이는 너무 표면적 결과만 중시한 데서 얻어진 결론이 아닌가 하는
느낌이 있다. 필자는 그에 앞서 작가가 새로운 가치관에 대해서 끝까지 반
발한 반면 기존 가치관의 형식주의에 대해서도 부분적으로 비판한 점을 들
어 표면에 나타난 결과뿐만 아니라 그 아래 잠재해 있는 작가의식의 포착에
도 관심을 기울여야 할 것을 지적[244]한 바 있다. 이러한 견해는 지금도 불변
이지만 작가의 자기반성적 태도가 근대의식과 관련된다는 점을 감안할 때
오히려 더욱 강조할 필요가 있음을 느낀다.

개인주의를 지향하는 새로운 가치관은 역사발전과정에서 분명 진보적 일
면이 있는 것인데 이를 무조건 배격하고 보수 봉건적 가치관에의 맹종만 고
집한다면 그곳에 발전은 기대할 수 없을 것이다. 그러나 <흥부전>의 작가
는 이기주의적 가치관의 부도덕성을 痛罵한 반면 기존 유교윤리적 가치관
의 부정적 요소도 함께 비판함으로써 봉건작가답지 않게 열린 시각을 보여
주었다.

기존 유교적 가치관에 대한 비판은 가난의 원인이 자신들이 신봉하는 유
교의 노동천시의식 · 체면존중의식 · 형식주의사상과도 관계가 있다고 믿은
자각에서 비롯한다. 유교사회에서 노동은 장려할 미덕이 아니었다. 할 수만
있으면 무위도식하면서 책이나 보며 사는 것이 사람다운 삶이지 노동은 그
럴 수 없는 사람들이 마지못해 하는 천한 행위에 불과하다는 인식이 일반적
인 것이었기 때문이다. 그러나 노동 없이 어떻게 생산이 있을 수 있으며 생
산 없이 어떻게 富가 이루어질 수 있겠는가. 그러므로 가난한 사람이 노동

---

244) 拙稿, 註59)의 논문, p.64.

을 기피하면서 가난의 원인을 다른 데서 찾는다는 것은 어불성설이라 하지 않을 수 없는 것이다. 작가는 이점을 알고 있었다. 노동을 천시하고 기피하는 사상을 버리지 않으면 결코 가난을 면할 수 없다는 것을. 그리하여 작가는 이 같은 풍조를 흥부의 집 짓는 장면을 통해 비판하게 된다.

집을 지으려고 집 직목을 니려 가량이면 만첩청산 드러가셔 소부동 딕부동을 와르렁퉁탕 버혀다가 안방 딕쳥 힝낭 몸쳐 니외분합 물님퇴의 살미살창 가로다지 입구즈로 지은 거시 아니라 이놈은 집 직목을 니려 흐고 슈슈밧 틈으로 드러가서 슈슈딕 흔뭇슬 뷔여다가 안방 딕쳥 힝낭 몸쳐 두루 지퍼 말집을 꽉 짓고 도라보니 슈슈딕 반 뭇시 그져 남앗고나 (京, 1쟝)[245]

위에서 작가는 "집을 지으려면 小不等 大不等을 베어다가 안방 대청 행랑 몸채···입구자로 짓는 것이 아니라"라는 표현을 썼다. 여기서 "짓는 것이 아니라"라는 말은 마땅히 그렇게 지어야 함에도 불구하고 하지 않았다는 말이다. 하지 않고 겨우 수숫대 반 뭇으로 말집이나 짓고 말았다는 말이다. 이것은 아무리 좋게 해석해도 흥부에 대한 찬사로 볼 수는 없다. 노동의 미숙성에 대한, 무의욕적 성격에 대한 풍자요 비판인 것이다. 그러기에 작가는 흥부에 대해서 좀처럼 쓰지 않는 '이놈'이라는 호칭까지 써 가며 나무란 것이다.

다음 체면존중의식에 대한 비판은 청렴한 척하지 마라는 흥부아내의 말을 통해 하고 있는데 이에 대한 설명은 이미 3章 3節 '흥부의 처'에서 했기 때문에 여기서는 다시 다루지 않도록 하겠다.

다음 형식주의사상에 대한 비판은 흥부가 놀부의 집을 찾아갈 때와 읍내에 환곡 얻으러 갈 때 치장 차리는 모습을 풍자하는 것으로 가하였는데 이 부분에 대하여도 3章 1節 '흥부'에서 언급하였으므로 여기서는 재론하지 않

---

245) 世昌本과 林本에서도 집 짓는 형용은 비슷하나 '이놈은'이라는 말은 없다.

겠다.

이상의 고찰을 통해 작가가 인물이나 그 인물이 표방하는 가치관에 대한 시각이 결코 단순한 것이 아님이 밝혀졌다. 그러나 여기서 우리가 작가의 시각에 있어 다시 주목할 것은 작가가 기존 가치관에 대해 부분적으로 비판을 가한 것같이, 새로운 가치관에 대해 일방적으로 매도만 한 것이 아니고 부분적으로는 이를 긍정적으로 보는 시각을 보여주었다는 점이다. 그것은 놀부에게 생동하는 인간성을 부여하고 그것을 그의 악행과 관련시키지 않고 공감어린 눈으로 바라보는 작가의 시선을 통해 나타난다. 하인 시켜 보내주겠다는 것도 거절하고 "웃옷을 버셔 척척 겹어 쟝 우의다 언더니 질머지고"(世, p.31.) 제집으로 가는 놀부의 모습에 더 이상 작가의 부정적 시선은 남아있지 않다. 오히려 흥부와 달리 노동에 친숙한 그의 몸놀림에서 서민적 친근감만을 느낄 수 있을 뿐이다. 또한 화초장을 지고 가면서 이름을 잊어버리지 않기 위해 "화쵸쟝쟝쟝쟝 하면셔 오다가 개쳔을 만나 근너 쮈제 쏘 이져바리고"(世, p.31.)하는 그의 모습은 인간적 약점을 공유하고 있음을 보여주는 것으로 흐뭇한 동감을 불러일으키기에 족하다.

이점에 대하여는 趙東一246)도 '초상난 대 춤추기', '불분난 대 붓채질하기'와 같은 행위도 남에게 피해를 입히고 만족한다는 논리에서는 그에게 반감을 갖도록 되어 있으나, 그 기발한 파격성과 솔직함은 오히려 친근감을 갖게 한다고 말하고 '화를 더럭 내여 벽력갓흔 소래로'라든가 '웃옷을 버셔 척척 겹어 쟝 우의다 언더니 질머지고'와 같은 태도는 모두 그가 얼마나 소탈한가를 보여주고, 그러기에 동감을 불러일으키기에 충분하다고 하였다. 그리고 그는 아무런 내적 갈등도 없이 이해관계에 따라 직선적으로 매진하는 놀부와 내적 갈등을 해결하지 못해 이러지도 못하고 저러지도 못하는 궁상맞은 흥부의 대립은 오히려 놀부를 긍정하고 흥부를 부정할 수 있게 하는

---

246) 趙東一, 註8)의 논문, p.100.

효과를 가져오기도 한다고 덧붙였다.

그런데 이와 같이 악인에게 인간성을 부여하고 그의 행동양식 중 일부를 긍정적으로 바라보기도 하는 현상은 근대의식을 내포한 조선후기소설에서는 거의 일반적인 것이었음을 유의할 필요가 있다.

鄭炳昱은 樂善齋本 小說 몇 편에 나타난 근대의식을 논하면서 그 중 <泉水石>에 등장하는 간옥지와 이초혜의 인간상에 대해 다음과 같이 말하였다.

> 작품<泉水石>의 경우, 간옥지와 이초혜는 악인으로 설정되었고, 또한 그렇게 설명되고 있다. 그러나, 그들의 행동과 사고는 작자의 부단한 설명에도 불구하고, 간단한 개념으로 처리될 수 없는 리얼리티를 지니고 있다. 바꾸어 말하여, 작자는 한편으로 이들을 규탄하고 있지마는, 다른 한편에서는 그들을 도덕적인 규범에서 보지 않고, 오히려 그들 자신의 생활적인 논리에 따라서 파헤치고 있으며, 때로는 악인이라는 규정이 사실상 무의미해지는 경우가 허다하게 나타난다.[247]

그는 惡女 이초혜가 주인공 설씨에 비해 훨씬 생동하는 인물로 그려져 있다고 하면서 "이소저 수족이 풀려 미친 듯하니, 한 거리 노으로 왼 몸을 동인 듯, 가만히 눈물을 흘리더라"와 같은 생생한 묘사는 설씨에게서는 찾아볼 수 없는 구절이라고 하였다. 그리고 그는 이어서 말하기를 작자는 표면적인 주장과는 달리, 이초혜에게 깊은 관심을 가졌다기보다는 오히려 탐닉하고 있었다고까지 생각할 수 있을 것 같다고 하였다.[248]

또한 李相澤은 <落泉登雲>에 나오는 안티 테제적인 人間群들이 생생한 인간적 체취와 reality를 느낄 수 있도록 묘사되어 있다는 점을 지적하면서 다음과 같이 말하였다.

> 작가는 인물설정에 있어서 사회의 변질을 말해 주는 새로운 anti-tese적인 인간군

247) 鄭炳昱, "이조말기소설의 유형적 특징", 「한국고전소설연구」, 새문사, 1983, p.191.
248) 같은 논문, p.192.

을 반영했다고 보겠다. 이들 안티·테제적인 인간군들이 부분적으로 긍정되고 부분적으로 부정되는 현상도 작가정신과 결부하여 생각할 때 주목할 만하다. 즉 의식적으로 작가는 새로운 사회현상이라는 anti-tese의 등장에 비판을 가하면서도 실인즉 의식의 저변 깊은 곳에서부터 우러나는 공감을 외면할 수 없었던 듯하다.[249]

위의 두 작품에서와 같은 인물묘사는 근본적으로 인간이란 전적으로 善한 존재도 전적으로 惡한 존재도 아니라는 근대적 인간관에서 가능했다고 볼 수 있다. 이러한 면모가 <흥부전>에도 나타난다는 것은 <흥부전>이 그만큼 근대에 접근한 작품이라는 반증도 되는 것이다. 그러므로 표면적으로는 기존 가치관을 옹호하고 새로운 가치관을 배격했지만 내면적으로는 自己反省과 他方認定이라는 진보적 시각을 보여주었다는 점에서 흥부·놀부 대립의 참 의미를 찾을 수가 있다.

2) 흥부 놀부 박의 의미

本項에서는 작품의 전체 분량 중 상당한 부분을 차지하고 있는 박타는 장면을 통해 작가가 나타내고자 한 것이 무엇이었는가에 대하여 살펴보도록 하겠다.

논의에 들어가기에 앞서 4 대본에서 전개되는 박타는 장면을 일괄하여 제시하면 다음과 같다.

---

249) 李相澤, "고대소설의 세속화과정시론", 「한국고전소설연구」, 새문사, 1983, pp.80~81.

		世昌本	京板本	林熒澤本	申在孝本
흥부박	1	각종 名藥	각종 名藥	쌀 돈	각종 名藥 쌀 나오는 櫃 돈 나오는 櫃
	2	온갖 세간 각종 書册 文房什器 각종 옷감	온갖 세간 文房什器 각종 書册 廚房用品	각종 비단 온갖 宝物 온갖 세간	각종 비단 온갖 宝物 온갖 세간 文房什器 각종 書册 農事연장 길쌈기계 廚房用品
	3	각종 宝石	집 온갖 곡식 돈 각종 옷감 남녀 종 美人妾	각종 名藥 집	美人妾 남녀 종 집
	4	집 온갖 곡식 돈 남녀 종 美人妾			
	5				
놀부박	1	兩班上典	가야고장이	兩班上典	兩班上典
	2	가야고, 소고 징, 꽹과리 든 놈	老僧	한 영감 兩班	奉事, 곰배팔이 앉은뱅이, 새앙손이
	3	老僧, 上座僧	喪制	寺黨居士	寺黨輩
	4	상여꾼	八道巫堂	상여꾼	劍舞장이, 북잡이 風角장이, 각설이 패, 외초라니 등 雜色꾼들
	5	八道巫堂	등짐꾼	張飛	상여꾼
	6	등짐장수	초란이		張飛
	7	초란이	兩班		
	8	寺黨居士	寺黨居士		
	9	왈자	왈자		
	10	八道소경	八道소경		
	11	張飛	張飛		
	12	당동소동	당동소동		
	13	똥	똥		

　위의 자료를 토대로 박타는 장면이 보여주는 의미를 분석한다면 우선 그 과정이 보여 주는 의미와 그 결과가 보여주는 의미의 둘로 나누어 생각해 볼 수 있다.

　박타는 과정이 보여 주는 의미에 대해 徐鍾文250)은 기능상 심리적 보상 기능과 오락적 기능이 있다고 밝힌 바 있다. 그러나 필자는 흥부박과 놀부 박을 분리하여 흥부박은 褒賞과 娛樂의 기능을, 놀부박은 懲戒와 娛樂의 기능을 각각 담당하고 있는 것으로 보고자 한다. 포상의 기능은 말할 것도 없이 윤리 실천자인 흥부에게 응분의 賞을 줌으로써 기존윤리의 도덕적 우월성을 확신시키고 독자로 하여금 代償的 만족감을 느끼게 하는 것을 말하고, 징계의 기능은 윤리 거부자인 놀부에게 마땅한 罰을 내림으로써 惡者必敗의 진리를 확인시킴과 함께 놀부의 몰락을 고대하는 독자의 기대를 충족시키는 것을 말하는 것이다. 그리고 오락의 기능은 위의 두 기능과 한데 어우러져, 또는 그것과 관계없이 독자에게 해학적 즐거움을 주는 기능을 말하는 것으로서 이는 흥부박 놀부박을 통틀어 나타나는 공통된 현상이다.

　작가는 이와 같은 역할을 담당하기에 가장 적합하다고 생각되는 품목들을 매우 면밀히 검토하여 선정하였을 것으로 생각된다. 왜냐하면 박 속에서 나오는 그것들은 모두 적시적소에서 맡은 바 역할을 너무나 훌륭히 수행하고 있기 때문이다.

　먼저 포상의 기능을 담당하고 흥부박에서 나온 품목들을 보면 그것들은 모두 당시 서민들이 가장 갖고자 원했던 것들뿐이다. 대궐 같은 집에 호화로운 세간에 돈에 종(奴婢)에 美人妾에…. 그야말로 꿈에나 그려보는 현실에서는 얻을 수 없는 신기루 같은 것들인 것이다. 그러나 흥부는 박의 기적에 의해 이 모든 것들을 一朝에 얻고 평생에 그리던 富家翁의 꿈을 이룬다. 가장 불행하고 비참한 삶에서 가장 행복하고 희열에 찬 삶으로의 일대 轉變인

---

250) 徐鍾文, 註16)의 논문, p.808.

것이다. 그것들은 평소 물욕에 탐이 없고 부귀를 바라지 않는 것처럼 보이던 가장된 표면의식을 깨고 잠재해 있던 내면의식을 이끌어 내 悅樂에 젖도록 할 만큼 강렬한 마력을 지닌 것들이었고 따라서 최고의 포상적 기능을 수행할 수 있는 꿈의 품목들이었다.

포상의 기능이 이와 같이 성공적으로 수행되는 중 오락적 기능도 곳곳에서 자기 역할을 다하고 있다. 이에 해당하는 부분 하나를 申本에서 발췌 소개해 보도록 하겠다. 흥부 제1박에서 쌀이 쏟아져 나오자 그동안 굶주림에 시달려 왔던 흥부네 식구들이 밥을 놓고 서로 싸우는 장면이다.

이 여러 ᄌᆞ식덜이 노상 밥이 부죡ᄒ여 셔로 쎅셔 먹어구나 그리 만흔 밥이로되 큰 놈 입의 넛난 거슬 ᄌᆞ근 놈이 쎅셔 훔쳐 큰 놈도 쎅기이고 ᄉᆞ로 지어 먹어시면 ᄊᆞ음 아니 ᄒ련마ᄂᆞᆫ 악씨며 쥬먹쥐여 ᄌᆞ근 놈 볼퉁이를 이쌔지게 씨으면서 ᄀᆡ아뎔놈 쇠아뎔놈 밥퉁이 업퍼지고 살별이 일어나되 무지흔 져 흥보난 밥먹기예 윤기 이겨 ᄌᆞ식 몃 놈 뒤여져도 살일 싱각 아여 안코 그 뜨어운 밥이로듸 두 손으로 셔로 쥐여 셰쥭방울 놀이난 쏜 큰나큰 밥덩이가 ᄉᆞᆫ의 쎠러지면 목구녁을 바로 넘어 턱도 별노 안 놀이고 억기춤 눈 쌘덕여 건짐 흔 말의치 쳐치를 흔 연후의 (申, p.372.)

밥을 서로 많이 먹으려고 흥부 자식들이 주먹으로 볼퉁이를 이빠지게 치며 싸우는 장면하며 흥부가 배고픈 나머지 뜨거운 밥덩이를 씹지도 않고 삼키는 해학적 장면은 이 부분이 웃음을 유발시키는 오락적 효과를 의식하고 쓰여진 부분이라는 것을 확연히 알게 해 주고 있다. 이 오락적 기능은 林本에서 흥부처가 밥을 너무 많이 먹어 설사하는 장면을 비롯 각 대본에서 모두 나타나고 있다. 그러나 비중면에서 보면 흥부박에서는 오락적 기능보다는 포상적 기능이 우세한 것으로 보인다.

다음 놀부박에서 등장하는 군상들의 면면을 보면 당시 민중들이 모두 피하고 싶어 한 존재들이라는 것을 단번에 알 수 있다. 신분적 특권을 무기삼아 농촌사회에서 온갖 횡포를 일삼던 양반들로부터, 다중의 힘을 바탕으로

민폐를 자행하던 각종 유랑예능인들, 등짐장수·상여꾼·소경·중·무당
에 이르기까지 당시 사회에서는 모두 부정적 인물들이지만 놀부박을 통해
서는 놀부징계라는 긍정적 역할을 하고 있다.

그런데 각 이본마다 반드시 나오는 張飛는 다른 군상들과는 類가 다른 존
재이기에 관심이 쏠리지 않을 수 없다.

놀부징계의 역할을 한 점에서는 다른 인물들과 같지만 그만 유일하게 우
리나라의 인물이 아니고 부정적 존재도 아니기 때문이다. 洪以燮은 그의 등
장을 武人의 행패를 나타낸 것으로 보았지만 돈을 요구하지 않고 도덕적 훈
계만 하고 떠났다는 점에서 그렇게 볼 수 없다는 것은 앞서 註177)에서 밝힌
바 있다. 그리고 張德順251)은 놀부징계를 위한 힘의 필요에 의해 당시 영웅
시되던 <三國志>의 義將 張飛가 불현듯 등장하게 된 것이라고 하면서 장
비의 등장은 작품의 향토적 가치를 저하시키는 정녕 어색한 장면이 아닐 수
없다고 지적했다. 힘의 借用이라는 점은 徐大錫252)도 말한 바 있고 필자도
이에 동의하는 바이지만 향토적 가치를 저하시키는 어색한 장면이라는 주
장에 대해서는 약간 견해를 달리한다. 왜냐하면 무식한 놀부까지 "안ᄌᆞ(顔
子) 갓튼 아성인(亞聖人)이 단표누항(簞瓢陋巷) ᄒᆞ여시며 동쇼람(董召南)의
출천지효(出天之孝) 슉슈공양(菽水供養) 못 ᄒᆞ오니"253)와 같이 中國의 故事
를 익숙하게 말할 정도로 작품 전체를 통해 中國의 人名·故事가 수없이 나
오는데 유독 장비만 향토적 가치를 저하시키는 요소라 할 수 있겠느냐는 생
각이 들기 때문이다. 아마도 그들은 수백 년간 보고 들어 뇌리에 박힌 힘과
의리의 화신 장비를 외국인이란 의식도 없이 놀부징계의 一役으로 자연스
레 상정하였을 것이다.

---

251) 張德順, 「국문학통론」, 신구문화사, 1980, pp.253~254.
252) 徐大錫, 註177)의 논문.
253) 申本, p.416.
　　　괄호 속의 漢字는 필자.

그런데 李勳鍾은 張飛가 흥부박의 楊貴妃에 대응하여 나왔음을 지적하고 그 모티프를 일본에서 번역 소개된 중국의 笑話에서 구한 바 있는데 그 이야기를 다시 옮기면 다음과 같다.

郊外에서 遺骸가 나굴러 있는 것을 보고 가엾게 여겨, 이것을 묻어 준 사람이 있었다. 밤중에 문을 두드리는 소리가 나기로 "누구냐"니까 "비(妃)"하는 대답이다. 거듭 물으니까 "저는 楊妃올시다. 馬嵬坡에서 죽음을 당한 뒤로 유골이 그냥 나굴러 있었던 것인데, 묻어 주셔서 고맙습니다. 그래 고마운 인사로 하루 저녁 곁에서 모시려고 합니다."하고는 잠자리를 같이하고 돌아갔다. 이웃의 사나이가 그것을 듣고는 부러워하여 이내 郊外를 샅샅이 찾아다닌 끝에, 용하게도 유해를 발견하여 묻어 주었다. 그랬더니 밤중에 문을 두드리는 이가 있어 "누구냐"니까 "비(飛)"그런다. "楊妃십니까?" 하였더니 "아니요, 나는 張飛요." "장장군께서 어떻게 저 같은 사람을 찾아까지 오셨는지요?" 엉겁결에 물었더니 "나는 閬中에서 죽음을 당한 뒤로 유골이 그냥 들에서 구르던 것인데, 이렇게 묻어 주셔서 고맙소. 그래 그 사례로 부실하기는 하오만은 내 엉뎅이를 제공하려고···."[254]

한 사람이 순수한 마음에서 善行을 한 결과 뜻밖의 행운을 얻은 반면 이를 흉내 낸 다른 사람은 반대로 불행을 맞이하게 된다는 전형적인 모방담의 구조를 갖고 있는 이야기라 할 수 있다. 그리고 이 이야기의 핵심은 '비'라는 同音에 있다. 첫 번째 사람에게 찾아온 사람도 자신을 '비'라 했고 두 번째 사람에게 찾아온 사람도 자신을 '비'라 했다. 양귀비를 만나기 위해 앞 사람의 행위를 모방했던 뒷사람은 '비'라는 같은 소리에 양귀비가 온줄 알고 기대가 한껏 부풀어 오른다. 그러나 다시 물은즉 양귀비와는 정반대인 무서운 장비임을 알게 된다.

이 '양귀비·장비 모티프'가 인물명칭도 바뀌지 않고 <흥부전>에 그대로 나타나는 것은 흥미로운 일이다. 그 중에서도 京板本은 위 모티프를 거의 원형대로 보여주고 있다.

254) 李勳鍾, 註11)의 논문, pp.707~708.

박 속에서 어여쁜 여자가 나와서 흥부에게 절을 하니 흥부가 놀라 누구냐고 묻자 그녀는 "늬가 비오."라고 대답한다. 흥부가 다시 "비라 ᄒᆞ니 무슨 비오?"하고 물으니 "양귀비요."라고 말한다. 또한 놀부박에서 장비가 나올 때도 먼저 박 속에서 "비로다.", "비로다."하는 소리가 나서 놀부가 "당명황의 양귀비온잇가 창오산 이비니잇가"하고 물으니 "나는 뉴현덕의 ᄋᆞ오 거긔 장군 쟝비로다"하고 답하고 잇다 이 밖에 世昌本에서는 양귀비가 나올 때 "비로다."하는 말은 없지만 장비가 나올 때는 "비로라.", "비로라."하고 말하는 것이 나온다. 그리고 林本에서는 양귀비는 나오지 않고 장비만 나오면서 처음부터 "이놈 놀보야 탁군 쌍의 장익덕을 아난다 모로난다?"하고 자신을 밝히고 있고 申本에서는 양귀비와 장비가 다 나오고 있지만 두 사람 다 "비로다."라는 말없이 처음부터 자신의 신분을 밝히고 있다. 이와 같이 대본마다 조금씩 차이는 있지만 京板本과 같이 너무나 흡사한 대본이 있음을 볼 때 <흥부전>의 特記한 대목을 중국 笑話의 移植으로 본 李勳鍾의 착안은 상당한 설득력을 갖는 것이라 하지 않을 수 없다.

그러나 여기서 한 가지 짚고 넘어가야 할 것은 <흥부전>이 笑話를 수용한 것이라는 전제에서 보면 상황묘사에서 실수한 점이 있다는 것이다. 그것은 앞서도 언급한 바 있듯이 위 설화의 초점은 '비'라는 音에 있고 그로 인해 극적 긴장이 고조되는 효과를 얻고 있는데 비해 <흥부전>에서는 原話에 가장 가까운 京板本에서조차 이 긴장성을 유지하지 못하고 사전에 김이 빠지게 하고 말았다는 점이다. 문제가 되는 부분은 놀부박에서 장비가 나오는 장면인데 그냥 "비로다.", "비로다."라고만 했으면 독자나 놀부가 흥부박에서의 양귀비를 연상하여 다음 말에 흥미를 가질 수도 있었을 터인데 "우뢰같은 소리로" 말하였다고 함으로써 이러한 기대는 처음부터 생기지도 못하게 만들고 말았던 것이다.

　　　타다가 귀를 기우려 드르니 우레갓튼 소ᄅᆡ 진동ᄒᆞ며 비로다 비로다 ᄒᆞ니 놀뷔엇

지 홀 쥴 모로고 박 튼기를 머므르니 박 속의셔 쏘 불너 닐으듸 무슴 거레롤 이듸지
흐는다 놀부 더욱 겁을 닉여 하는 말이 비라 흐니 무슴 비온지 당명황의 양귀비오잇
가 창오산 이비니잇가 위션 존호롤 아라지이다 (京, 24장)

우뢰 같은 소리로 "비로다."라고 한 마당에 이미 양귀비의 가능성은 사라
졌는데 놀부가 양귀비냐 이비냐고 묻는 것도 상황에 맞지 않는다.
이로 볼 때 "비로다."라는 말은 아무 修飾 없이 하게 하고 놀부가 양귀비냐
고 물었을 때 비로소 우뢰 같은 소리로 "장비다."라고 말하게 했다면 훨씬
극적 效果가 있었을 것이라 생각된다.
  다음 놀부박의 오락적 기능을 살펴보면 박 속에서 나오는 인물들이 놀부
를 처벌하기 위해서 등장하고 있다기보다는 놀이판을 벌이기 위해서 등장
하고 있다는 인상255)을 받을 정도로 큰 비중을 차지하고 있다.
흥부박이 포상의 기능에 치중한 반면 놀부박에서 징계의 기능은 부차적이
라 할 만큼 오락적 성격이 강하다. 그리고 이러한 면은 京板本이나 林本보
다도, 분량이 많은 世昌本·申本에 두드러지고 있다. 또한 같은 놀부박이라
해도 나오는 인물에 따라 징계의 기능이 강하게도 오락적 기능이 강하게도
나타나는데 직업의 성격상 예능인들이 등장하는 박일수록 오락적 성격이
강한 면모를 보여 주고 있다.
  寺黨居士패가 나왔을 때는 완전한 한 판의 놀이마당이 벌어진다. 그 와중
에 놀부징계라는 본연의 기능이 작동할 리 없다.

    슈백 명 사당거사들이 뭉계뭉계 나오며 소고를 두다리고 져의끼리 야단스리 놀
  며 소래를 하난대 오동추야 달밝은 밤의 임생각이 새로워라 임도 응당 날을 생각하
  리라 나니나산이로다 또 엇던 사당은 방아타령을 한다 ··· 엇던 사당은 노래하
  고 엇던 사당은 단가하고 엇던 사당은 권주가하고 왼가지로 뛰놀 적에 거사놈 거동
  보소 노랑 슈건 평냥자에 길짐을 버서 노코 엉덩이를 흔들고 사당을 어르면서 번개

255) 徐鍾文, 註16)의 논문, p.809.

소구를 풍우갓치 두다리며 판 염불 긴 영산에 흔들거려 한 바탕을 노더니 (世, pp.44~45.)

이와 같이 질펀하게 논 뒤에야 놀부를 징계하고 있다. 이 부분에서 놀부 징계는 형식적일 뿐이고 주목적은 노는 데 있는 것이다. 申本에서는 아예 형식적인 징계도 없고 놀부가 사당들과 어울려 흥겹게 놀다가 자진해서 每名당 100냥씩 후하게 주어 보내는 것으로 나온다. 작가나 독자나 놀부나 懲惡의 當爲는 잠시 잊어버리고 한데 어우러져 노는 흐드러진 놀이판만 있을 뿐이다.256) 놀부가 사당패와 즐겁게 놀다가 흔쾌히 돈을 주어 보내는 장면은 林本에서도 같다.

어엽분 각씨덜이 단장을 조케 ᄒ고 제비ᄉ기 느러 안 듯 ᄒ니 놀보 ᄒ난 말이에 그놈 잘 나왓다 느그 절 뒤로 노라라 ᄒ 스당이 나온다 쎳다 쎳다 시 별리 쎳다 그 시이예 농구 졔비가 쎳다 예라 뒤여라 방이로구ᄂ 놀보놈 거동 보소 조타 슴십양을 쥬어라 ᄯᅩ ᄒ 스당이 나오던이 슌쳔초목이 다 젹입흔듸 귀경가기 질겁쏘다 조타 오십 양을 쥬워라 다 각기 치송ᄒ야 보닌 후의 (林, p.49.)

世昌本・京板本에 나오는 왈자부분은 놀부박의 오락적 기능을 극대화시킨 부분이라 할 수 있다. 이죽이・써줌이・난죽이・바금이・싹정이・군평이・태평이・여숙이・무숙이・하거니・보거니・난졍몽등이・아귀쇠・악착이・조각쇠・셥셥이・든든이(世昌本), 이듁이・져듁이・난듁이・홧듁이・모듁이・박금이・쏙정이・거졀이・군평이・털평이・티평이・여슉이・무슉이・팟겁질・나돌뭉이・뒤여부드치기・난졍몽동이・아귀쇠・악착이・모로기・변통이・구변이・랑면이・잣박긔・미드니・셥셥이・든든이・우리 몽슐이・ᄋ들늄이(京板本) 등 수많은 왈자들이 나와 단가를 하고 시조를 읇고 소

---

256) 申本에서의 놀이판은 잡색꾼들이 나오는 다음 박에도 이어진다. 놀부는 劍舞 장이・북잡이・風角장이・각설이패・외초라니 등 잡색꾼들이 놀고 갈 때에도 자진해서 돈貫씩 후하게 주어 治送하고 있다.

리와 타령을 하고 글자풀이 語戲로 통성명하는 장면은 놀부징계와는 관계없는 순연한 오락인 것이다.

世昌本의 당동소동도 징계의 성격보다는 오락적 성격이 강한 부분이다. 박을 끓여 먹고 말끝마다 당동소리를 하는 病에 걸린 놀부네 식구는 그것으로 인하여 고통을 받지는 않는다. 독자에게 웃음만 줄 뿐이다. 놀부네 식구가 당동당동하는 것을 괴상히 여긴 울 넘어 사는 왕서방이 시험 삼아 박국을 얻어먹고 같이 당동病에 걸리고는 놀부를 꾸짖는 것이 당동소동의 끝인데257) 앞서 나온 양반들처럼 주리를 틀고 몽둥이로 함부로 짓찧는 형벌에 비하면 징계라고 할 수도 없는 것이다.

京板本에서의 장비등장부분은 다른 本이 모두 놀부에게 겁을 주고 엄한 훈계만 하고 떠나는 것으로 되어 있는데 비해 놀부가 장비의 등을 밟다가 미끄러 떨어져 다치는 부분이 해학적으로 그려져 있어 오락적 가능이 가미되어 있다.

> 놀뷔 그 등을 치여다가 본즉 천만장이ᄂᆞ 흔지라 비는 말이 등의 올ᄂᆞ가ᄃᆞ가 만일 밋그러져 낙상ᄒᆞ면 이후의 비러먹을 길도 업스니 덕분의 살거지이다 ᄒᆞ니 장비 호령ᄒᆞ되 졍 올ᄂᆞ가기 어렵거든 ᄉᆞ닥ᄃᆞ리를 노코 못 올ᄂᆞ갈다 놀뷔 마지못ᄒᆞ여 듀을 번 살번 올ᄂᆞ가셔 불노 흔참을 ᄎᆞ더니 쏘다시 지쳐 숨졕훌 길 업는지라 쏘 이걸ᄒᆞ니 장비 호령ᄒᆞ되 그러ᄒᆞ면 잠간 ᄂᆞ려 안져 담비 ᄒᆞᆫ 듸만 먹고 올으라 ᄒᆞ니 놀뷔 긔여 ᄂᆞ리다가 밋그러져 모져비로 ᄶᅥ러져 뿜이 ᄉᆞ퇴ᄂᆞ고 드리 겹질녀 혀를 ᄲᅢ지오고 업듸여 이걸ᄒᆞ니 (京, 25장)

장비의 등 높이가 千萬丈이라든가 그 위를 사다리를 놓고 올라갔다든가 하는 말에서 이미 현실감은 없고 놀부징계의 실감도 없다. 내려오다가 미끄러져 모제비로 떨어져 뺨에 사태가 나고 다리를 겹질렸다는 표현이 재미있는 것이다. 그것은 놀부가 벌을 받아서 재미있는 것이 아니라 떨어진 사람

---

257) 당동소동 부분의 全文은 1章 3節에서 世昌本과 京板本을 대비하면서 소개하 였음.

이 누가 되었건 상관없이 우스운 광경이기에 재미있는 것이다.

이 밖에도 놀부박에서 오락적 기능을 발휘하는 장면들은 더 있지만 두드러진 몇 장면을 제시한 것으로 대신하고 이에 대한 논의는 마치도록 하겠다.

이상으로 박타는 과정이 보여주는 의미에 대하여 생각해 보았다. 그러면 이제부터는 박의 결과가 보여주는 의미, 즉 흥부박 놀부박을 통해 작가가 추구해간 궁극적인 목표에 대해 고찰해 보도록 하겠다. 이 문제에 대하여 필자가 말하고자 하는 바를 결론부터 말하면 이런 것이다. 박을 계속 탐에 따라 흥부는 재물이 계속 불어나 종국에는 큰 부자가 되었고 놀부는 반대로 계속 금전적 손해만 보다가 결국 완전한 파멸에 이르고 말았는데 놀부는 이론의 여지가 없지만 흥부의 경우 과연 작가가 박을 통해 최종적으로 추구해간 것이 단순한 부자였을까 라는 의문이 들고 이에 대한 필자의 답은 아니다 라는 것이다. 그렇다면 무엇인가. 필자는 작가가 흥부박을 통해 이루고자한 최종 목표는 단순한 부자가 아닌 행복의 조건을 하나도 빠짐없이 갖춘 완벽한 집 즉 '理想家의 實現'이라고 생각한다.

이러한 발상은 흥부박을 통해 연출되는 諸相에서 단순한 富者가 아닌 現想家 實現을 추구하는 작가의 의도가 너무나 명백히 나타나고 있다는 점에 근거한다.

당시 사회는 2章 작품에 투영된 사회상에서 살펴보았듯이 돈이면 무엇이든지 얻을 수 있는 세상이었다. 상품·화폐경제가 발달하여 모든 물품과 용역을 돈으로 살 수 있었으며 돈만 있으면 관리도 매수하고 신분까지도 마음대로 바꿀 수 있는 금전만능의 사회였던 것이다. 그러한 사회였기에 부자를 원한다면 돈만 있으면 그만이었을 것이다. 그러나 작품에서는 수십만 냥의 돈이 나오고 심지어 申本에서는 닫았다가 열기만 하면 돈이 도로 가득히 쌓이는 요술 돈궤를 얻고도 이에 만족하지 않고 온갖 자질구레한 살림도구로부터 아기자기한 집치레에 이르기까지 세세히 갖추어 놓고서야 그만두고 있다. 거기에 남녀 종에다가 미인첩까지 첨가시키고 말이다. 이러한 현상은 단순한 '탈빈곤에 대한 염원의 성취'니 '富에 대한 열망의 실현'이니 하는 말만으로는 설명되지 않는 것이다. 그것은 작가가 즉 당시 서민들이 이상적인 삶의 모습으로 그렸던 바로 그 꿈을 실현시킨 것으로 볼 때라야만 모든 것이 설명될 수 있기 때문이다.

흥부박을 통해 나타나는 집치레는 당시 서민들이 꿈꾸어 왔던 이상적인 집의 형태가 어떤 것인가를 말해 주고 있다.

> 안방 대청 행낭 고간 선자 츈여 말굽도리 내외분합 물님퇴와 살미살창 가로다지 입구짜로 지여 노코 압뒤 동산의 긔화이초를 난만이 심어 잇고 양디의 방아 걸고 음지의 우물 파고 문젼의 버들 심으고 울 밧게 원두 놋코 안팟 고왕의 곡식이 싸엿스니 동편 고의난 졍죠가 만셕이오 셔편 고의난 백미가 오쳔 셕 젼후 고깐의난 두태 잡곡이 각 오쳔 셕이오 참깨 들깨가 삼쳔 셕이오 또 짠 노젹한 거시 십여더미오 돈이 이십만 구쳔 냥이오 일용젼 몃쳔 냥은 침방 쇽의 드러 잇고 왼갓 비단과 은금보패난 다시 고의 싸코 말니갓한 사내종 열쇠갓흔 기집종 앵무갓흔 아해종 나며들며 사환하고 우걱부리 잣박부리 우걱지걱 시러 드러 압쮜 쓸의 노젹하고 (世, pp.26~27.)

柳光秀258)는 이 부분을 巫歌에서 차용한 것으로 봤고 京板 <춘향전>과 <옹고집전>에서도 집치레 사설이 나오고 있지만 구체적으로 어느 광에 무슨 곡식이 얼마나 들어 있고 돈 얼마를 어디에 넣어 놓고 하는 식의 설명은 <흥부전>뿐이다. 그것으로 볼 때 <흥부전>의 집치레 장면은 일반적으로 불리던 상투적인 집치레 사설에 家事經營에 대한 작가의 구체적 포부가 접합되어 이루어진 것이라 할 수 있다.

理想家 실현에 대한 작가의 의도를 알게 해 주는 것으로 또한 종을 빼놓을 수 없다. 종은 林本을 제외하고 3 대본에 모두 나옴으로써 당시 사회에서 행복한 삶을 영위하기 위한 필수 품목이었음을 알게 해 주고 있는데 종에

---

258) 柳光秀, 註10)의 논문, p.138.

대한 형용에 반드시[259] '말니 같은'이라든가 '열쇠 같은' 또는 '앵무 같은'과 같은 형용사가 붙는다는 점은 작가의식과 관련하여 주목할 만한 것이다. 金貞姬[260]는 조선후기(1600~1893)의 토지·노비매매문기에 표기된 노비명의 분석을 통해 노비 소유주의 의식을 추출한 바 있는데 奴名과 婢名을 통해 가장 많이 나타나는 의식은 賤視思想이고 다음으로 많이 나타나는 것은 奴의 경우에는 金·岩·山·海·松·春과 같은 어휘가 지니는 특성같이 쉽게 마모되지 않는 불가사의한 힘, 어떠한 힘든 일에도 버텨낼 수 있는 강한 생명력을 지녀 노동에 유익한 하인이 되기를 바란 의식이고 婢의 경우에는 玉·香·春·順·禮·梅의 이름자와 같이 아름다움과 순종성을 기대한 의식이라고 밝혔다. 그러므로 賤視意識을 제외하고 노비의 주인이 노비에게 희망하는 사항만 가지고 생각한다면 말니 같이 튼튼한 사내종과 앵무 같이 예쁘고 열쇠 같이 민첩한 계집종은 종으로서는 최고의 종이라 할 수 있는 것이다.[261]

따라서 말니 같은 사내종과 앵무·열쇠 같은 계집종은 理想家를 유지하는 데 없어서는 안 될 이상적인 종이라는 말이 되는 것이다.

美人妾도 現想家를 이루는 데 빠질 수 없는 요소이다. 그러므로 모든 것이 갖추어진 뒤에 마지막 박에서 미인첩이 나오리라는 것은 흥부도 흥부처도 알고 있었던 것이다. 흥부처는 이를 예감하고 흥부에게 마지막 박은 켜지 말자고 말한다. 그러나 흥부는 "내게 태인 복을 엇지 아니 켜리오"(世, p.27.)하고는 기어이 켜서 양귀비를 맞이하고 있다. 흥부처가 반발한 것은 3章 3節에서 언급한 바와 같다. 그러나 또한 여기서 우리가 주목할 것은 흥부처의

---

259) 말미갓튼 ㅅㄴ희종과 열쇠갓튼 ㅇ희종과 잉무갓튼 계집종이 나며들며 ㅅ환하 고 (京, 11장)
  잉무갓튼 아히종이 쥬물ㅎ을 올리난듸 (申, p.394.)
260) 金貞姬, "조선후기사회에서의 노비에 대한 의식고찰", 이화여대 석사학위논문, 1987.
261) 작품에 나오는 종들은 床도 "눈섭 우의 공손이 드러" (世, P.29.) 옮길 만큼 복종 심이 강하고 예의도 바르다.

반발이 단 일회적인 것이었을 뿐 곧 첩과 화합하여 평화롭게 살아간다는 점
이다. 흥부처가 투기하여 가정의 평화가 깨어지면 理想家가 될 수 없기 때문
이다. 이렇게 볼 때 흥부박을 통해 이룩된 理想家는 순전히 남성본위적인 것
임을 알 수 있다. 흥부처의 입장에서는 첩이 없이 두 부부만 단란하게 사는
것이 이상적일 것인데 말이다.

그러나 당시 사회는 남성우위의 사회였기에 흥부처의 입장은 무시하고 "고
대광실 조흔 집의 쳐첩을 거나리고 행낙으로 셰월을 보내더라"(世, p.27.)라
고 理想家의 완성을 선언하고 만다. 그리고 申本에서도

> 원치의 본쳐 두고 별당의 양구비요 안팟 스랑 십여 치며 스면 힝낭 노속이며 스
> 룸 스룽 구버보면 좌숑의 긱숭만 스쥭이 낭즈ㅎ며 시부로 쇼일ㅎ고 곡간마다 열고
> 보면 견곡이 가득 가득 나문 곡식 노젹ㅎ고 흥보난 심심ㅎ면 양구비 다리고셔 후원
> 의 화쵸구경 옥난간 발근 달의 두리 마죠 비겨 안져 예상우의 곡을 흔가이 의논ㅎ니
> 일어흔 지숭상션이 어듸가 잇거ᄂ냐 (申, pp.388~390.)

라고 처첩을 거느리고 詩賦로 소일하며 신선같이 사는 흥부의 새로운 생활
상을 보여 주면서 이러한 地上仙이 어디에 있겠느냐는 말로 理想家가 실현
되었음을 강력히 암시하고 있다. 이상에서 보듯이 작가가 흥부박을 통해 종
국적으로 추구한 목표는 理想家의 實現이었던 것이다.

여기서 필자가 理想家라는 용어를 사용하는 이유는 고소설계에 이미 理
想國이라는 용어가 일반화되어 쓰이고 있기 때문에 이에 짝을 맞추기 위해
서이다. 理想國에 대해서는 논의가 무성하지만 구체적으로 실현된 것으로
보다는 그것에 대한 작가의 의지가 표출된 정도로 보는 것이 객관적 시각이
리라 생각한다. <홍길동전>의 율도국에 대해서는 "왕이 치국 삼년의 산무
도젹ㅎ고 도불습유ㅎ니 가의 틱평셰계러라"(京板)라는 말밖에는 다른 설명
이 없다. 작가 허균이 가지고 있던 현실개혁의지를 결부시켜 理想國을 이룩
한 것으로 유추할 뿐이다. <허생전>에서는 許生이 도적들을 한 섬에 데려

가 살게 하고 떠나면서 "내 처음 너희들과 함께 이 섬에 들어올 때엔 먼저
富하게 하고 그런 뒤에 따로 文字를 만들며, 옷·갓을 지으려 하였다."[262]라
고 말하여 理想國 건설의 뜻을 잠깐 내비친 것뿐이다. 그럼에도 이에 상당
한 의미를 부여할 수 있다면 그보다도 훨씬 구체적으로 실현시킨 <흥부
전>의 理想家에도 관심을 기울일만하지 않겠는가 하는 것이 필자의 생각이
다. 經國의 포부를 가진 사대부들이 꿈꾼 세계가 <홍길동전>과 <허생전>
의 理想國이었다면 권력도 없고 가난한 서민들이 바란 세계는 <흥부전>의
理想家였기 때문이다.

3) 흥부 놀부의 신분문제

흥부 놀부의 身分規定에 대한 문제는 작품의 성격규정 및 작가의식의 규
명과도 관련되는 중요한 문제인데 아직까지도 이에 대한 단일한 論이 도출
되지 못하고 있다는 것은 매우 유감스러운 일이라 하지 않을 수 없다. 그러
므로 필자는 本項에서 이 문제에 대해 실증적 근거를 바탕으로 명확한 규명
을 시도하고자 한다.

논의에 앞서 먼저 기존의 견해들을 살펴보면 이미 1章 서론에서도 개략
적으로 소개한 바 있듯이 몇 개의 그룹으로 나누어 볼 수 있는데 우선 흥부
놀부 모두를 兩班으로 보는 견해로 張德順이 있고 흥부는 兩班으로 보지만
놀부에 대하여는 언급을 하지 않은 논자로 高晶玉[263]·孫洛範·具滋均·朴晟
義 등이 있다. 그리고 흥부는 兩班으로 놀부는 平民으로 보는 견해에는 趙東
一·金光淳·김진원·金治弘·鄭鉒東·李石來·金起東·김홍균 等이 있고
흥부 놀부 모두를 平民으로 보는 견해에는 林焌澤·徐大錫·林用植·柳光秀
등이 있다. 끝으로 흥부는 兩班일 수도 아닐 수도 있다고 보는 견해가 있는데

---

262) 吾始與汝等 入比島 先富之 然後別造文字 㓞製衣冠
263) 高晶玉은 註41)에 있는 우리어문학회刊 「국문학사」에서 밝혔음.

李相澤이 이에 속한다.264)

위에서 보듯이 놀부를 兩班으로 보는 논자는 張德順 1人 뿐이고 다른 모든 논자들은 平民으로 보던지 언급을 않고 있어 놀부신분에 대해서만은 거의 異見이 없는 상태이다. 놀부가 兩班인 것처럼 보이는 부분은 申本에서 舊上典이 나왔을 때 놀부가 하는 말

> 여보시요 숭전임 이 동닉가 반촌이요 아비 가세 요부키로 착관ᄒ고 지닉오니 이 고을 통경닉의 모모흔 양반틱이 다 모도 사돈이요 이 쇼문이 나거드면 쇼인은 고사 ᄒ고 그 양반들 우셰오니 방장불결 싱각ᄒ와 아무 말슴 마옵시고 쇽젼으로 바치옵게 숑양ᄒ여 주옵쇼셔 (申, p.412.)

에서 著冠하고 지낸다고 하는 것뿐이다. 그나마도 아비의 富를 배경으로 양반을 詐稱하고 있다는 것이지 실제로 양반 행세를 하고 있다는 말은 아닌 것이다. 그것은 박타는 삯꾼들과의 대화에서도 나타나는데 平民이나 賤民이라 할 수 있는 삯꾼들이 놀부에게 "여보쇼 놀보씨 이 통 셜쇼리ᄂ 닉가 메겨 엇더흔가"(申, p.424.)라고 '하소'를 하고 있고 놀부도 "딕명당을 씨랴 ᄒ면 쵸년픽가 쏙 잇ᄂ니 무안이 아지 말고 어셔 어셔 톱질 ᄒ쇼"(申, p. 416.)에서처럼 똑같이 '하소'를 하고 있다. 이로 볼 때 申本에서도 놀부의 신분을 양반으로 보기는 어렵고 천민에서 속량하여 평민으로 신분이 상승된 新興 富者로 보는 것이 합당하리라 생각된다. 가장 신분이 상승된 것처럼 보이는 申本을 제외한 餘他本에서의 놀부의 신분은 의심할 바 없이 평민으로 나오므로 여기서는 일일이 예를 들어 논증하는 번거로움은 피하도록 하겠다.

놀부의 신분문제가 이상에서 보는 바와 같이 별 논란의 여지가 없는 반면에 흥부는 대본에 따라 양반으로도 평민으로도 볼 수 있는 면이 있어 양반으로 보는 쪽과 평민으로 보는 쪽의 두 가지 견해가 兩立하는 상황이 초래

---

264) 이상의 논자들에 대하여는 註40)부터 註46)까지에서 소개한 바 있음.

되게 되었다.

흥부가 양반으로 보이는 부분은 世昌本에서 흥부가 환곡을 얻으러 읍내에 가서 吏房을 만나는 장면인데 趙東一은 이 장면을 근거로 흥부를 양반으로 규정하여 兄弟相異身分論을 폈고 많은 논자들이 이를 따르게 된 것이다. 그러면 여기서 문제가 되는 장면을 보도록 하자.

> 엇슥빗슥 갈지자로 거러 읍내로 드러가 길청을 차자 가니 리방이 상좌에 안젓거날 흥보가 마루 우의 간신히 올나셔며 죽어도 반말노 리방 참 내가 왓지 이사이 청중에 일이나 업스며 셩주씌셔도 안령하신지 내가 삼십리를 왓더니 허리가 셋셋하야 그져 안지 하더니 곰방대에 담배를 담아 먹으랴 하더니
>
> (世, p.11.)

이 장면에 대해 趙東一은

> 흥보는 양반이면서 동시에 양반이 아니다. 이방에게 "죽어도 반말노" 한 걸 보아도 알 수 있다. 양반이기에 반말로 한다. 그러나 양반이기만 하다면 그걸로 그만이나, 양반이 아니기에 "죽어도"란 단서가 붙는다. 절을 하지 않고 그저 앉는 건 양반이기 때문이다. 그러나 "삼십리를 왓더니" 하고 변명하는 건 양반이 아니기 때문이다. 이러한 사실은 무엇을 의미하는가? 흥보는 신분상으로는 양반이지만 실제 생활에서는 양반으로 살지 못하는, 양반이라는 신분이 거의 무의미 해질 정도로 몰락해 온갖 품팔이를 하다못해 매품팔이까지 해도 살기 어려운 자임을 말해 준다. 그렇다고 해서 양반이라는 신분이 완전히 사라진 것이 아니라 계속 존속하니, 신분과 생활의 갈등이 심각하다. 양반으로 살아가려니 생활이 이를 허용하지 않고, 품팔이꾼으로만 살아가려니 신분의 잔재가 이를 허용하지 않는다. 그래서 이러지도 못하고 저러지도 못한다.[265]

라고 하여 신분은 양반이지만 실제 생활에서는 양반으로 살지 못하는 처지 때문에 이러지도 저러지도 못하는 갈등상을 보인 것이라 말하고 놀부는 양

---

265) 趙東一, 註8)의 논문, p.92.

반이 아니되 흥부는 양반이라는 사실은 각 부분이 타부분에 구애되지 않고 독자적으로 존재하는 部分의 獨自性으로 인해 생겼으리라 생각된다고 하였다. 그리고 그는 이에 더하여 재물을 획득하기 위해서는 수단을 가리지 않는 놀부는 양반이 아니라야 效果的이고, 선량하고 양심적이면서도 곤경에 빠지기만 하는 흥부는 양반이어야만 어울린다고 하였다.[266]

이와 같은 趙東一의 兄弟相異身分論에 대하여 林熒澤은 "상이한 신분의 반영이라 볼 때 작품이 석연하게 풀리어 나지 못함을 느낀다. 우선 주제의 파악이 선명하지 못하며 흥부의 승리와 놀부의 패배에 대해서도 타당하게 설명할 도리가 없는 것으로 보인다."[267]고 즉각 이의를 제기하고 다음과 같은 세 가지 사실을 근거로 흥부평민론을 주장했다. 그가 흥부의 신분을 평민으로 보는 첫 번째 근거는 흥부와 마을 長者間의 대화이다. 그는 흥부가 그 마을 장자집을 찾았을 때 흥부는 장자에게 대해서 "장자님 편히 계시오니까?"(京, 5장)하는 식으로 존댓말을 쓰고 장자는 흥부에 대해서 "즈닉는 엇지는 지닉노"하는 식으로 반말을 하는 것을 들어 장자가 흥부에게 반말을 할 수 있다는 것은 흥부가 양반의 신분이 될 수 없다는 확증은 아니지만 암시를 주는바 크다고 하였다. 그리고 두 번째로 그가 든 근거는 本邑 金座首와의 관계이다. 그는 김좌수가 흥부를 불러 "돈 삼십 냥을 줄 거시니 닉 딕신으로 감영의 가 믹를 맞고 오라"(京, 5장)한 것을 말하면서 일반적으로 좌수 정도가 불러들여 돈을 미끼로 자기 대신 매를 맞고 오라고 명령할 수 있는 사람이 양반신분일 수는 없다고 하였다. 세 번째 근거로 그가 든 것은 흥부의 품팔이 장면인데 '짚신 삼아 팔기', '賣酒家의 술거르기', '술만 먹고 말짐 신기', '오푼 받고 마철 박기' 등의 품팔이 노동은 아무리 몰락했다 할지라도 이조시대 양반신분의 인물이 했다고 보기는 어렵다[268]고 하여 흥부

---

266) 같은 논문, pp.88~92. 참조.
267) 林熒澤, 註29)의 논문, p.256.
268) 같은 논문, p.259.

양반론을 부정했다.

그러나 그의 이러한 주장은 京板本을 근거로 한 것이어서 世昌本을 토대로 한 趙東一의 주장을 뒤엎을 만한 논거가 되었다고 볼 수는 없다. 京板本에서 평민이기에 世昌本에서도 평민이어야 한다는 논리는 성립할 수 없기 때문이다. 世昌本의 문제는 世昌本 자체 내에서 풀지 않으면 안 되는 것이다.

林熒澤이 京板本을 근거로 흥부평민론을 주장한 반면 徐大錫[269]은 世昌本을 가지고 흥부평민론을 들고 나와 趙東一의 주장을 정면으로 부정하였는데 그가 흥부를 평민으로 본 것은 다음의 두 장면 때문이다. 첫째로 그가 문제 삼은 장면은 흥부가 읍내에 환곡 얻으러 갈 때 행장 차리는 모습이다.

> 협슈록한 봉두돌빈의 헌 망건을 눌너 쓰고 울근불근 살이 보이난 다 써러진 고의 적삼의 헌행젼을 무릅 밋해 놉히 치고 양만 남은 헌 파립 죽영을 다라 쓰고 노닥노닥 기은 즁츄막을 행셰차로 셜처 입고 뺌만한 곰방내를 손에 쥐고 엇슥빗슥 갈지자로 거러 (世, p.11.)

그는 위와 같이 衣冠을 차리고 出行하는 것은 선비들의 모습이지만 흥부의 차림새에서 양반에 어울리지 않는 몇 가지 문제점이 있음을 지적 흥부는 양반이 아니라 양반의 흉내에 불과한 것이라 말하고 흥부 같은 막벌이꾼이 양반행세를 흉내 냄으로써 웃음을 자아내고자 하는 것이 작자의 의도라고 하였다. 그리고 그가 지적한 것은 망건 속에는 기름을 발라 곱게 틀어 올린 상투라야 되는데 蓬頭突鬢이었다는 것과 道袍를 입어야 되는데 살이 다 나오는 떨어진 고의적삼을 입었고 두루마기는 노닥노닥 기운 것이었다는 점, 긴 장죽을 하인을 시켜서 들리고 다니는 것이 양반의 담뱃대 지니는 風度였는데 뺌만한 곰방대를 들었다는 것과 살기에 바쁜 사람이 두 주먹을 부르쥐

---

269) 徐大錫, 註9)의 논문.

고 뛰듯이 걸어야 될 텐데 양반의 여유 있는 걸음걸이를 흉내 내어 갈지자로 걸어갔다는 점[270] 등이다.

그러나 위와 같은 흥부의 차림이 당시 양반계층이 추종하던 유교적 형식주의를 풍자하는 것으로 볼 수는 있어도 흥부가 양반이 아니라는 직접적 증거가 될 수는 없다는 사실을 우리는 간과할 수 없다. 그것은 흥부가 양반이기는 하지만 양반으로서의 완전한 격식을 갖추기에는 너무나 가난하여 집에 있는 것만으로 최대한의 격식을 차리다 보니 그렇게 우스운 모습이 된 것이라 볼 수도 있기 때문이다.

다음 둘째로 그가 문제시한 장면은 吏房이 흥부에게 매품을 주선해 주자 반말하던 흥부가 갑자기 존댓말을 하는 부분이다.

흥보가 엇지 좃튼지 반말하든 사람이 벼란간에 죤대가 할량업다 여보 리방님 단여 오리다 (世, p.12.)

그는 이 대목을 보고 이렇게 말하였다.

흥부의 신분의식은 돈 삼십량의 값어치도 못되는 것임이 드러난다. 돈을 주선해 주는 사람에게 반말이 존대로 바뀌었으니, 돈이란 신분보다 더 가치 있다는 것이 이 장면에서 분명해지는 것이다. 兄友弟恭의 윤리의식도, 아전에게 반말하는 것도 사대부의 가치관에서 나타나는 것이다. 형에게 공손하고 아전에게 반말했던 흥부는 이조 사대부의 의식으로 무장했던 인물이었다.[271]

사대부의식에 젖어 양반 흉내를 냈던 흥부가 돈 삼십 냥에 양반의식도 벗어 던지고 본래의 신분을 드러냈다는 말이다. 이러한 관점은 공감이 가는 예리한 면이 있으나 역시 앞에서의 첫 번째 장면에서처럼 흥부를 일단 평민으로 규정한 뒤에나 적용할 수 있는 시각이라고 할 수 있다. 흥부가 평민이

270) 같은 논문, p.332.
271) 같은 논문, p.333.

라는 전제가 없다면 이 장면만 가지고 흥부의 신분을 평민으로 판단하기는 어려울 것으로 보인다. 申本의 놀부심사 중에 '궁반(窮班)보면 관(冠)을 씻고'가 있을 정도로 몰락양반의 사회적 지위가 저하된 상황이었는데 돈 삼십 냥을 벌게 주선해 준 吏房에게 너무 고마운 나머지 궁반이 "여보 이방님 다녀오리다."라는 인사 정도는 할 수도 있었으리라 생각할 수도 있기 때문이다. 이로 볼 때 徐大錫의 작업은 형제상이신분이라는 부자연을 극복하기 위해 문제가 되는 世昌本을 가지고 해결을 모색했다는 점에서는 상당한 의의가 있다고 하겠으나 흥부가 평민이라는 직접적인 근거를 제시하는 데에는 미흡함이 있었다고 볼 수 있다.

흥부평민론은 林用植[272])도 주장한 바 있는데 그도 徐大錫과 같이 世昌本에 나타나는 몇 장면을 가지고 흥부가 평민신분임을 논증하였다.

그가 흥부평민의 근거로 제시한 부분은 세 곳인데 첫째는 흥부가 평민으로 보이는 김동지를 찾아가 짚을 얻는 과정에서 나누는 대화

　　자네 엇지 왓노 홍보 대답하되 수다 쇼솔이 차마 굴머 못 살겟기로 집신이나 삼아 팔자하고 집 한 뭇 으드러 왓나이다 (世, p.17.)

에서 김동지와 대등하게 보인다는 것이고 둘째는 평민으로 판단되는 김부자 대신에 매를 맞으러 간다는 것이고 셋째는 吏房이나 使令들과 흥부가 격의 없이 자유롭게 대화를 나눈다는 것이다. 그러나 그도 흥부가 이방과의 만남에서 보이는 이상한 태도에 대해서는 아무런 해명도 하지를 않았다.

柳光秀도 흥부평민론을 천명하였는데 그는 "<흥부전>은 그 당시 서민들의 인간관계양상과 생활상을 통해서 서민들의 의식구조를 드러내고 있는 서민들의 현실과 소망의 세계를 이야기한 서민문학이라는 점을 감안할 때 설령 작품 내에서 두 인물이 양반으로 혹은 서민으로 때로는 천민으로 묘사

---

272) 林用植, 註30)의 논문, pp.124~126.

되어졌다 하더라도 그 源流는 아무래도 서민의 의식에 의한 서민의 이야기로 파악되어져야 할 것이기에 作家(群)의 관념의 세계에서 넘나들 수 있는 신분계층의 상이성으로 인해 상층(兩班)으로, 혹은 하향계층(賤民)으로 임의 설정될 수 없다."[273]고 하여 작품의 서민문학적 특성을 인물의 신분파악에 照映하는 원론적 접근을 시도하였다.

이상에서 살펴 본 바와 같이 흥부양반론을 주장하는 쪽은 이방과의 대화 장면을 근거로 내세우면서 형제상이신분이라는 모순을 부분의 독자성이라는 편리한 논리로 합리화하고 있고 흥부평민론을 주장하는 쪽은 이방과의 갈등장면에 대한 명확한 해명도 없이 지엽적인 몇 가지 장면을 근거로 확신성 없는 논리를 전개하고 있는 실정이다. 그러므로 필자는 지금부터 몇 가지 분명한 근거를 바탕으로 흥부에 대한 신분규정을 내리고자 한다.

우선 첫째로 흥부의 신분적 비밀을 풀어줄 열쇠는 이방과의 만남장면에 있다. 그리고 그 장면에서 제일 처음 갈등상을 보이는 부분은 '마루 우의 간신히 올라서며'이다. 이 말은 흥부가 이방이 앉아 있는 마루 위로 올라가기는 했는데 간신히 올라갔다는 말이다. 그것은 무엇을 뜻하느냐 하면 흥부는 이방이 앉아 있는 마루 위에 마음대로 선뜻 올라갈 수 없는 신분이라는 것을 의미하는 것이다. 다시 말하면 흥부의 신분은 이방보다 낮은 평민이라는 뜻이 된다.

그리고 그 다음 갈등부분은 '죽어도 반말노'이다. 이 말은 흥부가 이방에게 반말로 말했는데 죽을 각오를 하고 했다는 말이다. 여기서 말하는 '반말'이란 '낮춤말'이 아니다. 높이지도 낮추지도 않는 어정쩡한 말을 가리키는 말이다. 좀 더 정확을 기하기 위해 辭典에 있는 '반말'의 定義를 소개하면 다음과 같다.

---

273) 柳光秀, 註47)의 논문, p.294.

① 말끝이나 조사(助詞)같은 것을 줄이거나 또는 분명히 달지 아니하고 존경·하
대하는 뜻이 없이 어름어름 넘기는 말. "나는 가오"대신에 쓰는 "나 가" 와 같
은 말.
② 손아랫 사람에게 하듯 낮추어 하는 말. "먹어라"·"먹었니"와 같은 말.[274]

위 두 가지 뜻 가운데 홍부가 한 반말은 물론 ①번의 것이다. "리방 참
내가 왓지 이사이 쳥즁에 일이나 업스며 셩주씌셔도 안령하신지"에서 보듯
이 말끝을 흐리고 있을 뿐 결코 낮추어 하는 말은 아닌 것이다.
그러나 홍부는 이런 말조차 편안한 마음으로 하지를 못하고 죽을 각오를 하
고서야 겨우 하고 있다. 그것은 홍부가 말끝을 흐리는 말조차 이방에게 해
서는 안 되는 신분이라는 것을 의미하는 것이다.

그리고 그 다음 갈등부분은 '내가 삼십리를 왓더니 허리가 쌧쌧하야 그져
안지'이다. 이것은 말할 것도 없이 홍부가 양반이 못 된다는 명확한 증거가
되는 부분이다. 허리가 뻣뻣하여 그냥 앉겠다는 말은 허리만 괜찮으면 절을
해야 마땅한데 허리가 불편해서 절을 못하겠다는 말이다. 이방에게 절을 해
야 하는 신분 그것이 홍부의 신분이다. 만약 홍부가 양반이라면 이방에게
절을 못하겠다는 변명을 할 필요도 없었을 것이다. 아무리 몰락한 양반이라
도 이방에게 절한다는 것은 있을 수 없는 일이기 때문이다.

이로써 양반인 듯이 보이던 장면은 모두 오히려 홍부가 평민임을 입증해
주는 부분이라는 것이 확인되었다. 그렇다면 의문이 하나 남는다.
홍부는 무엇 때문에 자기 신분에 맞지 않게 이방에게 굽히지 않으려고 마루
위에까지 간신히 올라갔으며 죽을 각오를 하고 존대어를 쓰지 않으려 했으
며 구구한 변명을 하면서까지 절을 하지 않으려 하였는가.
그것은 그가 지니고 있는 선비의식 때문이라 할 수 있다. 선비는 당시 사회
에서 학식은 있지만 벼슬하지 않는 양반을 가리키는 명칭으로 존경의 대상

---

274) 李熙昇 編 「국어대사전」, 민중서림, 1982, 반말條

이었다. 흥부를 善人으로 부각시키고자 하는 작가의식은 그를 당시 사회의 존경의 的인 선비와 같은 品格을 갖춘 인물로 형상화할 필요성을 느꼈을 것이다. 부귀를 바라지 않고 물욕에 탐이 없고 주색에 무심하다는 그의 성격도, 어려운 문자도 자유자재로 구사하는 그의 학식[275]도 사실은 모두 선비의 특성인 것이다. 이와 같이 평민 흥부가 신분에 맞지 않게 선비의식을 지니고 있었기에 이방 앞에서 앞서와 같은 이상한 태도를 나타냈던 것이다. 그러므로 이방과의 갈등은 趙東一이 말한 바 '身分과 生活의 갈등'이 아니라 선비같이 행동하려는 意識과 그것을 용인하지 않는 現實과의 갈등 즉 '意識과 現實과의 갈등'이었던 것이다. 그러나 이러한 모방의식도 갑자기 닥친 행운 앞에서는 무력할 수밖에 없었다. 졸지에 삼십 냥을 벌게 된 흥부는 기쁨 때문에 선비 모방의식도 잊어버리고 이방에게 존댓말을 하며 굽실거리는 등 평민으로서의 본래의 신분을 마침내 드러냈던 것이다. 박에서 보물이 쏟아져 나왔을 때 숨겨진 본성을 드러냈던 것처럼.

흥부가 평민임을 보여 주는 결정적 근거는 이 밖에도 또 있다. 흥부가 부자가 되었다는 말을 듣고 흥부네 집에 찾아온 놀부가 부아가 치밀어 차려준 밥상을 발로 차자 흥부의 아내가 놀부에게 하는 말이다.

아쥬바님 드르시오 불평하신 마음이 기시거든 사람을 치시지 밥상도 치십닛가···밥이 엇덧케 중한 거시라고 밥상을 치셧노 밥이라 하난 거시 나라의 오르면 슈라요 양반이 잡슈면 진지오 하인이 먹으면 입시오 졔배가 먹으면 밥이오 졔사의난 진메이니 얼마나 중한가요 (世, pp.29~30.)

위에서 주목할 말은 '양반이 잡슈면 진지오'라는 말이다. 이것은 분명한

---

275) 世昌本, p.18.에는 "흥보가 이왕의 약간 식자는 잇는지라 수수대로 지은 집에 입츈을 써 붓쳣스되···"라고 하여 그가 學識이 있는 人物임을 나타내고 있고, 申本, p.330에서는 "아번이 게슬젹의 나는 싱일 시기고져 즈근 아덜 사랑옵두 글공부 시기더니 너 미우 유식ᄒ다"라는 놀부의 말을 통해 흥부가 유식하게 된 내력을 밝히고 있다.

높임말로 자신은 양반보다 낮은 신분이라는 것을 의미하는 것이다.

그렇다면 자신은 어떻게 표현했는가. 흥부처는 이 말을 '제배가 먹으면 밥이오'라는 말로 표현했다. 제배(儕輩)란 同輩와 같은 말로 신분이 같은 사람들이라는 뜻이다. 그러므로 위의 말은 "우리와 같은 평민이 먹으면 밥이요"라는 뜻이 된다. 흥부처는 위의 말에서 임금·양반·하인(賤民)을 열거하고 마지막에 儕輩라는 말로 평민까지 언급함으로써 자기들의 신분이 평민이라는 사실을 확실히 밝혔던 것이다.

흥부가 평민이라는 근거는 舊上典이 돈을 뜯어 간 뒤 놀부와 놀부처가 대화하는 가운데서도 나타난다. 놀부처가 탄식하면서

고개너머 아주바님네난 첫통에 보물이 잇더라 하니 그거난 웬일이며 우리난 무삼 일로 첫통에 상젼이 나왓쇼 (世, p.38.)

하니 놀부는

흥보네도 모르면 모르거니와 첫통에 양반이 나왓갯지 그 각다귀 갓튼 양반쎄가 계라고 아니 갓겟나 (世, p.38)

라고 대답하고 있다. 놀부가 박 속에서 나온 양반들에게 혼이 나는 것은 놀부의 신분이 양반이 되지 못하기에 그런 것이다.[276] 그런데 "그 각다귀 같은 양반 떼가 거기라고 아니 갔겠나"라는 말은 흥부도 양반에게 시달림을 받을 수 있는 신분 즉 평민이라는 말이 된다.

이상으로 흥부가 놀부와 같이 평민이라는 사실은 충분히 입증되었으리라 본다. 흥부가 양반인 것처럼 보이는 부분이 있는 것은 그가 선비의식을 지

---

276) 박에서 나온 인물들도 행동은 각자의 신분에 맞게 현실적으로 이루어지고 있 다. 천한 신분의 군상들은 多衆의 힘으로, 양반은 신분적 권위로 놀부를 굴복시키고 있다.

니고 선비의 행위를 모방하려는 데서 비롯된 것이다. 그러나 고찰한 바와 같이 어느 대본에도, 심지어 문제가 되는 世昌本에도 흥부가 양반이라는 근거는 아무데도 없었다. 오히려 그가 양반이 아니라는 근거만 여기저기 나타나 있을 뿐이다. 변화하는 조선후기 사회상을 철저히 작품에 반영할 만큼 치밀한 구성능력을 가진 <흥부전>의 작가는 형제의 신분을 다르게 설정할 정도로 허술한 사람들이 아니었던 것이다.

4) 작품의 희극구조적 특성

<흥부전>은 웃음에서 시작하여 웃음으로 끝난다고 해도 좋을 만큼 철저하게 희극적 구조로 이루어져 있음은 주지의 사실이다. 그러므로 張德順은 작품의 이러한 특성을 주목하여 "<흥부전>같이 처음부터 끝까지 웃음에 찬 작품은 드물다. 그러므로 우리는 <흥부전>이야말로 대표적인 한국의 유우모어 소설이며, 또 서민문학이라 할 수 있을 것이다.
··· 그 유능한 작가는 애초부터 명랑한 유우모어 소설을 기도했고, 또 그것이 어느 정도 성공했다고 본다."[277]고 언명한 바 있다. 필자가 張德順의 '意圖的 喜劇小說化論'에 동의한다는 사실은 서론에서 밝힌 바 있다. 그러므로 本項에서는 이와 같은 작품의 희극적 특성이 작가의 의도적 결과임을 밝히고 이러한 작가의 의도가 작품에 어떻게 투영되었는지 그 투영양상에 대하여 고찰해 보도록 하겠다. 작품분석에 앞서 논의의 핵심이 되는 '희극(Comedy)'의 일반적 개념에 대하여 생각해 보는 것도 방법론상 필요하리라 본다.

희극은 인간의 성격이나 행동에 존재하는 모순, 비리, 부조화와 같은 약점을 묘사하여 골계미를 나타내는 드라마를 말한다. 비극이 엄숙하고 진지

---

277) 張德順, 註6)의 책, p.257.

한 태도로써 인생의 고뇌를 그리고 인간의 심정에 크게 호소함에 비해서 희극은 명랑하고 경쾌한 기분 속에 인간성의 결점이나 사회의 병폐를 나타내며 비교적 知性에 호소하고 웃음 속에서 분규를 해소시킨다.[278] 그러므로 희극은 어떤 결함이나 어떤 추악함과 관계가 있다 할 수 있다. 희극의 성격이 그러하기에 자연 희극의 주인공들은 보통의 사람들보다 어떤 결점 또는 추악성을 더 두드러지게 과장적으로 갖고 있는 인물들로 묘사되기 쉽다. 따라서 희극의 인물들은 수준이하의 저급한 인물들로서 평범 이하의 행동을 취한다고 볼 수 있다. 분명히 많은 희극은 영웅과 영웅적 행동을 제시하지 않는다. 國家安危의 문제, 生死가 달려 있는 심각한 문제는 희극에서 직접 취급하지 않는다. 희극은 인간행동의 우스꽝스런 면들, 사회의 허망한 풍속·편견·허영·추악상을 수준 이하의 인물의 수준 이하의 저급한 행동을 통해 제시함으로써, 관객의 심각·엄숙한 반응을 자극하지 않고 비웃고 야유하고 "못난 것들!"하는 일종의 객관적 우월감을 가지게 하는 것이다. 그리고 희극은 '행복한 결말(happy ending)'로 끝난다. 희극의 말미에 죽음이나 고통이 아주 없지는 않지만, 그것은 관객이 편들고 있는 주인공 또는 기타 인물들이 속 시원해 할 성질의 죽음과 고통인 것이다. 통칭 "나쁜 놈 벌 받아 싸다"는 감정을 불러일으키게 하는 결말인 것이다. 남자가 애인과 결혼하게 되고, 선한 사람이 상을 받게 되는 반면 그러한 행복을 방해하던 인물들은 제거되든가 또는 회개하든가 하여, 상 받을 자는 마땅히 상을 받고 벌 받을 자는 마땅히 벌을 받는 이야기가 희극의 내용이 된다.[279]

이상에서 살펴 본 희극에 대한 일반적 성격을 <흥부전>에 적용해 보면 <흥부전>이야말로 희극소설의 조건을 완벽하게 구비한 작품이라는 것이 확연히 드러난다. 먼저 인물에 대해서만 생각해 보아도 흥부 놀부가 모두 평범한 사람들이 아님은 분명하다. 흥부는 지나칠 정도로 고지식하게 기존

---

278) 金榮錫 外 三人, 「문학의 이해」, 시인사, 1989, pp.175~176.
279) 李商燮, 「문학의 이해」, 서문당, 서문문고 045, 1972, pp.129~131. 참조.

윤리를 추종하여 신분과 처지에 걸맞지 않게 형식주의에 흐른 나머지 독자로 하여금 가소로운 미소를 짓게 하는 좀 모자란 듯한 인물이고 놀부는 우스꽝스러울 정도로 과장된 守錢奴로서 인간의 추악성을 대변하는 저급한 인물인 것이다. 그리고 이들은 "희극은 어리석은 자들과 사회적 일탈행위를 다루고, 비극은 범죄 즉 더 깊은 윤리에 어긋나는 반역행위를 다룬다."280)고 한 벤 존슨(Ben Jonson)의 人物論에도 부합되는 生來的인 희극적 인물들이라 할 수 있다. 어리석게 보일 정도로 착하기만 하고 무능한 흥부와, 범죄에까지 이르지는 않지만 사회적으로 지탄받는 일탈행위도 서슴지 않는 놀부는 희극의 주인공으로 더할 수 없는 적격자들인 것이다.

다음 이들에 의해 전개되는 상황을 보면 조금도 심각하지도 진지하지도 않다. 흥부의 가난은 고통으로 와 닿지 않고 놀부의 악행은 짓궂은 장난으로만 느껴질 뿐이다. "비극은 심원·엄숙·진지함과 관련이 있고 희극은 환희·경쾌·기지·짓궂음과 관련이 있다."281)는 말을 인정한다면 위와 같은 상황묘사는 작품이 희극소설임을 입증해 주는 가장 명백한 근거가 되는 것이라 할 수 있다. 심각함은 희극과는 거리가 먼 것이다. 사람들은 그들에게 아픔을 주는 것에는 웃을 수 없기 때문이다.

카아터 콜웰은 고통과 희극과의 관계에 대하여 다음과 같이 말하였다.

식료품 백을 들고 가던 작은 노파가 얼음 위에 미끄러져 양배추와 케첩 병을 사방으로 날리며 맴도는 광경을 보았다고 가정하자. 이러한 광경을 보았을 때 여러분은 웃을 것이다. 그러나 넘어지는 것을 감정이입적으로가 아니라 객관적으로 볼 때에만 웃을 수 있다. 그 노파의 좌골이 깨어지지나 않았나, 그리고 나이 때문에 완전히 나을 수 없을 것이란 생각이 들 때, 그 넘어짐은 그처럼 우습지 않다. 그 차이는 구경하는 사람에게 달려 있다. 만일 그가 동정한다면, 만일 그 고통을 느낀다면, 그만큼 웃지 못 할 것이다. 그러나 만일 그가 그 불상사를 객관적으로 보고 그에 따른

280) 모엘린 머천트, 「희극」, 石璟澄 譯, 서울대출판부, 1981, p.4.
281) 같은 곳.

고통을 느끼지 않는다면 그만큼 그는 킬킬 웃어댈 수 있을 것이다. 여러분을 웃기고 싶어 하는 예술가는 감정이입을 하려는 여러분의 성향을 억제함으로써 여러분의 반응을 견제하려 할 것이다. 한 기본적 수법은 고통을 명백히 실감나지 않게 하는 것이다.[282]

콜웰의 말처럼 고통을 실감나지 않게 하는 것이 희극의 기본적 수법이라면 <흥부전>의 작가는 이미 이 희극이론을 완전히 터득하고 있었다고 보아야 한다. 현실구조 속에서의 흥부의 가난이 독자에게 전혀 고통으로 느껴지지 않기 때문이다.

흥부가 형의 집에서 쫓겨나 수숫대 반 뭇으로 집을 짓고 살면서 신세 한탄하는 장면에서도 흥부는 "애고 답답 셔름이야 이 노릇을 엇지 할고 엇던 사람 팔자 조와··· 고대광실 조흔 집의 부귀공명 누리면서 금의옥식 싸여 잇고 나갓흔 팔자 어이 이리 곤궁하야··· 어린 자식 젓 달라고 자란 자식 밥 달나니 참아 스러 못 살겠다"(世, p.4.)고 가난의 고통을 호소하지만 그것이 독자에게 실감나게 느껴지지는 않는다. 수숫대 반 뭇으로 한나절 만에 집을 지었다는 것부터 현실감이 없고 그 집의 형용에서도 "발을 쌔드면 발목이 벽 밧그로 나가니 착고 찬 놈도 갓고 방에서 맛모르고 이러스면 모가지가 집웅 밧그로 나가니 휘쥬잡기의 잡히여 칼슨 놈도 갓고…"(世, p.4.)와 같이 해학적으로 묘사하고 있기 때문이다. "유우머가 있는 문제는 고통을 줄인다."[283]는 사실을 알고 있던 <흥부전>의 작가는 고통을 줄여 독자로 하여금 흥부의 가난이 심각한 문제로 느껴지지 않도록 하기 위해 이 같은 표현을 썼을 것이다.

자식이 많아 고생하는 것도 고통으로 표현되고 있지 않다. 작가는 흥부의 자식 많음을 소개하기에 앞서 "형셰난 이러케 가난하되 밤 농사난 잘하던

---

282) C. 카아터 콜웰, 「문학개론」, 李在浩·李明燮 譯, 을유문화사, 을유문고 105, 1973, pp.78~79.
283) 같은 책, p.113.

지"(世, p.4.)라고 흥부의 주책없음을 은근히 풍자하여 독자의 동정심이 일어날 것을 사전에 가라앉히고 있다. 동정은 감정이입으로부터 비롯되는 것이기 때문이다. 申本에서는 흥부多産에 대한 풍자가 놀부의 입을 통해 이루어진다. 흥부가 전곡을 얻으러 형에게 가서 동정을 얻으려고 "밤낫으로 버스러도 돈 흔 푼 못 모우고 원치 안는 즈식덜은 아덜이 스물 다섯"(申, p.342.)이라고 말하자 놀부는 뒤로 물러앉으며 혼자 소리로 "박살할 놈 그 노릇설 ᄒ여도 밤이면 되고 파니 다른 일 헐 틈 잇셔야졔"라고 하고 있다. 놀부의 이 말은 흥부가난의 원인이 그의 무능과 나태에도 일부 있음을 은연중 말해 주는 것으로 흥부가난에 동정심을 갖지 않도록 하기 위한 하나의 장치가 되는 것이다.

多産諷刺에 이어 전개되는 자식들 멍석 옷 해 입히는 장면은 <흥부전>의 해학 중 백미라 할만하다. 자식들 수만큼 멍석에 구멍을 뚫어 목만 나오게 뒤집어씌운다는 발상도 기발하지만 한 놈이 변소에 갈 때도 뭇 놈이 따라간다는 장면묘사는 도저히 웃음을 참지 못할 정도의 희극적 효과를 주는 것이다. 옷도 못해 입히는 가장 비참한 상황을 비참하게 보여 주는 것이 아니라 가장 해학적으로 보여 주는 데에 희극소설을 의도한 작가의 뜻이 나타나 있다고 할 수 있다.

흥부 자식들이 먹을 것을 달라고 조르는 장면에도 독자의 동정심을 자극하지 않게 하려는 작가의 의도는 어김없이 나타난다. 열구자탕에 국수좀 말아 먹고 싶다는 놈, 벙거짓 골에 고기를 지지고 달걀을 풀어 먹고 싶다는 놈, 개장국에 흰 밥좀 말아 먹고 싶다는 놈, 대추시루떡에 검정콩을 놓아먹고 싶다는 놈, 무시루떡을 먹고 싶다는 놈 등 밥을 못 먹어 음식타령을 하는 자식들의 소리는 측은감을 불러일으키기에 족하다. 그러나 작가는 그렇게 되도록 끝까지 놓아두지를 않는다. 장면이 심각해지면 희극이 되지 못하게 되기 때문이다. 그리하여 마지막 자식으로 하여금 "애고 어머니 나난 올붓터 불두덩이 근근 가려우니 쟝가좀 들엇스면"(世, p.5.)하고 엉뚱한 말을 하게 함으로써 심각한 상황을 일시에 反轉시키게 되는 것이다.

쌀이 없어 밥을 못 해 먹는다는 상황에 대한 설명도 마찬가지이다.

　　집안에 먹을 것이라고난 싸락이 한줌 업셔 다 깨진 개상반은 네 발을 춤추어 하날만 축슈하고 이쌔진 사발 대졉들은 시렁의 사흘 나흘 굴복하고 밥을 지어 먹자 하면 책녁 긴 쥴 보와 갑자일이 되어야 솟의 쌀이 드러가고 새양쥐 쌀알갱이를 으드랴고 밤낫 열 사흘을 분쥬하다가 다리의 가래톳이 나셔 파종하고 알는 소래 삼동리를 써더니 엇지 아니 슬푸랴 (世, p.5.)

라고 말하고 있지만 전혀 슬프지 않다. 쥐가 쌀을 얻으려고 밤낮 열사흘을 찾아다니다가 다리에 가래톳이 났다는 표현에 슬픈 마음이 들 리 없는 것이다. 기막힌 과장에 웃음만 나올 뿐이다.[284]

놀부가 흥부를 때리는 장면에서도 고통은 느껴지지 않는다. "손잰 승 비질하듯 상자즁의 법고 치듯"(世, p.8.), "여름날의 번기치덧 강셕암의 게집치듯 담의 걸인 구렁이 치듯"(林, p.8.) 했다는 표현은 예로 든 장면을 연상시킴으로써 고통보다는 오히려 웃음을 유발시킨다. 놀부의 "네 그 베두지 넘에 몽동이 둘만 늬여 오너라 식쿨 놈 ㅎㄴ 잇다"(林, p.7.)는 말도 해학적 표현이다. '식쿨 놈'이란 '식힐 놈' 즉 '죽일 놈'이라는 말이다. 죽이는 것을 식힌다고 표현한 것은 죽으면 몸이 차가워지는 데서 착안한 것인데 그 우회적 표현이 미소를 머금게 한다.[285]

흥부가 품팔이하는 장면은 생존을 위해 피나게 노력하는 모습을 보여 주는 부분으로 독자로 하여금 연민의 정을 불러일으키게 할 수도 있는 곳이나 작가는 그것도 용납하지 않고 戲畵로 처리해 버리고 있다.

---

284) 申本에서는 밥을 하도 자주 안 해서 아궁이 풀을 뽑으면 한 마지기 못자리는 넉넉히 할 정도라는 표현이 있다.

285) <변강쇠가>에도 "열 다섯에 어든 서방 첫 놀 밤 잠자리에 급상한에 죽고 열　여섯에 어든 서방 당챵병에 튀고 열 일곱에 어든 서방 용쳔병에 폐고 열 여듧　에 어든 서방 베락마져 식고"의 표현이 있다.

'이월동풍 가래질하기'·'삼사월에 붓침질하기' 등 흥부의 품 파는 모습은 2
章 1節에서 자세히 소개한 바 있다. 그러나 작가는 그 심각한 품팔이 장면
맨 끝에 '집에 드러오면 아해 맨들기'(世, p.11.)[286]를 넣음으로써 웃음으로
마무리 짓고 있다. 이러한 技法은 申本에서도 보이는데 품팔이 종류 중에
'맛잇난 기싱 아씨 타관 이부 편지 전키'(申, p.350.)와 같은 것을 포함시킨
것이 그것이다. '진지함'이나 '심각함'은 비극과 관련 있는 것이기에 절대 허
용할 수 없었던 것이다.

끝으로 작품의 종결부에 대하여 살펴보면 <흥부전>도 여느 소설처럼
'행복한 결말'의 형태를 취하고 있음은 물론이다. 그러나 특기할 것은 <흥
부전>은 다른 작품처럼 善者의 승리와 惡者의 패배로 종결되는 것이 아니
고 승리한 善者가 패배한 惡者를 구제하는 것으로,[287] 즉 善者와 惡者가 화
해하는 것으로 종결된다는 점이다.

그것은 물론 대립하는 두 인물이 형제간이기 때문에 그렇게 만든 것일 것
이다. 작가는 아무리 못된 형이라 할지라도 형은 망하고 동생만 잘되는 결
말을 '행복한 결말'로 생각하지 않았던 것이다. 그러므로 黃浿江도 <흥부
전>의 이러한 결말에 대해

> 과연 이 작품에서 악의 상징처럼 보인 놀부가 징계되고 말았느냐도 의문이다. 오
> 히려 흥부전은 놀부의 징계보다는 두 형제의 화해에 초점을 맞추고 있다. ···
> 흥부전은 형제라는 기본적인 동질성의 바탕 위에서 흑백의 양극성을 띄었던 놀부
> · 흥부 두 형제가 중간자 제비의 충격으로 말미암아 잃었던 동질성을 회복하는 이
> 야기다.[288]

라고 흥부 놀부의 화해가 갖는 의미를 강조한 바 있다. 이와 같이 결국 화해

---

286) 京板本 5장에도 '져녁의 ㅇ희 민들기'가 있다.
287) 京板本은 망한 놀부가 식구를 거느리고 흥부를 찾아가는 것으로 종결짓고 있 지
    만 찾아간 뒤에 흥부가 구제해 주었으리라는 것은 상상하기 어렵지 않다.
288) 黃浿江, 「조선왕조소소설연구」, 단국대출판부, 1978, p.81.

할 수밖에 없는 악인이었기에 그의 악행도 처음부터 한계가 정해져 있었던 것이다. 용서받을 수 있는 악행으로서 말이다. 그리고 이러한 점은 고소설에 형제간의 갈등을 다룬 작품이 별로 없다는 사실과도 관련이 있을 것으로 보인다. 自古로 형제간을 手足의 관계로, 또는 骨肉의 관계로 여겨온 이조인들이 굳이 형제간의 갈등을 소설의 소재로 택하려 하지 않았으리라는 것은 짐작하기 어렵지 않다. 車溶柱는 이에 대해 "윤리적으로 가장 강조되는 父子間을 중심으로 한 갈등이 고소설에 나타나지 않는 것과 같이 兄弟間의 갈등도 있을 수 없는 것으로 생각했기 때문일 것"[289]이라고 풀이한 바 있다. 따라서 <흥부전>의 작가는 남들이 금기시하는 형제간의 갈등을 소재로 택했지만 형제화해로 작품을 마무리 지음으로써 진정한 '행복한 결말'을 이룩하고 처음 의도한 희극소설화에 대한 목표를 달성했다고 할 수 있다.

■ 5. 作品의 文學史的 位置

1) 근대적 성격

(1) 인간성옹호정신의 구현

인간성옹호의 정신이란 인간성긍정의 정신을 말하는 것이다. 넓은 의미의 사실주의, 특히 사람의 本性에 대한 사실주의적 태도가 근대소설의 가장 중요한 근간[290]이라면 인간성옹호의 정신이야말로 소설이 근대성을 획득할 수 있는 필수 불가결의 요소라 할 수 있을 것이다.

---

289) 車溶柱, "형제간의 갈등양상에 대한 고찰", 「고소설논고」,계명대출판부, 1985, p.153.
290) 李商燮, 「문학비평용어사전」, 민음사, 1976, pp.149~150.

우리는 행복을 추구하는 인간의 욕구와 그것을 가로막는 장애물과의 사이에 끊임없는 相克을 본다. 행복하려는 개인의식과 그것을 가로막는 장애물인 사회적 제약 사이에 전개되는 상극과 갈등이 빚어지는 인간생활은, 사회적 제약을 극복하여 개인의식을 추구하려는 욕구와 사회의 질서를 위해 파생된 관습이나 윤리 등의 사회적인 규범과 맞부딪게 된다. 그것은 휴머니티를 高調하여 신장하려는 개인의식이, 규범화하여 일반화된 삶의 방향으로 이끌려는 사회의식과의 상극에서 오는 비극으로 나타난다. 작가는 이러한 인간상을 부각하여 인간존재의 의미를 해명하려고 한다.291)

고 하여 윤리·관습 등의 사회적 제약에 저항하여 개인의 행복을 추구하는 인간의 욕구를 통해 인간존재를 해명하는 것이 작가정신이라 한 丘仁煥의 말이나, 주인공이 세속적 욕구를 느끼는지 여부에 의해 신성소설과 세속소설로 나누고 소설발달과정을 주인공이 세속적 욕구를 느끼지 못하는 신성소설에서 강렬하게 세속적 욕구를 느끼는 세속소설로 이행해 간 것으로 본 李相澤292)의 견해는 모두 이에 기초한 것이다. 그러나 <사씨남정기>의 謝氏와 같은 化石化된 인물에 앞서 개아적 욕구에 눈을 뜬 홍길동이 먼저 출현하였다는 것은 허균 같은 특출한 작가에 의해 이 순서는 바뀔 수도 있음을 말해 준다.293) 이와 같은 본성적 욕구가 표출된 편린은 멀리 「三國遺事」所載 孫順埋兒說話에서도 보여진다.

孫順의 아내는 老母를 봉양하기 위해 어린 자식을 땅에 묻자는 남편의 말에 할 수 없이 동의하지만 땅속에서 石鐘이 나왔을 때 그녀는 그것을 핑계로 자식을 묻는 것은 그만두어야 한다고 주장한다.294) 孝라는 절대윤리에 눌려

---

291) 丘仁煥, 註80)의 논문, p.44.
292) 李相澤, 註30)의 논문.
　　　　　　註249)의 논문.
293) 謝氏는 질투하는 여자들을 한탄할 만큼 본능도 없는 윤리의 權化로 나오고 길동은 강렬한 세속적 욕구 때문에 자수와 탈출을 반복하는 갈등하는 인물로 나 온다. 길동이 그러한 모습을 보인 것은 倫紀의 분별을 거부하고 倫紀의 분별 때문에 억눌려 있는 천품의 본성을 옹호한(趙東一, 「한국문학사상사시론」, 지 식산업사, 1978, p.171.) 작가의 인간본성에 대한 긍정적 시각에서 비롯된 것임 은 말할 나위도 없다.

표출이 억제되던 자식 사랑의 본성이 죽음을 눈앞에 둔 시점에서 마침내 분출된 것이다. <운영전>에서 異性間의 접촉을 금압하는 안평대군에 대한 시녀들의 본성에서 우러난 절규,[295] <열녀함양박씨전>에서 평생을 육체적 욕망과 싸워왔다는 한 과부의 눈물어린 고백[296] 등은 인간본성의 숨김없는 표출의 대표적 사례이다.

人間本性의 표출을 금압하지 않고 긍정시한 시각은 <흥부전>에서도 두드러지게 나타남으로써 작품의 근대지향적 성격을 부각시키고 있다. 흥부처와 놀부처가 질투의 본성을 거리낌 없이 드러냈다는 것은 3章에서 이미 논급한 바 있다. 놀부가 본능적 욕구만 추구한 인물이란 것은 다시 말할 필요도 없다. 그러나 가장 윤리적이고 본능의 억압에 성공한 듯이 보이던 흥부조차도 보물을 보고 억제해왔던 본성을 해방시켜 마음껏 기뻐했던 것은 인간성옹호의 정신과 관련하여 시사하는 바가 큰 것이다. 특히 世昌本에서 김부자의 조카가 흥부를 방문하여 매를 맞고 왔는지를 물었을 때 흥부가 돈 받아먹으려고 맞았다고 거짓말을 하려다가 양심에 걸려 사실대로 말하는 장면[297]은 倫理와 本性과의 갈등을 보여주는 것으로 인물의 성격에 사실적 생동감을 불어넣은 세련된 부분이라 할 수 있다. 그리고

---

294) 順有小兒 每奪孃食 順難之 謂其妻曰 兒可得 母難再求 而奪其食 母飢何甚 且埋此兒 以圖母腹之盈 乃負兒 歸醉山北郊 堀地忽得石鐘 甚奇 夫婦驚怪 乍懸林木上 試擊之 舂容可愛 妻曰 得異物 殆兒之福 不可埋也 夫亦以爲然 乃負兒興鍾而還家

295) 妾等皆閭巷賤女 父非大舜 母非二妣 則男女情欲 何獨無乎 穆王天子而每思瑤 臺之樂 項羽英雄而不禁帳中垓下之淚 主君豈可使雲英獨無雲雨之情乎

296) 大抵人之血氣 根於陰陽 情慾鍾於血氣 思想生於幽獨 傷悲因於思想 募婦者 幽 獨之處而傷悲之至也 血氣有時而旺 則寧或募婦而無情哉 殘燈弔影 獨夜難曉 若復 簷雨淋鈴窓月流素 一葉飄庭 隻雁叫天 遠鷄無響 穉婢牟鼾 耿耿不寐 訴誰苦衷 吾出 此錢而轉之 遍摸室中 圓者善走 遇域則止 吾索而復轉 夜常五六轉 天 亦曙矣 十年 之間 歲減其數 十年以後 則或五夜一轉 或十夜一轉 血氣旣衰 而吾 不復轉此錢矣 然吾猶十襲而藏之者二十餘年 所以不忘其功 而時有所自警也

297) 김부자의 족하가 지나다가 흥보 왓단 말을 듯고 와셔 연셔방을 차자 보고 하난 말이 자네가 주린 사람이 영문에 가셔 그 매를 맛고 엇지 단여 왓나 흥보가 돈 바다 먹을 나고 마졋노라 하랴다가 마음에 본대 곳은 사람이라 이실직고로 하난 말이 마졋스면 해롭지 아니할 것을 맛지를 못하얏다네 (世, pp.16~17.)

도감포슈 화약통 아기어미 졋통 다 터진다 (京, 14쟝)

칠야습경 집푼 밤의 ᄌ네를 품고 누어 두 ᄃ리를 거풍ᄒ야 음풍 양풍 쉽게 ᄒ면 아달 딸을 풍풍 나니 (林, p.45.)

ᄃ졍의 부깃계로 불알을 싹 즙어도 눈도 아니 깝작인다 (申, p.326.)

말은 황문 싱쓴 ᄒ기 (申, p.326.)

풍셕업난 ᄌ네 비를 션풍도골 ᄂ가 타고 풍편슈셩침을 풍풍 씨여씨면 경슈무풍 야ᄌ파가 쯜씀 쯜씀 날 거시니 (申, p.404.)

ᄋ고 ᄋ고 좃쓸이여 암만히도 못 츰것다 놀보게집 뒤물시켜 슈청으로 대령하라 (申, p.436.)

와 같은 肉談과

우난 아해 쏭먹이기 (世, p.1.)

우물 밋해 쏭누어 놋키 (世, p.1.)

쏭 누난 놈 쥬저안치기 (世, p.1.)

쏭을 누러 가량이면 (世, p.4.)

입으로 토혈하며 쏭을 싸고 (世, p.49.)

갓난ᄋ희 쏭먹이기 (京, 1쟝)

음식 긋츨 보면 ᄉ촌을 몰ᄂ보고 쏭쓰도록 치옵ᄂ니 (京, 3쟝)

두푼 밧고 쏭지치기 (京, 5쟝)

문틈으로 엿보니 되쏭 물지쏭 즌쏭 마른쏭 여러 가지 쏭이 합ᄒ여 ᄂ와

(京, 25쟝)

홍보 빅안의 쏭을 와락 쓰 노왓구나 (林, p.8.)

홍보 ᄃ답ᄒ되 ᄂ 바지 속의 쏭을 잠북 싼네 (林, p.14.)

ᄋ고 쏭이야 지지기을 불근 씨니 물쏭이 왈락 쏘다져서 (林, p.33.)

와 같은 生理的 禁忌語들을 거리낌 없이 예사로 사용한 것도 작가의 인간본 성에 대한 긍정적 시각을 보여 주는 것이라 할 수 있다.

(2) 선악공유의 인간상 창조

"세상이 복잡해짐에 따라 선인과 악인을 구별하기가 점점 어렵게 되었다.

그리하여 인디안들이 동정적으로 다루어지고, 그 결과 우리들의 고정관념, 즉 우리들의 선입견적인 종족 분류가 혼동에 빠지게 되었다."298)는 말은 시대가 진전될수록 인물에 대한 성격묘사가 善惡共有의 쪽으로 움직여왔다는 것을 뜻한다. 그것은 이 세상에는 전적으로 선하기만 하거나 전적으로 악하기만 한 사람은 없다는 진실에 바탕한 것이다. 그러므로 고소설에서도 前期小說일수록 주인공을 이상적 인물, 즉 도덕적으로나 성격적으로나 완벽한 인물로, 그리고 後期小說일수록 선악을 공유한, 즉 인간적 약점이 있는 인물로 그리는 현상이 생기게 된 것이다.

李相澤299)이 세속소설의 신성소설에 대한 차이점으로 작중 인물 특히 주인공에게서 영웅성·비범성이 제거되었다는 점을 예로 든 것도 이에 기초한 것이라 할 수 있다.

작품에서 흥부와 놀부에 대한 작가의 시각이 각각 어느 정도씩 복합성을 띄고 있다는 것300)은 앞서 4章 1節 '흥부 놀부 대립의 의미'에서도 밝힌 바 있다. 그러나 특히 흥부에 대하여는 분명한 선인 주인공임에도 불구하고 곳곳에서 신랄할 정도로 비판을 가하고 있어 작가의 선악공유의 인간관을 여실히 보여주고 있다. 집짓는 장면과 치장 차리는 장면을 통해 그의 무능력과 형식주의를 비판한 작가는 그의 자식 많음에 대해서도 비판의 톤을 낮추지 않는다. "형셰난 이러케 가난하되 밤농사난 잘하던지"(世, p.4.), "간난흔 듕 우엔 ㅈ식은 풀무다 나하셔"(京, 2장)로 비판을 시작하는 작가는 申本에

298) 카아터 콜웰, 註282)의 책, p.30.
299) 李相澤, 註249)의 논문, p.78.
300) 흥부 놀부에 대한 작가의 복합적 시각에 대하여 趙東一[註8)의 논문, p.101.]은 흥부와 놀부 두 주인공을 놓고 따진다면, 한 인물이 해학으로만 다른 인물은 풍자로만 형상화되어 있는 것이 아니라, 흥부에 대한 해학과 풍자가 있고 또한 놀부에 대한 해학과 풍자도 있는 복합관계여서, 두 주인공이 다 긍정되기도 하며 부정되기도 하는 관계가 확인된다고 하였고 林熒澤[註29)의 논문, pp.273~274.]은 흥부와 놀부를 위시한 모든 등장인물들은 모두 위대하지도 일관성을 갖지도 못한 그야말로 시시하고 비속하며 변덕스러운 삼류인생이라고 말하고 작품에서 그 주인공으로 일류인생을 버리고 삼류인생을 채용한 것은 사실주의에 한 걸음 접근된 양상이라고 하였다.

서는 자식이 많게 된 이유까지 밝혀가며 그의 무계획성을 비꼬고 있다.

    스물 다섯 되난 ᄌ식 다른 ᄉ람 ᄌ식 낫듯 흔 비의 흔나 나아 ᄉ수셰 된 연후의 나코 나코 ᄒ여셔야 수십이 못다되여 그리 만이 나킨느냐 흔 ᄒ의 흔 ᄇ식 흔 비의 두셋식 되고 나아 노와구나 (申, p.344.)

이렇게 태어난 자식들은 또한 모두 하나같이 머리가 모자란 바보들에다가 제 몸만 아는 이기주의자들이다. 그런 면에서 <흥부전>은 통상 선인의 자식은 선인이라는 불문율까지 깨고 있다. 흥부자식들의 未擧함은 각 本에 모두 나오지만 林本에서 가장 강조되고 있어 주목을 끌고 있는데 그 중의 한 장면을 소개하면 이러하다. 여러 자식들이 각기 먹을 것을 달라고 그 어머니를 조를 때 한 놈이 썩 나서면서 무엇 때문에 어머니를 조르느냐고 야단을 친다. 흥부처가 기특하여 "어미 생각하는 자식은 너밖에 없구나"라고 말하자 그 자식은 자기는 아무것도 말고 영계집·갈비집·육만두·설산적 등을 많이 해 놓고 먹을 터이니 어머니는 매를 들고 다른 놈들이 가까이 하지 못하도록 막고 자기가 잘 먹는지 못 먹는지나 보아 달라고 한다. 또 다른 장면에서는 흥부가 매품을 팔러 가려 할 때에 자식들이 벌떼처럼 모여들어 서로 자기가 가지고 싶은 것을 사달라고 조른다. 그 때 한 녀석이 송아지를 사달라고 하여 앞으로 살림을 잘하겠다고 기특히 여겨 무엇 하려고 하는지를 물었더니 그 자식은 모닥불에 구워 먹겠다고 대답한다. 이와 같이 흥부의 자식들은 모자란 인간들로 나온다. 薛盛璟[301]이 이러한 자식들의 愚息性을 흥부가난의 원초적 요인으로 본 것은 林本에 관한한 의심할 바 없는 정견으로 보인다. 이처럼 흥부와 그의 자식들에 대해 비판적 시각이 나타나는 것은 작가가 인간을 善惡 兩面을 共有한 존재로 보는 近代的 人間觀을 가지고 있었기 때문이라고 말할 수 있다.

---

301) 薛盛璟, 註21)의 논문.

(3) 사회비판의식의 표출

사회비판의식이란 사회의 부조리와 불합리를 고발하는 정신을 말한다. 작품에서 작가의 사회비판의식이 가장 두드러지게 나타나는 곳은 還穀과 代杖과 歇杖으로 이어지는 일련의 관리의 부패상을 보여주는 장면과 놀부박을 통해 등장하는 각종 유랑배들이 놀부에게 온갖 행패를 자행하는 장면에서이다. 그러나 이에 대하여는 2章 4節 '지배층의 부패와 유랑배의 폐해'에서 이미 논한 바 있으므로 여기서는 또 하나의 사회고발이라 할 수 있는 貧益貧 富益富 현상에 대한 작가의 비판적 시각에 대하여 살펴보려고 한다.

빈익빈 부익부에 대한 비판은 작가가 흥부의 가난을 흥부 개인의 잘못으로보다는 사회의 구조적 모순에서 기인하는 것으로 인식하는 데서 비롯한다. 이러한 관점은 흥부 무능에 대한 비판적 관점과 일면 상충되는 점도 있으나 작가는 이 兩者를 교묘히 조화시킴으로써 독자로 하여금 조금도 모순을 느끼지 못하게 꾸며 놓았다.

이러한 장면은 우선 흥부 내외의 품팔이 장면을 통해 4 대본에 모두 나타나는데 하나같이 온갖 품팔이 내용을 소개한 뒤 아무리 열심히 일해도 가난을 면할 수는 없었다고 작가는 설명을 덧붙이고 있다.

> 왼가지로 다 하야도 굼기를 밥먹듯 하야 살 슈난 업난지라 (世, p.11.)
> 온가지로 다 ᄒ여도 끼니가 간 되 업늬 (京, 5장)
> 날노 벌고 달노 벌어 아무리 극역으로 버러도 슈다 가권 살일 질이 업셔
> (林, p.15.)
> ᄒ   씩도 쉬지 안코 밤낫으로 버을어도 장 굼난구나 (申, p.352.)

흥부가 천성이 게으른 것은 그것대로 비판할 일이지만 적어도 열심히 일한 것에 대해서는 먹고 살만큼의 代價는 있어야 하지 않겠느냐는 작가의 異見이다.

그리고 申本에서는 놀부를 찾아간 흥부에게 놀부집 하인이 "셔방임 나가

실 제 우리덜 공논 마리 군즈 갓튼 그 심덕이 어듸 가면 못 살것나 암듸 가
도 부자 되졔 글헐 쥴만 아라쎠니 셰승이 공도 업쇼"(申, p.336.)라고 말하고
있다. 君子같이 착한 사람은 입에 풀칠도 못하며 살고 盜跖같이 악한 사람
은 더욱더 부자가 되는 세상, 이미 그곳에 公道는 없다는 작가의 항변이다.
그러나 작가는 문제를 제기한 것으로 그치지 않고 직접 해결을 모색하게 된
다. 그리고 그 방법은 凌天囊을 통해서이다. 능천랑은 아무리 넣어도 차지
않는 주머니이다. 작가는 이 요술 주머니를 고안하여 놀부로부터 막대한 재
물을 빼앗아 간다. 그리고 놀부가 박에서 나온 양반에게 그 많은 재물들을
뺏어다 어디에 쓰느냐고 묻자 그는 임금에게 충성하고, 부모에게 효도하고,
형제간에 우애하고, 친구 구제하는 사람이 가난하면 갖다 주어 부자 되게
한다고 대답한다.[302] 이는 비록 작가의 환상에 불과한 것이지만 당시 서민
들이 富의 공정한 분배를 얼마나 절실히 염원하였느냐를 말해 주는 하나의
例證이 된다고 할 수 있다. 그리고 그것은 逆으로 당시 서민들이 그들이 사
는 사회를 경제적으로 얼마나 불공평한 사회로 인식하고 있었느냐를 말해
주는 반증이 된다고도 할 수 있다.[303]

(4) 갈등양상의 전이

葛藤樣相의 轉移란 갈등의 대상이 다른 것으로 바뀌었다는 뜻이다.
<흥부전> 이전의 고소설들에 있어 주요한 갈등의 대상은 愛情問題나 身分
問題였었다. 남녀간의 갈등·처첩간의 갈등·계모와 전실자식간의 갈등 등
은 모두 크게 보아 애정을 둘러싼 갈등으로 볼 수 있고, 입신양명을 주제로
한 모든 영웅소설·군담소설류에 있어서의 갈등은 보다 上位의 신분을 얻

---

302) 申本, pp.412~416.
303) 세상이 공평치 못하다고 한탄하는 장면은 <심청전>에서도 나온다.
   이 세상갓치 억울하고 고르지 못한 세상이 업는지라 간난코 약한 사람은 그 부모
   가 나은 몸과 하날이 쥬신 귀즁 목슘도 보젼치 못하고···(永昌書館 發 行 <원
   본 심청전>, p.34.)

고자, 또는 이미 획득한 신분을 잃지 않고자 하는 데서 비롯한 신분적 갈등이라 할 수 있다. 이 신분적 갈등에는 애정의 실현을 통하여 신분상승을 꾀하고자 한 춘향의 갈등도 물론 포함된다.

이와 같이 대부분의 고소설이 애정문제나 신분문제를 주요 갈등의 대상으로 삼아온 것에 비해 <흥부전>이 經濟問題를 갈등의 대상으로 선정했다는 것은 고소설사에서 중요한 의미를 갖는 것이라 할 수 있다.

그것은 신분이 모든 것을(돈까지도) 결정하는 사회에서 돈이 모든 것을(신분까지도) 결정하는 사회로 시대가 이행된 것을 의미하는 것이다.[304] 실제로 작품에서 신분문제는 경제문제에 비하면 전혀 중요성이 없는 것으로 나온다. 놀부박에서 나온 구상전도 결국 돈으로 해결하여 보낼 수 있었고 申本에서 놀부가 착관하고 지내면서 모모한 양반댁과 사돈관계를 맺을 수 있었던 것도 경제력 때문이라는 것이 그것을 말해 준다. 만약 신분이 큰 문제가 되는 사회였다면 흥부박에서 보물만 나오게 하지 않고 흥부로 하여금 양반이 되게 하였던지 홍길동처럼 判書라도 되게 해 주었을 것이다. 그러나 당시 사회는 돈만으로도 최고의 행복을 누릴 수 있는 사회였기에 갈등의 초점은 돈 하나로 모여질 수 있었던 것이다. 이와 같은 경제갈등문제는 현대소설에 와서는 다른 어떤 것에도 비할 수 없을 만큼 중요한 위치를 차지하게 된 갈등요소로 되었다.

> 현대소설에 이르게 되면 돈의 사회적인 기능과 힘에 대한 인식은 더욱 강해진다. 그것은 현대의 자본주의 사회가 갖는 돈의 힘과 가치에 대한 주물성의 성격이나 강렬한 소유의 심리학이 문학에 영향을 주기 때문이다. 현대소설은 어떤 의미에서는 돈의 힘에 대한 반응의 문학이다.[305]

---

304) 京板本에 "츈향이 듁게 되어 니도령 기드리듯"(京, 4장)이라는 구절이 나오는 것으로 보아 <흥부전>이 <춘향전>보다 後代에 형성되었음을 알 수 있다.
305) 李在銑, 註211)의 책, p.315.

라는 李在銑의 견해는 이를 잘 말해 준다. <흥부전>이 이와 같은 경제문제를 갈등대상으로 삼은 것은 작품의 근대적 성격을 말해 주는 또 하나의 징표가 되는 것이라 할 수 있다.

2) 전근대적 성격

(1) 권위주의로부터의 미탈피

辭典에서는 권위주의를 "자기를 비하하여 외재적 권위에 복종하는 태도 및 그에 따르는 여러 가지 사고방식이나 행동양식"[306]이라 정의하고 있고 "권위라고 인정되는 것은 대개의 경우 그 시점에 있어서의 권력자나 체제적으로 유력한 인물·사상으로, 그것은 현실적·세속적 힘을 나타내고 있다. 그러므로 권위주의자 또는 권위주의적 사고·퍼서낼리티는 힘에의 맹신·일체화를 볼 수 있고, 반이성적이고 반근대적인 내용을 가지는 것이 특징이다. 거꾸로 말한다면, 인간의 역사는 권위주의로부터 벗어나려는 과정으로 파악할 수 있다."[307]라고 설명하고 있다.

이로 볼 때 권위주의가 전근대적 요소임은 명백한 것이다. 그런데 <흥부전>에 이와 같은 권위주의적 요소가 곳곳에 보이는 것은 작품을 문학사에서 근대문학의 위치로 자리 잡을 수 없도록 만드는 전근대적 성격이라는 점에서 유감이 아닐 수 없다.

작중인물 중에서 권위주의적 색채가 가장 강한 인물은 흥부인데 그는 처음부터 끝까지 철저하게 권위에 복종함으로써 완벽한 권위주의자의 모습을 보여주었다. 흥부가 인정한 권위의 실체는 물론 유교윤리였다. 그는 이 유교윤리를 절대 권위로 받들고 유교윤리가 지시하는 모든 것을 따랐다. 형이 집을 나가라 했을 때 흥부가 같이 살게 해 달라고 사정한 명분은 형제간에

---

306) 李熙昇 編, 「국어대사전」, 민중서림, 1982, p.443. 권위주의條.
307) 「동아세계대백과사전」5권, 동아출판사, 1982, p.238. 권위주의條.

따로 살면 돈목지의가 없을 것이라는 우애의 논리였다. 형이 완강하게 거절
하자 소란히 굴어 남이 알면 형의 흉이 더 드러날까 봐 잠자코 물러난 것도,
집을 쫓겨나 전곡을 얻으러 왔을 때 형과 형수가 매를 쳤어도 반항도 하지
않고 매를 맞은 것도, 부자가 되고난 후 형이 찾아와 화초장이나 돈궤를 빼
앗아 갈 때 아까운 줄 알면서도 거절하지 않고 그냥 준 것도, 자기를 학대한
미운 형이 망했을 때 그를 구제한 것도 모두 '孝悌'라는 권위의 지시를 따른
것이다. 물욕에 탐이 없고 부귀를 바라지 않는 것처럼 보이던 그의 표면의
식도 '淸貧'의 敎條에 복종하려는 힘겨운 몸짓이었다.

이와 같이 작품에서 흥부가 권위에 철저히 복종적인 권위주의자로 나오
게 되는 것은 무슨 까닭인가? 그것은 권위주의적 상황에서의 첫째가는 위
법행위는 권위자의 지배에 대한 반항으로서 불복종이 최대의 죄로, 복종이
최대의 미덕으로 간주308)되었기 때문이다. 프롬은 권위주의자의 심리적 상
태에 대하여 다음과 같이 말했다.

> 권위주의적인 인간은 자기 자신보다도 더욱 위대하며 강력하다고 느끼고 있는
> 권위의 일부로 되어 그것에 寄生함으로써 마음의 평안을 찾고 있다. 그가 자기 자신
> 의 본래의 모습을, 즉 자율성을 희생하여 그 권위의 일부로 되고 있는 한에 있어서,
> 그는 스스로 그 권위의 힘을 나누어 가지고 있다고 느끼고 있다. ··· 권위자로부
> 터 사랑과 인정을 받는다는 것은 그에게 확실히 최대의 만족을 느끼게 한다. 그러나
> 심지어 권위자에 의해서 벌을 받는 것조차도 그로부터 거절을 당하는 일보다는 오
> 히려 나은 것이다. 벌을 내리는 권위자는 아직도 그와 더불어 있으며 여전히 자기에
> 게 관심을 가지고 있다는 증거인 것이다. 벌을 받음으로써 그의 죄는 깨끗이 일소
> 되고, 그 권위자에게 종속되고 있다는 안도감은 다시 회복된다.309)

그의 말에 의하면 흥부는 권위에 복종함으로써 권위에 의해 사랑과 인정
을 받고 있다는 행복감을 느낄 수 있었고 또한 善人의 자격을 얻을 수 있었

---

308) 에리히 프롬, 「인간상실과 인간회복」, 李克澯 譯, 현대사상사, 1976, p.205.
309) 같은 책, pp.203~204.

다고 볼 수 있다.310) 그는 또 말하기를 권위주의자들은 권위를 찬양하고 그
것에 복종하고자 하지만 동시에 자기 스스로가 권위체가 되기를 원하여 다
른 사람들을 복종시키고자 한다311)고 하였다. 흥부가 형이나 형수에게는 절
대 복종하면서도 아내나 자식들에게는 완벽하게 가장의 권리를 행사하고
있고 심지어 부당한 횡포까지 일삼는 것312)은 그의 이러한 권위주의적 성격
을 말해 주는 것이라 하겠다.

  그런데 권위주의적 성격은 흥부에게서만이 아니라 그의 아내에게서도 보
여지고 있다. 부자가 된 뒤 놀부가 찾아왔을 때 대문 밖에서 놀부를 보고
들어온 여종이 놀부의 심술궂게 생긴 모습을 설명하자 그녀는 "요란시럽다
짓거리지 마라"(世, p. 28.)라고 엄하게 꾸짖고 있다. 밉디 미운 媤叔이나 손
위 同婿에게는 원망 한마디 없이 깍듯이 禮를 갖추면서도 큰 잘못도 없는
종에게는 위엄 있고 냉정하게 대하는 데서 封建的 差別倫理를 당연한 것으
로 따르는 그녀의 권위주의적 사고방식이 잘 나타나고 있다.

  그런데 이와 같은 성향은 흥부박에서 나온 남녀 종들에게서도 나타난다.
자신들이 받는 비인격적 대우에 대하여 조금도 불만을 나타내지 않고 주인
의 명령에 충실히 따름으로써 권위의 질서 속에 安住하고 있는 모습을 보여
주고 있기 때문이다.

  그러나 작중인물들의 이러한 권위주의적 성격도 따지고 보면 모두 권위

---

310) 그것은 반항아 길동이 자신을 죽이려 했던 원수 초란을 아버지가 사랑한다는 이유
   로 살려 주고 父兄의 안전을 위해 두 번씩이나 자수하는 등으로 孝倫理를 따르고
   자신이 힘으로 굴복시킨 임금 앞에 두 번씩이나 나타나 소원을 풀어 주어 감사하
   다는 인사를 하는 등으로 忠倫理를 따름으로써 善人의 자격을 획 득 했던 것과 같
   다. (拙稿, "홍길동전에 있어서의 윤리적 순응성과 개인적 출세 지향성에 대한 해
   명", 연세어문학 17집, 연세대 국어국문학과, 1984. 참조.)
311) 에리히 프롬, 註215)의 책, p.154.
312) 아무 잘못도 없는 아내에게 심한 욕을 하고 구걸하러 나간 자식들이 늦게 돌아 왔다
   고 지팡이로 매질도 하고 하는 흥부의 가족들에 대한 전제적 횡포에 대해 서는 3章
   1節에서 원문을 인용하여 소개한 바 있다. 아내의 반대에도 불구하 고 첩을 들이는
   것도 같은 성향에서 비롯한 것으로 볼 수 있을 것이다.

주의적 작가로부터 비롯된 것임은 말할 것도 없다. 작가는, 즉 당시 민중들은 유교윤리의 도덕적 정당성을 의심하지 않았기에 그것을 따르는 것은 善이고 따르지 않는 것은 惡으로 인식했었다. 그러므로 善人에 속하는 흥부 내외와 흥부네 종들은 권위에 복종하는 봉건적 인물들로 그리고 惡人에 속하는 놀부 내외는 권위에 반항하는 반봉건적 인물들로 그렸던 것이다. 작가가 봉건적 권위주의로부터 벗어날 수 없었던 것은 그들을 에워싸고 있는 권위주의적 환경이 너무나 공고했던 데 비해 이를 뛰어넘을 만큼 의식이 앞서지 못했기 때문이라 할 수 있다. 허균 같은 진보적 작가도 길동에게 兩妻를 부여한 것을 보면 작가의식이 시대를 앞서 간다는 것이 얼마나 어려운 것인가를 짐작할 수 있다. 이처럼 작가가 권위주의적 사회환경에 영향을 받았기 때문에 작품에서도 봉건적 신분제도에 대한 비판의식은 보이지 않고 이를 천부적 질서로 인정하고 있는 시각만 나타나고 있는데 작가의 이러한 관점은 흥부박에서 나온 종들을 지칭하는 데에서 특히 두드러지고 있다. 앞서 4章 2節에서도 언급한 바 있듯이 종을 지칭함에 있어 반드시 '말니 같은'이라든가 '열쇠 같은', '앵무 같은'과 같은 수식어를 붙이고 있는 것은 작가가 그들을 인격적 가치가 아닌 효용적 가치로만 보고 있음을 말해 주는 것이다. 또한 여종을 '종년'·'계집'·'~것들'로 칭하는 것도 같은 사고에서 나온 것이다.

> 흥보쳐 혼자 잇다가 종년을 불너 이르되 (世, p.28.)
> 져 계집 무안하야 쫏겨 드러와셔 고하되 (世, p.28.)
> 종년이 대답하되 머리난 부엉이 대갈이 갓고 (世, p.28.)
> 종을 불너 일 오너라 이것드리 강남셔 나왓기로 아죠 열쇠갓제 (申, p.392.)

종에 대한 작가의 이 같은 비인격적 관념은 주인은 종에 대해 생사여탈의 권한이 있는 절대권자이고[313] 종은 주인을 위해 목숨을 바쳐 충성을 다하는

---

313) 「三國史記」列傳 都彌條에서 도미의 처는 동침을 요구하는 임금에게 자기 대신 여

것이 도리라고 믿는[314] 사회적 통념 속에서 가질 수 있는 당연한 것이었는지
도 모른다. 어쨌든 이러한 봉건적 신분질서를 비판 없이 수용한 점을 비롯하
여 작품 곳곳에 남아 있는 권위주의적 요소는 몇몇 근대지향적 성격들과 상
충되는 전근대적 성격이라 하지 않을 수 없다.

(2) 행복추구의 초현실성

이조인들에게는 '積善之家必有餘慶'이라는 확고한 신앙이 있었다. 그러므
로 그들에게 있어 善을 행한다는 것은 곧 행복에 이르는 길이었다.
그러나 그들의 善行이 바로 행복으로 직결되는 것은 아니었다. 행복에 이르
기 위해서는 초월적 힘의 개입이 반드시 필요했던 것이다. 金泰吉은 이에
대해 다음과 같이 말했다.

> 이조시대 사람들이 생각한 善 또는 德이라는 것은 매우 소극적인 성질의 것이다.
> 그것은 주로 유교적인 도덕관념에 입각한 것으로 기존질서에 순응함을 지시하는 따
> 위의 규범이었다. 자연 또는 사회 속에서 봉착하는 어려운 문제 또는 심각한 모순에
> 용감히 도전하여 그것들을 해결하고 극복하는 적극적인 생활의 원리는 아니었다.
> 따라서, 善 또는 德의 실천이 비록 중요시되었다 하더라도 그것이 인간의 힘으로
> 인간의 운명을 창조하는 적극적이며 개척적인 실천철학으로 연결되기는 어려웠다.
> 짧게 말해서, 그들이 권장한 선행 또는 덕행은 그 행위 자체의 힘으로써 직접적으로
> 소망되는 결과를 초래할 수 있는 그러한 성질의 것이 아니라, 그 善行 또는 덕행을
> 어여삐 본 초월자의 은총을 통하여 간접적으로 행복에 도달하기를 희망한 타율적
> 내지 의존적 규범에 지나지 않았다.[315]

종을 단장시켜 들여보낸다. 정조를 생명처럼 여기던 시대였음에도 종에게는 守身
　의 권리도 없었던 것이다.
314) <정을선전>에서는 시비 금섬이가 주인을 구하기 위해 스스로 목숨을 끊는 장면이
　　나오는데 죽기 전에 월매에게 남기는 말 "사람이 셰상에 나매 장부는 닙신양명하여
　　나라를 셤기다가 난셰를 당하면 츙셩을 다하야 죽기를 무릅써 님군을 도으미 직분
　　이오 노쥬간은 상젼이 급한 닐이 잇시면 몸이 맛도록 셤기다가 죽는 거시 당연하니
　　내 이리하는 거슨 나에 직분을 다하미니 너는 말니지 말나"(<정을선젼>, 박문서
　　관. 1917, p. 32.)에 주인에 대한 노비의 관념이 잘 나타나 있다.
315) 金泰吉, 「소설문학에 나타난 한국인의 가치관」, 일지사, 1977, p.22.

이조인들이 생각한 행복에의 길은 오직 초월자의 은총을 통해서만 가능한 것이었다는 것이다. 이와 같은 이조인들의 간접적 방법에 의한 행복추구에 대해서는 李御寧도 언급한 바 있다.

현세에서 잘 살기를 원하는 마음은 대단히 현실적인 공리적 사고방식이었는데, 그 방법은 영웅적인 원시 서구 문화에서 보듯 칼과 기술을 통한 정복적인, 침략적인, 현실적 투쟁이 아니고 그런 것을 외면해 버린 정신주의로 나갔다. 조상 숭배나 孝처럼 착한 일로써, 즉 정신적인 것으로 현세의 물질적 행복을 얻으려 했다.316)

그렇다면 이와 같이 물질적 행복을 善行이나 德行과 같은 정신적인 것으로 얻으려 생각하게 된 根因은 어디에 있는 것인가. 이에 대하여 金泰吉317)은 모든 것이 하느님의 뜻에 달렸다는 전근대적 세계관과 문벌이 인생의 승패를 결정하다시피 하는 봉건적 사회제도로 말미암은 숙명론적 인생관을 그 원인으로 들었고 李御寧318)은 善은 언제나 현실세계에서 보상을 받을 수 있다는 응보의 인과율에 대한 믿음을 그 원인으로 들었다.

그러나 무엇보다도 가장 중요한 원인은 당시 사회가 개인적인 노력에 의해 상황이 쉽게 바뀔 수 없는 정체된 농경사회였다는 점을 들지 않을 수 없을 것이다. 수천 년이래 고착되고 정체된 농경사회에서 개인의 힘으로 불행한 상황을 행복한 상황으로 一變시킬 수 있는 가능성은 전혀 없었다고 보는 것이 옳을 것이다.

흥부처럼 전답 없어 농사도 못 짓고 밑천 없어 장사도 못하는319) 가난한

---

316) 李御寧, 「한국인의 신화」, 서문당, 서문문고 021, 1972, p.120.
317) 金泰吉, 앞의 책, p.132.
318) 李御寧, 앞의 책, p.123.
　　그는 「삼국유사」의 손순매아설화에 나타난 孫順의 孝와 그에 대한 보상을 비판하면서 가난을 타개할 생각은 않고 먹는 입을 줄이려 한 그의 발상에 아름다움보다 분노를 느낀다고 말하고 이러한 미담의 플롯은 가난을 노력에 의해서 벗어나려는 의지를 꺾어버린다고 하였다.

사람이 하루아침에 부자가 될 수 있는 길은 비현실적 기적 밖에는 달리 없었을 것이다. 그러나 善人 흥부에게 보상을 해 주기는 해야 하겠는데 방법은 기적에 의한 것밖에는 없으니 작품에서는 흥부의 고생이 정점에 달하는 부분부터 奇蹟待望의 분위기가 형성되기 시작한다. 흥부 부부가 기적을 기다린다는 뜻은 놀부 집에 전곡 얻으러 갔다가 실패하고, 온갖 품팔이를 다한 뒤 매품까지 팔려고 갔다가 허탕치고 돌아오고 나서 "우리도 마음만 올케 먹고 부지런만 하얏스면 조흔 째를 맛날지 엇지 아오릿가"(世, p.16.)라고 말하는 흥부처의 말을 통해 처음 나타난다. 그러고 나서 이러한 기적에 대한 기대는 다시 흥부의 입을 통해 보여진다. "마음만 올케 먹고 불의지사 아니하면 자연 신명이 도와 굴머 죽지 아니하리니"(世, p.18.)의 말이 그것이다.

이와 같은 기대와 신념이 현실화되어 제비가 찾아오게 되는 것이다. 그런데 林本과 申本에 있어 기적의 도래는 제비에 앞서 道僧이 名地를 점지해 주는 것으로 시작된다. 林本에서는 처음 道僧이 흥부 집을 찾아올 때부터 "천신이 감동ᄒ고 제불보살이 인도ᄒᄉ 도승 ᄒᄂ 닉려 오것다"(林, p.23.)라고 하여 그가 보통사람이 아님을 암시하고 있다. 이어서 그 도승은 "적션지가의 필유여경이요 적악지가의 필유여악이라 마음만 올케 먹고 불의지ᄉ 아니 ᄒ면 닉장의 쎅을 볼거시니"(林, p.24.)라고 例의 진리를 설교하고 "여기 성조를 ᄒ거드면 탐낭슈ᄀ 둘너스니 부귀영화 날 거시요 문곡성이 상듸 ᄒ니 문장직ᄉ 날 거시요 슴듸급제 오듸진ᄉ 만세부절 ᄒ오이다"하고 名地를 점지하고는 '因忽不見' 사라진다. 道僧출현장면에서 申本에서는 처음에 "이 쎄의 즁 흐나이 쵼 즁으로 지닉난듸"(申, p.354.)라고 하여 영험한 도승이라는 암시는 없으나 "이 터의 집을 짓고 안빈ᄒ고 지닉오면 가셰가 쇽발ᄒ

---

319) 世昌本, p.17.
　　　가난한 선비였던 許生이 졸지에 큰 돈을 벌게 되는 데는 卞富者가 빌려준 一萬金이라는 밑천이 있었다. 그러므로 許生에게 있어 기적은 필요하지 않았다. (엄격히 따지면 가난한 일개 선비가 생면부지의 사람으로부터 一萬金이라는 巨金을 빌릴 수 있었다는 것 자체가 하나의 기적이지만.)

야 도쥬 의돈 비길 테요 즈숀이 영귀ᄒ여 만세유젼ᄒ오리다"(申, p.356.)하고 '因忽不見'하자 흥부는 비로소 도승인 줄 짐작하고 있던 집 헐어다가 그 자리에 집을 짓고 있어 역시 기적의 도래를 예측하게 된다. 그리고 이러한 분위기를 더욱 고조시키는 것은 도승이 사라지는 모습을 형용한 '因忽不見'이라는 표현이다. 언뜻 보이다가 바로 없어졌다는 이 표현은 흔히 神仙이나 仙女가 나타났다 사라질 때 쓰는 표현법으로 도승이 超越的 存在임을 강력히 시사하는 기능을 하고 있다. 그러므로 林本과 申本에서의 기적에 대한 약속은 이미 도승의 名地점지에서 이루어지고 이의 구체적 실현자로 온 것이 제비라고 할 수 있는 것이다. 兩本에서 제비가 찾아오는 것은 우연이 아니라 필연이고 명지삽화는 <흥부전>의 당위성을 선명히 나타내어 작품의 우연성을 배제하는 기능을 하고 있다는 薛盛璟[320]의 견해는 이 삽화가 갖는 중요성을 말해주고 있다.

　도승이 명지를 점지해 주고 간 후 기적도래의 분위기는 점점 무르익고 그 때가 곧 임박했음을 알리는 조짐들이 여기저기서 나타나기 시작한다. 그 해 겨울이 가고 봄이 오니 온갖 새들이 나와 봄을 노래하는데 "산양자치 우난 쇼리 너난 씌를 어더쏘다"하여 보상의 때가 임박했음을 알리면서 "쌀 ᄒ 줌 이 업난 거슬 져 시 소리 숏 젹다"(申, p.356.)고 하여 앞으로 솥이 작아 밥을 못할 날이 올 것임을 암시하고 있다. 그리고 이 말은 흥부 제1박에서 쌀이 나왔을 때 "셔 말 여덜 되를 싱긴 듸로 다 헐 젹의 숏이 져거 홀 슈 잇나"(申, p.370.)하는 장면이 나옴으로써 근대소설의 기법인 伏線이었음이 밝혀진다.

　林本에서는 제비가 찾아오자 흥부는 기다렸다는 듯이 "얼시고ᄂ 져 제비야 늬집 셩세 빈곤ᄒ야 쌀른 거시 읍셔썬이 네가 나올 ᄎ쳐온다 엇지 안이 기특홀야"(林, p.25.)하고 반겨 맞이하고 있다. 흥부는 도승의 명지점지 이후 행운이 닥칠 것을 알고 있었고 제비를 행운의 使者로 알아본 것이다. 그리

---

320) 薛盛璟, 註21)의 논문, p.52.

고서는 예정에 의해 제비 다리를 치료해 주자 작가는 독백으로 "보은홀ᄉ
져 제비ㄱ 엇지 영영 죽을 이가 잇건난야"(林, p.26.)하고 말하여 보은이 있
을 것임을 노골적으로 밝히고 있다.[321] 이듬해 박씨를 문 제비가 찾아오자
흥부처는 직감적으로 제비가 무엇인가 가져왔다는 것을 안다. 그리하여 남
편에게 "여보소 아희 아버지 젼년에 왓던 제비가 입에 무엇을 물고 와서 저
리 넘노니 어서 나와 구경하오"(世, p.21.)하고 행운이 도래했음을 알린다. 그
러자 흥부도 기다렸던 바라 "아마도 이거시 박씨로셰 슈호의 배얌도 구슬을
무러다가 살닌 은혜 갑하스니 보은하랴 무러 온가"(世, p.22.)라고 당연한 듯
이 말한다. 그리고 박이 열려 켜게 되었을 때 흥부처는 "이 박 한 통 타거덜
낭 금은보패가 나옵소셔"(世, p.23.)하고 기원하여 그동안 행운을 고대해왔던
심정을 숨김없이 드러내고 있다. 그리고 마침내는 그녀의 뜻대로 보물을 얻
어 부자가 되는 것이다.

이상에서 보듯이 흥부의 행운은 그가 善人의 자격을 획득한 순간부터 예
정된 것이었고 작품은 그 예정된 목표를 향해 조금의 차착도 없이 진행되어
결국에는 독자와 작가 모두가 원하는 상태로 되어서야 종결되고 있다. 다른
모든 고소설이 그러했던 것처럼. 비극적 현실을 인정하려 하지 않고, 초월적
힘을 빌려서까지 소망의 세계를 이루고자 했던 민중의 바람이 작품의 근대
에로의 탈출에 마지막 제동을 걸었다 할 수 있다.

3) 문학사적 위치

지금까지 <흥부전>에 나타나는 근대적 성격과 전근대적 성격에 대하여
고찰해 보았다. 이제는 위의 분석을 토대로 작품의 문학사적 위치를 모색해
볼 차례이다.

---

321) 이러한 표현은 世昌本에서도 "내 아무리 미물이나 은혜 어찌 못 갚으랴"하고 나온다.

한 편의 소설이 문학사에서 어떤 위치를 차지하느냐를 헤아리는 것은 작품의 가치를 평가하는 것과 같은 작업이라 할 수 있다. 특히 고소설에 있어서는 근대성 유무가 작품의 가치를 평가함에 있어 불가결의 요소가 되기 때문에 <흥부전>을 평가함에도 필자는 근대성의 추출에 초점을 맞추었던 것이다.

고소설에 있어 근대성은 작품의 생성 연대와 반드시 관련이 있는 것은 아니다. 앞서 1節 1)項에서도 언급한 바 있듯이 고소설사상 前代에 나온 <홍길동전>과 같은 소설이 부분적이나마 근대의식을 드러낸 반면 그보다 後代에 나온 많은 작품들은 前近代의 迷夢에서 벗어나지 못하였기 때문이다. 그러나 이같이 특별한 경우를 제외하면 後代에 나온 작품일수록 근대성을 띤다는 것은 사실이다. 李相澤[322)]은 고소설을 18세기중엽을 분기점으로 그 이전에 나온 일련의 개인 창작물과 그 이후에 나온 판소리계 소설 및 燕岩小說群으로 二大別하고 前者의 작품들이 영웅의 일대기라는 구조적 원형성을 가지고 있는 점, 작품에 흐르는 분위기가 비세속적이고 천상적인 외경감으로 충만해 있다는 점, 등장인물들이 탄생과정에서부터 비범성이 나타나고 개인적 현실적 욕구에서 초연하다는 점 등을 들어 神聖小說로, 後者의 작품들이 구조적 측면에서 영웅의 일대기라는 원형성이 거의 파괴되었다는 점, 작품의 갈등이 주인공 개인의 강렬한 세속적 욕구와 문제의식에서 촉발된다는 점, 작중인물에서 영웅성·비범성이 제거되었다는 점, 작품의 분위기에서 신성성·경건성이 철저히 배제되었다는 점 등을 들어 世俗小說로 명하고, 고소설이 인간부재의 문학이요 현대문학과는 전혀 이질적인 작품군이라는 견해는 18세기 이전의 神聖小說에는 타당하지만 그 후의 世俗小說에는 적용될 수 없다고 하여 世俗小說의 近代性을 주장한 바 있다. 그런가

---

322) 李相澤, 註30)의 논문.
　　그는 <홍길동전>에 보이는 강렬한 반체제적 개아갈등은 오히려 세속소설에 접근하고 있다고 하면서 신성소설로서는 예외적인 작품이라고 하였다.

하면 印權煥323)도 <토끼전>의 서민의식과 풍자성을 논함에 있어 <토끼전>을 비롯한 17·8세기의 서민소설은 그 이전의 거개의 소설이 가공적인 초현실의 세계 속에서 神異한 인물들이 類型的인 행위를 펼침에 비하여 엄연한 역사적 현실 속에서 생동하는 인간상들의 절실한 문제점을 부각시켜 주고 있다고 하면서 이조 前期의 소설들이 현실부재 인간부재의 이상주의적 작품들로서 유교적 윤리도덕관의 전근대적 도그마를 강조하고 있다면 17·8세기의 서민소설들은 생동하는 현실적 인물들이 등장하는 사실주의적 작품들로서 봉건사회와 완고한 유교적 지도이념을 거부하는 근대적 각성과 반항을 보여 주고 있다고 하여 역시 판소리계 소설의 근대적 성격을 지적한 바 있다.

위 논자들의 지적과 같이 조선후기에 출현한 연암소설이나 판소리계 소설이 그 이전에 나온 여타의 소설들에 비해 근대소설에 접근하는 제 양상을 보여 주고 있다는 것은 이제는 부인할 수 없는 사실로 받아들여지고 있다. 그렇게 볼 때 판소리계 소설인 <흥부전>의 문학사적 위치도 사실상은 이미 정해진 것이나 마찬가지라 할 수 있다. 그러나 같은 판소리계 소설이라 하더라도 작품마다 개별성이 있는 것이기에 문학사에서 차지하는 <흥부전>의 정확한 위치를 파악하기 위해 근대성과 전근대성을 추출해 본 것이며 이러한 <흥부전>의 위치 파악은 다른 판소리계 소설과의 비교를 통해 보다 용이하게 이루어지리라 생각된다.

먼저 판소리계 소설 중 대표격이라 할 수 있는 <춘향전>에 나타나는 근대성에 대해 살펴보면 우선 守身할 권리조차 거부하는 부당한 제도에 대한 춘향의 결사적 항거와 初夜의 性的 遊戲를 통해 보여지는 인간성옹호의 정신이 가장 두드러지게 나타나고 있고 호색 관리를 고발하는 사회비판의식이 엿보일 뿐 선악공유의 인간관이나 경제 갈등의 요소는 나타나 있지 않

323) 印權煥, "토끼전의 서민의식과 풍자성", 「한국고전소설」, 계명대출판부, 1974.

다. 다음 <심청전>의 경우를 보면 "이닉몸 방이 되고 쥬즁군니 고가 되여 각씨님닉 보지확을 밤낫스로 씨여씨면 달은 물 안니 쳐도 보리방이 졀노 익졔"(申, p.240.)와 같은 농도 짙은 肉談을 통해 나타나는 인간성옹호의 정신과 딸이 죽은 뒤 형편이 좋아진 심봉사가 주제에 맞지 않게 여색에 탐닉324) 하는 데서 선악공유의 인간관이 보일 뿐 사회비판의식이나 경제적 갈등상은 나타나지 않는다. 그리고 <토끼전>의 경우를 보면 지배층의 무능과 모순된 정치현실에 대한 풍자325)에서 보여지는 사회비판의식이 가장 두드러지고 있고 토끼와 동침한 자라 아내의 의식과 행동을 통해 유교적 정조관념에 반발하는326) 인간성옹호의 정신이 나타나고 있지만 선악공유의 인간관이나 경제 갈등의 양상은 보이지 않는다. 이 밖에 <변강쇠전>에서는 性의 폭로를 통해, <장끼전>에서는 까투리의 개가를 통해 인간성옹호의 정신을 드러내고 있고 <옹고집전>에서는 수전노의 인색을 통해 경제의 문제를 제기하고 있을 뿐 더 이상의 근대적 요소는 보이지 않는다.327)

이상에서 살펴보았듯이 여타의 판소리계 소설들이 한 개 또는 두 개 정도의 근대적 요소들을 내포하고 있는데 비해 <흥부전>이 네 개의 근대적 요소를 포함하고 있다는 것은 <흥부전>에 투영된 근대의식의 폭이 그만큼 넓고 다양하다는 것을 의미하는 것이고 작품의 성격이 다른 소설들보다 그만큼 근대에 접근해 있다는 것을 의미하는 것이다.

이 점에 있어서는 연암소설들도 이에서 벗어나지 못하고 있어 또한 <흥

---

324) 이 부분은 申在孝本에서 가장 두드러진다.

325) 印權煥, 앞의 논문, p.286.

326) 같은 논문, p.295.
印權煥은 자라 아내가 토끼와 하룻밤을 동침한 뒤 떠나는 그에게 戀書를 보낸 사건에 대해 자라의 아내는 토끼와의 하룻밤 情事로써 烈女不更二夫의 기성 도덕관념을 과감하게 부정하면서 유교적 규범에 얽매이지 않으려는 자유인의 의지를 보여 준다고 하면서 결국 자라의 아내는 당시 사회에 있어 완고한 유교적 정조 관념에 반발하고 있는 서민의식을 대변하고 있다고 하였다.

327) <배비장전>과 <적벽가>에서는 근대적 요소로 볼 수 있는 것이 하나도 없는 것으로 보인다.

부전>과 비교가 된다. 연암소설 중 대표작이라 할 수 있는 <양반전>에 있어서는 양반이 가난에 못 이겨 양반의 신분을 팔려고 하는 데서 경제적 갈등이 나타나고 있고 농민에 대한 무단적 횡포가 양반의 권리로 제시되는 곳에서 사회비판의식이 나타나는 정도이다. 그리고 <허생전>의 경우에는 許生이 가난 때문에 고통을 받는 장면에서 경제문제가 제기되고 있고 그가 매점매석을 통해 富를 모으는 과정을 통해 사회비판의식이 보이는 정도이다. <호질>에서는 열녀와 유학자의 위선을 폭로할 때에 사회비판의식이 나타나는 것뿐이다.

이와 같이 연암소설의 주요 작품들과 비교를 해 봐도 <흥부전>의 근대적 성격은 그 빛을 잃지 않음을 알 수 있다. 그러므로 <흥부전>의 문학사적 위치는 前期小說에 비해 근대적 성향이 뚜렷한 後期小說들과 어깨를 나란히 하고 있으면서 그 중에서도 가장 근대에 접근된 자리에 처한다고 할 수 있다.

▌ 6. 結論

이상으로 조선후기 서민소설의 精華인 <흥부전>에 대하여 舊活字本·木版本·筆寫本·판소리唱本 중에서 각 1種씩 선정한 世昌本·京板25張本·林熒澤本·申在孝本의 4 대본을 바탕으로 '作品에 投影된 社會相'·'作品에 投影된 人間像'·'作品의 內容分析'·'作品의 文學史的 位置' 등 몇 가지 측면에서 고찰해 보았다. 서론에서 기약한 목표가 어느 정도나 성취되었는지 의심스럽고 아직도 부족한 점을 많이 느끼지만 本稿는 일단 여기서 마무리 지을 수밖에 없다.

本稿에서 필자가 첫 번째로 규명을 시도한 부분은 격변하는 조선후기의 사회상이 작품에 어떻게 투영되었느냐에 관한 것이었다. 이러한 테마를 설정하게 된 것은 물론 작품의 두드러진 社會性에 대한 필자의 착안이 선행함으로써 가능한 것이었지만 막상 細目을 다섯 가지로 나누고 실증적 분석에 임한 결과 봉건주의가 해체되며 자본주의로 이행되어 가던 당시의 사회상이 너무나 사실적으로 재현되어 있음을 발견할 수 있었다. 그리하여 흥부 놀부가 보여주는 極貧과 饒富의 대조는 조선후기 농업생산성 향상의 결과 富農의 土地兼倂으로 야기된 貧益貧 富益富하던 사회상의 明澄한 한 단면임을 밝힐 수 있었고 舊上典의 등장으로 드러나는 놀부의 신분변동내력은 이조사회를 지지하던 근간이었던 봉건적 신분제도가 저변부터 붕괴되어 가던 실상을 반영한 것임을 규명할 수 있었다. 그리고 작품에 시종하여 강렬히 나타나는 돈과 각종 생활용품에 대한 관심은 화폐의 보급과 수공업의 발달이 가져온 시장경제적 사회상을 보여주는 것이고, 代杖 및 歇杖부분은 官吏의 부패상을, 놀부 박에서 등장하는 온갖 群像들의 행패는 당시 농민을 괴롭히던 유랑배의 폐해를 고발한 것이라는 사실도 알게 되었다. 아울러 째보를 비롯한 박타는 사람들의 영악한 행태는 情誼로 맺어진 共同社會에서 打算만 앞세우는 냉혹한 利益社會로 변화해 가는 조선후기 농촌의 변모상을 단적으로 보여준 것이라는 사실도 알게 되었다.

그리고 두 번째로 규명을 시도한 부분은 위와 같이 변화하는 사회 속에서 삶을 영위한 인간은 어떠한 의식을 갖고 어떻게 행동하였는가에 관한 것이었다. 그것은 연구의 편의상 작품에 등장하는 주요 네 인물로 대상을 국한할 수밖에 없었는데 얻어진 결과는 매우 흥미 있는 것이었다. 먼저 흥부에 대해 말한다면 그는 표면적으로는 당시 善의 가치체계인 유교사상을 추종하여 無慾과 淸貧을 표방하고 있지만 내면적으로는 누구 못지않게 富에의 욕망으로 가득 차 있는 二重의 의식구조를 갖고 있는 인물이었음이 밝혀졌다. 그것은 평소 富貴에 貪이 없다던 그가 갑자기 밀어 닥친 행운 앞에서 기뻐 춤추는 의외의 태도를 보인 데서 알게 된 사실이다. 그러나 재물을 앞에 놓고 좋아하는 그의 모습이야말로 참된 그의 모습이고 살아있는 인간의 모습임은 말할 것도 없다, 이처럼 善人에게 복합적 의식을 부여하여 그로 인하여 갈등상을 연출케 하는 입체적 인물묘사는 과거의 틀에 박힌 평면적 인물묘사에서 분명 한 걸음 나아간 진전이었다. 자기이익의 추구라는 個人主義的, 資本主義的 새로운 가치관으로 무장하고 內的 葛藤도 없이 본능을 좇아 살아간 놀부도 一端의 사회적 조류를 대변하기에 손색이 없도록 형상화된 인물이었다.

그는 혐오스런 탐욕으로 대중들로부터 배척을 받기는 했지만 형식에 구애받지 않고 적극적으로 활동하여 현실의 強者가 되어 보임으로써 기존윤리의 現實的 無用性을 증명한 anti-hero였다. 무능한 남편을 독려하여 현실에 눈을 돌리게 하고 스스로도 생활전선에 뛰어들어 능동적으로 삶을 헤쳐 간 흥부처는 봉건의 굴레를 벗어나 적극적으로 생을 열어간 조선후기의 여성을 대변하는 인물이었다. 매를 맞으면서까지 남편의 위험한 도박을 말렸던 놀부처도 모든 것을 남편의 처분에 맡기고 수동적 위치에 安住했던 봉건여성은 아니었다. 흥부처가 그랬던 것처럼 박에서 妾이 나오지 말게 해 달라고 공개적으로 기원할 만큼 그녀도 자아의식에 눈을 뜬 근대여성이었다고 할 수 있다. 이처럼 그들 모두는 封建解體期를 살았던 당대의 대표적 인간상들을 여실히 보여 주었다.

다음 세 번째로 필자가 규명하고자 한 것은 작품의 내용과 관련한 몇 가지 문제였다. 먼저 필자는 흥부 놀부 대립의 의미를 유교윤리를 추종하는 기존의 가치관과 그것을 거부하고 個人主義·利己主義를 지향하는 새로운 가치관의 대립으로 보았고 작가는 표면적으로는 기존 가치관을 옹호하고 새로운 가치관을 배격했지만 내면적으로는 기존 가치관의 形式主義를 비롯한 몇 가지 문제점을 지적함으로써 반성을 촉구하고 새로운 가치관을 들고 나온 놀부나 놀부처와 같은 惡人에게 人間性을 부여하여 그들의 행동양식 중 일부를 긍정적으로 바라보기도 하는 진보적 시각을 보여 주었다는 점을 지적하였다. 그리고 흥부박과 놀부박이 보여 주는 의미는 먼저 박을 타는 과정에서 각각 褒賞의 기능과 懲戒의 기능을, 그리고 공통적으로 娛樂의 기능을 발휘하고 있는 것으로 보았고 그 결과에서는 놀부박을 통해서는 완전한 파멸을, 흥부박을 통해서는 단순한 부자가 아닌 理想家의 實現을 추구한 것으로 보았다. 논란이 그치지 않고 있는 흥부의 신분문제에 대해서는 문제가 되고 있는 世昌本의 내용을 정밀 분석, 흥부가 平民身分임을 보여주는 몇 가지 결정적 근거를 도출해 냄으로써 신분문제의 명확한 해결을 시도하였다. 그리고 작품의 희극적 특성에 대하여는 애초부터 작가는 흥부의 가난으로부터의 고통을 실감나지 않게 하는 수법으로 喜劇小說化를 기도했고 마지막을 兄弟和解로 종결지음으로써 처음 의도한 목표를 완성시켰다고 보았다.

그리고 마지막 네 번째로 필자가 시도한 것은 앞에서 분석한 결과를 바탕으로 작품에 내재해 있는 近代性과 前近代性을 추출하여 작품의 문학사적 위치를 획정하는 일이었다. 그 결과 근대적 성격으로는 감춰졌던 흥부의 세속적 욕구의 분출·흥부처와 놀부처의 거리낌 없는 질투심의 표출 등 윤리의 억압에 의해 가려졌던 인간의 본성을 자유롭게 해방시킨 人間性 擁護의 정신, 善人 주인공을 이상적 인물이 아닌 인간적 약점이 있는 인물로, 惡人을 인간적 체취가 느껴지는 긍정적 일면이 있는 인물로 그린 善惡共有의 人間觀, 官吏의 부패와 流浪輩의 행패·貧益貧 富益富의 불공평한 분배구조를 고발한 社會批判意識, 애정갈등이나 신분갈등에서 경제갈등으로 갈등의 대상을 옮긴 葛藤樣相의 轉移 등을 추려낼 수 있었고 전근대적 성격으로는 형이나 형수에게는 비굴할 정도로 복종적이면서도 아내나 자식들에게는 지나치리만큼 고압적인 흥부, 미운 媤叔에 대하여는 원망 한 마디 안 하면서 별 잘못도 없는 종들에게는 냉혹할 정도로 위압적인 흥부처의 의식과 행동을 통해 나타나는 권위주의적 요소, 비극적 현실을 인정하려 하지 않고 초월적 힘에 의지하여서까지 所望의 세계를 이루고자 했던 초현실적인 행복의 실현 등을 가려낼 수 있었다. 그리고 이상의 분석을 종합하여 <흥부전>

은 고소설 중에서 當代의 社會相을 가장 사실적으로 반영한 작품이며, 몇 가지 결점에도 불구하고 근대적 성향이 뚜렷한, 판소리계 소설 가운데서도 근대에 가장 접근된 소설이라는 문학사적 위치를 도출해 낼 수 있었다.

저|자약력

    서울에서 출생하여 연세대학교 국어국문학과를 졸업하고 같은 학교 대학원에서 석사, 박사학위를 받았다. 연세대, 동덕여대, 서울예대 등의 강사를 거쳐 배재대학교 국문과 교수가 되었다. 배재대에 근무하면서 입학홍보처장 등 여러 보직을 역임하였고 현재는 인문대학장 일을 맡고 있다.

    저서로 「흥부전 연구」, 「한국고전시가사」, 「우리말과 문학의 이해」, 「한자와 생활」, 「언어와 생활」 등의 공저가 있다.

고소설의 모색

초판인쇄 2008년 12월 15일
초판발행 2008년 12월 20일

저자 전용오
발행 제이앤씨

주소 서울시 도봉구 창동 624-1 북한산 현대홈시티 102-1206
전화 (02) 992 / 3253
팩스 (02) 991 / 1285
등록 제7-270
홈페이지 http://www.jncbook.co.kr
전자우편 jncbook@hanmail.net

책임편집 이혜영

ISBN 978-89-5668-675-2   93810   **정가** 20,000원